BASTEI
LÜBBE

ANNE STUART

BEI EINBRUCH DER NACHT

Aus dem Englischen
von Eva Malsch

BASTEI
LÜBBE

BASTEI-LÜBBE-TASCHENBUCH
Band 12849

1. Auflage September 1998
2. Auflage Oktober 1998

Deutsche Erstveröffentlichung
Titel der amerikanischen Originalausgabe:
Nightfall

Printed in Germany
Einbandgestaltung: K. K. K.
Titelfoto: Mauritius
Satz: hanseatenSatz-bremen, Bremen
Druck und Bindung: Ebner Ulm
ISBN 3-404-12849-4

Der Preis dieses Bandes versteht sich einschließlich
der gesetzlichen Mehrwertsteuer.

Danksagung

Normalerweise schreibe ich so etwas nicht, weil es manchmal ein bißchen manieriert wirkt. Aber diesmal konnte ich nicht widerstehen. Zu vielen Leuten schulde ich Dank für ihre Hilfe, fürs Händchenhalten, für Liebe und Unterstützung. Erstens meinem phantastischen Ehemann, dem besten in dieser Generation und allen anderen, und meinen wundervollen, unmöglichen Kindern, Kate und Tim, die ihr Bestes taten, um meine Arbeit an diesem Buch zu unterminieren, dann meiner geliebten Tante Beatrice, weil sie mir einen Platz bot, wo ich mich verstecken und schreiben konnte, sowie meinen Kolleginnen Judith Arnold und Kathleen Gilles Seidel.

Richard Thompson danke ich für die Musik, die mich inspirierte und mir neue Kraft gab.

Mein besonderer Dank gilt Sally Tyler Hayes für ihre journalistische Sachkenntnis, den beiden kleinen britischen Ladies, Mrs. Whippett und Mrs. Baggit, für ihre Hilfe auf den Straßen von Somerset und Maureen Walters, die mein Gejammer ertrug und mir beistand, als ich die Gefahren einer Veröffentlichung zu umschiffen begann.

Vor allem danke ich Jennifer Enderlin für ihren unerschütterlichen Glauben an meine Fähigkeiten.

Prolog

In dieser Nacht träumte sie. Visionen von Blut und Sex und Tod umgaben sie und drohten sie zu erstikken. Als sie eine Hand ausstreckte, war niemand da. Niemand, der sie umarmte und tröstete und erklärte, es sei nur ein Alptraum gewesen. Niemand, der ihr versprach, die Dunkelheit könne sie nicht berühren und ihr nichts anhaben. Niemand, der ihr den Glauben an ein Happy-End wiedergab. Zögernd öffnete sie die Augen, und es war still und friedlich. Am Fenster tanzten Schneeflocken vorbei. Sie fühlte sich sicher und geborgen.

In dieser Nacht träumte er. Bedrängt vom Gefängnislärm, der niemals verstummte, lag er auf einer dünnen Matratze. Er träumte von Feldern und Blumen und einer Frau, die nach ihm rief; er träumte von Frieden und Annehmlichkeiten und Happy-Ends. Aber als er in der finsteren Zelle erwachte, frierend und schweißgebadet, war niemand da. Nur das Wissen um die Dunkelheit umzingelte ihn, in seiner Seele wohnte der Tod, Blut befleckte seine Hände.

1

THE NEW YORK POST ...

Richard Tiernan, wegen des brutalen Mordes an seiner Frau zum Tod verurteilt, wurde heute gegen eine Kaution von einer Million Dollar bis zum Beginn seines Berufungsverfahrens freigelassen.

Seltsamerweise bezahlte der Schriftsteller und Pulitzer-Preisträger Sean O'Rourke die Kaution, behauptet aber, er würde kein Buch über die Ermordung Diana Scott Tiernans schreiben, die vor fünfzehn Monaten erstochen wurde. O'Rourke steht in keiner bekannten Beziehung zu Richard Tiernan.

Der Sonderstaatsanwalt, Jerome Fabiani, ärgerte sich sichtlich über die Entscheidung des Richters, Tiernan freizulassen, betonte jedoch, er erwarte nicht, daß der Mörder allzulange auf freiem Fuß bleiben würde. »Er wurde verurteilt, und er wird seiner Strafe nicht entrinnen. Nun werden wir unsere Ermittlungen fortsetzen, die das Verschwinden und den wahrscheinlichen Tod seiner beiden Kinder und mehrerer anderer Frauen betreffen. Wir werden nicht kampflos aufgeben.«

Auch der Golfkriegsveteran und Nationalheld Amberson Scott, U.S.-General im Ruhestand, bekundete seinen Zorn über Tiernans Freilassung. »Ich bin nur ein gewöhnlicher amerikanischer Staatsbürger, der nach Gerechtigkeit strebt«, erklärte er, nachdem er vor Gericht versucht hatte, Tiernans Freilassung zu verhindern.

Innerhalb der nächsten zwei Monate soll Richard Tiernan wieder vor Gericht erscheinen. Er verließ das Gebäude zusammen mit Sean O'Rourke. Sein derzeitiger Aufenthaltsort ist unbekannt.

O'Rourke weigerte sich, zu bestätigen oder zu dementieren, er habe einen Vorschuß in siebenstelliger Höhe für ein Buch über den berühmt-berüchtigten Tiernan-Fall erhalten.

Richard Tiernan wurde zum Tod durch eine Injektion verurteilt. Seit der Wiedereinführung der Todesstrafe im Staat New York ist dies das erste Todesurteil.

Cassidy Roarke verspätete sich, und das bedrückte sie. Nun war sie immerhin schon siebenundzwanzig Jahre alt, und sie legte großen Wert auf ein gesichertes, berechenbares Leben. Sie arbeitete hart in ihrem Beruf, stets bestrebt, weder Herz noch Seele zu investieren, sondern nur ihren Intellekt und ihre Energie. Und sie war eine verläßliche Freundin, eine Schulter, an der man sich ausweinen konnte, eine nette, anständige, ganz normale junge Frau, die zufällig einen exzentrischen Vater hatte.

Nachdem sie ihrer aufregenden Kindheit entflohen war, lebte sie sehr komfortabel in Baltimore, genoß die Gesellschaft guter, wenn auch nicht besonders enger Freunde und ihren interessanten Job – eine Existenz, die manche Leute vielleicht sterbenslangweilig fanden.

In dieser Langeweile schwelgte sie geradezu, in der sicheren alltäglichen Konstanz mit geringer oder gar keiner Abwechslung. Niemand brauchte sie in Baltimore, niemand stellte unmögliche Forderungen. Und hätte sie auf dem Weg zur Tür ihre Cola light nicht umgeworfen und was anderes anziehen müssen, würde sie auch nicht mit zehnminütiger Verspätung zum Dinner mit Emmie und John erscheinen. Außerdem wäre sie nicht mehr dagewesen, als das Telefon klingelte.

»Cassidy, hier ist dein Da.«

Monatelang hatte sie die Stimme ihres Vater nicht gehört. Aber der mürrische, entschlossen irische Akzent war unverwechselbar, wenn sie ihn auch lieber nicht erkannt hätte. »Hallo, Sean«, begann sie vorsichtig, und alle ihre Instinkte erwachten. Sicher wollte er irgendwas von ihr. Wie immer. Und sie hatte so hart daran gearbeitet, seine anstrengenden Wünsche nicht zu erfüllen. »Was willst du?«

»Darf dein Vater nicht anrufen, nur um zu erfahren, wie's seiner älteren Tochter geht? Ich hab' dich vermißt, Mädchen. Immerhin haben wir uns seit einer Ewigkeit nicht mehr gesehen.«

»Du warst sehr beschäftigt.«

»Ja, ein neues Buch, ein neues Projekt. In letzter Zeit war das Leben wahnsinnig amüsant, Cass.«

»Wenn man Kindermörder mag ...«, bemerkte sie ironisch.

»Also hast du die Boulevardpresse gelesen? Ich dachte, du würdest sicher und geborgen in deinem Elfenbeinturm leben.«

»Wie ich zugeben muß, verabscheue ich die Boulevardpresse. Aber nicht einmal ich kann den Schlagzeilen im Supermarkt entkommen. Und der Job bei einer Universitätszeitung ist kein Elfenbeinturm.«

»Natürlich freut's mich, daß du in meine literarischen Fußstapfen trittst, wenn auch auf feindlicher Seite«, erwiderte er großmütig. »Du hast zwar nicht mein schriftstellerisches Talent geerbt, aber zumindest meine Liebe zum geschriebenen Wort.«

»Sean, ich bin schon spät dran«, seufzte sie müde. Sie wußte, es würde die ganze Nacht dauern, bis ihr Vater endlich zur Sache kam. Und daß er irgendwas im Schilde führte, bezweifelte sie nicht.

»Hast du nicht mal ein paar Minuten Zeit für einen alten Mann? Daran ist deine Mutter schuld. Sie hat dich wieder aufgehetzt ...«

»Seit der letzten Woche habe ich nicht mehr mit ihr gesprochen.«

»Klar, das konnte ich mir ja denken! Sie hat dich angerufen und vor Richard Tiernan gewarnt, nicht wahr? Oh, ich kenne diese Frau. Unsere Ehe war eine Hölle, die ich nicht so bald vergessen werde. Offensichtlich hat sie dir die schlimmsten Schauergeschichten über diesen Mann erzählt. Eigentlich dürftest du diesen Quatsch nicht ernstnehmen. Was hat sie gesagt? Daß er asozial ist und nicht zwischen Gut und Böse unterscheiden kann? Oder daß er zu diesen charmanten, dämonischen Kreaturen gehört, die ihren zerstörerischen, irrationalen Trieben gehorchen müssen?«

»Warum sollte sie mir so was einreden? Das klingt ja beinahe so, als würdest du an deinem neuen Buch arbeiten. Übrigens, sie rief mich an, um mir zum Geburtstag zu gratulieren.«

Grabesstille am anderen Ende der Leitung. Und dann: »Solche Daten kann ich mir einfach nicht merken.«

»Ich weiß, Sean«, antwortete sie etwas sanfter. Nun veranlaßte er sie schon wieder, ihm zu verzeihen, während sie seine Schuldgefühle zu wecken versuchte. »Wieso sollte Mutter mich vor Richard Tiernan warnen?«

»Kann ich mir auch nicht vorstellen«, entgegnete er ausdruckslos. »Cass, Darling, ich will dich sehen.«

»Warum?«

»Warum?« wiederholte er. »Seit dem letzten Sommer, wo du in die Hamptons gekommen bist, haben wir uns nicht mehr getroffen. Ich vermisse meine Tochter. Allmählich komme ich in die Jahre, und ich werde nicht ewig leben ...«

»Laß diesen Unsinn, Sean! Zu Weihnachten waren wir beisammen, obwohl du das geflissentlich vergessen hast. Und du wirst niemals alt, geschweige denn sterben. So funktioniert das nicht. Was willst du von mir?«

»Nur daß du mich besuchst«, erklärte er in jenem schmeichlerischen Ton, den er so gut beherrschte. »Ich dachte, wir sollten endlich wieder mal ein bißchen Zeit miteinander verbringen, und ich könnte deine professionellen Dienste nutzen ...«

Cassidy lachte. »Einmal hast du gesagt, man müßte alle Redakteure und Lektoren an die Wand stellen und erschießen.«

»Du bist keine gewöhnliche Redakteurin, Cass, das

weißt du. Und wenn du mir erlaubt hättest, meine Beziehungen spielen zu lassen, würdest du jetzt nicht in einem Kaff wie Baltimore versauern.«

»In dieser Stadt fühle ich mich sehr wohl, Sean.«

»Komm zu mir, Mädchen!« flehte er und fing wieder an, Süßholz zu raspeln. »Mittlerweile steht dir doch sicher ein Urlaub zu. Mabry vermißt dich auch, und diese alberne Frau macht sich Sorgen.«

Nun wuchs das Unbehagen, das ihr der überraschende Anruf bereitete. »Um dich?«

»Nur eine Erkältung, die ich einfach nicht loswerde. Ich habe Mabry gesagt, sie würde sich lächerlich machen, aber sie drängte mich, dich anzurufen.«

Das glaubte sie ihm aufs Wort. Sean rief niemals irgendwen an. »Warum soll ich dich wirklich besuchen?«

»Oh, du mißtrauisches Mädchen! Komm her, bevor's zu spät ist!« Dann klickte es in der Leitung.

Cassidy starrte das Telefon an und blinzelte. »Melodramatischer Bastard!« flüsterte sie und knallte den Hörer auf die Gabel.

Nein, sie würde ihm nicht erlauben, sie wieder zu manipulieren, so wie in all den Jahren. Mit gutem Grund wahrte sie Distanz, physisch und emotional. Sean war gefräßig und verschlang jede Seele, die in seine Nähe kam – jeden, der zu schwach war, um seiner machtvollen Persönlichkeit zu widerstehen. Um ihm zu entrinnen, hatte Cassidy hart an sich gearbeitet. Aber sie setzte sich seinem Einfluß so selten wie nur möglich aus.

Natürlich glaubte sie nicht an seine hartnäckige Erkältung. Sean O'Rourke war in seinem ganzen Leben noch keinen einzigen Tag krank gewesen, denn die Bakterien würden es gar nicht wagen, sich mit ihm anzulegen. Vor Energie strotzend, war der kleine, temperamentvolle Mann durchs Leben und fünf Ehen gestürmt, hatte drei Kinder bekommen und zahlreiche Bestseller geschrieben. Sein Appetit auf neue Erfahrungen war immer noch erstaunlich. Als Kind hatte sie sich vor ihm gefürchtet. Jetzt war sie nur mehr vorsichtig.

Er brauchte sie. Obwohl sie die emotionale Gefahr kannte, mußte sie dem Ruf ihres Vaters folgen. Wahrscheinlich hing das Problem mit seiner Karriere zusammen. Was anderes interessierte ihn kaum.

Jedenfalls würde sie hinfahren und den Besuch in Seans und Mabrys Park Avenue-Apartment überleben. Inzwischen hatte ihr Vater die Fähigkeit verloren, sie zu quälen.

Und Richard Tiernan zählte zu ihren geringsten Sorgen. Wenn er sich irgendwo in Seans Dunstkreis befand, würde er sie vermutlich kaum bemerken. Ein Typ wie Cassidy pflegte keine Mordgelüste zu wekken.

Verdammt, es war schon spät an diesem Märztag in Baltimore. Sie hatte vom Frühling geträumt – und keineswegs von einer Reise in den Norden.

Aber das ließ sich nicht ändern. Im Grunde wurde sie immer noch von den alten familiären Gefühlen beeinflußt, inklusive einer hoffnungslosen Liebe zu ihrem unmöglichen Vater, der es nie versäumte, sie im Stich zu lassen. Also würde sie einen kurzen Urlaub nehmen, nach New York fliegen und sich vergewissern, daß Sean der alte unangreifbare Egoist war. Sie würde herausfinden, was er wollte, nein sagen, einen Einkaufsbummel machen und nach Hause zurückkehren.

Ganz einfach. Warum stieg dann diese böse Ahnung in ihr auf? Vielleicht sollte sie die Forderung ihres Vaters ignorieren, einen Flug in die Karibik buchen, in der Sonne liegen und die düstere Stimmung verscheuchen, die ihre Seele jedesmal heimsuchte, wenn ein Winter zu Ende ging.

Doch das würde sie nicht tun. Um diese Jahreszeit schienen sich immer irgendwelche Katastrophen anzubahnen, und sie hatte gelernt, ihre irrationalen Depressionen zu bekämpfen. Falls sie Seans rätselhafter Aufforderung nicht folgte, würde sie während ihres Urlaubs keine ruhige Minute finden.

Ob sie's wollte oder nicht, sie mußte ihren Vater besuchen, und sie konnte nur hoffen, daß ihr sein neuestes Lieblingsprojekt nicht über den Weg lief. Für mörderische Psychopathen hatte sie nichts übrig. Im Gegensatz zu Sean zog sie es vor, den grausigeren Aspekten des Lebens nur in Büchern zu begegnen. Und wenn sie Glück hatte, würde sie auch Richard Tiernan nur als Romanfigur kennenlernen.

»Laß mich in Ruhe, Mabry!« fauchte Sean O'Rourke, geborener John Roarke, seine fünfte Ehefrau an. »Du weißt, wie ich so ein Getue hasse.«

»Aber ich mache ja gar kein Getue«, erwiderte Mabry und warf ihr seidenglattes platinblondes Haar über eine knochige Schulter. »Ich sagte nur, wenn du dich nicht besser fühlst, solltest du aufhören, an mir rumzunörgeln, und lieber noch mal zu dem Doktor gehen, den du so gern magst.«

»Verdammt, ich nörgle nicht«, murrte er. »Ich hab' nur gefragt, wann Cassidy ankommen wird.«

»Das fragst du heute schon zum drittenmal«, betonte sie mit entnervender Gelassenheit. »Und ich erkläre dir zum drittenmal – ich weiß es nicht. Ich weiß nicht einmal, ob sie überhaupt kommt. Klar, ich hab' sie angerufen und meinen Senf dazugegeben, aber sie ist eine erwachsene Frau, die ihre Entscheidungen selber trifft.«

»Zum Teufel mit ihr!« fluchte er. »Hast du meine Krankheit erwähnt?«

»Ich habe ihr genau das erzählt, was du wolltest. Daß du erkältet bist und dich nicht so schnell erholst, wie ich's mir wünschen würde, und deshalb sollte sie dich besuchen.«

»Und was hat sie geantwortet?«

»Irgendwas Unverbindliches. Eins müßtest du dir mal klarmachen. Wenn du für die Menschen nicht da bist, die zu deinem Leben gehören, sind sie eben auch nicht für dich da.«

»Unsinn, Cassidy würde mich nie im Stich lassen«, entgegnete er im Brustton der Überzeugung. »Sie ist fair und loyal, und sie trägt mir nichts nach.«

»Ja, du bist dran gewöhnt, daß die Leute dir immer wieder verzeihen. Aber eines Tages wirst du zu weit gehen.«

»Erspar mir diese düsteren Prophezeiungen, Mabry! Die passen nicht zu dir. Außerdem kenne ich meine Tochter besser als du. Sie wird kommen, und ich will nur wissen, wann.«

»So schwer es dir auch fällt – du mußt dich in Geduld fassen, Darling«, entgegnete sie und trank ihren Ginsengtee.

Er starrte sie an, und sie ignorierte ihn. Das schöne Gesicht heiter und entspannt, vertiefte sie sich in die Morgenzeitung. »Wenn du nicht mit mir streiten willst, such' ich mir eben jemand anderen«, klagte er und ging zur Tür.

»Hüte dich vor deinem neuen Liebling!« rief sie ihm mit sanfter Stimme nach. »Vielleicht ist er doch nicht so zivilisiert wie du glaubst.«

Sean lachte heiser. »Genau deshalb finde ich ihn hoch interessant, Mabry. Schakale faszinieren mich viel mehr als Hauskatzen.«

»Diesmal könntest du's übertreiben ...«

»Das habe ich immer getan«, verkündete er voller Stolz.

Er lag auf dem Bett, umgeben von Weiß und Blau. Inzwischen hatte er die Kunst erlernt, zu verschwinden, sein Bewußtsein frei umherschweifen zu lassen, so daß nichts zurückblieb außer der Hülle seines Körpers, dem Gewicht der Knochen, die sich in die dünne Gefängnismatratze drückten. In dem riesigen Gebäude aus Stahl und Beton hallten Geräusche wider – Stimmen, Metalltüren, die ins Schloß fielen, klirrende Schlüssel und Münzen. Aber nichts davon erreichte ihn, während er unbeschwert dahinschwebte.

Das konnte er bewirken, wann immer er wollte, eine instinktive, fast unbewußte Flucht. Als Alibi war es unbrauchbar gewesen, aber er hatte sich gar nicht bemüht, die Jury zu überzeugen, und nur ein schnelles Ende angestrebt.

Einmal war er sogar versucht gewesen, ein Geständnis abzulegen. Aber irgendein seltsamer Rest seines

Selbsterhaltungstriebs hatte ihn daran gehindert. Sobald er die Tat gestand, würde es kein Zurück mehr geben. Und solange er schwieg oder leugnete, blieben gewisse Zweifel bestehen. So geringfügig sie auch sein mochten.

Er erinnerte sich an den Augenblick, wo er den dunklen, leeren Raum betreten hatte, um neben seiner sterbenden Frau auf die Knie zu sinken, ihr Blut an seiner Kleidung und an den Händen. Und da hatte er immer noch gekniet, als die Polizei eingetroffen war – stumm und hilflos, unfähig, auch nur die einfachsten Fragen zu beantworten. Gott sei Dank.

So war es viel besser. Von allem losgelöst, in einem Vakuum ohne Sonne oder Wind, ohne Wärme. Nur eine gewaltige Leere.

Er blinzelte, eine kaum spürbare Bewegung, und das helle Blau des Winterhimmels drang in seine Stille. Die Matratze unter ihm war weder dünn noch hart, das Bett paßte besser zu seiner hochgewachsenen, langgliedrigen Gestalt als die schmale Pritsche im Gefängnis.

Eigentlich müßte er dankbar sein. Aber Dankbarkeit würde Gefühle voraussetzen, und die waren ihm abhanden gekommen. Er hörte die beiden streiten. Und die Stimmen bedrängten ihn intensiver als die gedämpfte Obszönität von Dannemora. Er wollte nicht hier sein, nirgendwo wollte er sein, nur in der weißblauen Leere. Doch er war noch nicht bereit, sich auszuruhen.

Und so richtete er sich auf, nahm seine Umgebung kaum wahr. Sean O'Rourkes schickes Manhattan-Apartment mit dem Dekor im Pseudo-Southwestern-

Stil bedeutete ihm nicht mehr als die Zelle, die er mit einem anderen Mörder geteilt hatte. Für ihn zählte nur eins – die nächste Stunde zu überstehen, die nächste Woche, zu tun, was er tun mußte. Um jeden Preis.

»Oh, Sie sind wach.« O'Rourke stand in der Tür, das aggressive Kinn vorgereckt. Klein, krummbeinig und kampflustig glich er einem Zwerghahn. Tiernan machte sich keine Illusionen bezüglich der Frage, was der Schriftsteller von ihm wollte. Natürlich sollte er gnadenlos ausgebeutet werden.

»Ja, ich bin wach. Wo ist Ihre Tochter?«

Cassidy hatte Angst vorm Fliegen. Das pflegte sie zu leugnen. Nicht einmal sich selber gestand sie's ein. Aber drei Tage später dankte sie dem Himmel für die Bahn, die immer noch zwischen Baltimore und New York verkehrte. Sie mußte nicht zum Flughafen fahren, brauchte keinen Gedanken an diese Maschine zu verschwenden, die vom Erdboden abheben und endlos lange durch die Luft schweben würde.

Aber der Entschluß, mit der Bahn zu fahren, zwang sie unglücklicherweise, eine Menge Zeit totzuschlagen. Kurz bevor sie in den Zug stieg, beging sie einen schweren Fehler und kaufte die Zeitschrift *People.* Mit reiner Willenskraft gelang es ihr zunächst, die Story über ihren Vater und den verurteilten Mörder zu überblättern. Doch in dem beengten Zugabteil, an der Seite eines mißgelaunten Bürokraten, konnte sie der Versuchung und Seans herausforderndem Gesicht, das die Titelseite zierte, nicht allzulange widerstehen.

»›Er ist unschuldig‹, behauptet Sean O'Rourke, der nicht nur redet, sondern Taten sprechen läßt«, lautete die Schlagzeile. In der Ecke, neben dem Kopf ihres Vaters, prangte ein unscharfes Foto von einer glücklichen Familie. Eine schöne blonde Frau, zwei hübsche Kinder, dahinter ein dunkelhaariger Mann, eine schützende Hand auf der Schulter seiner Gattin. Oder war es eine drohende Hand?

Plötzlich ertrug sie es nicht mehr, das Magazin anzufassen, und warf es zu Boden. Aber der Mann an ihrer linken Seite hob es sofort auf. »Darf ich?« fragte er und gab ihr gar keine Gelegenheit zu protestieren. »Widerlich, nicht wahr?« Er beugte sich vor und hauchte ihr teuren Scotch in die Nase. »Da lassen sie solche Monstren frei herumlaufen, nur weil sie von einem halbwegs prominenten Mann dazu überredet werden. Sicher bringt der Kerl wieder irgendwen um. Und dann schreibt O'Rourke, dieses Arschloch, ein Buch drüber. So was macht mich ganz krank.«

Nur mühsam verbarg sie ihre Belustigung. Ihr Vater – ein Arschloch. Da konnte sie nicht widersprechen. »Vielleicht ist Tiernan unschuldig.«

»Wissen Sie, was er behauptet? Er sei heimgekommen, habe die Leichen seiner Frau und seiner Kinder gefunden und einen Schock erlitten. Deshalb könne er sich an nichts anderes erinnern. Aber die Kinderleichen wurden nicht aufgespürt. Die Mordwaffe war mit seinen Fingerabdrücken übersät, an seinen Händen klebte das Blut der Toten. Und er hat niemals Trauer oder auch nur Bedauern gezeigt.«

Cassidy warf einen Blick auf das Titelblatt. Wie normal und glücklich sie aussahen – eine perfekte

Familie, grausam vernichtet ... Sie lehnte sich zurück, schloß die Augen und wandte das Gesicht ab. Hoffentlich würde ihr Vater nicht über Tiernan reden. Dieses Thema bedrückte sie – ein Mann, der seine eigenen Kinder ermordete ... Nicht, daß sie sich irgendwelche Illusionen über die heiligen Bande zwischen Vätern und Kindern machte. Sie hatte zu lange mit Sean zusammengelebt, um ihre Unschuld zu bewahren. Sollte er sich doch im Dreck wälzen, so lange er wollte! Sie würde sich da nicht hineinziehen lassen.

Als der Zug in der Penn Station hielt, begann es zu schneien. Sie überlegte, ob sie Mabry anrufen und über ihre Ankunft informieren sollte. Doch dann verwarf sie diesen Gedanken. Sean gefiel sich als traditionsbewußter Ire, der alle Freunde und Verwandten mit offenen Armen aufnahm, wenn sie zufällig in seine Nähe kamen. In dem großen alten Apartment an der Park Avenue gab es genug Platz für Gäste.

Außerdem würde sie ihrem Vater nicht die Chance geben, sich auf den Besuch vorzubereiten. Irgend etwas wollte er von ihr, ganz zweifellos, und sie glaubte nicht, daß es mit schriftstellerischen Aspekten zusammenhing. Sean hatte ihre mangelnde Kreativität stets verspottet und sie seine »kleine Philisterin« genannt. Und so würde er wohl kaum ihre redaktionellen Fähigkeiten in Anspruch nehmen.

Nein, er wollte etwas anderes. Das war ihm so wichtig, daß er sich krank stellte und Mabry in seine kleinen Machenschaften einbezog. Und da er die Sache derart ernst nahm, erregte er Cassidys Neugier. Deshalb würde sie mitspielen. Ein oder zwei Tage lang.

Wie es ein unseliges Schicksal wollte, kamen Sean und Mabry gerade aus der Tür, als Cassidy das Haus an der Seventy-second Street erreichte.

»Cassidy, meine Liebe!« jubelte er und umarmte sie. Reglos stand sie da und staunte wieder einmal über die heftigen Gefühle der Liebe und des Zorns, die sie in Gegenwart ihres Vaters stets erfaßten. »Laß dich anschauen!« befahl er und schob sie von sich. »Du ißt zuviel! Weißt du denn nicht, daß eine Frau niemals zu dünn oder zu reich sein kann? Mabry, red mal mit dem Mädchen! Sie hat viel zu üppige Formen.«

Ärgerlich starrte Cassidy auf ihn hinab. »Ich bin nun mal dick, Sean. Dagegen läßt sich nichts machen, abgesehen von plastischer Chirurgie.«

Über Seans Kopf hinweg blickte sie in die kühlen blauen Augen seiner Frau, die ihr ein schwaches Lächeln schenkte. »Dein Vater ist ein Arschloch, und ich finde dich so schön wie eh und je.«

»Heute bist du schon die zweite Person, die das behauptet.« Cassidy schob den Vater beiseite, um ihre elegante Stiefmutter zu umarmen.

»Daß du schön bist?« fragte Sean, der nicht gern ignoriert wurde.

»Nein, daß du ein Arschloch bist.«

Mabry lachte. »So denken sicher viele Leute, die wir gar nicht kennen. Wie lange bleibst du bei uns, Darling? Gehen wir hinauf. Wir werden dir helfen, dich häuslich niederzulassen.«

»O nein!« widersprach Sean. »Seit Wochen drängst du mich, den Arzt zu konsultieren, und jetzt, wo ich einen Termin habe, möchte ich ihn nicht verpassen.

Quartier dich in deinem alten Schlafzimmer ein, Cassie. Ich weiß nicht, wann wir zurückkommen.«

»Aber ...« Mabry runzelte beunruhigt die Stirn.

»Kein Aber! Mach nicht soviel Aufhebens um das Mädchen! Großer Gott, du wirst vor der Zeit altern, Mabry, wenn du dich ständig um andere Leute sorgst. Du bleibst doch länger hier, Cassie? Dann werden wir deine Gesellschaft noch oft genug genießen.«

»Eigentlich wollte ich ...«

Wie üblich interessierte sich Sean nicht für die Absichten seiner Mitmenschen. Er zerrte Mabry zur Park Avenue, winkte seiner Tochter und rief: »Bis später!« Dann bogen sie um die Ecke.

»Er wird sich nie ändern, was, Miss?«

Lächelnd wandte sich Cassidy zum Portier. »Wohl kaum. Wie geht's ihm, Bill? Mabry hat gesagt, er sei krank.«

»Nicht, daß ich wüßte. Aber er gerät immer wieder in Schwierigkeiten. Freut mich, Sie wiederzusehen, Miss. Vielleicht können Sie ihn zur Vernunft bringen.«

»Warum glauben alle Leute, ich würde das Unmögliche schaffen?« fragte Cassidy und schnitt eine schmerzliche Grimasse. »Sean kennt das Wort ›Vorsicht‹ gar nicht.«

»Sicher nicht.« Bill seufzte und begleitete sie zum Lift. »Hoffentlich vergessen Sie's nicht auch noch. Soll ich Ihnen das Gepäck abnehmen?«

»Wollen Sie, daß Vater mich enterbt? Wir sind fanatische Verfechter der Gleichberechtigung, also darf uns niemand bedienen. Höchstens ein Barkeeper.«

Bill zuckte die Achseln. »Passen Sie bloß auf sich

auf, Miss! Falls Sie Hilfe brauchen – ich bin hier unten.«

»Warum sollte ich ...« Doch da schloß sich der Lift und glitt lautlos zum zwölften Stock hinauf.

Sie mochte Aufzüge ebenso wenig wie Flugzeuge. Aber sie hatte keine Lust, zwölf Treppenfluchten hinaufzusteigen. Sean hatte schon immer die obersten Etagen bevorzugt. Seit zehn Jahren bewohnte er mit Mabry dieses Apartment, und Cassidy fühlte sich seltsam heimisch darin. Sie konnte es kaum erwarten, barfuß über die dicken Teppiche zu wandern, den Perrier-Vorrat ihrer Stiefmutter zu plündern (oder welches Designer-Wässerchen gerade »in« war) und irgendwas Kalorienreiches zu naschen, trotz der väterlichen Ermahnung.

In der Diele ließ sie ihren Koffer fallen, stieg aus den Schuhen und holte tief Atem. Dann starrte sie die Spiegelwand an, die Mabry, ein Ex-Model, hatte einbauen lassen, und streckte sich selber die Zunge heraus. Sean schaffte es immer wieder, ihr einzureden, sie sei dick und plump. Natürlich mißfiel es ihm, daß sie ihn mit ihren einsfünfundsiebzig überragte, schon seit der frühen Teenager-Jahre. Und ihre Stundenglasfigur, an der strenge Diäten, krampfhaftes Fitness-Training und exzessiver Selbsthaß nichts ändern konnten, fand er abscheulich. Ebensowenig mochte er die ruhige Intelligenz in ihren Augen, ihr widerspenstiges rotes Haar und ihre Berufswahl. Eigentlich störte ihn alles an ihr.

Seltsamerweise liebte er sie trotzdem. Daran hatte sie nie gezweifelt. Und deshalb ertrug sie ihn. Sie warf ihren Mantel über einen Sessel, begann ihre Seidenbluse aufzuknöpfen und strich durch die ungebärdigen Locken in ihrem Nacken, die sich niemals zu einem ordentlichen Knoten bändigen ließen. Nun hatte sie das Apartment für sich allein, mindestes eine Stunde lang, und sie wollte jede einzelne Minute genießen.

Der Kühlschrank war erstaunlich gut bestückt. Mittlerweile war Mabry zu Clearly Canadian übergewechselt. Cassidy nahm sich eine Flasche Pfirsichsaft. Heißhungrig biß sie in eine gebratene Hühnerkeule. Sie war halb verhungert. Aber auf dem Bahnhof hatte sie keinen Bissen hinuntergebracht.

Sie hörte nichts. Und die Stille erschien ihr so abgrundtief, daß sie nicht einmal die Hühnerkeule aus dem Mund nahm, als sie sich umdrehte. Er füllte fast die ganze Tür aus. Im Halbdunkel sah sie sein Gesicht nur verschwommen. Doch das spielte keine Rolle. Sie wußte, wer dieser Mann war, der sie in so unnatürlichem Schweigen beobachtete. Richard Tiernan.

Und ihr Vater hatte sie wie ein Opferlamm in die Wohnung geschickt.

2

Der Mann trat einen Schritt vor, ins schwache Küchenlicht, und Cassidy war endlich so geistesgegenwärtig, die Hühnerkeule aus dem Mund zu nehmen. Nervös wich sie zurück, griff sich an die Kehle und merkte, daß ihre Bluse aufgeknöpft war.

»Tut mir leid, ich wollte Sie nicht erschrecken.« Seine Stimme klang ruhig und tief und ein bißchen bedrohlich.

Verstohlen versuchte sie, das Fett von ihren Lippen zu wischen. »Oh, Sie haben mich nicht erschreckt.«

Wie sein ausdrucksloses, schwaches Lächeln verriet, amüsierte er sich nur selten. »Keine Bange, von mir haben Sie nichts zu befürchten.« Er kam auf sie zu, dann blieb er im schwachen Lichtkreis der Lampe stehen, die über dem Spülbecken brannte. Nun konnte sie ihn genauer betrachten, und was sie sah, gefiel ihr nicht.

Er war attraktiv – nicht hübsch im konventionellen Sinn, weil er zu strenge Züge besaß, eine zu markante schmale Nase und leidvolle Augen. Aber er strahlte irgend etwas aus, Charisma oder vielleicht Charme – etwas, das seinen wachsamen Zynismus durchdrang und Cassidy wider besseres Wissen faszinierte. Trotz ihrer überdurchschnittlichen Größe mußte sie zu ihm aufblicken. Und er war sehr schlank, fast hager. Die blasse Haut zeugte von der langen Untersuchungshaft, das braune Haar war zu kurz geschnitten, die rätselhaften, spöttischen Augen wirkten beinahe schwarz. Offenbar hatte er sich tagelang nicht rasiert. Doch er zählte zu den wenigen glücklichen Männern, die mit Stoppelbart noch besser aussehen. Zu seinen Jeans trug er ein zerknittertes gestreiftes Hemd und Socken, keine Schuhe. Und er erweckte den Eindruck, es wäre selbstverständlich, daß er im Apartment ihres Vaters wohnte.

Cassidy straffte die Schultern. Sollte sie ihre Bluse zuknöpfen, oder würde sie dann nur seine Aufmerksamkeit darauf lenken? »Das habe ich auch nicht angenommen«, erwiderte sie betont lässig. »Ich bin Cassidy Roarke, Seans Tochter.«

»Aber er heißt O'Rourke.«

»So nennt er sich. Er wurde als Sean Roarke geboren, beschloß aber, einen anderen Namen anzunehmen, um seine irischen Wurzeln hervorzuheben. Übrigens behauptet er, einer seiner Vorfahren sei ein O'Rourke gewesen.«

»Stimmt das?«

»Nein, soviel ich weiß. Doch das stört ihn nicht. Wann immer es seinen Interessen dient, zögert er nicht, die Wirklichkeit zu verfälschen. Sie sind Richard Tiernan, nicht wahr?«

Irgendwie zerrte die ruhige Art dieses Mannes an ihren Nerven.

»Schuldig«, sagte er.

Falls er versuchen wollte, das Gespräch zu beenden, hätte er keine wirksamere Methode finden können. Ein kalter Schauer rann über Cassidys Rücken, und sie konnte ihre beklemmende Angst nur mühsam bekämpfen. »Tatsächlich?« fragte sie und knöpfte ihre Bluse zu, was er zu ihrer perversen Enttäuschung gar nicht bemerkte. »Wie ich mich entsinne, haben Sie immer wieder Ihre Unschuld beteuert.«

Sein schwaches Lächeln hätte sie warnen müssen. »Oh, Sie kennen meinen Fall?«

Gleichmütig zuckte sie die Achseln und beschloß, sich nicht einschüchtern zu lassen. »Eigentlich nicht. Ich hasse Horrorgeschichten, und ich habe mir nie etwas aus Stephen King gemacht.«

»Wenn er Ihnen Angst einjagt, sollten Sie's mal mit der Realität versuchen.«

»Besser nicht – falls Sie Seans Version von der Realität meinen. Ich konzentriere mich lieber auf die angenehmen Seiten des Lebens.«

»Manchmal gibt es keinen Ausweg.«

Das Gespräch wurde immer seltsamer. Da standen sie in der Küche ihres Vaters, unterhielten sich über Tod und Mord, obwohl sie einander nicht einmal vorgestellt worden waren. »Nun, mich geht es nichts an, ob Sie Ihre Frau und Ihre Kinder niedergemetzelt haben.« Ihre eigenen Worte schockierten sie. »Davon will ich nichts hören.«

»Regen Sie sich bloß nicht auf, ich wollte kein Geständnis ablegen«, erwiderte er kühl und musterte sie nachdenklich. »Sie haben recht, das geht Sie nichts an. Es sein denn, ich würde den plötzlichen Drang verspüren, mein grausiges Verbrechen zu wiederholen. Immerhin sind wir allein in der Wohnung, und Ihr Vater kommt erst in einigen Stunden zurück.«

»Drohen Sie mir?«

»Ich wollte Ihnen nur zu verstehen geben, daß Sie vielleicht ein bißchen zu vertrauensselig sind.«

»Aber ich vertraue Ihnen keineswegs, Mr. Tiernan«, entgegnete sie leichthin. »Ich bin doch nicht dumm. Andererseits – Sie werden wohl kaum einen Revolver auf mich richten. Wenn Sean Ihre mörderischen Triebe noch nicht wiederbelebt hat, kann ich mich ja relativ sicher fühlen.«

»Möglicherweise ziehe ich es vor, Frauen zu töten. Und es war ein Fleischermesser, kein Schießeisen.«

Hühnerfett war nicht die beste Nahrung für einen leeren Magen. Sekundenlang überlegte Cassidy, was geschehen mochte, wenn sie sich direkt vor der zerknitterten Eleganz Richard Tiernans übergeben würde. Wahrscheinlich gar nichts. Er sah nicht wie ein Mann aus, den man so leicht aus der Fassung bringen konnte. »Haben Sie's getan?«

Sein zynisches Lächeln wirkte freudlos. »Fragen Sie doch Ihren Vater.«

»Leider hat er ein etwas gestörtes Verhältnis zur Wahrheit.« Sie griff hinter sich, um die Neonlampen einzuschalten und die Küche in grelles Licht zu tauchen. Damit verscheuchte sie die realen Schatten, aber nicht die emotionalen.

»Das habe ich schon bemerkt«, erwiderte Richard. »Und Sie?«

»Oh, ich liebe die Wahrheit. Das gehört zu den Vorzügen einer orientierungslosen Erziehung – ich sage immer, was ich denke, und ich lüge nie.«

»Ist das tatsächlich ein Vorzug? Eine Lüge kann sehr nützlich sein.«

»Daran zweifle ich nicht.« Jetzt redete sie wie die steifleinene, prüde, alte Jungfer, als die Sean sie so oft bezeichnete. Wenigstens klang ihre Stimme nicht ängstlich. »Was machen Sie hier?«

»Wußten Sie das nicht? Ich wohne in diesem Apartment.«

Das hätte sie sich denken können. Typisch Sean – einen verurteilten Mörder zu beherbergen und seiner Tochter nichts davon zu erzählen. »Für wie lange?«

Tiernan zuckte die Achseln. »Vermutlich, bis ich wieder ins Gefängnis geschickt werde. Ich soll Ihrem Vater bei seinem neuesten Projekt helfen.«

»Schreibt er ein Buch, um Ihre Unschuld zu beweisen?«

Seine Lippen verzogen sich wieder zu einem schwachen Lächeln. »Wäre das nicht logisch?«

»Offenbar sind Sie nicht sonderlich optimistisch, was Ihr Berufungsverfahren betrifft. Und wenn es zu Ihren Gunsten ausgeht?«

»Dann wird mir wohl kaum der Atem wegbleiben.« Er schlenderte zum Kühlschrank. »Weiß Ihr Vater, daß Sie schon hier sind?«

»Als er das Haus verlassen hat, sind wir uns über den Weg gelaufen.«

»Und er hat mich nicht erwähnt?«

»Mit keinem Wort.« Ihre Stimme klang etwas wehmütig, was sie nicht verhindern konnte. Inzwischen müßte sie sich an Sean gewöhnt haben. Für eine gute Story würde er seine eigene Mutter opfern. Und eine Tochter, die ihn immer nur enttäuschte, wäre gar kein Opfer.

Tiernan schloß den Kühlschrank, drehte sich um und lehnte sich dagegen. »Interessant. Wissen Sie, warum Sie hier sind?«

Verwirrt runzelte sie die Stirn. Irgend etwas an seinem Tonfall erschien ihr merkwürdig. »Eine sonderbare Frage. Ich besuche meinen Vater.«

»Ganz spontan?«

»Nein, Mabry rief mich an und schlug mir vor, hierherzukommen. Sie behauptete, Sean würde sich nicht wohl fühlen. Aber ich dachte, das wäre nur ein Vorwand. Er war noch nie krank. Wollen Sie andeuten, es gäbe einen anderen Grund für die Einladung?«

»Ich deute gar nichts an«, erwiderte er und ging an ihr vorbei. »Fragen Sie doch Ihren Vater, wenn er nach Hause kommt.«

»O ja, ich muß ihm sehr viele Fragen stellen.«

Als er sie über die Schulter anschaute, wirkte sein Lächeln erstaunlich liebenswert. »Das kann ich mir vorstellen.« Ohne ein weiteres Wort schlenderte er aus der Küche.

Reglos stand sie da, immer noch unter dem Eindruck der sonderbaren Begegnung. Einen Mann wie Richard Tiernan hatte sie noch nie kennengelernt. Aber sie war ja auch noch nie mit Mördern zusammengekommen. Da er im Hintergrund des Apartments verschwand, nahm sie an, er würde das alte Zimmer ihres Halbbruders Colin bewohnen. Oder den Arbeitsraum. Aber Sean erlaubte kaum jemandem, ihn zu betreten, geschweige denn, darin zu schlafen.

Nun gab es mehrere Möglichkeiten. Die erste erschien ihr besonders verlockend – die Schuhe und den Mantel anzuziehen, ihren Koffer zu ergreifen und zur Tür hinauszugehen. Wenn sie auch gelernt hatte, Seans Manipulationsversuchen zu widerstehen – die intensiveren ausgenommen –, so bezweifelte sie doch, daß sie der zusätzlichen Komplikation namens Richard Tiernan gewachsen wäre.

Irgendwie hing ihr Besuch mit ihm zusammen, das stand eindeutig fest. Sie war von einem Experten manipuliert worden, und wenn ihr Selbsterhaltungstrieb immer noch funktionierte, sollte sie schleunigst davonlaufen.

Natürlich würde sie dann nicht herausfinden, was Sean von ihr wollte. Und wenn sie tatsächlich eine Schwäche hatte, war es ihre Neugier. Sie fand es unerträglich, nicht Bescheid zu wissen. Sogar die unwichtigsten Kleinigkeiten interessierten sie brennend.

Andererseits war es nicht besonders angenehm, ein Apartment mit einem Mann zu teilen, der seine Familie mit einem Fleischermesser erstochen hatte. Damals war seine Frau schwanger gewesen, nicht wahr? Dieser Gedanke jagte einen Schauer über Cassidys Rücken. Mochte ihr Vater auch noch so gern mit dem Wahnsinn flirten – sie bevorzugte ein sicheres, normales Leben.

Schließlich traf sie eine Entscheidung. Sie würde auf Mabrys und Seans Rückkehr warten, in der Wohnung übernachten und sich am nächsten Morgen höflich verabschieden. Sollte ihr Vater doch selber sehen, wie er mit seinem neuen Projekt fertig wurde! Falls Richard Tiernan seinen Mordgelüsten auch weiterhin frönen wollte, konnte Cass ihn ohnehin nicht daran hindern.

Eigentlich sah er nicht wie ein Mörder aus, wie ein Metzger, der das schlimmste aller vorstellbaren Verbrechen begangen hatte.

Aber er sah auch nicht wie der nette Junge von nebenan aus, eher wie ein Mann, der eine intime Bekanntschaft mit dem Tod und dem Grauen pflegte. Ein Mann, der fähig wäre, einen Pakt mit dem Teufel zu schließen, nur um herauszufinden, daß er einen zu hohen Preis bezahlte.

Rasch verdrängte sie diese Gedanken und schüttelte sich. Als Tochter ihres Vaters neigte sie zu übertriebenen Phantasien. Richard Tiernan war eine der gefährlichen Figuren, die ihr Vater erfand. Diesmal in Fleisch und Blut. Mit ihr hatte das nichts zu tun.

Vor einiger Zeit hatte Mabry die Wohnung neu eingerichtet, und Cass war nicht sicher, ob ihr das veränderte Dekor ihres alten Schlafzimmers gefiel. Verschwunden war die schöne Schlichtheit der Shaker*-Möbel, die das Himmelbett aus der französischen Provinz verdrängt hatte. Offenbar schwärmte Mabry für die frühe Gotik, übergroße dunkle Möbelstücke, ein Bett, in dem man Dynastien gründen konnte, eine grüngoldene Tapete, die in einen venezianischen Palazzo gepaßt hätte. Dunkelgrüne Samtvorhänge verdeckten das hohe Fenster, das zur Park Avenue hinausging, und die Düsternis wirkte fast greifbar.

Instinktiv spürte Cass, daß sie nicht mehr allein war, und drehte sich um.

»Wie gefällt's dir?« Wenigstens hatte Sean sie nicht so erschreckt wie Tiernan.

»Was meinst du? Die Anwesenheit deines Hausgastes oder Mabrys Vampir-Dekoration?«

»Oh, dieses Zimmer erinnert mich eher an ein viktorianisches Bordell«, erwiderte er leichthin und schlenderte zu ihr. »Aber ich mische mich nicht ein, wenn sie in ihren Hobbys schwelgt.«

»Und wo wohnt Richard Tiernan? In einem Raum mit vergitterten Fenstern, damit er sich heimisch fühlt?«

Mißbilligend schnalzte er mit der Zunge. »Auf deine alten Tage wirst du richtig sauertöpfisch, Darling. Hast du denn gar kein Mitleid mit dem armen Mann?«

»Eher mit seiner Frau«, konterte sie bissig.

»Er ist das Opfer eines schwerwiegenden Justizirrtums ...«, behauptete Sean, aber Cass unterbrach ihn.

---

* religiöse Sekte, im 17. Jahrhundert entstanden.

»Das glaubst du doch nicht im Ernst?«

»Wieso weißt du, was ich glaube?«

»Laß mich's anders formulieren. Wahrscheinlich ist es dir egal. Für dich zählt nur die gute Story, die du zu einem Buch verarbeiten willst.«

Seans zerknirschtes, charmantes Lächeln konnte sogar ein Herz aus Stein erweichen. Aber Cassie hatte schon vor vielen Jahren gelernt, dieser Magie zu widerstehen. »Ich bin ein Sklave meiner Muse, und deshalb bist du hier.«

»Irrtum! Ich bin keine Sklavin deiner Muse.«

»Cassie, Darling, immer wieder bringst du mich zum Lachen. Ich brauche deine Hilfe, nicht deine Mißbilligung.«

»Mittlerweile müßtest du begriffen haben, daß das eine das andere nicht ausschließt.«

»Gott segne dich, mein Liebes!« rief er strahlend.

Vorsichtig setzte sie sich auf das hohe Bett. »Also, was willst du von mir, Sean? Und erzähl mir bloß nicht, du würdest an einer schrecklichen Krankheit leiden. Das glaube ich keine Sekunde lang.«

»Natürlich nicht, Darling«, bestätigte er grinsend. »Du sollst mir helfen, dieses Buch zu schreiben.«

»Über Richard Tiernan?«

»Über wen sonst? Die Wahrheit. Lückenlos, schlicht, zwingend. Sogar provozierend. Dafür brauche ich eine Redakteurin ... O Gott, nie hätte ich gedacht, daß ich so was mal zugeben würde. Aber all die Zeugenaussagen – welch ein Durcheinander! Du solltest mal mein Arbeitszimmer sehen. Das alles mußt du organisieren und auf ein Minimum beschränken, während ich mit Richard arbeite.«

»Versuchst du seine Unschuld zu beweisen? Ich fürchte, nicht einmal der grandiose Sean O'Rourke ist ein so exzellenter Schriftsteller, daß er das Leben dieses Mannes retten könnte.«

»Wie nett von dir! Die Frage, welche Rolle Richard in meinem Buch spielen wird, solltest du *mir* überlassen. Natürlich verstehe ich, daß du nichts mit ihm zu tun haben willst. Du warst schon immer ein scheues, nervöses kleines Ding.«

Einsfünfundsiebzig groß und ziemlich üppig gebaut, hatte sie sich noch nie als scheues, nervöses kleines Ding betrachtet. Doch sie machte sich nicht die Mühe, ihren Vater zu verbessern. Er war es nun einmal gewöhnt, die Realität so zu arrangieren, wie sie ihm gefiel. »Offenbar hast du was vergessen, Sean. Ich habe einen Job.«

»Und ein paar Wochen Urlaub, die dir schon seit längerer Zeit zustehen«, konterte er. »Das habe ich gecheckt. Diese Zeit kannst du deinem armen alten Vater doch opfern? Denk an den Ruhm, den uns das einbringen wird. Wir arbeiten gemeinsam am besten literarischen Werk seit Jahrzehnten! Selbst wenn ich dir egal bin – wie kannst du dem professionellen Aspekt meines Angebots widerstehen?«

»Du bist mir nicht egal, aber ich will nicht auf deine Tricks reinfallen.«

»Da gibt's keine Tricks, Darling, das verspreche ich dir. Nur unsere Zusammenarbeit. Wir beide ...«

»Wir drei«, verbesserte sie ihn mürrisch.

»Also machst du's?«

Argwöhnisch starrte sie ihn an. Hätte sie's nicht besser gewußt, wäre sie beinahe der Illusion erlegen, er würde angstvoll auf ihre Entscheidung warten. Sean O'Rourke war nicht der Typ, der um irgend etwas bat oder sich erlaubte, die Antwort wichtig zu nehmen. Statt dessen hielt er sich für unverwundbar und allmächtig. Seine weiblichen Verwandten und die meisten anderen gewöhnlichen Sterblichen auf dieser Welt mußten seinem Genie dienen. Daß er sein Ziel erreichte, ohne die Leute vor den Kopf zu stoßen, bewies seine Brillanz.

Und nun brauchte er die Hilfe seiner Tochter, zum erstenmal, seit sie denken konnte. Das erwärmte ihr Herz, obwohl sie sich dagegen wehrte. »Okay, ich mach's. Ein oder zwei Wochen.«

»Mindestens zwei Monate.«

»Ein oder zwei Wochen«, wiederholte sie energisch. »Und dann verschwinde ich.«

»Darüber reden wir, wenn's soweit ist«, entgegnete er unbekümmert. »Jetzt sagen wir Mabry erst mal, daß du hierbleibst. Sie hat behauptet, du würdest die Flucht ergreifen, sobald du Richard siehst.«

»Genau das hätte ich tun sollen. Findest du nicht, es wäre deine Pflicht gewesen, mich vorher zu warnen?« Sie folgte Seans stämmiger kleiner Gestalt in den Flur.

»Unsinn! Warum hätte ich dich warnen müssen? Es überrascht mich, daß du ihn erkannt hast. Normalerweise ignorierst du so banale Themen wie berühmt-berüchtigte Mörder.«

»Auf der Bahnfahrt habe ich im *People* geblättert.«

»Populistischer Schund«, schnaufte er verächtlich.

»Und du willst in deinem Buch einen anderen Stil entwickeln?«

»Allerdings – weil ich ein Künstler bin«, erklärte er schlicht. »Mabry, sie bleibt bei uns!« verkündete er und marschierte ins große Wohnzimmer.

Wenigstens dieser Raum hatte sich seit Cassidys letztem Besuch nicht auffällig verändert. Immer noch dieselben sauberen weißen Wände, die South Western-Möbel. Ihre Stiefmutter lag auf einem rustikalen weißen Sofa, das viel bequemer war, als es aussah. Auch die endlos langen Beine steckten in weißer Baumwolle, das platinblonde Haar umrahmte präzise die breiten Schultern und das alterslose, kantige Gesicht, das früher zahlreiche Titelblätter geziert hatte. Sie sah wie fünfundzwanzig aus, aber Cass schätzte sie eher auf vierzig. Da Mabry ihr Alter als Staatsgeheimnis betrachtete, würde die Wahrheit nie ans Licht kommen.

»Also hat er dich dazu überredet?« murmelte sie, streckte eine Hand aus, und Cass beugte sich hinab, um die makellose Wange zu küssen.

»Ich konnte ihm noch nie einen Wunsch abschlagen.« Besorgt stellte Cass fest, daß es Mabry war, die irgendwie krank wirkte. Unter den klaren blauen Augen lagen dunkle Schatten, das klassisch schöne Gesicht zeigte einen unglücklichen Ausdruck, und die Hand, die ihre Finger umklammerte, zitterte leicht. Zum Teufel mit Richard Tiernan, zum Teufel mit Sean, der beide Frauen in diese gräßliche Situation brachte ...

»Das ist ja sein Problem, Cass«, seufzte Mabry. »Niemand kann ihm was verweigern. Deshalb braucht er keine Disziplin zu lernen.«

»Scheiße!« Sean ging zur Bar. »Willst du etwas trinken, Cassie? Keinen idiotischen Weißwein, ich meine einen richtigen Drink.«

»Aber es ist noch so früh ...«

»Bald wird die Sonne hinter dem Horizont versinken«, erwiderte er und füllte ein hohes, dunkles Glas mit irischem Whiskey.

»Für mich nicht«, sagte Cass energisch und setzte sich neben Mabry. »Was hat der Doktor gesagt?«

»Das verschweigt er mir.«

»Darling, da gibt's nichts zu erzählen. Er behauptete, ich sei stark wie ein Pferd und würde noch mal fünfundsechzig Jahre problemlos durchhalten, wenn ich so weitermache wie jetzt.«

»Das soll wohl ein Scherz sein!« rief Cass, und Sean lächelte milde.

»Alkohol in Maßen ...« Schwungvoll hob er das Glas. »Gutes Essen, Sex ...« Er lächelte der eleganten Mabry zu. »Und Arbeit. Das ist es, was ein Mann braucht, um ein erfreuliches Leben zu führen. In dieser Reihenfolge.«

»Und die Familie? Die Kinder?« warf Cass ein.

»Die auch«, stimmte er zögernd zu. »Und genau das habe ich. Meine ältere Tochter steht mir zur Seite. Natürlich wäre es noch schöner, wenn auch Colin und Francesca hier wären. Vor allem Francesca. Deine kleine Schwester entzückt mich immer wieder, Cass. Und ich bin sehr traurig, weil ihre Mutter sie von mir fernhält. Mehrere Kontinente trennen uns.«

»Alba lebt in Italien«, bemerkte Mabry. »Und es war deine eigene Schuld, daß du eine Contessa geheiratet hast.«

»Nein, es war mein Fehler, mich von ihr scheiden zu lassen.« Ein wenig zerknirscht runzelte er die Stirn, dann schaute er die phlegmatische Mabry an.

»Trotzdem, das Leben war sehr großzügig zu mir. Gute Gesellschaft, gute Arbeit, gutes Essen, interessante Gespräche. Kann ich noch mehr verlangen?« Er wanderte wieder zur Bar und schüttete noch einmal dunklen Whiskey ins Glas. »Da wir von interessanten Gesprächen reden – jetzt lasse ich euch beide allein – ich weiß, ihr wollt in aller Ruhe über mich tratschen.«

»Ob du's glaubst oder nicht, Sean, es gibt noch andere interessante Gesprächsthemen«, entgegnete Mabry, aber er verschwand ungerührt im Flur und pfiff leise vor sich hin.

»Ich bin so froh, dich wiederzusehen, Mabry«, begann Cass.

Forschend musterte Mabry das Gesicht ihrer Stieftochter und ignorierte die höfliche Einleitung. »Willst du wirklich für ihn arbeiten? Ich möchte nicht, daß er Druck auf dich ausübt.«

»Offensichtlich ist er nur auf der Welt, um andere Leute unter Druck zu setzen. Aber wenn's mir nicht paßt, kann ich jederzeit gehen. Vielleicht schleiche ich mitten in der Nacht davon und nehme das Tafelsilber mit«, fügte sie lächelnd hinzu. »Was ist eigentlich in dich gefahren, als du mein Schlafzimmer neu eingerichtet hast?«

»Ach, ich war deprimiert.«

»Warum? Du regst dich doch nie über irgendwas auf.«

»Die Sterblichkeit«, erwiderte Mabry tonlos. »Wir alle sind ihr ausgeliefert – ich werde alt, Sean wird alt, die Menschen sterben.«

»Vielleicht solltest du Tiernan nicht in deiner Nähe

dulden. Der Mann fällt einem ganz schön auf die Nerven – und er jagt mir sogar Angst ein.«

»Oh, ich wußte gar nicht, daß man dich so leicht einschüchtern kann.« Mißbilligend hob Mabry die Brauen.

»Nach meiner Ansicht ist er nicht gerade der Mann des Jahres.«

»Du darfst keine voreiligen Schlüsse ziehen. Aber unter diesen Depressionen litt ich schon, bevor dein Vater von seinem neuen Projekt fasziniert wurde.« Mabry warf einen Blick in den Spiegel, der am anderen Ende des Zimmer hing. »Wahrscheinlich lasse ich mich demnächst liften«, fügte sie hinzu und strich über ihren faltenlosen Hals.

»Sicher wirst du danach besser aussehen als mein Zimmer.«

Nun brachte Mabry sogar ein Lächeln zustande. »Mach dir Richards wegen keine Sorgen, Cassie. Ich weiß, er ist ein bißchen unheimlich, aber er wird dir nichts antun.«

»Hältst du ihn nicht für den Mörder seiner Frau und seiner Kinder? Und dieses Gerücht, er hätte mehrere Frauen getötet ... Glaubst du, er ist unschuldig?«

»Das habe ich nicht gesagt«, antwortete Mabry ausweichend.

Unwillkürlich erschauerte Cass und wünschte, sie würde den Drink in der Hand halten, den der Vater ihr angeboten hatte. »Also bist du von seiner Schuld überzeugt?«

»Auch das habe ich nicht gesagt. Und ich weiß es wirklich nicht. Nur eins steht für mich fest – anderen Leuten wird er nichts zuleide tun. Und wenn er damals über seine Familie herfiel, hatte er vermutlich seine Gründe.«

»Bist du verrückt?« rief Cass entsetzt. »Was könnte einen Mann veranlassen, seine Familie abzuschlachten?«

Lässig zuckte Mabry mit den wohlgeformten Schultern. »Keine Ahnung, und ich möchte auch keine Spekulationen anstellen. Nur eins weiß ich – im Augenblick kann der Mann niemandem gefährlich werden, höchstens sich selbst.«

Vor Cassidys geistigem Auge erschien das Bild der hochgewachsenen, hageren Gestalt in der Küche ihres Vaters, die dunklen Augen, das schwache Lächeln. Gefährlich – genau das richtige Wort, um Richard Tiernan zu beschreiben ...

Aber Mabry war eine gute Menschenkennerin und wußte, wem sie trauen durfte und wem nicht. Wenn sie Tiernan vertraute, gab es wohl nichts zu befürchten. Könnte sie doch nur die Augen des Mannes vergessen, die gequälte Anmut seiner Bewegungen, seinen Mund ...

Was zum Teufel dachte sie da? »Also gut. Ich verlasse mich auf deinen Instinkt. Wenn du recht hast, wird er wohl kaum in mein Zimmer kriechen und meine Kehle aufschlitzen. Aber was hat Sean und dich bewogen, mich mit aller Macht hierherzulocken? Wozu dieses Märchen von seiner Krankheit? *Du* bist krank. Irgendwas stimmt nicht mit dir.«

»Mach dich nicht lächerlich. Ich werde nie krank.«

»Sean auch nicht.«

»Natürlich nicht.« Irgendein seltsamer Unterton in Mabrys Antwort erregte Cassies Aufmerksamkeit.

»Sean ist wirklich nicht krank?«

Wieder zuckte Mabry die Achseln. »Er behauptet, er würde sich wohl fühlen.«

»Und du glaubst ihm nicht?« Mabry wandte ihr perfektes Profil zu den breiten Fenstern, ihr Gesicht wurde ausdruckslos.

»Ach, ich habe keine Ahnung, was ich glauben soll. Jedenfalls bin ich beunruhigt. Seine Besessenheit von Richard Tiernan gefällt mir nicht. Außerdem stört es mich, daß er so hartnäckig auf deinem Besuch bestanden hat. Er versucht zwar, den Anschein zu erwekken, es wäre nicht so furchtbar wichtig. Aber es ist wichtig. Und ich verstehe nicht, warum.«

»Verspätete, väterliche Zuneigung?« schlug Cassidy ironisch vor.

»Er hat dich immer geliebt. Das weißt du ebenso gut wie ich. Er ist nur unfähig, das Wohl eines anderen Menschen an die erste Stelle zu setzen. Wenn es nicht um seine eignen Bedürfnisse geht, kriegt er Scheuklappen. Und ich fürchte, diesmal wird er zu weit gehen.«

»Weil er versuchen möchte, Richard Tiernans Unschuld zu beweisen?«

Mabry richtete ihren kummervollen Blick wieder auf Cassie. »Das weiß ich nicht. Und diese Ungewißheit erschreckt mich fast zu Tode.«

»Was halten Sie von ihr?« Richard rührte sich nicht. Der Länge nach ausgestreckt, lag er auf dem Bett. Sonnenlicht fiel ins Zimmer, aber der helle Märztag verbreitete keine Wärme. Die Stirn gerunzelt, dachte er über die Frage nach. Seit er sie in der alten Küche gesehen hatte, dachte er an nichts anderes. »Sie entspricht nicht Ihrer Beschreibung.«

Sorgfältig schloß O'Rourke die Tür hinter sich und sank in einen Sessel. Das randvolle Glas in seiner Hand schwappte über, und der süßlich scharfe Geruch des irischen Whiskeys erfüllte den Raum. »Mein Junge, ich bin Schriftsteller. Um das zu beweisen, kann ich Ihnen zahlreiche Preise und Auszeichnungen zeigen. Und Sie wagen zu behaupten, ich sei unfähig, meine eigene Tochter zu beschreiben!«

»Sie sagten, sie sei groß und unscheinbar und phantasielos.«

»Tatsächlich?« erwiderte Sean nachdenklich. »Nun, Sie haben ihr Foto gesehen und gewußt, worauf Sie sich einlassen. Und Sie *ist* groß.«

»Ja, aber nicht unscheinbar. Und ein Blick in mein Gesicht genügte, um ihre Phantasie zu beflügeln. Wahrscheinlich dachte sie, ich würde sie in der Küche vergewaltigen und ermorden.«

»Wieso denken Sie an eine Vergewaltigung?« fragte Sean sanft. »Haben Sie Ihre Frau vor dem Mord vergewaltigt?«

Diese Frage wurde ignoriert. »Natürlich versuchte ich, Ihre Tochter zu beruhigen, aber sie war stocksauer, weil Sie sie heraufgeschickt haben, ohne sie zu warnen. Wahrscheinlich wird's nicht funktionieren.«

»Warum nicht? Glauben Sie, ich hätte mein Weibervolk nicht unter Kontrolle?«

»Niemand kann die Frauen kontrollieren. Nur ein Narr würde es versuchen. Wenn sie herausfindet, warum sie hierherkommen mußte, wird sie Ihnen nie verzeihen.«

Seufzend lehnte sich Sean zurück. »Ich habe sie hergeholt, damit sie mir hilft, das Buch zu schreiben. Glauben Sie mir, das ist die Chance ihres Lebens. Und wenn sie nur ein bißchen ehrgeizig ist, wird sie sich drauf stürzen.«

»Ich fürchte, ihr Ehrgeiz hält sich in Grenzen.«

»Verdammt noch mal, da haben Sie recht. Leider schlägt dieses Mädchen völlig aus der Art. Ihre Mutter, diese Harpyie, hätte alles getan, um Karriere zu machen. Und ich auch. Aber Cassie interessiert sich mehr für die Qualität des Lebens, nicht für die Quantität.«

»Das finde ich bewundernswert.«

»Dann werden Sie auch nicht weiterkommen, Tiernan«, betonte Sean. »Sie haben mir noch immer nicht verraten, was Sie von ihr halten. Ist sie geeignet?«

Sekundenlang schloß Richard die Augen. In seiner Phantasie sah er Cassidy. Groß, mit üppigen Formen, ganz anders als seine knochendürre Ehefrau. Rotes Haar umrahmte ein verwirrtes Gesicht wie eine Gloriole. Strahlende Augen, die Vorsicht und Verletzlichkeit verrieten. Und er hatte sofort gewußt, warum Sean sie hierhergeholt hatte, eine Sklavin seiner Muse, eine sexuelle Ablenkung für den widerwilligen Hausgast. Ihr Anblick hatte irrationale, unaussprechliche Lustgefühle geweckt.

Zum erstenmal seit über einem Jahr verspürte er sinnliche Begierde. Zum erstenmal, seit er neben Dianas blutüberströmtem Körper gekniet hatte. Und das Verlangen nach Cassidy Roarke war spontan und überwältigend gewesen.

Gefährlich.

»Also wollen Sie Ihre Tochter zwingen, ihre Jungfräulichkeit zu opfern?«

»Sie ist wohl kaum eine Jungfrau, Mann«, schnaufte Sean. »Und genau das möchte ich – daß Sie Cassie verführen. Eignet sie sich dafür?«

Sehnsüchtig dachte Richard an ihren weichen, feuchten Mund, die aufgeknöpfte Bluse – sie glaubte, die hätte er nicht bemerkt – und an die langen, schmalen Füße. »O ja. Möge der Himmel mir beistehen.«

3

Überall Blut. Der Geruch bedrängte sie, intensiv und metallisch. Und ihre Hände färbten sich schwarz. Kinder umringten sie und schluchzten stumm. Aus zahlreichen Wunden floß Blut und regnete auf Cassidy herab.

Gebeugt kniete sie am Boden, eine Büßerin. Vor ihr stand die Frau, bleich und sterbend, den Mund zu einem lautlosen Schrei geöffnet, eine anklagende Hand ausgestreckt. Cassidy drehte sich nicht um, denn sie wußte, was sie hinter ihrem Rücken sehen würde – ein erhobenes Messer. Und sie wollte nicht in die wahnsinnigen dunklen Augen schauen, wenn die Klinge herabsauste, wenn sie sich zu ihnen gesellte, zu den Schweigenden, den Sterbenden.

Aber er war nahe, so nahe. Sie fühlte seine Anziehungskraft. Obwohl sie wußte, daß ihr der Tod drohte, konnte sie nicht widerstehen. Auf ihren Schultern spürte sie seine Hände, stark und unbewaffnet. Da wandte sie sich zu ihm, starrte ihn an und schrie.

Ihre schrille Stimme riß sie aus dem Schlaf, und sie fuhr hoch. Durch das Fenster drang der endlose Verkehrslärm der nächtlichen Stadt herein. Und in dem geräumigen alten Apartment schwebte immer noch das Echo ihres Schreis. Sie sank in die Kissen zurück, versuchte ihre panischen Atemzüge zu verlangsamen, die rasenden Herzschläge.

Wann hatte sie zuletzt unter einem Alptraum gelitten? Daran erinnerte sie sich nicht. Wahrscheinlich in der Kindheit, gepeinigt vom unablässigen Streit ihrer Eltern. Seit sechs Jahren lebte sie allein. Und in dieser Zeit war sie kein einziges Mal von einem bösen Traum heimgesucht worden. Das wußte sie. Aber dieser eine entschädigte sie vollauf für das versäumte Grauen ...

Kein Wunder – in ihrer Nähe schlief ein Mörder, der keine Reue zeigte, und der makabre Humor ihres Vaters verschlimmerte die Situation.

Wenigstens hatte sie Richard Tiernan nicht wiedergesehen. Sean führte sein »Weibervolk«, wie er seine Ehefrau und die Tochter nannte, zum Dinner aus, um Cassidys Niederlage zu feiern. Zumindest gewann sie diesen Eindruck. Der Hausgast wurde nicht eingeladen. Doch das nützte nichts. Unentwegt mußte sie an ihn denken. Die mittelmäßige Speisenfolge im Russian Tea Room und der Anblick Seans, der sich selbstgefällig spreizte, genügten nicht, um sie von der Erinnerung an die leidvollen Augen abzulenken.

Als sie ins Apartment zurückkehrten, ließ er sich nicht blicken. Cass hatte auf dem weißen Sofa gesessen, den Irish Mist getrunken, der ihr von Sean aufgezwungen worden war, und sich gefragt, was Tiernan gerade tun mochte. Oder was er getan hatte.

Jetzt strich sie sich das Haar aus dem Gesicht und holte tief Luft, um sich zu beruhigen. Pechschwarzes Dunkel erfüllte das Zimmer, die schweren Samtvorhänge sperrten das Licht der Straßenlampen aus, aber nicht die Verkehrsgeräusche. Wie in einer Gruft, dachte sie und knipste die Nachttischlampe an. Aber die gotische Pracht konnte sie nicht aufheitern.

Sie schleppte sich aus dem Bett und schaute auf ihre Uhr. Viertel nach drei. Ohne ein bißchen nachzuhelfen, würde sie nicht mehr einschlafen. Es gab verschiedene Möglichkeiten – heiße Milch, Seans Barschrank, seine Hausapotheke. Heiße Milch würde die größte Mühe machen und am schlechtesten schmecken. Außerdem lag die Küche in der Nähe von Tiernans Zimmer. Wenn sie einigermaßen vernünftig war, würde sie an einer alten Familientradition festhalten und sich für die chemische Lösung des Problems entscheiden.

Aber es gab mehrere Arten von Vernunft. Nur zu gut erinnerte sie sich an die alkoholischen Exzesse des Vaters, an die Klagen der tablettensüchtigen Mutter. Wenn sie zu Schnaps und Pillen greifen mußte, um die Nächte in diesem Apartment zu überstehen, würde sie schleunigst verschwinden.

Die Küche war dunkel und verlassen, der Fliesenboden kalt unter Cassidys nackten Füßen. Ans Spülbecken gelehnt, die Arme vor der Brust verschränkt, beobachtete sie die Mikrowelle, die den Milchbecher erhitzte, und kam sich wie eine Närrin vor. Zu dieser späten Stunde würde Richard Tiernan nicht aus seinem Bau kriechen. Und wenn doch, mußte sie nur den

Knoblauchzopf von der Wand reißen und vor seiner Nase schwenken. Ihr Lächeln überraschte sie während eines Gähnens.

Im selben Augenblick piepste die Mikrowelle. Schläfrig strich Cass ihre Locken aus der Stirn und griff nach dem Becher, dann erstarrte sie.

»Alpträume?« fragte Richard Tiernan.

Sie roch das Blut. Und für einen kurzen, wahnwitzigen Moment roch sie den Tod.

Dann siegte ihre Vernunft. Er stand auf der Schwelle und schaute sie an, die Hände in den Jeanstaschen, das dunkle Haar zerzaust, vielleicht vom Schlaf. Ansonsten sah er genauso aus wie zuvor. Verloren, düster und gefährlich.

Rasch zog sie ihren übergroßen Pullover enger um die Schultern und hoffte, die Geste würde beiläufig erscheinen. Sie hatte die entnervende Wirkung dieses Mannes nicht unterschätzt. Zum Teufel mit Sean, der sie in diese Lage gebracht hatte! »Eigentlich nicht«, erwiderte sie kühl. »Wahrscheinlich bin ich nicht an den Großstadtlärm gewöhnt. Ich leide nur selten unter Schlafstörungen.«

»Dann dürfen Sie sich glücklich schätzen.«

Sie nippte an ihrem Becher, und die heiße Milch versengte ihr beinahe die Lippen. Was nun? Wenn sie den Becher abstellte, ohne zu trinken, machte sie sich lächerlich. Andererseits fand sie es unsinnig, ihre Speiseröhre zu verbrühen, nur um den Eindruck zu erwecken, Tiernans Anwesenheit würde sie nicht beunruhigen.

Schließlich löste er das Problem auf elegante Art. Er ging auf sie zu und nahm ihr den Becher aus der

Hand. »Vorsicht, Sie könnten sich den Mund verbrennen.«

Viel zu nahe stand er vor ihr, und sie wünschte, dies wäre einfach nur eine Fortsetzung ihres Alptraums. Nicht einmal das Blut würde sie stören, solange es irreal war. Aber Richard Tiernan war wirklich da, überragte ihre respektablen einsfünfundsiebzig und drang in ihre Privatsphäre ein. In der kühlen nächtlichen Küche spürte sie seine Körperwärme, roch den Whiskey in seinem Atem.

Sie trat einen Schritt zurück. Nur weg von ihm ... Es war ihr egal, daß sie sich wie eine hysterische Idiotin benahm.

Und er schaute sie einfach nur an. Langsam verzogen sich seine Lippen zu einem zynischen Lächeln. »Ihr Vater hat erwähnt, Sie würden hierbleiben und uns helfen.«

»Uns.« Ein nervtötendes Wort. Cass überlegte, ob sie es abstreiten sollte. Aber sie war kein Feigling. Sie floh nicht vor familiären Pflichten – mochten sie auch noch so große Schwierigkeiten bereiten. Ob sie ja oder nein sagte, sie würde mit den Konsequenzen leben müssen. Und dazu gehörte dieser Mann, der viel zu gelassen in der Küche ihres Vaters stand. Seine beunruhigende Wirkung ging weit über das Verbrechen hinaus, das man ihm zur Last gelegt und das zu seiner Verurteilung geführt hatte.

»Ja«, bestätigte sie.

»Wir brauchen alle Hilfe, die wir nur kriegen können.«

»Wir« – das klang genauso schlimm wie »uns«. »Natürlich werde ich mein Bestes tun.« Wie albern ... Aber vielleicht konnte sie sich mit dummen Redensarten vor seiner unheilvollen Ausstrahlung schützen. Sie mußte banal und raffiniert sein, idiotisch und entwaffnend arglos ...

»Daran zweifle ich nicht«, erwiderte er gedehnt. Zu ihrem Entsetzen hielt er ihr den Becher an den Mund. »Jetzt ist die Milch abgekühlt.«

Die Herausforderung war offensichtlich, trotz seiner unbewegten Miene. Vor dieser Herausforderung konnte sie nicht zurückschrecken. Nicht, wenn seine dunklen Augen sie beobachteten.

Und so legte sie ihre Lippen an den Rand des Bechers und trank, obwohl sie wußte, sie dürfte es nicht tun. Sie müßte die Milch ausspucken und behaupten, sie würde keinen Schlaftrunk brauchen, und ihm höflich eine gute Nacht wünschen.

Aber sie hatte sich immer sicher gefühlt, seit sie erwachsen war. Sie trank aus dem Becher in seiner Hand, ließ die warme Milch durch ihre Kehle rinnen.

Als sie den Becher gelehrt hatte, schaute sie Tiernan aggressiv an. Ich fürchte mich nicht vor dir, dachte sie und wußte, daß sie sich selber belog.

Zum erstenmal erreichte sein schwaches Lächeln die traurigen Augen. »Sie haben einen Milchbart.«

Als sie noch einen Schritt zurückwich, stieß sie gegen den Küchenschrank. Hastig wischte sie mit dem Handrücken über ihre Lippen, ehe sich andere, gefährlichere Möglichkeiten bieten konnten. »Ich glaube, jetzt werde ich sehr gut schlafen«, verkündete sie fröhlich, und ihre Stimme zitterte nur ein kleines bißchen.

»Tatsächlich?«

»Bis morgen.«

Nur ein einziges Problem behinderte ihre Flucht – er stand zwischen ihr und der Freiheit. Sie fühlte sich buchstäblich in die Enge getrieben, von ihrer eigenen Nervosität, und er war ihr einfach nur gefolgt, während sie zu entrinnen versucht hatte. Herausfordernd hob sie das Kinn, sah ihn mit gespielter Gleichmut an und wartete, bis er ihr Platz machte.

Ehe er das tat, schien eine qualvolle Ewigkeit zu verstreichen. Er musterte sie von oben bis unten, von der zerzausten roten Mähne bis zu den nackten Zehenspitzen unter dem Saum ihres Nachthemds. Dieses schlichte weiße Baumwollhemd wirkte nicht einmal annähernd erotisch, ebenso wenig wie der formlose Pullover, den sie darüber trug, oder ihre nackten Füße. Aber sie glaubte zu verbrennen, während sein Blick über ihren Körper wanderte.

Und dann trat er zurück. »Bis morgen«, sagte er und verschwand im Schatten bei der Küchentür.

Erst jetzt merkte sie, daß sie die Luft angehalten hatte, und sie atmete erleichtert aus. Mit einer jungfräulichen Hand berührte sie ihre Kehle, um böse Dämonen abzuwehren. Geistesabwesend registrierte sie, daß sie zitterte.

Als sie ins dunkle Wohnzimmer ging, spürte sie immer noch die sahnige warme Milch im Hals. Sie füllte ein Glas mit dem teuren irischen Whiskey ihres Vaters, leerte es in einem Zug und hoffte, der scharfe Alkohol würde den Milchgeschmack verdrängen, die Erinnerungen.

In ihrem Türschloß steckte kein Schlüssel. Das fiel ihr zum erstenmal auf. Früher hatte sie keinen gebraucht. Jetzt benötigte sie einen. Nicht, daß Richard Tiernan dem langen Flur folgen und an Seans und Mabrys Zimmer vorbeigehen würde, um in den gotischen Alptraum zu schleichen und sich an ihr zu vergreifen ...

Aber sie konnte nicht einschlafen, ohne irgend etwas vor die Tür zu rücken, und wenn es nur einer dieser pseudofeudalen Stühle war. Morgen würde sie einen Schlüssel suchen.

Als sie ins Bett kroch, schien der Verkehrslärm nachzulassen. Allmählich graute der Morgen, bald würde die Stadt erwachen und müden Nachteulen keine Ruhe mehr gönnen. Sie lag auf dem Rücken und starrte einen geschnitzten Bettpfosten an, ohne ihn wahrzunehmen. Sollte sie Emmie anrufen und bitten, einen Notfall zu erfinden, der sie zwingen würde, den ersten Zug nach Süden zu nehmen? Um von hier wegzukommen, würde sie sogar fliegen.

Aber diesen Gedanken verwarf sie sofort wieder. So leicht gab sie nicht auf, sie war kein Feigling. Sean war auf sie angewiesen, zum erstenmal in seinem egozentrischen Leben. Wenn sie jetzt davonlief, würde er sie nie wieder um Hilfe bitten.

Sie schloß die Augen, lauschte der Nacht, den Geräuschen des alten Gebäudes, dem fernen Dröhnen der U-Bahn, den quietschenden Autobusreifen, den klappernden Mülltonnen. Langsam erwachte New York City zum Leben.

Und Cassidy würde schlafen, diesmal ohne Träume von Blut oder Tod. Oder Richard Tiernans leidvollen Augen.

Keine Bedenken, dachte er und hörte ihre Schritte auf dem dicken Teppichboden des Flurs. Keine Zweifel, kein Zögern.

Er lehnte an der geschlossenen Tür und erinnerte sich an ihre Füße. Nie hätte er geglaubt, er würde nackte Füße erotisch finden. Aber alles an Cassidy Roarke wirkte sinnlich, ihre widerspenstige rote Mähne, die üppigen Rundungen, das unschuldige Gesicht. Wie ein Botticelli-Engel ahnte sie nichts von dem Aufruhr der Gefühle, den sie entfachte. Noch nie im Leben hatte er eine so heftige Begierde empfunden.

Diese Lust nutzte er für seine Überlegungen. Er hatte nicht erwartet, daß ihn das andere Geschlecht jemals wieder interessieren würde, und das sogar begrüßt – immerhin würde er die letzten Monate seines Lebens ausschließlich in der Gesellschaft von Männern verbringen.

Doch der Anblick des Fotos, das auf Seans unordentlichem Schreibtisch stand, hatte ihn wie ein Blitzschlag getroffen. Gefühle, die er erfolgreich unterdrückt hatte, durchströmten ihn mit überwältigender Intensität, ehe er sie erneut bekämpfen konnte. Obwohl er überzeugt gewesen war, nichts würde ihn je wieder berühren, hatte er in Cassidys Gesicht, in ihrem wirren Haar, im eigenwilligen Mund, in den wachsamen Augen und dem schwachen, wehmütigen Lächeln irgend etwas gesehen, das ihn erwärmte.

Er würde sie benutzen, seinen Bedürfnissen opfern, wenn es sein mußte. Keine Sekunde lang dachte er an ihre Zukunft, an ihr Wohlergehen. In der dunkelsten Zeit seines Lebens hatte er ihr Bild gesehen, und da war ein Licht aufgeflammt. Und falls er sich gezwungen sah, sie zugrunde zu richten, würde er es tun, ohne Rücksicht auf Verluste. Vor nichts würde er zurückschrecken – nur um diese Schwärze zu verscheuchen.

An diesem Tag war das Foto von Seans Schreibtisch verschwunden. Er hatte danach gesucht, während die glückliche kleine Familie zum Dinner gegangen war, und es schließlich in einer Schublade unter alten handgestrickten Socken gefunden, die nicht zusammenpaßten.

Aus dieser Entdeckung konnte er nur einen einzigen logischen Schluß ziehen. Sean wollte seiner Tochter verheimlichen, daß ihr Foto normalerweise seinen Schreibtisch zierte, in einem schönen Silberrahmen.

Richard holte das Porträt hervor und starrte in Cassidy Roarkes Augen. Allein schon das Foto hatte ihn fasziniert, und jetzt, wo er sie in Fleisch und Blut kannte, gewann es eine noch viel größere Bedeutung. Er glaubte nicht an Zufälle. Sicher war sie nicht grundlos in sein Leben getreten. Sie existierte nur für ihn. Und er würde sie benutzen, ohne die Konsequenzen zu beachten.

Cass folgte dem köstlichen Aroma des französischen Röstkaffees, dem unwiderstehlichen Geruch von Speck und Eiern, dem sie nur selten erlag. All diese Wunderdinge fand sie in der Küche. Und im hellen Sonnenlicht stand die einzige Person, die sie noch nicht begrüßt hatte.

»O Bridget, du bist hier!« rief sie und schlang beide Arme um die Frau, an deren gesunden Menschenverstand sie sich während der ganzen Kindheit geklammert hatte.

Freudestrahlend erwiderte Bridget die Umarmung und tätschelte Cassidys Rücken. Sie roch nach Vanille, Kaffee und Seife, der vertraute Bridget-Geruch, und Cass fühlte sich zum erstemal seit ihrer Ankunft in New York wohl.

»Wo soll ich denn sonst sein, Missy?« fragte Bridget in strengem Ton. »Bin ich etwa der Typ, der in den Ruhestand tritt und den ganzen Tag auf seinem faulen Hintern sitzt? In meinen sechsundsiebzig Lebensjahren habe ich immer gearbeitet, und ich werde auch jetzt nicht aufhören. Solange dein Vater Himmel und Hölle in Bewegung setzt und deine Stiefmama eher dekorativ als nützlich ist, wirst du mich hier antreffen.«

Mabry, die am Küchentisch saß, lächelte freundlich und war kein bißchen gekränkt. »So oft wie früher kommt Bridget nicht mehr zu uns. Aber sobald sie hörte, du würdest uns besuchen, war sie nicht mehr zu halten.«

»Sonst würden sie dich doch verhungern lassen!« Bridget schob Cass von sich und musterte sie aufmerksam. »Sieht fast so aus, als hättest du schon abgenommen.«

»Kein Wunder, daß ich dich liebe!« meinte Cass grinsend. »Sag doch Sean, du würdest dir Sorgen um mich machen, weil ich viel zu dünn bin.«

»Dieser Kerl!« schnaufte sie verächtlich. Die Feindschaft zwischen den beiden bestand schon seit langer Zeit und amüsierte Sean ebenso wie Bridget. »Mein liebes Kind, du wirst doch den Geschmack eines Mannes, der fünfmal geheiratet hat, nicht ernstnehmen?«

Mabry lächelte sanft. »Nun, er mußte es eben viermal versuchen, bevor's endlich geklappt hat.«

»Ja, das stimmt, und die zwei ersten Versuche waren am schlimmsten«, erklärte Bridget mit jener brutalen Offenheit, die zu ihren wesentlichen Charakterzügen zählte. »Und wie geht's deiner lieben Mutter? Trinkt sie immer noch soviel?«

Cass griff nach der Kaffeetasse, die Mabry ihr eingeschenkt hatte. »Klar. Du kennst sie doch. Und sie wird sich auch nie ändern. Übrigens, sie läßt dich herzlich grüßen.«

»Das bezweifle ich.« Bridget kehrte zum Herd zurück. In der gußeisernen Pfanne, die schon seit Menschengedenken zu Seans Haushalt gehörte, brutzelte knuspriger Speck. »Sie hat mir nie verziehen, daß ich bei deinem Vater geblieben bin, statt sie zu betreuen.«

Genüßlich nippte Cass an ihrem Kaffee. Sie selbst brachte nur Instantkaffee zustande, bevor sie zur Arbeit ging. Und sie hatte fast vergessen, wie köstlich frischgebrühter Kaffee schmeckte. »Ich glaube, um das Sorgerecht für dich haben sie heftiger gestritten als um Colin und mich«, bemerkte sie wehmütig.

»Mag sein. Die beiden wissen doch nie, was in ihrem Leben wirklich wichtig ist. Magst du immer noch Spiegeleier?«

»O ja. Alles, was gebraten ist.«

»Endlich habe ich wieder jemanden, für den ich nach Herzenslust kochen kann. Mabry ißt wie ein Vögelchen, und dein Vater hat in letzter Zeit auch keinen Appetit. Was Richard betrifft ...« Bridget verdrehte die Augen. »Diesen Mann kann man einfach nicht verführen. Jetzt setze ich alle meine Hoffnungen auf dich, Liebes.«

Cassie schlürfte ihren Kaffee und wich Mabrys neugierigem Blick aus. »Was meinst du?« murmelte sie, und es klang erstaunlich unschuldig.

»Nun, er will einfach nichts essen.«

»Das ist doch seine Sache.«

Eine Faust in die runde Hüfte gestemmt, wandte sich Bridget zu Cass. »Hör mal, Missy, so gleichgültig redet man nicht über einen guten, anständigen Mann. Da habe ich dich doch wahrlich besser erzogen.«

Beinahe verschluckte sich Cass an ihrem Kaffee. Dann hob sie ungläubig die Brauen. »Sprechen wir über Richard Tiernan? Über den Mann, der wegen Mordes an seiner schwangeren Frau verurteilt wurde? Der angeblich auch seine Kinder getötet hat? Das soll ein guter, anständiger Mann sein?«

»Läßt du dich wirklich von der Boulevardpresse beeinflussen?« tadelte die alte Frau.

»Von der *New York Times*.«

»Nicht immer sind die Dinge so, wie sie scheinen.«

»Hat er dir das erzählt?«

»Falls Sie es noch nicht bemerkt haben, Bridget«, warf Mabry mit ihrer kühlen, ruhigen Stimme ein, »das war keine Liebe auf den ersten Blick.« Sie nippte an ihrem Kaffee. »Offensichtlich hält Cassidy nichts vom neuesten Projekt ihres Vaters.«

»Mir steht es nicht zu, irgendwas zu billigen oder zu mißbilligen.«

»Allerdings nicht«, bestätigte Mabry.

»Cassidy!« Aus dem Flur drang Seans durchdringender Ruf herein.

»Oh, er ist schon auf?« fragte Cass, zu ihrer eigenen Überraschung in völlig neutralem Ton.

»Letzte Nacht hat er kaum geschlafen«, erklärte Mabry. »Die beiden warten schon auf dich.«

Die beiden. Noch eine Formulierung, die ebenso schlimm klang wie »uns« oder »wir«.

Also warten sie auf mich, dachte Cass. Vater und Richard Tiernan. Aber wenn sie davonrannte, würde sie sich noch elender fühlen. Dann könnte sich die innere Anspannung, die ihren Magen verkrampfte, im ganzen Körper ausbreiten. Bridget und Mabry beobachteten sie ohnehin schon viel zu aufmerksam. Und sie durften nicht wissen, wie sehr es ihre Nerven strapazierte, auch nur an Richard Tiernan zu denken.

Lächelnd stand sie auf. »Dann nehme ich meinen Kaffee ins Arbeitszimmer mit.«

»Und dein Frühstück?« fragte Bridget, die neben der Bratpfanne Wache hielt.

»Ich bin nicht hungrig«, antwortete Cassie wahrheitsgemäß, schenkte sich noch etwas Kaffee ein und flüchtete, ehe Bridget ihrer Empörung Luft machen konnte.

Aus der Bratpfanne – mitten hinein ins Feuer. Zu ihrem Vater und seinem Hausgast zu fliehen – nein, das war kein Entrinnen. Die Tür des Arbeitszimmers stand offen, sie roch Zigaretten und Kaffee. Auf leisen Sohlen trat sie ein und hoffte, die beiden zu erschrecken.

Ganz im Bann seiner hochfliegenden Phantasien, starrte Sean durch das Fenster auf die New Yorker Skyline. Tiernan saß im großen grünen Ledersessel, der schon seit einer Ewigkeit in diesem Raum stand. Als kleines Mädchen hatte Cass sich oft in die warme Polsterung gekuschelt, um zu schlafen. Das war ihr Lieblingsplatz gewesen.

Tiernan wandte sich nicht zu ihr, aber sie wußte, daß er ihre Anwesenheit zur Kenntnis nahm. Offenbar besaß er einen sechsten Sinn.

Am liebsten hätte sie ihm befohlen, diesen Sessel sofort zu verlassen. Statt dessen blieb sie bei der Tür stehen und räusperte sich.

Sean fuhr herum und musterte sie anklagend. »Bist du endlich aus deinem Schönheitsschlaf erwacht, Cassie? Früher warst du nicht so faul. Wir haben eine Menge zu tun, und du vergeudest unsere kostbare Zeit.«

»So?« Geflissentlich wich sie Tiernans Blick aus. Er trug Jeans und einen Baumwollpullover, der ihn vor der kühlen Morgenluft schützte. Und sie war so ähnlich angezogen. In einer Hand hielt er eine Tasse mit schwarzem Kaffee. Auch sie trank ihren Kaffee ohne Sahne.

»Du willst doch so schnell wie möglich nach Baltimore zurückkehren, oder?« fragte Sean. »Obwohl es mir ein Rätsel ist, wie man Baltimore vorziehen kann, wenn man die Möglichkeit hat, in New York zu wohnen. Aber wir werden dich schon noch umstimmen, was, Richard? Bald wirst du keinen Gedanken mehr an Baltimore verschwenden.«

»Keinen Gedanken«, bestätigte Richard.

Unwillkürlich schaute sie ihn an, als sie zum Schreibtisch ihres Vaters ging, der mit Papieren übersät war. Er erwiderte ihren Blick ausdruckslos. Doch sie war klug genug, um die Herausforderung zu erkennen. Die Drohung.

»Ich habe einen Job«, erklärte sie sanft und betrachtete einen Papierstapel, der wie ein Gerichtsprotokoll aussah.

»Sicher könntest du einen längeren Urlaub nehmen.«

»Das könnte ich, aber ich will es nicht. Ich habe Pläne. Und ich weiß genau, was ich mit meinem Leben anfangen will.«

»Im Gegensatz zu Richard.«

Sie beobachtete Tiernan, der sich im Sessel zurücklehnte, in *ihrem* Sessel, und dem Streit zwischen Vater und Tochter belustigt zu lauschen schien.

»Ist es etwa meine Schuld?« konterte sie und merkte, wie kindisch das klang. »Oder deine?« fügte sie hinzu und hoffte, Tiernan zu provozieren.

Doch er beherrschte die Kunst, seine Gefühle zu verbergen. Er sah sie einfach nur an mit seinen dunklen, beunruhigenden Augen. »Was glauben Sie?«

Fast greifbar hing ein angespanntes Schweigen zwischen ihnen. Sie wollte sich abwenden, doch sie konnte es nicht. Sein Blick hielt ihren fest. Und Sean, der im Hintergrund wartete, war erstaunlich still.

Dann wurde der Bann gebrochen.

»Ohne das Frühstück, das ich für dich gemacht habe, wirst du den Tag nicht überstehen, Cassie«, prophezeite Bridget von der Tür her, stapfte ins Zimmer und stellte ein schwerbeladenes Tablett auf den Schreibtisch. Die Eier und der Speck brutzelten immer noch, aber Cass hatte keinen Appetit mehr.

»Sie ißt ohnehin zuviel«, protestierte Sean. »Nehmen Sie das wieder mit, Sie dumme Person!«

Sofort griff Cass nach der Gabel. »Oh, ich bin wirklich hungrig«, log sie und begann zu essen.

»Klar, du bist immer hungrig«, schimpfte ihr Vater. »Wenn ich auch nicht verstehe, warum du kein bißchen eitel bist und jegliche Selbstkontrolle vermissen läßt, so freut es mich doch immerhin, daß dir deine ausschweifende Phantasie nicht den Appetit verdorben hat.«

»Tut mir leid, Sean«, erwiderte sie und gab vor, sie würde Bridgets Frühstück heißhungrig verschlingen. »Was die Selbstkontrolle betrifft, warst du kein besonders gutes Vorbild. Und in dieser Familie gibt es schon genug eitle Leute.«

Richard lachte, und sie hob verwundert den Kopf. Diesen Klang kannte sie noch nicht. Aber die Belustigung in den dunklen Augen war unmißverständlich. »Ihre schüchterne Tochter hat eine ziemlich spitze Zunge, Sean.«

»Wenigstens hat sie einen Teil meiner Talente geerbt«, bemerkte Sean voller Stolz. »Obwohl sie manchmal eine hoffnungslose Spießerin ist. Schon jetzt graut mir vor dem Tag, an dem sie beschließen wird, zu heiraten und mindestens drei Kinder in die Welt zu setzen. Erwarte bloß nicht, daß ich dir als Babysitter zur Verfügung stehe, Cassie. Wahrscheinlich würde ich die Bälger ermorden.«

Wieder entstand ein drückendes Schweigen. Sie legte die Gabel beiseite, fest entschlossen, das Essen nicht zu erbrechen, das sie so mühsam in sich hineingestopft hatte. Ebenso energisch nahm sie sich vor, Tiernans ironischem Blick auszuweichen, weil sie nicht wußte, was ihre Augen verraten würden. Auch ihre Selbstdisziplin hatte gewisse Grenzen. Und so schaute sie ihren reuelosen Vater an, der die Achseln zuckte.

»Jetzt war ich taktlos, was? Leider kann ich nicht jedes Wort, das ich sage, auf die Goldwaage legen. Richard ist schon an mich gewöhnt. Oder habe ich Sie schon mal beleidigt, mein Junge?«

Wie konnte man diesen Mann als Jungen bezeichnen? Cassie zwang sich, ihn anzuschauen. Aber sein Gesicht war ausdruckslos.

»Nein, Sie beleidigen mich niemals, Sean, wenn ich auch erwarte, daß Sie's immer wieder versuchen werden.«

Sean zündete sich eine der dicken, filterlosen Zigaretten an, die er schon vor Jahren aufgegeben hatte. »Oh, Sie kennen mich sehr gut.«

»Seit wann rauchst du wieder?« fragte Cass und schob das Tablett beiseite.

»Das Leben ist zu kurz, um sich irgendwas zu mißgönnen.«

»Aber es wird sich beträchtlich verkürzen, wenn du dieses Zeug qualmst.«

Seufzend verdrehte Sean die Augen. »Da sehen Sie, was ich durchmache. Bald wird sie mir jeden Drink aus der Hand reißen und mich mit endlosen Vorträgen über den Segen der Abstinenz langweilen. Schließen wir doch ein Abkommen, Cassie. Du behältst deine Meinung über meine kleinen Laster für dich, und ich verzichte auf weitere Kommentare über deine ausgeprägten weiblichen Rundungen.«

Mit voller Absicht brachte er sie vor Richard Tiernan in Verlegenheit. Natürlich ließ der Mann einen prüfenden Blick über ihre Figur wandern.

Trotz ihres Zorns und ihres hellen Teints errötete sie nicht. Sie zog sich den übergroßen Pullover nicht enger um die Schultern, verschränkte ihre Arme nicht vor der Brust, tat nichts Besonderes, außer düster vor sich hin zu starren. »Abgemacht!« fauchte sie, und Sean lächelte gütig.

»Das wäre also geregelt. Jetzt gehe ich, und du kannst mit Richard zu arbeiten anfangen, ohne mich.«

Beinahe war er schon zur Tür hinausgeeilt, als sie erbost und angstvoll schrie: »Verdammt, was machst du denn?«

»Ich habe wieder einen Termin beim Arzt, Liebes«, erwiderte er, und sie durchschaute die dreiste Lüge. »Inzwischen habt ihr beide genug zu tun. Bringt die Papiere in Ordnung.«

»Aber ...«

»Frag ihn doch, was in jener Nacht wirklich passiert ist!« rief Sean über die Schulter, von einer Rauchwolke begleitet. »Und notier dir alles, Cass. Mal sehen, ob ihr die Story zusammenkriegt.«

Nun mußte sie ihren ganzen Stolz aufbieten, um Richard Tiernans kühlem Blick zu begegnen. »Was für ein unmöglicher Mensch!«

Tiernan stand auf und wanderte im Zimmer umher. Sie hatte inzwischen vergessen, wie groß er war, wie bedrohlich seine geschmeidigen Bewegungen wirkten. Er schloß die Tür, lehnte sich dagegen und beobachtete Cass ironisch. »Wollen Sie sich Notizen machen?«

Verwirrt starrte sie ihn an. »Warum?«

»Weil ich jetzt zu reden anfange.«

Darauf war sie nicht vorbereitet gewesen. Plötzlich fröstelte sie in Seans elegantem, mit hohen Bücherregalen ausgestatteten Arbeitszimmer, wo es immer noch nach Speck und Zigaretten roch.

Als sie das Tablett noch weiter zur Seite schob, hoffte sie, Tiernan würde das Zittern ihrer Hände nicht bemerken. »Also gut.« Krampfhaft bezwang sie ihre Nervosität. »Werden Sie mir die Wahrheit erzählen?«

Sein Lächeln war überwältigend. Natürlich hatte sie gehört, asoziale Leute würden einen gewissen Charme besitzen. Aber die Ausstrahlung dieses Mannes war einzigartig. Am liebsten hätte sie das Lächeln erwidert und wäre zu ihm gegangen.

»Nein«, antwortete er leise. Und statt sie zu umarmen, sank er wieder in den grünen Ledersessel.

4

Eigentlich hatte er nicht erwartet, daß er sich darauf freuen würde, all die Lügengeschichten zu wiederholen. Viel zu oft hatte er sie schon erzählt – den Polizisten, den Anwälten, den Ermittlungsbeamten, den Mithäftlingen. Er kannte sämtliche Einzelheiten, die waren in dem Organ eingraviert, das als sein Herz galt. Auch Sean O'Rourke hatte er Bericht erstattet und beobachtet, wie sich der Schriftsteller bemühte, ihn in Widersprüche zu verwickeln. Dies war ein Spiel, das Sean genoß und Richard ertrug. So wie sein Leben.

Aber angesichts der Frau, die am überdimensionalen, chaotischen Schreibtisch seines Gastgebers saß, interessierte er sich plötzlich für das Thema. Wieviel konnte er ihr erzählen? Wie nahe durfte er sich an die Wahrheit heranwagen, und wann würde ihre widerwillige Faszination in Entsetzen übergehen?

Das mußte er herausfinden. Im Ledersessel zurückgelehnt, streckte er die langen Beine aus und beobachtete Cassidy. »Meine Frau war schon immer sehr anfällig«, erklärte er in neutralem Ton. Wenigstens in dieser Hinsicht sagte er die Wahrheit. »Ein Einzelkind – zerbrechlich und blond und nervös. Wie eine Märchenprinzessin.«

Zunächst schaute sie ihn nur an. Dann ergriff sie ein Blatt Papier, begann zu schreiben, und er sah, wie sie die Stirn runzelte.

»Sie war General Amberson Scotts Tochter.«

Diesen Namen kannte sie. Das verriet ihr kurzes Zögern. Für die meisten Leute war der Name Scott ein Begriff. Sein Schwiegervater wurde als Kriegsheld gefeiert, einer der Medienlieblinge zur Zeit des Golfkriegs, ein wortgewandter Mann, der die politischen Finten viel zu gut beherrschte. Mit ausdrucksloser Stimme fügte Richard hinzu: »Die beiden liebten sich sehr. Dianas Mutter war eine stille, bescheidene Frau, die stets im Schatten ihres Mannes stand. Und Diana wurde von ihren Eltern vergöttert und verhätschelt.«

»Mit anderen Worten, ein verwöhntes Balg«, warf Cassidy ein, und ihre Blicke trafen sich sekundenlang.

»So könnte man's auch nennen. Aber sie war ein schönes charmantes verwöhntes Balg, und wir führten eine glückliche Ehe.«

»Wie nett ...«

Beinahe hätte er über die bissige Bemerkung gelächelt. Cassidy Roarke war erstaunlich hart im Nehmen. Aber das hatte er gehofft. Um seinen Interessen zu dienen, mußte sie hart sein. »Der General schätzte mich, meine Schwiegermutter betete mich an. Und

Diana genoß die Rolle einer perfekten Ehefrau und Mutter. Sie liebte ihre Kinder«, fügte er hinzu, und seine Stimme klang immer noch emotionslos.

Als er die Kinder erwähnte, zuckte Cass zusammen, und das gefiel ihm. Dann betrachtete sie ihn furchtlos, was ihm noch besser gefiel. »Sie hatten zwei Kinder, nicht wahr?«

»Ja, Amy und Seth. Amy starb mit fünf Jahren, Seth mit drei. Und Diana war schwanger.«

»Daran erinnere ich mich«, sagte sie leise, und er spürte ihr widerstrebendes Mitleid. Glaubte sie, seinen Schmerz zu fühlen? Wie albern – wo er doch gar nichts empfand ... Dann beugte sie sich wieder über ihre Notizen. »Sie haben in Bedford gelebt.«

»In einem sehr komfortablen Haus. Dianas Mutter stammte aus einer alteingesessenen, steinreichen Familie. Damals hatte meine Frau bereits etwas von ihrer Großmutter geerbt, und ich arbeitete hart.«

»In welchem Beruf?«

»Konnten Sie das bei Ihren Recherchen nicht feststellen?«

»Ich habe nicht recherchiert!« fauchte sie. »Um die Wahrheit zu gestehen – ich wollte gar nichts über Ihren Fall hören.«

»Aber das ist Ihnen mißlungen.«

»Ja, ich weiß. Also, was für einen Beruf haben Sie ausgeübt?«

»Nun, solche Dinge werden in der Boulevardpresse nur selten erwähnt. Ich war Professor an einer kleinen, liberalen Kunstakademie. Im großen und ganzen ein unauffälliger Job, wenn er mich auch viel stärker beanspruchte, als es meiner Familie behagte.«

»Ich bezweifle, daß Sie ein guter Lehrer waren.«

»Oh, da täuschen Sie sich. Die meisten Studentinnen fanden mich faszinierend.«

»Haben Sie das ausgenutzt?«

»Wollen Sie wissen, ob ich mit ihnen ins Bett ging? Oder ob ich sie alle umgebracht habe?«

»Waren Sie Ihrer Frau untreu?«

»Lesen Sie doch die Zeitungsartikel. Da steht alles drin.«

Frustriert biß sie sich auf die Lippen, und er starrte ihren Mund an.

»Was geschah an dem Tag, an dem Ihre Familie – starb?«

»Sie meinen – an dem Tag, als sie ermordet wurde?« Genüßlich beobachtete er ihre Verlegenheit. Das war unfair. Aber seit einiger Zeit versuchte er, sich zu amüsieren, wann immer es ging. »An jenem Freitag nachmittag kam ich etwas früher heim. Diana plante, am nächsten Morgen ihre Eltern zu besuchen, zusammen mit den Kindern. Und ich wollte mich vergewissern, daß sie alles hatte, was sie brauchte. Seltsamerweise stand die Haustür offen. Meine Frau war immer sehr besorgt um ihre Sicherheit. Deshalb hätte sie die Tür niemals offengelassen. Ich ging hinein, und da fand ich sie alle.«

»Alle?«

»Dianas Leiche lag am Fuß der Treppe, in einer Blutlache.« Mühelos begann er zu lügen. Das hatte er lange genug geübt. »In ihrem Herzen steckte ein Messer.« Voller Genugtuung sah er Cassidy erschauern.

»Und wie haben Sie sich verhalten?«

»Wahrscheinlich erlitt ich einen Schock.« Auch an

diese Lüge war er gewöhnt. »Ich rannte die Stufen hinauf, um nach den Kindern zu sehen. Vorher muß ich Diana berührt haben, denn man entdeckte überall meine blutigen Fingerabdrücke. Zunächst suchte ich die Kinder vergeblich. Und dann ...«

Diesen Teil der Story beherrschte er besonders gut. Seine Stimme schien sogar zu brechen, und Cassidy wurde blaß. Wie weit konnte er gehen?

»Ihre Leichen lagen im Bad. Was danach geschah, weiß ich nicht. Offensichtlich ein Blackout ... Als die Polizei eintraf, kniete ich neben Diana, und die Kinder waren verschwunden. Irgend jemand hatte sie entfernt und das Blut weggewaschen. Also konnte ich sie nicht einmal begraben.«

»Unfaßbar«, flüsterte sie.

»Ja, das dachten die meisten Leute«, bemerkte er gedehnt und zerstörte die düstere Stimmung.

Sie glaubte ihm nicht. In den Bann seiner Story gezogen, war sie unsanft herausgerissen worden. Nun starrte sie ihn an, bleich vor Grauen, und er spürte, daß sie am liebsten davongelaufen wäre. Diese Wirkung übte er auf sie aus. Doch sie würde hierbleiben, das wußte er.

»Eine Zeitlang hielt die Familie zusammen. Der General und seine Frau flogen nach New York, und wir stellten uns gemeinsam dem Medienrummel. Bis die Ermittlungen in eine Sackgasse gerieten. Niemand fand die Spuren eines Einbrechers, niemand fand meine toten Kinder.«

Diesmal zuckte sie nicht zusammen, obwohl sie nahe daran war. Ihre Widerstandskraft wuchs, und er mußte sie noch härter anfassen.

»Sobald ich offiziell unter Verdacht stand, änderte sich die Situation«, fuhr er fort. »Am Anfang war der General mein loyalster Verteidiger. Aber als sich die Indizienbeweise gegen mich häuften, kehrte er mir den Rücken. Im Augenblick tut er sein Bestes, um mich vierteilen zu lassen. Es war kein Zufall, daß mein Verfahren im Rekordtempo abgewickelt wurde. Immerhin hat mein Schwiegervater sehr viele einflußreiche Freunde. Er will meinen Kopf in einer Silberschüssel sehen, vorzugsweise gestern.«

»Können Sie ihm das verübeln? Er glaubt, Sie hätten seine Tochter und seine Enkel ermordet.«

»Und ich habe meine Frau und meine Kinder verloren«, entgegnete Richard kühl. »Also blutet mir keineswegs das Herz, wenn ich an ihn denke.«

Ihre Augen verengten sich. »Was für Indizienbeweise waren das?«

»Motiv, Gelegenheit, kein Alibi, gewisse Spuren. An jenem Tag war niemand außer mir beobachtet worden, der das Haus betreten oder verlassen hätte. Der Leichenbeschauer erklärte, Diana sei ungefähr zu der Zeit gestorben, als ich daheim angekommen war. Auf der Mordwaffe, einem Fleischmesser aus meiner Küche, und an den Wänden fand man meine blutigen Fingerabdrücke.«

»Und das Motiv?« fragte sie atemlos.

Für ein paar Sekunden trafen sich ihre Blicke. »Mein zügelloses Temperament ist allgemein bekannt. Damals hatte ich eine ziemlich indiskrete Affäre, und an jenem Wochenende wollte Diana ihre Familie nicht besuchen, sondern mich verlassen, mit Amy und Seth. Sie hatte bereits die Scheidung eingereicht und tat ihr Bestes, um mir die Kinder wegzunehmen.«

»Mit welcher Begründung?«

»Sie behauptete, ich hätte die beiden geschlagen.«

»Stimmt das?«

»Nein.«

»Dann hatten Sie nichts zu befürchten. Wenn es keine Anzeichen einer Mißhandlung gab, konnten Sie auf Ihre väterlichen Rechte bestehen.«

»Vielleicht. Aber der Ankläger stürzte sich eifrig auf dieses Motiv und stellte mich als gewalttätigen Mann hin, der seine Familie lieber umbrachte als laufenzulassen. Auch andere Frauen waren verschwunden, zum Beispiel meine Geliebte, und die Geschworenen hatten beschlossen, mir jedes erdenkliche Verbrechen anzulasten.«

»Sind Sie gewalttätig – eines Mordes fähig?«

Er stand auf, beugte sich über den Schreibtisch zu Cassidy, so nahe, daß er den Kaffee in ihrem Atem und ihr Parfüm roch. Sofort begann wieder ein erotischer Puls zu pochen. »Das müssen Sie herausfinden, nicht wahr?«

Wie gebannt starrte sie ihn an. »Warum sollte ich?«

»Weil Sie neugierig sind – und machtlos gegen Ihr brennendes Interesse. Sie fragen sich, ob ich ein Monstrum bin, das seine Frau und seine Kinder abgeschlachtet hat, oder das Opfer eines Justizirrtums. Und Ihr Herz fliegt mir entgegen. Das spüre ich. Sie wollen mir glauben. Aber irgendwie können Sie sich nicht dazu durchringen. Deshalb fühlen Sie sich hin und her gerissen. Und Sie wissen nicht, ob Sie mich trösten oder verdammen sollen.«

Aufmerksam beobachtete er sie und sah, wie dunkle Röte in ihre Wangen stieg. »Würden Sie sich trösten lassen?«

Wieder einmal traf es ihn wie ein Blitzschlag. Ihre leise Stimme zerstörte seine Verteidigungsbastionen, drang bis zu jenem leeren, finsteren Ort vor, wo früher sein Herz geklopft hatte. Rasch trat er zurück, um der gefährlichen Verführung ihres Mitleids zu entrinnen, der ersten echten Gefahr, die ihm drohte, seit er an jenem Tag – vor vielen endlosen Tagen – im Blut seiner Frau gekniet war und sie hatte sterben sehen.

»Nein«, erwiderte er und verließ das Zimmer, rannte beinahe, von irrationaler Angst getrieben.

»Das war wohl keine gute Idee«, seufzte Mabry, die in der offenen Tür stand.

Verwirrt blickte Cass von den ordentlich gestapelten Papieren auf Seans Nußbaumschreibtisch auf. Seit Richard Tiernan so abrupt geflohen war, sichtete, studierte und katalogisierte sie das Material, um sich gegen das Grauen zu wappnen.

Der erste Polizeibericht und das Gutachten des Leichenbeschauers lagen vor ihr. Offensichtlich war Diana Scott an einem starken Blutverlust gestorben, verursacht von einer durchtrennten Aorta. Als ihr Herz zu schlagen aufgehört hatte, war der etwa sieben Wochen alte Fötus erstickt.

Mehrere Spuren wiesen auf einen Kampf hin – Verfärbungen am Körper der Leiche, Blut unter den Fingernägeln, das zu den Kratzern am Arm des Ehemanns paßte. Aber er behauptete, die würden von seiner Begegnung mit einer streunenden Katze stammen.

Das alles hatte Cassidy wie in Trance gelesen, unter einem dumpfen Schock. Ich kenne diese Leute nicht, dachte sie. Wenn sie sich doch einreden könnte, sie würde einen Agatha-Christie-Roman lesen, würde das brennende Gefühl in ihrer Magengrube vielleicht nachlassen.

Sie schaute in Mabrys bleiches, makelloses Gesicht. »Keine gute Idee? Warum sagst du das? *Du* hast mich doch hierhergeholt.«

Gequält schnitt Mabry eine Grimasse. »Sean war fest entschlossen, dich einzuladen. Und wer kann deinem Vater schon Paroli bieten, wenn er sich was in den Kopf gesetzt hat?« Mit der unbewußten Anmut eines Models ging sie ins Zimmer und machte einen weiten Bogen um den grünen Ledersessel.

Warum wohl, fragte sich Cassidy. »Also war er gar nicht krank?«

»Ach, ich weiß es nicht. Jedenfalls war er mehrmals beim Arzt, und diese Schmach hätte er früher, als wir uns kennenlernten, sicher nicht erduldet. Ich durfte ihn nicht ins Sprechzimmer begleiten. Danach fragte ich, was ihm denn fehle, und er erklärte, es sei nur eine Verstopfung. Das erschien mir plausibel. Wenn er irgendwelche Wehwehchen hat, liegt's immer an seinem Verdauungsapparat.«

»Ist es diesmal was Ernstes?«

Mabry strich mit einer schmalen Hand durch ihr seidiges glattes Haar. »Keine Ahnung. Aber wenn ihm wirklich was fehlt, hängt es sicher nicht mit seinem eifrigen Bestreben zusammen, dich einzuladen.«

»Und so was Normales wie Sehnsucht nach seiner Tochter kann's auch nicht sein.« Cass starrte auf den Schreibtisch, und ihre Stimme klang völlig neutral. Nein, sie empfand keinen Schmerz. Sean konnte sie schon seit Jahren nicht mehr verletzen.

»Vermutlich nicht. Sonst hätte er auch Francesca um einen Besuch gebeten. Du weißt ja, wie er das Kind vergöttert.«

»Ja«, bestätigte Cass und bekämpfte ihre unvernünftige Eifersucht. Auch sie liebte die kleine Schwester. Sie wünschte nur, ihr Vater hätte seine ältere Tochter ebenso klug und aufgeweckt und wundervoll gefunden, als sie noch ein kleines Mädchen gewesen war. »Und wann hat er gemerkt, daß er mich braucht? Zufällig um die gleiche Zeit, als Richard Tiernan aus dem Gefängnis entlassen wurde?«

»Hat er diesen Grund genannt?«

»Ich soll ihm helfen, das Buch über Tiernan zu schreiben. Immerhin ist das seine erste Dokumentation – und das Material zu detailliert für sein kreatives Gehirn. Deshalb braucht er redaktionellen Beistand.«

»Und du glaubst ihm?«

»Keine Sekunde lang«, erwiderte Cassie ohne Zögern. »Sean ist nicht der Typ, der um Hilfe bittet, und wenn er tatsächlich Unterstützung braucht, bin ich der letzte Mensch, an den er sich wenden würde. Was Details und Fakten betrifft – wann hat er sich jemals damit herumgeplagt?«

»Wie auch immer, du bist aus einem ganz bestimmten Grund hier. Und das gefällt mir nicht. Ich mißtraue ihm – oder seinem fanatischen Interesse am Tiernan-Fall.«

»Fanatisch?«

»Er ist besessen davon. Auch von Richard selbst. Schon seit Jahren hat sich Sean nicht mehr so leidenschaftlich in die Arbeit gestürzt. Dieses grausige Verbrechen entzückt ihn geradezu. Und es ist schon schlimm genug, daß er sich so intensiv mit einem brutalen Mord befaßt. Du sollst da nicht auch noch hineingezogen werden.«

»Also hältst du Tiernan für den Täter«, bemerkte Cass tonlos. »Du glaubst, er hätte seine Familie niedergemetzelt. Um Himmels willen, wie erträgst du es dann, die Wohnung mit ihm zu teilen?«

»Oh, ich habe nicht gesagt, daß er's war«, erwiderte Mabry und warf ihr berühmtes platinblondes Haar in den Nacken.

»Aber wenn du nicht davon überzeugt bist ...«

»Ich habe auch nicht gesagt, er sei über jeden Verdacht erhaben. Wenn ich bloß wüßte, was ich glauben soll! Man muß nur in seine Augen schauen – und schon sieht man Dinge, die man niemals wahrhaben wollte. Dinge, die einen gnadenlos verfolgen ...«

Unwillkürlich erschauerte Cassidy. Mabry war eher phantasielos. Gerade wegen ihres Realitätssinns und ihrer Gelassenheit übte sie eine so besänftigende Wirkung auf Sean aus. Und wenn sie in Richards Tiernans dunklen Augen Geister erblickte, dann mußten diese Geister auch existieren.

Ich muß von hier verschwinden, dachte Cass, meinem Vater den Rücken kehren und mich in Sicherheit bringen – obwohl er mich zum erstenmal wirklich braucht. Könnte ich's doch ... »Nun bist du schon fast zehn Jahre lang mit Sean verheiratet. Also weißt du, daß man ihn nicht zwingen kann, irgendwas zuzugeben, solange er's nicht will.« In gespieltem Gleichmut fügte sie hinzu: »Wenn die Zeit reif ist, wird er sicher verraten, was für grandiose Pläne er mit mir hat.«

»Natürlich hast du recht. Ich hoffe nur, er ringt sich dazu durch, bevor es zu spät ist.«

Abrupt stand Cassie auf, brauchte Sonnenschein, frische Luft, lächelnde Gesichter. Nichts davon würde sie in Manhattan finden. Ebenso wenig wie ihren inneren Frieden. »Zu spät? Wofür, Mabry?«

»Das weiß ich nicht, Cass. Ich habe nur so ein schreckliches Gefühl, und es wird immer schlimmer.«

Richard lag wieder in dem abgedunkelten Zimmer, auf dem Bett ausgestreckt, das einmal Seans Sohn gehört hatte. Normalerweise schlief er nicht viel, nur hin und wieder ein paar Stunden. Aber wenn sich die Räder in seinem Gehirn zu schnell drehten, wenn die Lichter zu grell funkelten und die Schmerzen begannen, blieb ihm nichts anderes übrig, als sich in seinem Schneckenhaus zu verkriechen. Im Augenblick konnte er niemanden sehen. Auch die Finsternis vermochte er nicht zu kontrollieren, den Zorn, der ihn durchströmte.

Aber Sean war nicht der Typ, der geschlossene Türen beachtete. Das trübe Licht der Flurlampe drang ins Zimmer, als seine stämmige Gestalt den Türrahmen füllte. Hinter ihm herrschte Grabesstille. »Das Weibervolk ist ausgegangen. Wahrscheinlich unternehmen die beiden einen Einkaufsbummel.«

»Hat Ihnen schon mal jemand gesagt, daß Sie ein

chauvinistisches Schwein sind?« fragte Richard, ohne ihn anzuschauen.

»Ein paar feministische Nazis. Wenn ich so eingeschätzt werde, fühle ich mich sogar geehrt. Nennen Sie mir doch eine einzige Frau, die nicht gern einkaufen geht. Vielleicht Ihre verstorbene Gemahlin? Erinnern Sie sich an atemberaubende Kreditkartenrechnungen?«

»Sie haben doch die Gerichtsprotokolle gelesen. Also wissen Sie's genauso gut wie ich. Sie vergessen nichts, aber auch gar nichts.«

»Ja, das stimmt.« Sean wanderte ins Zimmer, schloß die Tür und sperrte die düsteren Schatten ein. Dann setzte er sich auf den Stuhl neben dem Bett. »Was halten Sie von ihr?«

Richard gab nicht vor, er hätte keine Ahnung, wer gemeint war. »Danach haben Sie mich schon mal gefragt.«

»Was ist heute morgen passiert? Ich ließ euch zwei allein, und ich dachte ...«

»Was dachten Sie, Sean?« Richard fiel ihm ärgerlich ins Wort. »Daß ich sie quer über den Schreibtisch legen und ihr den Rock hochziehen würde?«

»Hüten Sie Ihre Zunge!« warnte Sean kühl. »Ich bin Cassidys Vater.«

»Klar, Sie sind ihr Vater. Und trotzdem liefern Sie mir das Mädchen skrupellos aus.«

»Oh, ich hege gewisse Bedenken. Aber ich bin bereit, das Risiko einzugehen.«

»Und wenn ich mich tatsächlich als verrückter Mörder entpuppe?« Richard setzte sich auf, und Sean blinzelte wie eine blinde Eule. »Wissen Sie nicht, was die

Leute behaupten? Daß ich meine Frau und meine Kinder und wahrscheinlich zahllose andere Frauen umgebracht habe. Sally Nortons Leiche wurde nicht gefunden, und das ist wohl der einzige Grund, warum mir dieser Mord nicht auch noch angelastet wird. Wenn ich einfach nicht widerstehen kann? Wenn ich jede Frau, die ich bumse, erstechen muß?«

»Versuchen Sie, mich zu schockieren, Richard? In dieser Phase meines Lebens bin ich nicht mehr so schreckhaft. Ich verstehe, warum Sie vielleicht das Bedürfnis haben, Ihre Frau zu töten. Aber wieso um alles in der Welt sollten Sie Cassidy ermorden?«

Richard sank aufs Bett zurück. Plötzlich fiel ihm die dumpfe Egozentrik des Schriftstellers auf die Nerven. »Vielleicht aus einem ganz einfachen Grund – weil ich Ihnen weh tun möchte. Allmählich widern Sie mich an.«

»Oh, ich habe Sie schon immer angewidert. Machen wir uns nichts vor. Wir beide haben einen faustischen Pakt geschlossen. Meine Tochter für Ihre Story. Erinnern Sie sich? Sie wollen's mit einer Frau treiben, und seltsamerweise hat Cassidy Ihr Interesse erregt. Okay. Ich brauche jemanden, der mir bei der Arbeit an diesem Buch hilft. Und sie ist ein talentiertes Mädchen. Was mich betrifft, ich werde mein Wort halten. Wie steht's mit Ihnen?«

Ein süffisantes Lächeln umspielte Richards Lippen. »Keine Bange, ich auch. Aber ich habe eine Frage.«

»Nur eine?« Sean winkte lässig ab. »Schießen Sie los!«

»Wenn wir einen faustischen Pakt geschlossen haben – wer von uns ist der Teufel?«

Es dauerte eine Weile, bis Sean antwortete. »Genau diese Frage wird mein Buch zum Klassiker erheben, mein Junge.«

Sie wurde beobachtet. Nachdem sie an einigen Häuserblocks vorbeigegangen war, spürte sie es immer deutlicher. Aber als sie sich umdrehte, sah sie niemanden, der besonderes Interesse an einer großen, wohlgerundeten, für die Upper Eastside viel zu leger gekleideten rothaarigen Frau zeigte.

Was den Sonnenschein und die lächelnden Gesichter betraf, behielt sie recht. Der helle Morgen hatte sich verdunkelt, die Leute eilten mit gesenkten Köpfen über die breiten Gehsteige, die perfekt geschminkten Gesichter ausdruckslos. Offenbar braute sich ein Gewitter zusammen, die Luft roch nach Auspuffgasen.

Cassidy schlenderte zum Park. Dort erwartete sie weder Frieden noch Sicherheit zu finden. Sie brauchte einfach nur Bäume, selbst wenn sie sichtbar an den Konsequenzen der Umweltverschmutzung litten, und sie wollte spielende Kinder sehen, das Leben beobachten, Richard Tiernan und sein unglückseliges Schicksal vergessen.

Zweifellos, sie wurde verfolgt. An der Seventy-second Street betrat sie den Park, zusammen mit mehreren Leuten. Dazu gehörte auch die Person, die ihr so unauffällig auf den Fersen blieb. Vielleicht der Yuppie im Seidenanzug, die Obdachlose, die vor sich hin murmelte, der Bulle oder der Jogger? Sie hatte keine Ahnung. Genausogut konnte es der Brezenverkäufer oder der elegante Gentleman in militärischer Haltung sein.

Und dann wußte sie es.

Langsam und ziellos ging sie weiter, so daß er sie im Auge behalten konnte. An einem Kiosk blieb sie stehen, kaufte eine Packung Popcorn und setzte sich auf eine der relativ sauberen Bänke.

Sie warf Popcorns in den Kies und sah Tauben heranflattern. Eine Zeitlang stand er am Wegrand und schaute zu, wie sie die Vögel fütterte. Eichhörnchen mit schäbigen, von Motten zerfressenen Schwänzen stürzten sich in die Schlacht, und bald benutzte Cassidy beide Hände, um knusprige Maiskörner in die Luft zu schleudern.

»Was für ein weiches Herz Sie haben ...« Er nahm neben ihr Platz, und als sie ihn ansah, hoffte sie, er würde ihre Nervosität nicht bemerken.

»Oh, ich lege großen Wert auf Gerechtigkeit.«

»Genau wie ich.«

»Gerechtigkeit? Oder Rache?«

Anerkennend nickte Amberson Scott, General im Ruhestand. »Sie sind nicht nur hübsch, sondern auch intelligent. Solche Frauen bewundere ich. In diesem Fall sind Gerechtigkeit und Rache ein und dasselbe.«

Richard Tiernans Schwiegervater wirkte sehr distinguiert. So stellte man sich den Medienliebling aus den Tagen des Golfkriegs vor. Beinahe hätte er sogar Norman Schwarzkopf den Rang abgelaufen. Trotz des maßgeschneiderten britischen Anzugs strahlte er immer noch militärische Fairneß aus, inneren Anstand und Klugheit, zu gleichen Teilen mit Entschlossenheit und Mitgefühl vermischt. Kein Wunder, daß er der Staatsanwaltschaft als hervorragender Zeuge gedient hatte ...

»Ihr Vater ist ein Narr«, fügte er abrupt hinzu.

»Keineswegs.«

»Dann treibt er ein gefährliches Spiel, und er müßte doch alt genug sein, um es besser zu wissen. Richard Tiernan ist völlig gewissenlos – ein Monstrum. Oder würden Sie einen Mann, der seine schwangere Frau und seine Kinder abschlachtet und trotzdem ruhig schlafen kann, anders bezeichnen?«

»Wieso vermuten Sie, daß er schlafen kann?« Eine alberne, irrelevante Frage ... Doch die Erinnerung an die Hände, die ihr den Becher Milch gereicht hatten, ließ sich nicht verdrängen.

Scott schüttelte den Kopf. »Schon ein paarmal versuchte ich, mit Ihrem Vater zu reden. Leider wollte er nicht auf mich hören. Ich hielt mich da raus – Richard wurde verurteilt, und ich glaube an das Justizsystem dieses Landes. Einen solchen Verbrecher wird man nicht freisprechen. Er muß für den Mord an meiner Tochter und ihren Kindern bezahlen, und ich werde zusehen.«

Offenbar meinte er jedes Wort ernst. Das verriet seine ruhige Entschlossenheit. »Und wenn Sie sich irren? Wenn es meinem Vater gelingt, Richards Unschuld zu beweisen?«

»Bedauerlicherweise sind Sie doch nicht so klug, wie ich dachte. Ihr Vater hatte keine Bedenken, mir die Wahrheit zu gestehen. Warum fragen Sie ihn nicht, was er mit diesem Buch bezweckt?«

»Das weiß ich bereits. Er wird die Version des Verurteilten erzählen und beweisen, daß Richard gar nicht der Mörder sein kann.« Noch während sie sprach, merkte sie, wie hohl diese Behauptung klang.

»Gewiß nicht. Okay, er wird Richards Geschichte erzählen – und die Gedankengänge eines Mörders erläutern.«

»Unsinn, ich glaube Ihnen nicht!« protestierte Cassidy und fürchtete ihre eigenen Zweifel.

»Ein so harmloses Thema wie die Fakten einer Kriminalgeschichte würde Sean O'Rourke nicht interessieren. Er möchte die Seele und den Geist eines Mörders ausloten, ein Meisterwerk schreiben, und es ist ihm egal, welchen Preis er dafür zahlen muß.«

»An welchen Preis denken Sie?« fragte Cassidy mit eisiger Stimme.

»Wenn Richard zu wahrer Hochform aufläuft, muß Ihr Vater denselben Preis zahlen wie ich. Das Leben einer Tochter.«

Ein plötzlicher Wind wehte eine zerrissene Zeitung auf den gewundenen Parkweg. Aus der Ferne sah sie Richard Tiernans verschwommenes Foto und ein Wort, das zur Schlagzeile gehörte. »Mörder«.

Es wäre einfach genug gewesen, der Angst nachzugeben, die sie während der letzten vierundzwanzig Stunden gequält hatte. Seit ihrer Ankunft in New York. Aber wenn sie jetzt davonrannte, wußte sie nicht, wann sie innehalten würde. Und sie war noch nicht bereit zur Flucht.

Anmutig erhob sie sich, und auch er stand auf – höflich, distinguiert, ein paar Zentimeter kleiner als Cassidy. »Ich verstehe Ihre Gefühle, General Scott«, beteuerte sie leise. »Und ich wünschte, ich könnte Ihnen helfen. Aber ich glaube ...«

»Sie können mir helfen«, unterbrach er sie, und sie wappnete sich, weil sie wußte, was er von ihr verlangen würde. Sie sollte Richard nachspionieren, ihren Vater beeinflussen ...

»Bleiben Sie am Leben«, fuhr er fort. »Mindestens zwei Frauen hat er schon getötet, und die Polizei lastet ihm noch weitere Morde an.«

»Aber ...«, begann sie zu protestieren, von dumpfem Grauen erfüllt.

Seine strenge Stimme brachte sie erneut zum Schweigen. »Erlauben Sie ihm nicht, noch mehr Blut zu vergießen!« Ohne ein weiteres Wort wandte er sich ab und ging davon. Zu beiden Seiten des Weges schwirrten Tauben empor.

5

Tiefe Stille erfüllte das Apartment. Weder Mabry noch Sean ließen sich blicken. Aus dem ehelichen Schlafzimmer drang kein Geräusch. Cass schloß die Tür hinter sich, lehnte sich dagegen und schlüpfte aus den Schuhen.

Trotz der mitternächtlichen Stunde hatte sie sich auf den gefahrvollen New Yorker Straßen sicherer gefühlt als in der Wohnung ihres Vaters. Die Begegnung mit Amberson Scott hatte sie aufgewühlt. Seither wurde sie von kalter Angst verfolgt. Obwohl sie sich eingeredet hatte, es gebe keinen Grund zur Sorge, war es dem General innerhalb weniger Minuten gelungen, ihre Furcht zu schüren. Sie wohnte mit einem Mörder zusammen. Und unvernünftigerweise fühlte sie sich zu ihm hingezogen. So wie seine anderen Opfer – zweifellos ...

Sie hatte einen Einkaufsbummel gemacht und gehofft, die hellen Lichter und das Getümmel im Bloomingdales würden sie ablenken. Doch sie konnte sich nicht dazu aufraffen, irgendwas zu kaufen.

Dann besuchte sie ein Restaurant, brachte aber keinen Bissen hinunter. Während sie in einem Kino saß, stellte sie fest, daß sie den falschen Film gewählt hatte. Statt der erwünschten Spannung im Hitchcock-Stil wurde ihr ein Blutbad mit eleganten erotischen Elementen geboten. Wie hypnotisiert starrte sie auf die Leinwand.

Kein Wunder, daß sie an Richard Tiernan dachte.

Um die Rückkehr in Seans Wohnung hinauszuzögern, ging sie in ein kleines Lokal, einen Block vom Apartmenthaus entfernt, bestellte Irish Coffey und ein Dessert. Zu dieser Zeit fingen die streunenden Singles bereits an, Cass zu bemerken. Also hatte sie ihren nächtlichen Streifzug notgedrungen beendet.

Achtlos warf sie ihre Jacke über einen Stuhl und schlich auf Zehenspitzen durch den Flur. Erst als sie ihre Tür erreichte, vernahm sie die Stimmen. Gedämpft und unheimlich. Seans irischer Akzent, vom Whiskey beschwingt. Und Richards Antwort – tiefer, düster, magnetisch.

Sie öffnete ihre Tür, wollte sie schließen, um das Gespräch auszusperren. Doch da hörte sie ihren Namen – und war verloren. Um der Versuchung zu widerstehen, die beiden zu belauschen, hätte sie einen stärkeren Charakter besitzen müssen.

Und so huschte sie in die Richtung, aus der die Stimmen drangen, zum Arbeitszimmer. Die Tür war nur angelehnt, und Cass sah schwaches Licht, roch das torfige Aroma von gutem irischem Whiskey. Leise klirrten ein paar Eiswürfel. Offenbar bevorzugte Tiernan seinen Whiskey »on the Rocks«. Sean pflegte ihn pur zu trinken.

»... weiß nicht, ob sie mitmachen wird«, sagte er etwas zu laut. »Sie hatte schon immer einen eigenen Willen. Da gerät sie nach ihrer Mutter, aber sie ist nicht so ein verdammtes Biest wie Alice. Andererseits traue ich's ihr durchaus zu, einen Mann zu kastrieren, wenn er ihr zu nahetritt. Ein sehr temperamentvolles Mädchen. Das möchte ich Ihnen nicht verhehlen.«

»Soll ich mich fürchten?« Tiernans Stimme klang viel leiser. Trotzdem verstand Cassidy jedes Wort.

Sean schnaufte. »Quatsch! Ich erkläre Ihnen doch nur, daß sie sich wahrscheinlich nicht so leicht erobern läßt. Und falls ihr irgendwas mißfällt, wird sie sofort abreisen. Familientreue ist eine längst vergessene Tugend. Erst denkt sie an sich selbst, dann kommt lange nichts, und danach sind irgendwann ihre Eltern dran – vielleicht.«

»Also eine Überlebenskünstlerin.«

»Das muß sie auch sein. Ihre Mutter ist nämlich noch schrecklicher als ich, ob Sie's glauben oder nicht.«

»Unvorstellbar ...«, erwidere Tiernan gedehnt.

»Ich hab' mir das alles noch mal überlegt. Warum soll mein Verleger nichts für uns tun? In New York laufen unzählige kluge, gebildete Frauen herum, die sich zerreißen würden, wenn sie an diesem Buch mitarbeiten dürften.«

»Aber die interessieren mich nicht.«

»Richard ...« Allmählich fing Sean zu lallen an. »Ich will mein Mädchen nicht unglücklich machen.«

Nun entstand ein langes Schweigen. Cass spürte, wie ihr das Blut ins Gesicht stieg, während sie auf die Antwort wartete. Würde sie endlich erfahren, was zum Teufel hier vorging? Warum hatte Sean sie in sein Apartment gelockt? Um seinem Hausgast einen ganz bestimmten Gefallen zu tun?

Schließlich begann Richard zu sprechen. Vor lauter Frust hätte sie am liebsten mit der Faust gegen die Wand gehämmert. »Jetzt sollten Sie schlafen gehen, Sean. Ihre Tochter ist eine Frühaufsteherin und erwartet sicher, daß wir ab neun Uhr konzentriert arbeiten.«

»Leider hat Cassie überhaupt kein Verständnis für die Realitäten des Lebens – zum Beispiel Schlafstörungen, Kater, Musenküsse ... Solche Dinge gehorchen ihren eigenen Gesetzen.«

»Allzuviel Zeit habe ich nicht zu verlieren.«

»Dann stürzt euch doch ohne mich in die Arbeit«, schlug Sean unbekümmert vor.

Wieder ein längeres Schweigen, »Treffen Sie Ihre Entscheidung, Sean.«

»Das habe ich bereits getan. Mabry macht mir Vorwürfe. Aus irgendeinem Grund hat sie einen Narren an Ihnen gefressen. Sie ist furchtbar hartnäckig, eine verbissene Kämpferin. So war sie schon immer. Aber sie hat noch keinen Mann so angeschaut wie Sie.«

Cass konnte nur mühsam einen Protestschrei unterdrücken. Wie festgewurzelt blieb sie stehen und lauschte.

»Und wie schaut sie mich an?« Es klang kühl, nur mäßig interessiert, und sie fühlte sich beschämt.

»Nun, ich habe versucht, das einigermaßen präzise zu definieren. Wie ein Kind, das sich eine Spielzeugeisenbahn wünscht, aber genau weiß, daß es keine kriegt.«

»Warum kriegt es keine?«

»Weil der Preis zu hoch ist.« Geräuschvoll schlürfte Sean seinen Whiskey, und während seine Artikulation nachließ, gewann er immer gefährlichere Erkenntnisse. »Außerdem erinnert mich Mabry an gewisse Leute, die im Central Park Zoo die Eisbären beobachten. Soviel ich weiß, haben die noch niemandem was getan. Aber das Publikum starrt sie an und denkt an das Biest, das im Brooklyn Zoo ein paar Kinder verschlungen hat.«

In Tiernans Stimme schwang sanfte Belustigung mit, was Cass noch mehr in Wut brachte als die Erklärungen ihres Vaters. »Also bin ich ein heißersehntes Spielzeug, das sie sich nicht leisten kann – und das womöglich über sie herfallen wird, um sie zu verspeisen. Ist es so?«

»Was glauben Sie?«

»Daß Sie ins Bett gehen sollten.«

»Natürlich, Sie haben recht. Mabry wird sich schon wundern, was mit mir los ist.«

»Daran zweifle ich. Mittlerweile hat sie sich bestimmt an Sie gewöhnt.«

Hastig flüchtete Cassidy durch die nächstbeste Tür. Die Küche lag im Dunkel. Dort wartete sie und wagte kaum zu atmen, als Sean in den Flur trat.

Wirres graues Haar umrahmte sein gerötetes Gesicht, die dunklen Rosinenaugen wirkten seltsam eingefallen. Zum erstenmal kam er ihr alt vor. Unbemerkt starrte sie ihn an und spürte die Last der Sterblichkeit auf ihren Schultern.

Sie wagte nicht, in den Flur zurückzukehren und eine Begegnung mit Richard Tiernan zu riskieren. Da das alte Apartment ringförmig angelegt war, konnte sie die vordere Diele durch die Küche und die Frühstücksecke erreichen und verstohlen in ihrem Zimmer verschwinden.

Lautlos setzte sie einen Fuß vor den anderen und widerstand der Versuchung, den Kühlschrank zu öffnen. Nachdem sie den ganzen Tag nur in ihrem Essen herumgestochert hatte, wurde sie von plötzlichem Heißhunger erfaßt. Doch sie mußte die Küche verlassen. Dies war der Ort, wo sie immer wieder vom Dämon ihrer Alpträume heimgesucht wurde.

Nur die Straßenbeleuchtung, die in den dunklen Wohnraum schien, erhellte den Flur ein wenig. Auf Zehenspitzen schlich sie zu ihrem Zimmer, dann unterdrückte sie einen Schrei.

»Cassidy!« Tiernans Finger umklammerten ihr Handgelenk und verhinderten ihre Flucht. Noch leiser als sie selbst war er aus den Schatten aufgetaucht. Sie konnte ihn kaum sehen, was sie aus irgendwelchen Gründen nicht beruhigte. »Konnten Sie etwas Interessantes hören, als Sie unser Gespräch belauschten?«

Unsicher riß sie sich los. »Was meinen Sie?«

»Treiben Sie keine kindischen Spiele, Cassidy. Das hätte ich nicht von Ihnen gedacht. Sie standen vor der Tür des Arbeitszimmers, als Ihr Vater seinen alkoholisierten Phantasien freien Lauf ließ. Was halten Sie davon?«

Sie verschränkte die Arme vor der Brust. Ihr wurde heiß und kalt. »Wirklich, ich weiß nicht, was ich denken soll«, erwiderte sie wahrheitsgemäß. »Was genau erwartet Sean eigentlich von mir? Redaktionelle Fachkenntnis? Die Arbeit einer Sekretärin? Was?«

»Ja – was?« Irgendwie klang die knappe Antwort anzüglich.

»Vergessen Sie's!«

»Versuchen Sie, das mal Ihrem Vater zu sagen.«

In diesem Augenblick war sie froh über die Finsternis, die ihre geröteten Wangen verbarg. »Sie haben recht«, entgegnete sie und lachte gequält. »Sobald er einen Entschluß gefaßt hat, hört er auf niemanden. Deshalb wird er Ihnen auch nicht glauben, daß Sie keineswegs vor Verlangen nach mir zittern.«

»Aber ich zittere.«

Das Schweigen war dicht und dunkel und undurchdringlich. Viel zu nah stand er vor ihr, wenn auch nicht nahe genug, doch sie spürte ihn, fühlte die Hitze seines Körpers, die ihr irgendwie eiskalt erschien.

Trotzdem brachte sie ein nervöses Lächeln zustande. »Sekundenlang dachte ich, Sie würden's ernst meinen.« Halb und halb fürchtete sie, nun würde er ihr versichern, es sei ihm ernst. Todernst.

»Wo waren Sie heute abend?« fragte er statt dessen.

»Einkaufen, im Kino, in Restaurants«, erzählte sie munter. »Allzu oft komme ich nicht nach New York, und einen Besuch im Bloomies wollte ich auf keinen Fall versäumen. Leider fand ich nichts, was ich gern gekauft hätte. Und der Film gefiel mir nicht besonders. Natürlich traf ich auch keine Bekannten, nicht einmal im Park. Also fühlte ich mich ein bißchen einsam. Aber dann ...«

»Dann fingen Sie zu schwatzen an«, unterbrach er sie. »Haben Sie ein schlechtes Gewissen, Cassidy?«

»Warum sollte ich?«

»Das kann ich mir kaum vorstellen. Ich glaube, Sie könnten nicht einmal eine flüchtige Bekanntschaft mit dem Bösen pflegen. Es sei denn, Sie zählen Ihre Bekanntschaft mit mir dazu.«

»Sind Sie böse?«

Diese Frage wurde ignoriert. »Lassen Sie sich einen Rat geben, Cassidy. Wenn Sie sich schuldig fühlen und lügen, sagen Sie so wenig wie möglich. Sie müssen keine Ausflüchte suchen. Wenn man Sie aushorchen will, antworten sie ausweichend und halten Sie den Mund.«

»Ja, das will ich mir merken«, versprach sie mit schwacher Stimme. »Wurden Sie deshalb verhaftet? Weil Sie nichts sagen wollten?«

Sogar im Dunkeln spürte sie sein wölfisches Lächeln. »Gute Nacht, Cassidy.«

Reglos stand sie im Flur, während er in seinem Zimmer verschwand. Sie schloß sekundenlang die Augen. Dann atmete sie tief auf und öffnete ihre verkrampften Fäuste. Sie hatte ihre innere Anspannung gar nicht bemerkt.

Was für ein beunruhigender Mann ... Sogar unter normalen Umständen würde er ihre Nerven strapazieren. Wäre sie ihm auf beruflicher Ebene begegnet, hätte sie ihn gemieden. Seine Intensität und die subtile, verborgene Kraft bedrohten die sichere, komfortable Existenz, die sie sich in Baltimore aufgebaut hatte – fern von den eklatanten Forderungen ihrer Familie. Nun war ihr verletzlicher seelischer Friede gefährdet. Vielleicht sogar ihr Leben.

Aber wie sollte sie Tiernan auf den hundertsechzig Quadratmetern in Seans Wohnung entrinnen, der drückenden Atmosphäre, die diese Räume erfüllte und über seinem Kopf hing? Wie sollte sie seine Anziehungskraft bekämpfen, den Magnetismus eines Mannes, der ...

Der böse war? Oder nur verzweifelt und zu Unrecht verurteilt?

Sie konnte ihn nicht retten. Das hatte sie schon frühzeitig gelernt, angesichts der trunksüchtigen Mutter und des selbstzerstörerischen Vaters ... Die beiden konnte sie nicht retten, nur sich selbst. Und sie dachte, sie wäre der Notwendigkeit entwachsen, etwas anders zu versuchen.

Und doch – Richard Tiernan strahlte irgend etwas aus, das sie berührte. Je eher sie lernte, ihr Herz zu verschließen, desto besser.

Einfach lächerlich, wie leicht sie sich manipulieren ließ ... Die mangelnde Herausforderung müßte Richard langweilen, aber so war es nicht. Alles an Cassidy Roarke faszinierte ihn, sogar ihre Berechenbarkeit. Und vielleicht ist sie gar nicht berechenbar, überlegte er. Möglicherweise kannte er sie ganz genau, auf elementare Weise.

Hätte er sie bedrängt, wäre sie davongelaufen. Dazu neigte sie, das wußte er. Er hatte sie kaum angefaßt, dem Impuls widerstanden, seiner heißen Sehnsucht. Natürlich mußte er behutsam und schrittweise vorgehen, wenn er in ihren Geist und ihre Seele eindringen wollte. Eine vorschnelle, unbedachte Geste – und alles wäre verloren. Zuviel stand auf dem Spiel.

Also würde er sich langsam und so subtil an sie heranpirschen, bis sie der Gefahr schutzlos ausgeliefert war. Bis der Zeitpunkt verstrich, an dem sie noch fliehen konnte.

Er wappnete sich mit Geduld. Zwei Tage lang saß er im grünen Ledersessel und beobachtete sie durch gesenkte Wimpern, hörte zu, wenn sie mit Sean über den Aufbau des Buchs diskutierte. Die Erkenntnis, daß sie Seans Plan noch immer nicht durchschaute, amüsierte ihn. Eigentlich war sie viel zu intelligent, um keinen Verdacht zu schöpfen. Doch sie glaubte nach wie vor, das Projekt würde dem Beweis seiner Unschuld dienen. Komisch – wo doch die einzige Unschuld innerhalb dieser Mauern in Cassidys kummervollen grünen Augen lag ...

Beharrlich ging er ihr aus dem Weg und hoffte sie in falscher Sicherheit zu wiegen. Nachts hörte er sie, wie sie auf Zehenspitzen umherschlich, den Kühlschrank plünderte, Milch erwärmte, um Schlaf zu finden. Aber er blieb in seinem Zimmer, lauschte hellwach ihren Schritten und erinnerte sich, wie das dünne Nachthemd ihren hochgewachsenen, kraftvollen Körper umfloß, wie sie die Arme vor der Brust verschränkte und sich vor ihm zu schützen suchte. Er wollte hinausstürmen, warme Milch von ihren Lippen trinken, das Hemd zu den runden Hüften hochzerren und sie an seiner Haut spüren. Doch er blieb, wo er war, und spitzte die Ohren. Was ihren Schlaf raubte, wußte er nur zu gut. Immerhin hatte er sein Bestes getan, um diesen Zustand heraufzubeschwören.

Allmählich lief ihm die Zeit davon. Wie lange konnte er auf Cass warten? Da gab es ein gewisses Limit. Sean arbeitete wie besessen an seinem Buch – heimlich, wenn seine Tochter ihn nicht störte. Wenn er in diesem Tempo weitermachte, könnte der erste Entwurf lange vor Richards Berufungsverfahren fertiggestellt werden. Früher oder später würde Cassidy das Manuskript lesen, und dann würde die Hölle losbrechen.

Vorher mußte er ihrer sicher sein, sie testen und reizen und an sich binden, ehe es zu spät war. Nur sie allein vermochte ihm zu geben, was er brauchte. Daß er ihr das allerletzte Opfer abverlangen könnte, spielte keine Rolle. Das wollte er riskieren. Und er mußte sich vergewissern, daß auch sie dazu bereit war.

»Heute hat Bellingham angerufen«, verkündete Sean aus heiterem Himmel, drei Tage nach Cassidys Ankunft in New York.

Richard blickte von dem Buch auf, das er las. Während der letzten Tage hatten sie ein unbehagliches Trio gebildet. Cassie organisierte den Papierkram, Sean vertiefte sich in seinen Laptop, und Richard verschlang ein Buch nach dem anderen – alles von astronomischen Werken bis zu Krimis und Dokumentationen über tatsächliche Verbrechen von Joe McGinniss. Wenn sie nicht hinschaute, beobachtete er Cass und wußte, sie würde seinen Blick spüren. Doch dabei ließ er sich niemals ertappen. Diesmal musterte er sie freimütig. Ihr feuerrotes Haar war im Nacken zusammengebunden, ihr Make-up sehr dezent. Über den hohen Wangenknochen sah er ein paar Sommersprossen. Sie trug einen Baumwollpullover ... Absichtlich formlos, wie er vermutete, und eine Khakihose. Wie gern würde er wieder ihre Beine bewundern ...

»Wer ist Bellingham?« fragte sie.

»Mark Bellingham, mein Anwalt«, erwiderte Richard.

»Aber nicht Ihr Verteidiger, wie ich den Gerichtsprotokollen entnommen habe. Sie wurden von Harrison Matthews und seiner Assistentenhorde vertreten. Eine imposante Kanzlei. Soviel ich weiß, hat Matthews noch nie einen Prozeß verloren.«

»Dann haben Sie die Protokolle nur flüchtig gelesen«, entgegnete er kühl. »Gewiß, ich bezweifle, daß Matthews jemals eine Niederlage erlitten hat. Mein Schwiegervater engagierte ihn für mich. Sobald er von meiner Schuld überzeugt war, entzog er mir seine finanzielle Unterstützung, und Matthews gab den Fall ab. Mark übernahm ihn. Natürlich war auch er kompetent, und zudem ein alter Freund, ein zusätzlicher Vorteil.«

»Warum wurde das Urteil nicht wegen Verfahrensmängeln aufgehoben? Ihr Prozeß wurde im Rekordtempo abgewickelt. Sie hätten mehr Zeit verlangen können ...«

»Das wollte ich nicht.«

Verständnislos starrte sie ihn an. »Warum nicht?«

»Weil die Zeit keinen Unterschied gemacht hätte. Entweder hielten mich die Geschworenen für unschuldig oder für schuldig. Daran hätte ein zweijähriger Kampf mit dem Justizsystem nichts geändert.«

»Möglicherweise doch.«

»Vielleicht war's mir egal.«

Diese Antwort brachte sie zum Schweigen, wenn

auch nur kurzfristig. Und er wollte das Thema weiterverfolgen. Er las widerstrebendes Mitgefühl in ihren ausdrucksvollen Augen. Offensichtlich sah sie einen Mann, der seine schwangere Frau und seine Kinder auf schreckliche Weise verloren hatte, und es drängte sie, seinen Kopf an ihre Brüste zu pressen und ihn zu trösten. Welch ein amüsanter Gedanke ... Wahrscheinlich würde sie auch versuchen, eine Klapperschlange zu trösten, die versehentlich einen Skorpion gebissen hatte.

Ärgerlich fuhr Sean fort: »Ich habe versucht, Bellingham abzuwimmeln. Wenn die Arbeit so gut läuft, kann ich keine Störung gebrauchen.«

»Wann soll ich das Manuskript lesen?« fragte Cass.

Er starrte seine Tochter an, als hätte sie plötzlich zwei Köpfe. »Lesen?«

»Lesen«, wiederholte sie mit übertriebener Geduld. »Deshalb hast du mich doch hierhergeholt, nicht wahr? Abgesehen von einer besseren Sekretärin, die dein Material in Ordnung bringt, bin ich auch deine Lektorin.«

»Während der Arbeit ertrage ich's nicht, wenn man mir über die Schultern schaut«, fauchte Sean. »Wenn das Manuskript fertig ist, wirst du's schon kriegen.«

Seufzend stand sie vom Schreibtisch auf. »In diesem Fall werde ich nach Maryland zurückkehren, und du kannst mir mitteilen, wann du mich wieder brauchst. Ich habe keine Lust, meine Zeit zu verschwenden und nur in Papieren herumzuwühlen, während du dich mit deiner Muse amüsierst.«

»Komm zurück, Cassie!« donnerte Sean. Aber sie war bereits im Flur verschwunden, und er wandte sich frustriert zu Richard. »Setzen Sie nie wieder Kinder in die Welt, Tiernan! Die sind gefährlicher als Schlangenzähne.«

»Vermutlich werde ich keine Chance mehr erhalten, noch einmal Vater zu werden«, entgegnete Richard kühl und ließ das Buch in seinen Schoß fallen. »Lassen Sie Cassidy gehen?«

Nun verzogen sich Sean O'Rourkes Lippen zu einem tückischen Lächeln, und er machte sich auch gar nicht die Mühe, es zu verbergen. »Ich weiß nicht, ob ich sie noch zurückhalten kann«, erwiderte er in bedauerndem Ton, und Richard lehnte sich zurück.

Natürlich war dieses Bedauern nur eine Finte. Er hatte zwar geplant, seine Tochter Richard Tiernan auszuliefern, aber nun besann er sich eines Besseren, und die Chance, ihre Flucht zu beschleunigen, kam ihm sehr gelegen.

Doch er hatte seine Rechnung ohne Tiernan gemacht. »Wenn sie abreist, gehe ich auch.«

»Richard, Sie brauchen Cassidy gar nicht«, erklärte Sean und versuchte, die Angst in seinen Augen zu verstecken. »Warum bilden Sie sich ein, sie wäre so wichtig? Jede halbwegs intelligente Assistentin würde den gleichen Zweck erfüllen, und ich kann genug hübsche Mädchen auftreiben, die nur zu gern mit Ihnen schlafen würden. Glücklicherweise sind die meisten Frauen von berühmt-berüchtigten Typen fasziniert.«

»Wenn ich einfach nur bumsen wollte, würde ich's selber arrangieren. Gewisse Frauen fühlen sich von der Gefahr angezogen. Aus diesem Grund will ich Cassidy nicht haben.«

»Erscheint sie Ihnen nicht mehr reizvoll?«

»Das habe ich nicht gesagt. Ich meine nur – so einfach ist es nicht. Werden Sie sich's anders überlegen? Verzichten Sie auf meine Mitarbeit an Ihrem gottverdammten Buch, um Ihre Tochter entwischen zu lassen?«

Dunkle Zornesröte stieg in Seans Gesicht. »Glauben Sie, ich würde meine Tochter zur Hure machen, nur um meine Karriere zu fördern?« protestierte er.

»Ist es nicht so?«

»Tiernan, ich habe Sie aus dem Knast geholt und die Kaution bezahlt. Nur mein Name und mein guter Ruf konnten den Richter überzeugen.«

»Ihr Ruf ist fast so schlimm wie meiner«, unterbrach Richard den alten Mann gnadenlos. »Vielleicht kann Mark Bellingham nicht so viele Beziehungen spielen lassen wie Matthews, aber ein schlichtes Berufungsverfahren bringt er sicher zustande. Und ich muß nicht hierbleiben. Das wissen wir beide. Wir haben eine Vereinbarung getroffen, und Sie werden Wort halten!«

»Niemand kann Cass zu irgendwas zwingen, das sie nicht will.«

»Oh, sie wird wollen.«

»Mir gefällt das nicht.«

»Ist es nicht ein bißchen zu spät, um den Schwanz einzuziehen, Sean? Sie haben mir erklärt, Cassidy müsse endlich ihr Leben genießen, und sie wollten ihr eine Chance geben.«

»Warum interessieren Sie sich so sehr für das Mädchen? Diese Frage haben Sie niemals klar beantwortet. Liebe auf den ersten Blick ist es nicht, das weiß ich. Weil Sie ein kaltblütiger Bastard sind. Was wollen Sie von meiner Tochter?«

Nachdenklich runzelte Richard die Stirn und betrachtete den Mann, der um des Ruhmes willen nicht einmal davor zurückschreckte, sein eigenes Kind zu verkaufen. »Erlösung«, erwiderte er. Niemals zuvor hatte er mit Sean O'Rourke so aufrichtig gesprochen.

Aber Sean erkannte die Wahrheit nicht. »Wohl oder übel, muß ich Ihnen trauen«, seufzte er. »Ich hoffe zu Gott, daß ich keinen Fehler mache. Aber offensichtlich habe ich keine andere Möglichkeit.«

Nun verzogen sich Richards Lippen zu einem dünnen Lächeln. »Keine, die Sie akzeptieren würden. Werden Sie Cassidy zurückhalten? Oder soll ich das übernehmen?«

»Okay, ich rede mit ihr.«

»Werden Sie Ihre Tochter vor mir warnen?« Es klang nur vage interessiert.

»Würde das gegen unser Abkommen verstoßen?«

»Keineswegs. Erzählen Sie ihr, was Sie wollen. Ich kümmere mich um alles weitere.«

»Tiernan, sie ist nicht dumm. Und sie kann auf sich selber aufpassen. Die Rolle des Opferlamms paßt nicht zu ihr, und eine irre Nummer mit einem Mörder – das ist nicht ihr Stil. Vom Kitzel der Gefahr hält sie nichts.«

»Oh, ich dachte, Sie wollten Cassidys Leben ein bißchen abwechslungsreicher gestalten. Haben Sie nicht behauptet, Sie würden sie gerade deshalb hierherholen? Nun, ich werde ihr einiges bieten.« Gespannt wartete Richard auf Seans Reaktion. Wie weit würde er den Mann treiben können?

Sean O'Rourkes kurzer Anfall von väterlicher Fürsorge war bereits überwunden. »Das muß ein verdammt gutes Buch werden«, murmelte er.

Statt zu antworten, begnügte sich Richard mit einem Lächeln.

So, nun hatte sie ihren Entschluß gefaßt, und nichts würde sie davon abbringen. Teils erleichtert, teils bedauernd, zerrte sie ihren Koffer aus dem Schrank und begann, ihre Kleider hineinzuwerfen. Es war am frühen Nachmittag, und in einer Stunde würde sie das Park Avenue-Apartment verlassen. Mabry war ausgegangen – sie hatte eine Nachricht für ihre Stieftochter hinterlegt. Ja, sie wollte gehen. Nichts würde sie zurückhalten.

»Laufen Sie davon?« Die leise, spöttische Stimme drang von der offenen Tür herüber.

Tapfer hielt sie Richards kühlem, ironischem Blick stand. »Keineswegs. Aber ich habe was Besseres zu tun, als nach der Pfeife meines Vaters zu tanzen. Er braucht ein Dienstmädchen, und dieser Rolle bin ich entwachsen.«

»O nein. Er braucht eine Tochter. Sind Sie dieser Rolle auch entwachsen?«

»Immer stand ich ihm zur Verfügung, ob er es merkte oder nicht. Aber ich werde das Spiel nicht nach seinen Regeln spielen. Die ändert er nach Belieben, und ich bin zu alt, um noch mal in die Falle zu tappen.«

»Ach ja, die Altersweisheit ...« Er legte den Kopf schief und musterte sie abschätzend. »Wie alt sind Sie?«

»Siebenundzwanzig.«

»So jung war ich auch einmal.«

»Daran zweifle ich.«

Sie wünschte, er würde sie nicht so anschauen. Mit diesem sonderbaren, bittersüßen Lächeln traf er sie mitten ins Herz. »Cassidy, er braucht Ihre Hilfe. Und es fällt ihm schwer, das einzugestehen.«

»Sie sind sehr raffiniert, was?«

»Tatsächlich?«

»Es fällt Ihnen leicht, die Schwächen Ihrer Mitmenschen auszunutzen. Wenn ich bei meinem Entschluß bleibe, würde ich mir die Liebe und Anerkennung meines Vaters verscherzen.«

»Das ist Ihnen bereits gelungen.«

»Scheiße! Die Liebe und Anerkennung meines Vaters gelten nur seiner eigenen Person.«

»Nun verwechseln Sie Liebe mit Aufmerksamkeit. Gewiß, er ist egozentrisch, und das wird sich niemals ändern. Aber er braucht Sie. Werden Sie ihm den Rükken kehren?« Es hörte sich so an, als würde ihn die Antwort nicht sonderlich interessieren.

»Was kümmert Sie das?«

»Für mich bedeutet die Zukunft des Buchs sehr viel.«

Natürlich. Er hoffte, Seans Werk würde ihn vom bizarren Horror der Hinrichtung retten, seine Unschuld beweisen, oder schlimmstenfalls die Tat erklären, so daß die Todesstrafe unangemessen wäre. Da die Berufungsverhandlung vor der Tür stand, durfte Richard keine Zeit verlieren.

»Leider verteidigen Sie sich ein bißchen zu spät«, entgegnete Cassidy und wappnete sich gegen ihr niederschmetterndes Mitgefühl.

»Oh, ich möchte mich gar nicht verteidigen.«

»Das geht aus dem Gerichtsprotokoll hervor. Warum haben Sie nicht einfach die Wahrheit erzählt und alles hinter sich gebracht?«

Jetzt entstand ein langes, eisiges Schweigen. »Was ist die Wahrheit?« flüsterte er.

»Haben Sie Ihre Frau und Ihre Kinder getötet?«

Sie wollte und mußte es wissen. Selbst wenn sie die gefürchtete Antwort hören würde. Doch er lächelte nur – ein unheimliches, wehmütiges Lächeln. »Gehen Sie nicht, Cassidy. Lassen Sie Ihren Vater nicht im Stich.«

»Aber ich kann unmöglich ...«

»Verlassen Sie mich nicht.« Und diese leisen Worte hingen noch lange in der Luft, nachdem er im Flur verschwunden war.

6

Sie kannte alle Modewörter, hatte genug Bücher über Selbsthilfe und Psychologie gelesen, um zu erkennen, daß die Bezeichnung »Verlassenheit« überfrachtet war. Besonders für jemanden mit ihrer Familientradition. Alle Leute fürchteten, von ihren Eltern oder geliebten Menschen verlassen zu werden, auch jene, die sicher und geborgen aufgewachsen waren. Jahrelang hatte sie sich vor dieser Angst geschützt, und nun schloß sich der Kreis wieder. Sie stand vor der Entscheidung, ob sie ihren Vater verlassen sollte, der sie dringend brauchte, den sie liebte.

Das konnte sie nicht, und Richard Tiernan wußte es nur zu gut. O Gott, er verstand es sogar noch besser als Sean, seine Mitmenschen zu manipulieren. Natürlich fiel sie darauf rein und spielte genau die Rolle, die ihr zugedacht wurde.

Sie starrte ihren halb gepackten Koffer an. Nein, sie würde ihre Sachen nicht wieder in den Schrank räumen, aber auch nicht davonlaufen wie ein verschreckter Hase. Ehe sie eine endgültige Entscheidung traf, würde sie noch einen Tag abwarten. Vierundzwanzig Stunden.

Vorerst blieb sie in ihrem Zimmer. Erst als in der Wohnung die übliche Mittagsstille herrschte, ging sie zur Küche. Zu ihrer Verblüffung begegnete sie einem attraktiven jungen Mann, der eine stahlgeränderte Brille, eine Khakihose, ein Polohemd mit hochgeklapptem Kragen und Turnschuhe ohne Socken trug. Er stand in der Speisekammer, vor dem offenen Kühlschrank, und bei Cassidys Anblick war er ebenso erstaunt wie sie.

»Oh, sie müssen Cassie sein«, sagte er nach kurzem Zögern. Dann schloß er den Kühlschrank, hielt ihr seine Hand hin, merkte gerade noch rechtzeitig, daß er ein Harp-Bier umklammerte, und nahm es in die Linke. »Ich bin Mark Bellingham.«

»Richards Anwalt«, ergänzte sie und umfaßte seine Finger, die sich feucht und kalt anfühlten, nachdem sie die Bierflasche festgehalten hatten. Sein kräftiger Händedruck gefiel ihr, sein Gesicht befand sich genau in ihrer Augenhöhe. »Haben Sie ihn schon gesehen? Ich kann Ihnen zeigen, wo ...«

»Gerade haben Richard, Ihr Vater und ich eine Konferenz abgehalten. Sie wissen wahrscheinlich, worum's geht. Allzu rosig sieht's nicht aus, aber es gibt gewisse Möglichkeiten.« Er schaute sein Bier an, dann Cassie. »Wollen Sie auch eins?«

Sie schüttelte den Kopf. »Was meinen Sie? Wieso sieht's nicht rosig aus?«

»Nun, Sie haben ja die Gerichtsprotokolle gelesen. Und Richard betonte, ich dürfte Ihnen alles erzählen. Sie wissen, daß er sich weigert, eine Verteidigungsstrategie zu entwickeln. Beharrlich wie eh und je bleibt er bei derselben lahmen Story. Um einen Freispruch zu erreichen, würden wir Clarence Darrow brauchen. Und ich bin nicht Clarence Darrow.«

»Also geben Sie's auf?« Sie lehnte sich an den Kühlschrank, musterte den jungen Anwalt prüfend und fand ihn sehr hübsch. Außerdem versprühte er einen zwanglosen, dezenten Charme. Ein krasser Kontrast zu der düsteren Bedrohung, die von Tiernan ausging ...

»Sie fragen, ob ich den Fall sausen lasse? Ja. Bestenfalls könnte ich ihn vor der Todesstrafe retten. Wenn er zu lebenslänglichem Gefängnis verurteilt wird, kommt er erst in etwa zwanzig Jahren raus – falls er sich anständig benimmt. Nicht, daß er sich jemals schlecht benommen hätte«, fügte er hinzu, wobei er mit sich selbst zu sprechen schien.

»Kennen Sie ihn schon lange?«

»Seit unserer Teenager-Zeit. Er war immer ein eiskalter Bastard, aber er besaß ein gutes Herz. Zumindest gewann ich diesen Eindruck. Für einen Freund hätte er alles getan.« Er schüttelte den Kopf und trank einen großen Schluck Bier. »Vielleicht könnten Sie mal mit ihm reden.«

Sofort richtete sie sich auf. »Wozu soll das nützen?«

»Er mag Sie, und er vertraut Ihnen – obwohl er den meisten Frauen mit Argwohn begegnet.«

»Seiner Frau muß er doch getraut haben.«

»Diana?« Mark Bellingham seufzte verächtlich und amüsiert. »Ihr am allerwenigsten! Wir nannten sie ›Prinzessin Diana‹.« In einem Zug leerte er die Bierflasche, dann schaute er Cassie an. »Haben Sie gerade was Bestimmtes vor?«

Irgendein seltsamer Instinkt warnte sie vor einem heimlichen Beobachter, einem Lauscher. Und sie haßte es, wenn man ihr nachspionierte. »Im Augenblick nicht.«

»Dann gehen Sie mit mir essen. Wir beide sorgen uns um Richard. Vielleicht können wir sein schmachvolles Leben gemeinsam retten.«

»Wieso glauben Sie, ich würde mich um ihn sorgen?« fragte sie erschrocken.

Er blinzelte verwirrt. Als ihm das hellblonde Haar in die breite Stirn fiel, wirkte er jungenhaft verletzlich. Sie wollte die zerzausten Strähnen nach hinten streichen. An diese Reaktion war er wahrscheinlich gewöhnt, und deshalb hatte er seine Frisur entsprechend trainiert. »Ist er Ihnen egal, Cassie?«

In atemloser Stille schien das Apartment auf die Antwort zu warten. Die zornige Entgegnung, die ihr auf der Zunge lag, wäre verräterischer gewesen als alle höflichen Lügen. Schließlich erklärte sie: »Ich sorge mich um niemanden. Aber ich möchte ihm natürlich helfen.«

Erleichtert atmete er auf. »Ein paar Häuserblocks weiter unten gibt's ein wunderbares italienisches Restaurant. Aber das wissen Sie sicher. Sie haben ja hier gewohnt.«

»Schon seit Jahren nicht mehr. Italienisch – hört sich gut an. Einen Moment, ich hole nur meine Handtasche.«

»Müssen Sie jemandem sagen, daß Sie weggehen?«

»Nein.« Außerdem hat es der Lauscher ohnehin mitgekriegt, wollte sie hinzufügen. Dann merkte sie, wie paranoid das geklungen hätte.

Er wartete in der Diele, und Cass redete sich ein, sie würde eine Ablenkung brauchen, die Flucht vor Richard Tiernans überwältigender Präsenz.

Beim Lunch erwähnte Mark den Namen seines Freundes kaum. Statt dessen bemühte er sich um angenehme, charmante Konversation. Ich habe keinen Grund, mich schuldig zu fühlen, dachte sie, während sie an ihrem Cappuccino nippte, keinen Grund, mich zu fragen, was die Leute im Apartment vielleicht von mir halten. Als freier Mensch konnte sie kommen und gehen, wann sie wollte, und war niemandem Rechenschaft schuldig, schon gar nicht dem Mann, der das hintere Schlafzimmer bewohnte und sie in bösen Träumen verfolgte.

Sie wartete, bis Mark Bellingham die Rechnung bezahlt hatte. Dann fragte sie im allerletzten Augenblick: »Was glauben Sie, wer's getan hat?«

Er versuchte nicht, den Ahnungslosen zu mimen. »Das weiß ich nicht. Diana war eine Nervensäge, aber niemand hatte auch nur den geringsten Grund, sie zu hassen – und sie so grausam zu ermorden.«

»Und die Kinder?«

Zunächst hob er verständnislos die Brauen, dann färbte sich sein gebräunter Teint, wahrscheinlich im Solarium erworben, aber trotzdem attraktiv – aschfahl. »Ich bemühe mich, nicht an die Kinder zu denken«, erwiderte er tonlos.

Schweigend gingen sie zum Apartment zurück.

Der Frühlingsnachmittag war kühl und dunkel geworden, und Cass fröstelte in ihrem dünnen Baumwollpullover. Im Lift legte er seine warmen, kräftigen Hände auf ihre Schultern. »Dieser Lunch hat mir gefallen.«

»Mir auch.«

»Wir haben nicht viel über Richard geredet.«

»Eigentlich gar nicht.«

Er brachte ein wehmütiges Lächeln zustande. »Weil wir uns so gut amüsiert haben. Manchmal müssen wir für unsere Freunde durch die Hölle gehen.«

»Wenn er einen so treuen Freund hat, müßte er doch dankbar sein.«

Seufzend zuckte Mark die Achseln. »Ich wünschte nur, ich könnte mehr für ihn tun. Aber kann man einem Mann helfen, der es ablehnt, sich selber zu helfen?«

»Nein«, erwiderte sie leise.

»Gehen Sie morgen abend mit mir essen«, bat er impulsiv.

Sie hatte keinen Grund zu zögern, denn er war attraktiv, charmant und normal. Außerdem brauchte sie etwas Abstand zum Apartment, und er brachte sie zum Lachen. Warum glaubte sie dann, Richard Tiernan zu betrügen? Was hatte er getan, um sie an sich zu binden? Nur ein paar harmlose Berührungen – und schon war sie ihm verfallen?

Entschlossen ignorierte sie dieses unvernünftige Gefühl. »Ja, sehr gern. Rufen Sie mich an.«

Sein Lächeln – wie Sonnenschein an einem bewölkten Tag – hätte ihr Herz erwärmen müssen. »Wird Richard nicht protestieren?«

»Warum sollte er?« fragte sie vorsichtig.

»Irgendein Instinkt warnt mich. Und Richard ist ein Mann, dem man besser nicht in die Quere kommt. Falls sich was zwischen Ihnen beiden anbahnt, möchte ich nicht dazwischentreten.«

»Glauben Sie, er hat Diana wegen eines anderen Mannes getötet?« Ehe sie's verhindern konnte, war ihr die Frage herausgerutscht.

»Ich weiß nicht einmal, ob er's getan hat. Aber er war nie besitzergreifend, im Gegensatz zu ihr.«

»Genausowenig wissen Sie, daß er sie nicht ermordet hat?«

»Das weiß nur Richard.«

»Und der wahre Mörder«, erinnerte sie ihn.

»Und der wahre Mörder«, bestätigte er. »Vielleicht sollten Sie ihm nichts von unserem Rendezvous erzählen. Wir tun uns nur in seinem Interesse zusammen. Aber das würde er wahrscheinlich gar nicht registrieren. Er mißtraut den Menschen, was man ihm wohl kaum verübeln kann.« Als er nach unten schaute, schien er plötzlich zu merken, daß er immer noch ihre Hand festhielt, und ließ sie los. »Verdammt, ich rede zuviel, so wie immer. Morgen abend führe ich Sie in ein phantastisches Restaurant, und der Name Richard Tiernan wird kein einziges Mal über unsere Lippen kommen. Wie klingt das?«

»Sehr verlockend.«

Sie wartete, bis er wieder in den Lift gestiegen war, bis sie allein im Hausflur des zwölften Stocks stand, dann sperrte sie die Wohnungstür auf. Stilles, kühles Dunkel empfing sie, und Cassidy sagte sich wieder einmal, ihre Schuldgefühle seien unsinnig.

»Hat Ihnen der Lunch Spaß gemacht?« Richards Stimme erinnerte sie an glatte Seide. Er saß im chinesischen Sessel, in einer schattigen Ecke der Eingangsdiele, und Cass mußte sich sehr beherrschen, um nicht zusammenzuzucken.

»Sehr viel Spaß.«

»Mark ist wirklich nett, nicht wahr?«

»Allem Anschein nach.«

»Was man von mir nicht behaupten kann.«

»Sind Sie nicht nett?«

Er stand auf, und sie ballte nervös die Hände, schob sie in die Jackentaschen und hielt die Stellung. Wenn sie sich von diesem Mann terrorisieren ließ, konnte sie nicht hierbleiben.

»Vermutlich würden Sie niemanden finden, der mich als ›nett‹ bezeichnen würde«, meinte er beiläufig.

»Doch – Mark.«

Verächtlich winkte er ab. »Mark! Er glaubt felsenfest an das Gute im Menschen. Aber ein New Yorker Anwalt sollte es eigentlich besser wissen.«

»Jedenfalls glaubt er an Sie. Ob Sie's verdienen oder nicht.«

»Oh, welch ein strenger Tadel!« entgegnete er leise. »Hat er Ihnen von seiner lausigen Ehe und seiner unglücklichen Kindheit erzählt? So eine herzzerreißende Story müßte Ihnen gefallen. Zwei erwachsene Kinder, die auf der wilden Woge ihrer Emotionen und Hormone dahintreiben ... Ideal für einen *New York Times*-Bestseller.«

»Sie sind ein Bastard.«

»Sagen Sie mir doch irgendwas, das ich noch nicht

weiß«, erwiderte er und lächelte frostig. »Werden Sie wieder mit ihm ausgehen, Cassidy?«

»Ich glaube, das geht Sie nichts an.«

»Je nachdem. Es hängt davon ab, was euch zueinanderzieht. Wenn ihr eure elenden Kinderjahre miteinander vergleichen wollt, bevor ihr ins Bett steigt – nur zu! Aber laßt mich aus dem Spiel.«

»Oh, wie schön, daß Sie uns Ihre Erlaubnis geben!« fauchte sie. »Nur zu Ihrer Information, ich habe nicht die Absicht, mit Mark zu schlafen.«

»Seine Frau würde es nicht stören.«

»Ich hab's begriffen, Richard, er ist verheiratet. Das erwähnte er zwar nicht, aber Sie machen's höchst eindrucksvoll wett. Übrigens, wir haben kaum über Sie gesprochen. Wenn ich Sie auch nur ungern enttäusche – so sehr faszinieren Sie uns nun auch wieder nicht.«

»Freut mich zu hören.« Ungläubig schaute er sie an. »Was haben Sie über mich gesagt?«

»Nun, wir fragten uns, ob Sie Ihre Frau getötet haben – und warum Sie sich nicht verteidigen.«

Obwohl sie sich bemühte, ihn zu verletzen – sein Panzer war undurchdringlich. »Konntet ihr irgendwelche Theorien aufstellen? Bin ich ein Psychopath, der den letzten Rest seines Verstands verloren und seine Familie niedergemetzelt hat? Oder das unschuldige Opfer eines Serienmörders?«

»Keine Ahnung.«

Er trat näher, so daß seine und ihre Kleidung sich berührten und sie seinen warmen Atem spürte. In seinen dunklen Augen schimmerten goldene Flecken, schienen im Halbdunkel noch heller zu strahlen. »Halten Sie mich denn für schuldig, Cassidy?« flüsterte er eindringlich und fordernd. Beinahe streifte sein Mund ihre Lippen, und sie war gefangen. »Nun?«

Grelles Licht erfüllte die Diele, und Cassidy zuckte erschrocken zusammen. In der Tür stand Mabry, das Gesicht ausdruckslos wie eh und je. »Oh, ich dachte, du wärst nach Maryland zurückgekehrt.« In ihrer Stimme schwang unverkennbare Erleichterung mit. »Dein Vater sagte, du seist abgereist.«

Cass schüttelte den Kopf. »Vorerst bleibe ich noch hier«, erwiderte sie und wich Richards Blick aus, immer noch verblüfft, weil sie klein beigegeben hatte. Sie versuchte, sich einzureden, sie sei an Mark Bellingham interessiert. Doch sie wußte, daß das eine Lüge war. Wenn sie ihn auch attraktiv fand – auf einer tieferen Gefühlsebene sprach er sie nicht an. Außerdem war sie alt und klug genug, um sich nicht mit einem verheirateten Mann einzulassen.

Aber offensichtlich war sie weder alt noch klug genug, um einem Mörder aus dem Weg zu gehen. Nein, Mark Bellinghams wegen blieb sie nicht in New York. Auch nicht Mabry oder ihrem Vater zuliebe. Sondern weil sie sich Richard Tiernans gefährlicher Faszination ausliefern wollte.

Sie floh vor ihm, das wußte er. Jetzt zog sie sich in ihrem Zimmer an, summte leise, und er roch ihr Parfüm, während er durch den Flur schlich. Irgendwie überraschte ihn dieser Duft. Diana hatte etwas Leichtes, Blumiges, Unschuldiges bevorzugt. Und das war ein Teil ihres Reizes gewesen – die Unschuld, die Chance, die man dahinter witterte.

Aber Cassidy Roarke mochte schwülere, erotische

Düfte. Die paßten zu ihr, so wie das unschuldige Flair Dianas Ausstrahlung betont hatte. Eine Lüge, doch er war an die Lügen der Frauen gewöhnt. Ebenso wie ihre Lippen und ihre Körper logen auch ihre Parfüms.

Vor lauter Angst, was er vielleicht tun würde, hielt er sich von Cassidy fern. Die Finsternis rückte immer näher, schwebte direkt hinter dem Rand seines Bewußtseins, und er fürchtete, was sich ereignen könnte, wenn er ihr nachgab. Solange er dieser Frau auswich, solange er seine Gefühle bezwang und nur seinem kalten Intellekt gehorchte, würde er siegen. Dann konnte er sein Ziel erreichen und der Hinrichtung mit der gleichen kühlen Gleichmut entgegenblikken.

War es ein Fehler gewesen, Cassidy Roarke auszuwählen? Sie ging ihm unter die Haut, irritierte ihn, zerrte ihn zurück ins Land der Lebenden, das er so würdevoll wie möglich verlassen wollte.

Aber im Grunde blieb ihm keine Wahl. Ein Blick auf das Foto im Silberrahmen, und er hatte es mit einem fast unnatürlichen Instinkt erkannt. Nun war es zu spät für Bedenken, für Gewissensbisse, für die Sorge um die Konsequenzen. Also würde er tun, was er tun mußte.

Er wollte nicht, daß sie mit Mark ausging, seinen Freund mit leuchtenden grünen Augen anlächelte, und er wünschte, sie würde die Vorsicht außer acht lassen, die ihren ganzen Körper zu durchdringen schien, wann immer sie in seine Nähe geriet.

Natürlich bemühte er sich, diese Vorsicht in ihre Augen zu zaubern. Er tat sein Bestes, um sie zu erschrecken. Und er würde den Einsatz noch erhöhen.

Unbeirrt folgte er dem Duft ihres verlogenen Parfüms, das ihn erregte, obwohl es sein Mißtrauen weckte. Sean und Mabry waren ausgegangen. Vermutlich würden sie erst in einer Stunde zurückkehren. Doch das spielte keine Rolle. Ein Publikum störte ihn nicht.

Als sie in der Küche umherging, stand er im Schatten und beobachtete sie, wartete wie so oft, bis sie seine Anwesenheit bemerkte. Sie trug ein langes, geblümtes Kleid. Lose hing das rote Haar auf ihre Schultern. Noch hatte sie keine Schuhe angezogen. Sie stellte sich auf die Zehenspitzen, griff nach oben, und er sah die ausgeprägten, langgestreckten Konturen ihres Körpers, die Schwellung der Brüste, die runden Hüften. Mit diesen üppigen Formen wollte er seine Hände füllen. So lange hatte er keine Frau angerührt.

Er bewegte sich nicht, kein Laut kam über seine Lippen. Aber sie drehte sich um, starrte ihn an, und für einen Augenblick zeigte sie ihre sorgsam genährte Angst, ihre Faszination. Dann hüllte sie sich wieder in ihren abwehrenden Panzer, wie in einen Mantel, und warf den Kopf zurück. In ihrem Hals pochte ein nervöser Puls, und Richard wollte seine Lippen darauf pressen.

»Also gehen Sie doch mit ihm aus.« Es war keine Anklage, nur eine emotionslose Feststellung.

Trotzdem zuckte sie zusammen. »Gibt es irgendeinen Grund, warum ich's nicht tun sollte?«

Ihr Kleid war zu tief ausgeschnitten, und er sah den Brustansatz, die raschen Atemzüge. »Das hängt davon ab, wie sehr Sie das Risiko lieben«, erwiderte er und gestattete sich ein schwaches Lächeln.

Im trüben Küchenlicht erbleichte ihr Gesicht. »Welches Risiko meinen Sie denn? Sie wollen doch nicht andeuten, es sei Mark, der ...«

»Der meine Frau ermordet hat? Keine Sekunde lang. Er ist nicht gewalttätig.«

»Welche Gefahr droht mir dann?«

Wie hartnäckig sie war – und fest entschlossen, ihre Tapferkeit zu beweisen ... Eigentlich müßte er sie bemitleiden. Doch das konnte er sich nicht leisten. »Die Gefahr, die von mir ausgeht«, erklärte er sanft.

Da wich sie vor ihm zurück und stieß gegen die altmodische Küchentheke. Und weil sie vor ihm floh, trat er vor – unfähig, der Versuchung zu widerstehen. Wenn sie mit Mark Bellingham ausging, dann mit *seinem* Geschmack auf den Lippen, *seiner* Berührung auf ihrer Haut, *seiner* Hitze auf ihrer kalten Furcht.

Er legte seine Hände auf ihre Schultern, ganz leicht und zögernd, dann mit festem Griff. Unter seinen Fingern fühlte sie sich seltsam zerbrechlich an, und es würde keiner Kraft bedürfen, ihre Knochen zu zerquetschen. Er war sehr stark, das wußte er, und er nutzte es aus.

Langsam ließ er seine Daumen über die Vertiefung unterhalb ihres Schlüsselbeins wandern und spürte, wie sie zitterte. Sie senkte die Lider, als wollte sie ihren angstvollen Blick verbergen. Um ihr Grauen zu erkennen, mußte er es nicht sehen. Er fühlte es, atmete es ein, roch es. Und er erriet auch die unerwünschte Faszination, die sich mit Cassidys Panik mischte.

Er beugte sich hinab, küßte sie, schmeckte Lippenstift und Zahnpasta – und Verlangen. Sanft verstärkte er den Druck seiner Lippen, und unwillkürlich öffnete sie den Mund. Seine Hände wanderten an ihren Armen hinab, hielten die Handgelenke fest, legten sie um seinen Hals. Dann zog er ihren Körper an seinen. Vor Lust wollte er stöhnen, doch seine Selbstkontrolle war unerschütterlich, und so gab er keinen Laut von sich, während seine Zunge ihren Mund erforschte. Das erste Zittern, das durch ihren Körper rann, war Angst, das zweite etwas anderes.

In der Wärme der dunklen Küche spürte er, wie sich ihre Brustwarzen erhärteten, wie ihre widerstrebenden Lippen immer weicher wurden. Während seine Zunge mit ihrer spielte, seufzte sie leise – ein Zeichen ihres Protests und ihrer Kapitulation. Gnadenlos zwang er sie nachzugeben. Oder zu flüchten. Er brauchte eine Antwort, als seine Erregung wuchs, als er den verlockenden Sirenenruf vernahm, die Aufforderung, im sinnlichen Duft ihres Fleisches zu ertrinken, den Alptraum zu vergessen, der ihn Tag und Nacht verfolgte.

Und er war wütend, weil sie ihn überwältigte. Er hatte sich an sie herangepirscht, um sie zu testen, zu sehen, wie weit er sie treiben konnte. Statt dessen ging sie zum Gegenangriff über, kroch unter seine Haut, und es waren sein Körper und seine Hände, die nun bebten. Sie roch nach Sex und Lügen, nach Liebe und Wahrheit. Sehnsüchtig schlang er seine Finger in ihr dichtes, flammenfarbenes Haar, genoß die seidige Glätte, und ihre Nähe nahm ihm fast den Atem. Noch nie hatte ihn ein Kuß so entzückt.

O ja, es gefiel ihm, Cassidy Roarke zu küssen, die Leidenschaft zu fühlen, die er in ihr weckte, die Kapitulation dicht unter der Oberfläche ihres erhitzten Fleisches. Er konnte sie besitzen, seine Hand in den tiefen Ausschnitt schieben, ihre Brüste streicheln, die harten Knospen kosten. Und er konnte sie auf den kalten Linoleumboden werfen, ihr das Kleid herunterreißen und sie bumsen, kraftvoll und rücksichtslos, und sie würde nicht protestieren, würde schreien, Erfüllung finden.

Und dann würde sie davonlaufen. Zu früh, zu früh.

Abrupt ließ er sie los, trat einen Schritt zurück, um sich in Sicherheit zu bringen, um ihrem Geschmack, ihrer Hitze, ihrem Duft zu entrinnen. Sie schaute ihn an, die großen Augen voller Entsetzen und Reue, und er war froh, daß er seine Emotionen so gut zu verbergen wußte. Nein, sie würde nicht merken, welche Wirkung sie auf ihn ausübte.

Und dann flatterten ihre Lider. Stöhnend schloß sie die Augen. Der verzweifelte Klang ihrer Stimme hätte ein weicheres Herz besiegt. Jetzt konnte er mit ihr spielen, sie immer weitertreiben, und er war versucht, seiner heftigen Begierde nachzugeben. Er brauchte sie so dringend.

Aber er brauchte mehr als Sex, mehr als jenes barmherzige Vergessen in ihrem warmen, üppigen Körper. Er brauchte auch ihr Herz, ihre Seele.

»Tut mir leid«, sagte er leichthin – eine prosaische Entschuldigung, die der Situation allen Zauber raubte.

Fast. Cassidy öffnete die Augen und starrte ihn an. »Es tut dir leid?« wiederholte sie, als hätte sie die Bedeutung dieser Worte nicht verstanden.

»Offenbar wurde ich von meinen niedrigen Instinkten übermannt«, erklärte er in kühlem, ironischem Ton und sah rote Flecken auf ihren blassen Wangen.

Da erwiderte sie seinen Blick, ohne mit der Wimper zu zucken. »Ich glaube nicht, daß du dich von irgend etwas übermannen läßt. O nein, du weißt immer ganz genau, was du tust – und warum. Dabei spielen deine niedrigen Instinkte gar keine Rolle – oder?«

Ein dünnes Lächeln verzog seine Lippen. »Normalerweise unterschätze ich dich nicht.«

»Wieso antwortest du nicht? Du hast es absichtlich getan, nicht wahr? Um mich zu verwirren, um herauszufinden, wie ich reagieren würde. Du liebst es, die Menschen zu manipulieren, zu hänseln und zu erschrecken ...«

»Erschrecke ich dich, Cassidy?« unterbrach er sie.

»Ja.«

Immerhin war sie ehrlich. Er wollte sie halb zu Tode erschrecken und gleichzeitig ihr Verlangen spüren. Und sie mußte bereit sein, alles für ihn zu tun. »Glaubst du, ich werde dich mit deinem Fleischermesser erstechen?«

»Hast du deine schwangere Frau mit einem Fleischermesser erstochen?«

»Früher oder später werde ich diese Frage beantworten. Und was du dann erfahren wirst, dürfte dir wohl kaum gefallen.«

»Dann sag's mir nicht.«

»Hör zu fragen auf.«

Sie biß sich in die Lippen, schluckte die Worte hinunter, die sie ihm ins Gesicht schleudern wollte. Als er ihren Mund betrachtete, immer noch feucht und gerötet von seinem Kuß, begehrte er sie heißer denn je.

»Was willst du von mir?« flüsterte sie bedrückt.

Langsam ließ er seinen Blick über ihren kraftvollen, wohlgerundeten Körper wandern. Dann schaute er in ihre Augen. »Warum glaubst du, ich würde etwas von dir wollen?«

»So dumm bin ich nicht, selbst wenn ich mich manchmal wie eine Närrin benehme.«

»In letzter Zeit hast du dich aber nicht wie eine Närrin benommen.«

»Und was ist vor fünf Minuten passiert? Es war nicht besonders klug, dich in der Küche zu küssen.«

»Hättest du mich lieber im Schlafzimmer geküßt?« konterte er aalglatt. »Außerdem habe ich nichts von deinem Kuß bemerkt. Sicher, du hast mich weder geohrfeigt noch gekreischt: ›Wie kannst du es wagen?‹ Nein, wie eine entrüstete Jungfrau hast du dich nicht aufgeführt, aber auch keinen besonderen Enthusiasmus gezeigt.« Das war eine Lüge. In tausend winzigen, sehnsüchtigen Einzelheiten hatte er ihre Reaktion gespürt. Doch das wußte sie nicht.

Die Röte in ihren Wangen vertiefte sich. »Was willst du von mir?« beharrte sie.

Trotz ihrer Körpergröße und kraftvollen Weiblichkeit erinnerte sie ihn plötzlich an ein Kind, das seinem schlimmsten Alptraum herausfordernd ins Auge blickte, die Hände geballt, von zitternder Angst erfaßt und fest entschlossen, sie nicht zu zeigen. Womöglich war er genau das, was jede Frau fürchtete – ein mythischer Vampir, der sie auszusaugen versuchte, um zu überleben.

Er streckte eine Hand aus und wartete ab, ob sie zurückschrecken würde. Tapfer blieb sie stehen, aber er sah einen Muskel in ihrem Kinn zucken, als seine schmalen Finger über ihre Wange strichen. »Wahrscheinlich möchte ich den Reiz der Unschuld spüren.«

»Aber ich bin nicht unschuldig.«

Beinahe hätte er gelacht. »Oh, doch – verglichen mit mir.«

»Verglichen mit dir, ist jeder unschuldig.«

»Mag sein.« Seine Finger glitten über ihre weichen, feuchten Lippen. »Vielleicht will ich dich zu mir herabziehen, verderben und zerstören und dann ermorden.« Er sprach leise, in beiläufigem Ton, und es dauerte eine Weile, bis kalte Angst ihre Augen verdunkelte, bis sie die Lippen zusammenpreßte und einen Schritt zurückwich.

»Das glaube ich dir nicht.«

»Und was glaubst du?«

Für diese Frage war sie nicht bereit. Jäh schüttelte sie den Kopf, ging an ihm vorbei und hütete sich, ihn zu berühren. Aber der lange geblümte Rock streifte seine Beine, ihr Duft hing in der Luft, ihr Geschmack haftete auf seinem Mund. Und dann blieb er noch lange in der dunklen Küche stehen und erinnerte sich an die Umarmung.

7

»Hör mal, ich brauche deine Hilfe.«

Cassidy schaute von den Gerichtsprotokollen auf, die sie gerade las, und sah Sean auf der Schwelle stehen, in seinem Lieblingsanzug aus irischer Wolle, den er bei Hochzeiten und Beerdigungen trug. Nervös erwiderte sie seinen düsteren Blick. »Ich erfülle alle deine Wünsche.«

»Vorsicht, Darling!« warnte er sie grinsend. »Dein Dad würde deine Seele verlangen, wenn er's könnte, und das weißt du.«

Nachdenklich nickte sie. Genau das hatte sie ihm vorgeworfen, als sie aus seiner überwältigenden Nähe geflohen war. »Jetzt bin ich vielleicht stärker.«

»Stark genug, um dich gegen mich zu behaupten? Das ist gut, denn du wirst deine ganze Kraft aufbieten müssen.«

»Was soll ich tun?« fragte sie resignierend.

»Bellingham hat einen Termin mit dem Staatsanwalt vereinbart, um herauszufinden, ob wir was unternehmen können. Und Fabiani besteht auf General Scotts Anwesenheit bei dieser Besprechung. Richard geht nur hin, wenn du mitkommst.«

»Muß ich seine Hand halten?«

Seufzend zuckte Sean die Achseln. »Wie lange bist du schon hier? Eine Woche? Dann müßtest du wissen, wie stur er ist. Wenn er sagt, ohne dich würde er nicht hingehen, dann tut er's auch nicht. Und Fabiani betont, er würde eine Verzögerung des Prozesses nicht einmal erwägen, falls Tiernan durch Abwesenheit glänzt.«

»Aber warum Scott?«

»In politischer Hinsicht ist er ein wichtiger Mann. Der kriegt immer, was er will, sogar von einem Staatsanwalt. Und wenn er an der Besprechung teilnehmen möchte, um sich zu vergewissern, daß seine Interessen berücksichtigt werden, kann ihn niemand dran hindern.«

»Nicht einmal du?«

Wie erwartet, reagierte er auf die bissige Frage. »Natürlich könnte ich's«, erwiderte er gekränkt. »Um mich von einer pensionierten Reliquie des industriell-militärischen Komplexes übertrumpfen zu lassen, müßte ich schon längst im Grab liegen. Aber der Mann interessiert mich. Er wollte nicht mit mir über das Buch reden, und er verbirgt irgendwelche Geheimnisse. Da bin ich mir ganz sicher.«

»Du glaubst doch nicht, er hätte seine Tochter und seine Enkelkinder getötet?« fragte Cass entsetzt.

»Nein.«

»Eigentlich gewann ich nicht den Eindruck, er würde Geheimnisse hüten. Er erschien mir eher wie der Typ, der alle Karten offen auf den Tisch legt und die Leute herausfordernd fragt, ob sie's akzeptieren, oder nicht?«

»Und wann hast du General Scott kennengelernt?« erkundigte er sich in mildem Ton.

Sie erwog, ihn zu belügen, dann verwarf sie diesen Gedanken. »Hab' ich's nicht erwähnt?« entgegnete sie nonchalant. »Vor ein paar Tagen lief er mir im Park über den Weg.«

»Oh, er lief dir über den Weg?« Sean schloß die Tür hinter sich. »Scott und seine Frau bewohnen ein Apartment an der West Side. Warum sollte er dir zufällig im Park begegnen, und wie zum Teufel konnte er wissen, wer du bist?«

Da gab sie ihre erfolglose Nonchalance auf. »Ich glaube, er ist mir gefolgt.«

»Genau das glaube ich auch«, erwiderte er grimmig. »Was wollte er von dir?«

»Er versuchte, mich zu warnen.«

»Weil du dich mit einem verurteilten Mörder abgibst?« Sean brach in schallendes Gelächter aus. »Dann hat er dir nichts Neues erzählt. Sagte er, Richard würde dich töten?«

»Unter anderem.«

Irgend etwas in ihrer Stimme mußte seine Aufmerksamkeit erregt haben. »Spuck's aus, Cassie! Was hat er dir sonst noch mitgeteilt?«

Im Lauf der letzten Tage hätte sie ihn mehrmals danach fragen können, aber ihre Angst vor der Antwort war zu groß gewesen. »Er erklärte, du würdest das Buch nicht schreiben, um Richards Unschuld zu beweisen.«

»Und was für ein Buch schreibe ich nach seiner Meinung?« konterte Sean ungerührt.

»Du willst mit Richards Hilfe die Seele eines Mörders und das Wesen des Bösen ausleuchten. Und es ist dir egal, welchen Preis du dafür zahlen mußt.«

»Findest du, man dürfte keine Bücher über das Böse schreiben? Ich wußte gar nicht, daß du so kleinkariert bist.«

»So bin ich nicht, das weißt du. Versuch nicht, das Thema zu wechseln, Sean! Worum geht es in diesem verdammten Buch?«

»Um Richard Tiernan und die Ermordung seiner Familie. Ich erzähle *seine* Version.«

»Die Geschichte eines Mörders?« flüsterte sie und fürchtete die Antwort, doch sie bekam keine.

»Frag doch Richard.«

»Ich frage dich.«

»Tu's nicht.« In der knappen Antwort schien eine tiefere Bedeutung mitzuschwingen, die Cass lieber nicht ergründen wollte. »Begleitest du ihn in die Anwaltskanzlei?«

»Ja.« Damit überraschte sie ihren Vater und genoß den kleinen Triumph.

»Offenbar bist du mir ähnlicher, als ich dachte«, bemerkte er leise. »Um vierzehn Uhr fünfzehn, in Bellinghams Büro. Richard kennt den Weg.«

»Warum geht er dann nicht allein hin?«

»Keine Ahnung. Soviel ich weiß, hat er diese Wohnung nicht verlassen, seit er aus dem Gefängnis gekommen ist. Warum fragst du ihn nicht nach seinen Gründen?«

»Richard erklärt mir nichts, ebenso wenig wie du.«

»Sei doch froh! Mach dich rechtzeitig bereit. Um zwei müßt ihr aufbrechen.«

»Wird er fertig sein?«

»Da kann ich nur spekulieren, so wie du.«

Nachdem er aus dem Zimmer gegangen war, saß sie minutenlang reglos da. In der Tasse neben ihrem Ellbogen war Bridgets wunderbarer Kaffee erkaltet, und Cassidys Magen, angenehm mit Cholesterin gefüllt, begann zu rebellieren. Sie hätte es besser wissen müssen und nur trockenen Toast essen dürfen, solange sie mit den beklemmenden Rätseln von Richard Tiernans Verbrechen konfrontiert wurde.

Falls es seine Verbrechen waren. Seit dem vergangenen Abend, als er sie gegen die Küchentheke gepreßt und geküßt hatte, war er ihr nicht mehr begegnet. Sie hatte Zuflucht in ihrem Zimmer gesucht, die

Tür mit dem wiedergefundenen Schlüssel versperrt, und war in ihren vier Wänden geblieben – voller Angst, er könnte anklopfen, voller Angst, sie würde ihn einlassen.

Seine Vermutung, sie wäre mit Mark verabredet, hatte sie nicht korrigiert, aus mehreren Gründen. Er sollte glauben, sie hätte jederzeit die Möglichkeit, ihm zu entkommen – obwohl das nicht stimmte. Und er sollte annehmen, sie würde seine subtilen Warnungen – die sie in Wirklichkeit erschreckten – nicht beachten. Außerdem wollte sie den Eindruck erwecken, sie wäre keineswegs von ihm besessen, und er würde ihren Seelenfrieden nicht im mindesten stören.

Sie weigerte sich, an den Kuß zu denken. Zuvor hatte sie nicht gewußt, daß sie das Talent besaß, beunruhigende Dinge einfach zu verdrängen. Jedesmal, wenn die Erinnerung zurückkehrte und sich heimtückisch heranschlich, wurde sie in Cassidys Unterbewußtsein verbannt.

Um zwei erwartete er sie in der Eingangsdiele, im chinesischen Sessel. Er hatte sich rasiert; sein schwarzes Haar, im Gefängnis kurz geschnitten, begann zu wachsen. In einem dunklen Anzug saß er da, das schmale Gesicht überschattet, beobachtete sie, und sie zupfte an ihrem Power-Kostüm, das sie nur selten trug. Ein passendes Outfit für Karrierefrauen, komplett mit militärischen Schulterpolstern. Um sich gegen diesen Mann zu behaupten, der sie physisch und emotional überwältigte, brauchte sie alle verfügbaren Verteidigungsbastionen.

»Fertig?« fragte sie überflüssigerweise und lächelte strahlend.

»Ja.« Er öffnete die Wohnungstür und ließ ihr den Vortritt. Eins mußte man ihm zugestehen – er hatte tadellose Manieren, wenn er beschloß, sie anzuwenden. Was keineswegs tröstlich wirkte.

Cass wußte nicht, was sie erwartete, als sie dem breiten Gehsteig der Park Avenue folgten. Unverwandt starrte Richard geradeaus, mit seinen Gedanken meilenweit entfernt, und sie mußte fast laufen, um sich seinen langen Schritten anzupassen. Würden die Leute gaffen, auf den Mörder und seine Freundin zeigen? Aber die New Yorker waren zu sehr in ihre eigenen Probleme verstrickt, um den hochgewachsenen Mann mit der düsteren Miene zu bemerken.

Schließlich ergriff sie Richards Arm, um sein Tempo zu drosseln. Er hielt inne, schaute sie an, und in seinen leeren Augen erschien ein ironisches Lächeln, das sofort wieder verschwand. »Außer Atem?«

Damit traf er den Nagel auf den Kopf, aber sie versuchte, es zu überspielen. »Wir trainieren doch nicht für einen Marathon, oder? Wie weit ist es noch bis zu Bellinghams Büro?«

»Nur noch ein Häuserblock. Wir haben viel Zeit.« Nachdem er stehengeblieben war, wollte er offenbar nicht weitergehen, und die Menschenmasse wogte einfach um sie beide herum, teilte sich wie das Rote Meer.

»Warum sind wir dann so gerannt?«

Er blickte sich um und zuckte die Achseln. »Vielleicht, weil ich zu lange im Gefängnis war.«

»Hast du deshalb das Apartment seit deiner Ankunft nicht verlassen?«

»Behauptet das dein Vater? Ich leide nicht unter Platzangst. Zumindest jetzt noch nicht. Und mir fehlt auch die Zeit, um solche Gebrechen zu entwickeln. Es sei denn, Mark zieht ein Kaninchen aus dem Hut.«

»Wenn du bezweifelst, daß er dich retten kann – wieso nimmst du dir keinen anderen Anwalt?«

»Niemand kann mich retten«, erwiderte er leichthin. »Mein Schicksal ist besiegelt, also wäre es reine Energieverschwendung, dagegen zu kämpfen. Außerdem neige ich zur Loyalität. Ich kenne Mark schon seit der High School, und er hat immer zu mir gehalten. Wie war das Dinner?«

Von diesem abrupten Themenwechsel überrumpelt, hätte sie beinahe gestanden, sie sei gar nicht mit Mark ausgegangen und beabsichtige auch nicht, das jemals wieder zu tun. »Nett«, log sie. »Mark ist sehr charmant.«

»Nun, dann wollen wir mal sehen, ob er auch meinen Schwiegervater und den Staatsanwalt mit seinem Charme betören kann. Aber ich glaube, das übersteigt seine Fähigkeiten.«

»Würdest du mir die Wahrheit sagen, wenn ich dir eine Frage stelle?«

Seine dunklen Augen waren unergründlich, ein sarkastisches Lächeln umspielte seine Lippen. »Falls du die Wahrheit erträgst ...«

»Warum hast du heute auf meiner Begleitung bestanden? Du fürchtest doch nicht, erkannt zu werden, und es fällt dir auch nicht schwer, durch die Straßen zu wandern, oder?«

Ein paar Sekunden lang dachte er nach. »Da gibt's mindestens ein halbes Dutzend Gründe. Willst du sie wirklich hören?«

Nein, dachte sie. »Ja.«

»Nummer eins – ich wollte nicht allein ausgehen.

Im letzten Jahr war ich zu lange eingesperrt, und der Gedanke, ungehindert durch die Stadt zu laufen, erschreckte mich.«

»Gar nichts erschreckt dich.«

»Wenn du meine Gründe erfahren willst, solltest du nicht darüber urteilen.«

»Tut mir leid. Nummer zwei?«

»Dein Vater redete mir ein, ich müsse unbedingt an dieser Besprechung teilnehmen. Nummer drei – wenn Mark uns Arm in Arm in sein Büro kommen sieht, wird er sich nicht mehr einbilden, er könnte dich mit seinem umwerfenden Charme in sein Bett locken ...« Rücksichtslos unterbrach er ihren Protest. »Auch General Scott soll uns zusammen sehen und merken, daß seine Warnungen nichts nützen, daß ich wieder eine unschuldige Frau in meiner Gewalt habe und er nichts dagegen unternehmen kann.«

Schockiert starrte sie ihn und schwieg.

»Nummer vier«, fuhr er fort und genoß ihre Verwirrung, »ich lege großen Wert auf deine Gesellschaft, und dein Vater konnte mir diesen Wunsch erfüllen.«

Ehe ihr die Stimme gehorchte, mußte sie sich räuspern. »Das wären fünf Gründe, und die meisten klingen verrückt. Vorhin sagtest du, es wären ein halbes Dutzend.«

»Nummer sechs«, fuhr er fort und lächelte bedrohlich, »nun, es ist mir ein unwiderstehliche Bedürfnis herauszufinden, wie weit ich dich treiben kann. In meiner Nähe fühlst du dich immer sehr unbehaglich. Du weißt nicht, ob du mich verabscheust oder ob ich dir einfach nur Todesangst einjage.«

»Oh, du machst mir keine Angst.«

»Lügnerin! Jedesmal, wenn du mich anschaust, denkst du an das Verbrechen, das man mir anlastet.«

»Außerdem verabscheue ich dich nicht«, fügte sie eigensinnig hinzu.

»Noch eine Lüge. Du fürchtest dich vor mir, du haßt mich, und trotzdem fasziniere ich dich.«

Das leugnete sie nicht. »Was glaubst du, warum ich hierbleibe?« Sie hob das Kinn und erwiderte seinen finsteren Blick. »Abgesehen von der Hilfe, die mein Vater so dringend braucht, finde ich den Fall hochinteressant. Daraus kann er sicher ein grandioses Buch machen.«

»Nein, Cassidy, du bleibst nicht wegen meines Falls hier«, verbesserte er sie sanft. »Und es ist auch nicht der Tod meiner Frau, der dich fasziniert. Das bin einzig und allein ich.«

Eine Zeitlang blieb sie stumm, als wäre sie von seiner Anziehungskraft hypnotisiert. Dann baute sie ihre Verteidigungsbastionen wieder auf. »Vor allem fasziniert mich dein unerschütterliches Selbstvertrauen.«

Er hängte sich bei ihr ein, umfaßte ihre Hand, und es gab kein Entrinnen. Obwohl sie zitterte, riß sie sich nicht los und ließ sich den Gehsteig entlangführen. »Siehst du, nur ein harmloses Paar, das die Park Avenue hinabschlendert. Wer könnte hinter unserer netten Fassade irgendwas Böses vermuten?«

»In meinem Leben gibt es nichts Böses«, fauchte sie, und er warf ihr einen kurzen Blick zu.

»Doch. *Ich* gehöre zu deinem Leben.«

Der Konferenzraum in der Kanzlei Bellingham und Stearns glich einem militärischen Stützpunkt. An einer Seite des breiten Mahagonitisches saßen Jerome

Fabiani und General Scott, mit identischen Mienen, an der anderen Seite Mark – täuschend lässig –, Sean und Till Elder, sein Verleger seit etwa zehn Jahren. Außerdem hatten sich ein paar Juristen hinzugesellt, die Cass nicht kannte.

Als sie mit Richard den Raum betrat, ließ er ihren Arm erst los, nachdem jeder die besitzergreifende Geste gesehen hatte. Am liebsten hätte sie ihn wütend angeschrien. Aber sie schwieg und musterte die Männer der Reihe nach. Mark wirkte irgendwie verstört, der General kummervoll, ihr Vater zufrieden. Und sie traute keinem.

»Tut mir sehr leid, daß wir erst so spät kommen«, murmelte Cass, dann setzte sie sich zwischen Sean und Till.

»Schon gut«, erwiderte Mark freundlich. »Wir wollten ohnehin noch nicht anfangen.«

Während ein paar verkrampfte Gespräche geführt wurden, beugte sich Till zu Cassie hinüber und tätschelte ihre Hand. »Freut mich, Sie wiederzusehen. Ihr Vater ist ein verkommenes Subjekt, aber er liebt Sie, und er braucht Ihre Hilfe. Diesmal hat er sich wohl zuviel zugemutet.«

»Warum sagen Sie ihm nicht einfach, Sie würden das Buch nicht herausbringen?« wisperte sie.

»In erster Linie bin ich Geschäftsmann, und meine Freundschaft steht an zweiter Stelle«, erwiderte er mit brahmanischer Würde. »Glauben Sie mir, dieses Buch wird sich großartig verkaufen.«

Richard hatte neben Mark Platz genommen und hörte sich mit stoischer Ruhe an, was der Anwalt ihm ins Ohr flüsterte. Ihm gegenüber saß General Scott, und die Wellen des Hasses und Zorns, die er verströmte, waren fast greifbar. Ausdruckslos erwiderte Richard den Blick seines Schwiegervaters.

Nun ging Jerome Fabiani in die Offensive. »Was diese Zusammenkunft bezwecken soll, weiß ich nicht«, verkündete er mit jener sonoren Stimme, die er seit der Wiedereinführung der Todesstrafe um so wirksamer einsetzte und die ihm eine glänzende politische Zukunft sicherte. »Mr. Tiernan wurde für schuldig befunden. Demnächst wird sein Berufungsverfahren beginnen, und inzwischen darf er trotz meiner Bemühungen frei herumlaufen. Falls sein Verteidiger mehr Zeit braucht, um den Fall vorzubereiten, hätte er seinen Klienten im Dannemora festnageln sollen. Jeder Tag, den Richard Tiernan nicht hinter Gittern verbringt, gefährdet die Gesellschaft, und ich beabsichtige nicht, diesen Zustand unnötigerweise zu verlängern.«

Energisch hakte Sean ein. »Ein Mann gilt als unschuldig, solange seine Schuld nicht erwiesen ist, Fabiani.«

Fabiani sah Sean voller Verachtung an. »Er *wurde* schuldig gesprochen, Mr. O'Rourke. Sobald wir die Farce dieser Berufung beendet haben, erwarte ich, daß der Staat New York seine Pflicht erfüllen wird. Zum Beispiel hoffe ich, man wird die Todesstrafe nicht wieder aufheben. Das wäre purer Unsinn.«

»Oh, da mache ich mir keine Sorgen«, meldete sich General Scott zu Wort. »So oder so, im Gefängnis wird er seine gerechte Strafe erleiden. Sogar der niedrigste Abschaum der Menschheit zieht gewisse Grenzen, wenn Kinder abgeschlachtet werden.«

Statt entrüstet zu protestieren, lächelte Richard spöttisch und jagte einen Schauer über Cassidys Rücken. Scott wollte sich auf ihn stürzen, und mehrere Männer mußten ihn festhalten, während sich sein Schwiegersohn gelassen erhob. »Also, ich weiß wirklich nicht, was ich hier mache«, seufzte er gelangweilt. »Halten sie diese Besprechung ohne mich ab. Ich gehe spazieren. Cassidy?« Herausfordernd schaute er sie an, und sie zögerte.

Sollte sie mit ihm gehen – mit einem Mann, der so abscheulicher Verbrechen fähig war? Aber glaubte sie an seine Schuld? Hatte man ihn zu Recht verurteilt? Oder stand das Opfer eines grausamen Justizirrtums vor ihr?

Nein, dieser Mann, der sie so gebieterisch ansah, war kein Opfer. So gern sie ihn auch ignorieren würde, sie hatte keine Wahl. Nicht, wenn Sean unter dem Tisch gegen ihr Schienbein trat. Nicht, wenn ihre Sehnsucht sie zu Richard trieb.

Teils ungläubig, teils verächtlich beobachteten die anderen, wie sie zu ihm ging. Sie tat es, weil es geschehen mußte. Und weil sie es wollte.

Auf der Straße angekommen, ging er schneller denn je, und sie konnte kaum mit ihm Schritt halten. Aber diesmal versuchte sie nicht, sein Tempo zu verlangsamen. So schnell wie möglich mußte er sich von seinen Dämonen entfernen, und sie war bereit, ihn zu begleiten.

Schließlich landeten sie in einer Bar an der Sixtyninth Street, in einem alten Lokal, wo trübes Dunkel herrschte. Die Luft roch schal, nach abgestandenem Schnaps und Zigarettenrauch. Zielstrebig ging Richard zu einer Nische im Hintergrund, ohne sich zu vergewissern, daß Cassidy ihm folgte. Zu ihrer Verblüffung erschien ein alter, grauhaariger Barkeeper mit einem Whiskey on the Rocks, sobald sie sich gesetzt hatten. »Was möchte die Lady, Richard?«

»Dasselbe wie ich, Ed, aber nicht so stark.«

Sie wartete, bis der Mann gegangen war. Dann starrte sie Richard erstaunt an. »Und ich dachte, du hättest das Apartment nie verlassen.«

»In der Küche gibt's einen Dienstbotenausgang, den kennst du doch.«

»Wird er immer noch benutzt?«

»Allerdings, von mir.« Er lehnte sich zurück. »Warum bist du mit mir gekommen?«

Immer wieder stellte er die schwierigsten Fragen. »Weil du es wolltest.«

»Normalerweise beachtest du meine Wünsche nicht. Hätte ich gewußt, wie leicht ich dich manipulieren kann, wäre ich kreativer gewesen. Warum hörst du nicht auf, an diesem Knopf herumzufummeln, und öffnest ihn einfach?«

Sie hatte mit dem obersten Knopf ihrer Kostümjakke gespielt, und nun ließ sie die Hand sinken. »Das möchte ich nicht.«

»Hier drin ist es ziemlich warm. Du bist durch überfüllte Straßen hinter mir hergerannt, und jetzt sitzt du da, zugeknöpft wie ein Schlachtschiff. Übrigens, ich bitte dich nicht darum, ich befehle es dir – mach diese gottverdammten Knöpfe auf, oder ich tu's selber!«

Ein zweites Glas Whiskey wurde auf den Tisch gestellt, etwas heller als das erste. Dann waren sie wieder allein in der fast menschenleeren Bar. Gehorsam öffnete sie die Knöpfe. »Ich will nichts trinken.«

»Trink!«

»Ich will nicht ...«

»Trink!«

Da nahm sie einen kleinen Schluck und schnitt eine Grimasse. »Ich hasse irischen Whiskey.«

»Wieso weißt du, daß das irischer Whiskey ist?«

»Ich bin die Tochter meines Vaters. Unglücklicherweise.« Trotz ihres Widerwillens nippte sie noch einmal an ihrem Drink, ließ den Alkohol in ihrer Kehle brennen, zwischen den Brüsten, und er beruhigte ihre Nerven ein wenig.

Das Glas in der Hand, starrte er sie an. »Ja, das bist du. Mit der Vaterschaft verbinden sich viele interessante Aspekte, nicht wahr? Dein Vater nutzt dich aus und ignoriert deine Bedürfnisse, seinem aufgeblasenen Ego zuliebe. Und Amberson Scott hat sein Privatleben ausschließlich der Anbetung seiner kleinen Prinzessin geweiht. Und dann ich ...« Kühl und nachdenklich starrte er in seinen Drink. »Falls man den Medien und Jerome Fabiani glauben darf, war ich so mit meiner Karriere und meinen Affären beschäftigt, daß ich die Existenz meiner Kinder kaum wahrnahm, abgesehen vom Zeugungsakt. Natürlich gilt das nicht für den Abend, an dem ich sie zu ermorden beschloß, gemeinsam mit ihrem ungeborenen Geschwisterchen und ihrer Mutter. Was ich nach Ansicht der Leute mit den kleinen Leichen tat, weiß ich nicht. Einer Theorie zufolge wurden sie auf einer Farm in Pennsylvania verscharrt. Und in einer Boulevardzeitung stand, ich hätte die beiden gefressen.«

In einem Zug leerte Cassidy ihr Glas. Sie war nicht an Alkohol gewöhnt, und sie hatte kaum etwas gegessen. Der Whiskey traf sie wie ein Schmiedehammer. »Hast du deine Kinder geliebt?« fragte sie, obwohl sie wußte, daß sie den Mund halten und davonlaufen müßte.

Mit leidvollen Augen schaute er sie an. »Mehr als mein Leben«, antwortete er schlicht, und zum erstenmal glaubte sie ihm rückhaltlos.

Er hatte sie betrunken gemacht. Eigentlich sollte es ihn amüsieren, wie schlecht die Tochter eines notorischen Trinkers diesen verwässerten irischen Whiskey vertrug. Er sollte sich schuldig fühlen oder triumphieren, irgend etwas empfinden – nicht diese eisige, tote Leere in der Magengrube und das schwarze Loch, wo früher sein Herz geschlagen hatte.

Wie nahe sie daran gewesen war, ihn zu neuem Leben zu erwecken ... Dafür hatte er sie gehaßt. Der schützende Kokon lebloser Stille begann sich aufzulösen. Das war Cassidys Werk, und er hatte sie viel zu dringend gebraucht, um ihr zu widerstehen.

Natürlich brauchte er sie immer noch, aber er mußte auch eine gewisse Distanz wahren. Er hätte den Konferenzraum einfach verlassen sollen, diese selbstgefälligen Gesichter, die durchdringenden Blicke der Männer, die ihn für den gemeinsten aller Verbrecher hielten. Diese unschuldigen, vernichtenden Mienen, diese Narren ...

Doch er war nicht stark genug gewesen. Er hatte sich eingeredet, er sei unbesiegbar, aber er konnte einfach nicht davongehen und Cassidy diesen Leuten überlassen, die ihn unbarmherzig verdammen würden. Nein, er wollte sie weder Sean noch Mark ausliefern oder seinem Schwiegervater – dem pensionierten General Amberson Scott schon gar nicht.

Scott besaß die Gabe, allen Leuten seine Meinung aufzuzwingen. Mühelos vermochte er Quäker in Green Berets* zu verwandeln, Demokraten in Republikaner, Hunde in Katzen. Falls Cassidy irgendwelche Zweifel an Richards Schuld hegte – der General würde sie kraft seiner Persönlichkeit ausräumen. Und das durfte Richard nicht zulassen. Er brauchte eine nervöse, verwirrte, skeptische, verängstigte Cassidy.

Natürlich konnte er ihr jederzeit die Wahrheit erzählen. Er beobachtete sie, während sie ihm gegenübersaß und sich in ihre Würde zu hüllen suchte, wie in einen zerrissenen Schal, den sie um ihre Schultern schlang.

Wie würde sie auf die Wahrheit reagieren, die er noch niemandem gestanden hatte? Wahrscheinlich würde sie schreiend aus der Bar laufen.

Zuerst mußte sie ihm gehören, mit Leib und Seele, bevor er die Wahrheit auch nur andeutete. Er würde sie ganz fest an sich binden, so daß sie nicht mehr davonlaufen konnte, einfach alles akzeptierte und seinen Interessen diente.

Nur er kannte die Wahrheit, sonst niemand. Sean glaubte, er würde sie herausfinden, aber sein Ego blendete ihn. Zweifellos würde er ein phantastisches Buch schreiben, einen literarischen Meilenstein. Aber nicht die Wahrheit.

Richard würde mit der Wahrheit sterben. Wenn ihm die Staatsgesetze und Wechselfälle des Justizsystems

---

* Kommandotruppe der U.S.-Streitkräfte

die Todesstrafe ersparten, würde einer seiner Mitgefangenen die Sache in die Hand nehmen. Scott hatte recht – sogar die gemeinsten Schwerverbrecher verabscheuten Kindermörder. Und einige glaubten vielleicht, sie könnten eine Fahrkarte in den Himmel kaufen, wenn sie ihn beseitigten.

Jetzt mußte er Cassidy Roarke erst einmal in die Wohnung ihres Vaters zurückbringen, ehe jemand anderer nach Hause kam. Er würde mit ihr in ihr gotisches Schlafzimmer gehen, unter ihren Rock greifen, sie berühren, ihr Verlangen wecken. Ja, sie sollte ihn begehren, noch heißer, als sie sich bereits nach ihm sehnte, wenn auch widerstrebend.

Und dann würde er sie alleinlassen. In schmerzlicher Leidenschaft sollte sie an ihn denken. Damit sie beim nächsten oder übernächsten Mal endgültig bereit war. Und danach würde es kein Zurück mehr geben. Weder für sie noch für ihn.

8

Das helle Tageslicht hatte sich verdunkelt, als er mit ihr die Bar verließ. Glücklicherweise war es ihm gelungen, ihr noch ein halbes Glas Whiskey aufzudrängen. Jetzt befand sie sich in einem reizvollen leichtsinnigen Zustand. Nur noch ein letzter kräftiger Schubs – und sie würde auf den Rücken fallen und ihn mit sich zerren.

Zum Teufel mit seiner Geduld! Er begehrte sie, wollte sich in ihrem Körper verlieren, sie kosten und riechen und spüren, seine Finger in ihr dichtes Haar schlingen, ihren Mund an seinem Körper nach unten ziehen. Und er wünschte, sie wäre bereit, alles von ihm zu nehmen – und dann noch viel mehr.

Als sie ihm in den Lift folgte, stolperte sie. Die Augen geschlossen, lehnte sie sich an die polierte Nußbaumwand. Sie hatte die Kostümjacke nicht mehr zugeknöpft, und er sah die Seidenbluse, die an ihr klebte, die Vertiefung zwischen ihren Brüsten. Dorthin wollte er seine Lippen pressen.

Im zwölften Stock öffneten sich die Lifttüren. Richard wartete, hoffte auf einen Vorwand, um Cassidy zu berühren, und wußte, daß er keinen Vorwand brauchte. Wahrscheinlich würden sie's nur bis zur Diele schaffen.

Sie schob sich an ihm vorbei, in behutsamer Grazie, und er ließ sie gehen. Vorerst. Während sie mit den Schlüsseln herumfummelte, stand er neben ihr und bezwang den Impuls, sie aus ihrer Hand zu reißen und die Schlösser selbst zu öffnen. Die Verzögerung steigerte die Leidenschaft, jeder Frust forderte ihn heraus.

Endlich schwang die Tür auf, und er schloß sie, sobald sie die dunkle Diele betreten hatten. Cassidy tastete nach dem Lichtschalter, aber er hielt ihre Hand fest.

»Hier ist es so finster«, wisperte sie.

»Ja, ich weiß.«

»Mabry ist wohl nicht daheim ...«

»Hat Sean dir nichts erzählt? Sie gehen zu einer Verlagsparty, und dann essen sie in irgendeinem Restaurant. Also werden sie erst am späten Abend zurückkommen.« Er umfaßte ihre Hand immer noch und fühlte die wachsende Panik unter ihrer Haut.

»Davon hat er mir nichts gesagt.«

»Das dachte ich mir.« Energisch zog er ihre Finger von der Wand weg, und sie ließ es geschehen. In der Luft lag eine fast greifbare Mischung aus Angst und Verlangen, ein wirksames Aphrodisiakum. Noch nie hatte er eine Frau geliebt, die ihn fürchtete und trotzdem begehrte. Darauf freute er sich.

Er legte ihre Hand an seine Brust, so daß sie seine schnellen Herzschläge spürte, seine Hitze. »Willst du davonlaufen, Cass?« flüsterte er, beugte sich zu ihr, näherte seinen Mund ihrem Ohr, unter dem feuerfarbenen Haar. »Hast du Angst?«

Aber er erwartete keine Antwort. Stünde sie nicht unter dem Einfluß des irischen Whiskeys, hätte sie wahrscheinlich gelogen. Statt dessen beging sie den Fehler, ihn anzusehen, und trotz der Schatten im verlassenen Apartment verrieten ihm ihre Augen alles, was sie verbergen wollte. Ihre Furcht. Ihren Zorn. Und ihre Sehnsucht.

»Ja.« Damit besiegelte sie ihr Schicksal.

Er schob ihre Hand von seiner Brust hinab, zu seinem Hosengürtel. Dabei schaute er sie unverwandt an, keiner konnte dem Blick des anderen ausweichen. Richard zog ihre Hand noch tiefer hinunter, drückte sie an seine Erektion, und Cassidy stöhnte leise, vielleicht vor Unbehagen.

Dann versuchte sie, sich loszureißen. Doch das ließ er nicht zu, drängte sie gegen die Wand, so daß die Hand zwischen den beiden Körpern gefangen war. Als er sie küßte, stöhnte sie wieder, und diesmal nicht nur vor Unbehagen. Seine Zunge glitt in ihren Mund, er schmeckte den Whiskey, ihre Leidenschaft, und seine eigene Begierde wuchs.

Hastig streifte er die Jacke von ihren Schultern, fest entschlossen, sie völlig zu entkleiden und auf dem Hartholzboden in der Diele ihres Vaters zu besitzen. Er fühlte, wie sie sein erigiertes Glied umfaßte. Beinahe trieb sie ihn zum Höhepunkt. Mit beiden Händen hielt er ihren Kopf fest, schlang die Finger in ihr Haar, benutzte nur seinen Mund, um sie zu verführen, zur Kapitulation zu zwingen. Allmählich wurde ihr Körper weicher und schmiegte sich an seine harte männliche Kraft.

Richard trat ein wenig zurück, außer Atem, bemühte sich nicht zu verhehlen, wie sehr sie ihn erregte. Die Lider gesenkt, lehnte sie an der Wand und wartete. Ungeschickt begann er die seidenbezogenen Knöpfe zu öffnen und fragte sich, was aus dem raffinierten Verführer geworden war.

Darauf gab es nur eine einzige Antwort – er lebte von geborgter Zeit und konnte sich's nicht leisten, auch nur einen einzigen Augenblick zu verschwenden. Ungeduldig zerrte er Cassidys Bluse aus dem Rock. Ein winziger Spitzen-BH bedeckte ihre Brüste nur mangelhaft, und Richard strich mit seinem Daumen über einen der dunklen Kreise, die sich unter dem dünnen Stoff abzeichneten.

Sofort spürte er, wie sich die Brustwarze aufrichtete. Er neigte den Kopf, nahm die harte Knospe in den Mund, saugte daran und fühlte Cassidys Zittern. Die Finger in seine Schultern gekrallt, lehnte sie sich zurück, bot ihm alles an, was sie zu geben hatte – so wie er es wünschte. Seine Hand glitt an ihrem Schenkel nach oben, zog den engen Rock hinauf.

Plötzlich hörte er, wie jemand nach Luft schnappte, halb erschrocken, halb amüsiert. Cassidy rührte sich nicht, und er spürte die Kälte, die durch ihre Adern kroch, vermischt mit der Hitze ihrer Verlegenheit. Widerstrebend hob er den Kopf. Ihre Blicke trafen sich für lange, prägnante Sekunden. Dann schloß sie die Augen, sank an die Wand und holte tief Atem. Rasch streifte er den Rock nach unten, schirmte sie mit seinem Körper ab, ehe er sich umwandte.

Die drei standen in der Küchentür und zeigten unterschiedliche Reaktionen – Mark wirkte schockiert, fast verängstigt, Mabry beunruhigt. Und Sean, zum Teufel mit seiner schwarzen irischen Seele, grinste süffisant.

Cass riß sich von Richard los, und er griff vergeblich nach ihrer Hand. Viel zu schnell eilte sie durch den Flur, vorbei an den Voyeuren. Wenig später hörte er ihre Tür ins Schloß fallen. Es bedurfte keiner besonderen Phantasie, um zu erraten, daß sie den Schlüssel herumdrehte.

»Richard!« rief Mark mit bebender Stimme.

»Komm, Mabry!« befahl Sean, immer noch belustigt. »Ich glaube, die Jungs haben was zu besprechen.«

»Was hast du getan, Sean?« fragte Mabry müde. Aber sie erhielt keine Antwort, und Richard blieb in der Diele stehen, allein mit seinem einzigen treuen Freund.

»Um Himmels willen, was hat das zu bedeuten?« fragte Mark leise.

»Da du so wahnsinnig schlau bist, wirst du's sicher herausfinden.«

»Erzähl mir bloß nicht, es wäre einfach nur sexuelles Verlangen. Das würde ich dir nicht abnehmen.«

»Sexuelles Verlangen ist niemals einfach.«

»Treib kein albernes Spiel mit mir, Richard! Erklär mir, was du mit ihr vorhast! Sie ist unschuldig – und du darfst sie nicht in diesen Schlamassel hineinziehen.«

»Wer sagt denn, daß ich sie in irgendwas reinziehe – daß ich mehr will als ihren bemerkenswerten Körper? Vor ein paar Tagen hattest du deine Chance. Jetzt bin ich dran.«

»Soll das ein Wettbewerb werden? *Ich* war es, der mit dir konkurrieren mußte, nicht umgekehrt«, betonte Mark bitter. »So war's schon immer. Außerdem hat sie sich geweigert, mit mir auszugehen, was ich zweifellos dir verdanke. Wie ist dir das gelungen? Hast du ihr von meiner Ehe erzählt?«

Richard erlaubte sich ein schwaches Lächeln. Inzwischen war sein Zorn verflogen, wenigstens vorerst, und er akzeptierte Cassidys Flucht. Früher oder später würden sie allein sein. Und dann konnte ihn nichts mehr zurückhalten. »Ich habe ihr nur die Wahrheit gesagt.«

»Verdammt, Richard, in knapp drei Wochen ist meine Scheidung rechtskräftig. Hast du ihr das nicht erklärt?«

»Nun, ich erwähnte deine Eheprobleme.«

»Probleme, die zur Scheidung geführt haben! Was willst du von ihr? Offenbar versuchst du, sie mit aller Macht von mir fernzuhalten.«

»Warum sollte ich? Du bist kein Serienmörder, nicht wahr? Oder bringst du die Frauen um, wenn du sie gebumst hast?« Richard sprach mit ruhiger Stimme, im Konversationston, weil er wußte, daß er seinen Freund damit am schnellsten in Wut bringen konnte.

»Das tun wir beide nicht.«

»Wie kannst du wissen, wer und was ich bin?«

Seufzend schüttelte Mark den Kopf. »Mit diesem Spiel vergeudest du nur deine Zeit. Du vergißt, wie gut ich dich kenne – besser als sonst jemand. Irgendwas hast du mit Cassie vor, und ihr Vater steckt mit dir unter einer Decke. Ich muß wissen, was ihr im Schilde führt.«

»Am liebsten würde ich dir vorschlagen, deine Phantasie zu benutzen. Aber ich habe erlebt, wie gefährlich das werden kann. Falls ich irgendwas von Cassie will, sollst du der zweite sein, der's erfährt. Das verspreche ich dir. Der zweite nach der Lady selbst.«

»Zum Teufel, Richard, ich mag sie!« stieß Mark erbost hervor.

»Das ging aber schnell. Da euer Rendezvous ins Wasser gefallen ist, hast du sie – wie oft gesehen? Zweimal? Erzähl mir bloß nicht, es sei Liebe auf den ersten Blick gewesen.«

»Ich hasse es, wenn du mich verspottest!«

»Hab ich dich verspottet? Tut mir leid. Junge Liebe weckt nun mal den Zyniker in mir.«

»Wir reden weder von junger Liebe noch von Liebe auf den ersten Blick oder dieser ganzen Scheiße, sondern von einem anständigen Menschen, der's nicht verdient, in deine tückischen Pläne verstrickt zu werden.«

»Wieso glaubst du, ich hätte tückische Pläne? Ich hege ganz simple Absichten.«

»Was willst du von ihr?«

»Vorläufig geht dich das nichts an.« Richard wandte sich ab und schlenderte durch den Flur.

Aber Marks Stimme folgte ihm. »Richard, ich warne dich! Wenn du ihr weh tust, mußt du dir einen anderen suchen, der dir hilft – jemanden, der deine legalen und finanziellen Angelegenheiten regelt.«

Ohne sich umzudrehen, erwiderte Richard: »Ich rechne mit dir, Mark.« In der sanften Antwort schwang eine versteckte Drohung mit. Geradewegs ging er zu Cassidys Tür. Da er vermutete, sie wäre versperrt, klopfte er – zweimal, ganz leise, genauso wie Mabry.

Schon nach wenigen Sekunden schwang die Tür auf, und er sah Mabrys bleiches, unglückliches Gesicht – mit unerwarteten Tränenspuren. »Mabry ...«, begann sie. Dann erkannte sie ihn, verstummte sofort und versuchte, ihm die Tür vor der Nase zuzuschlagen.

Aber er stemmte sich dagegen, betrat das Zimmer und schloß die Tür. Sollte er den Schlüssel herumdrehen? Besser nicht. Cassidys Nerven schienen gewaltig zu flattern, und wenn er sich mit ihr einsperrte, würde sie womöglich schreien.

»Raus mit dir!« zischte sie und weigerte sich, ihn anzuschauen.

Also legte er einen Finger unter ihr Kinn, hob ihr Gesicht und zwang sie, seinen Blick zu erwidern. »Ich wußte nicht, daß sie so früh zurückkommen würden.«

»Tatsächlich nicht?« Ihre unverhohlene Skepsis wirkte fast beleidigend.

»Hätte ich's gewußt, wäre ich mit dir in ein Hotel gegangen.«

Das Blut stieg in ihr blasses Gesicht. »Aber ich hätte dich nicht begleitet.«

»Vielleicht nicht – oder vielleicht doch.« Er neigte sich näher zu ihr. »Was wäre geschehen, wenn sie uns nicht gestört hätten, Cassidy?«

»Ich wäre zur Vernunft gekommen. Die Opferrolle spiele ich schon seit Jahren nicht mehr, Richard. Inzwischen habe ich meine selbstzerstörerischen Tendenzen überwunden.« Trotz der geröteten Wangen wirkten ihre Augen erstaunlich ruhig.

»Bist du niemals impulsiv? Ignorierst du nie, was dein Verstand dir sagt? Weigerst du dich, deinem Herzen zu folgen?«

»Verdammt, mein Herz hatte nichts damit zu tun«, erwiderte sie bissig. »Von einer Romanze reden wir hier nicht – nur von Sex. Ich bin eine normale, gesunde Frau. Und du verstehst es, mich mitzureißen, zu verführen, mir deinen Willen aufzuzwingen. Wie hast du das gelernt?«

»Reine Übungssache«, antwortete er sanft.

»Für dich ist alles nur ein Spiel, nicht wahr? Du tust dein Bestes, um meinen Verstand zu manipulieren.«

»Nicht nur dein Verstand interessiert mich, ich will auch deinen Körper und deine Seele besitzen.«

Mittlerweile hätte es ihm nicht mehr gelingen dürfen, sie zu schockieren. Aber sie starrte ihn entsetzt an. Ohne die Hände zu bewegen, trat er näher, blieb so dicht vor ihr stehen, daß sich ihre Körper berührten. Sie wich nicht zurück, und er bewunderte ihre Haltung, obwohl er wußte, daß er sich jetzt noch mehr anstrengen mußte.

»Laß mich in Ruhe, Richard«, bat sie leise. »Du brauchst mich nicht, und ich stelle wohl kaum eine verlockende Herausforderung dar.«

»Da irrst du dich, in beiden Punkten«, flüsterte er. Sein Mund streifte ganz leicht ihre Lippen, die den zarten Kuß spontan erwiderten. »Beantworte mir nur eine einzige Frage, Cassidy, und ich gehe.« Seine Worte waren fast unhörbar, und er sah die dunkle Qual in ihren Augen.

»Welche Frage?« wisperte sie, und die Bewegung ihrer Lippen war ein unfreiwilliger Kuß.

»Hat's dir gefallen?«

Ihre Lider hatten sich halb geschlossen. Jetzt riß sie entrüstet die Augen auf und schob ihn weg. »Verschwinde!«

Als sie sich abwenden wollte, hielt er sie fest und zog sie an seine Brust. Wütend erwiderte sie seinen Blick. »Soll ich's rausfinden?« murmelte er und strich über ihren Bauch.

Da schlug sie ihn mit aller Kraft ins Gesicht. Ihr Ring zerkratzte seine Wange. Bestürzt wich sie zurück.

Sekundenlang erwog er zurückzuschlagen. Wäre es seinen Plänen zugute gekommen, hätte er's getan. Vor nichts würde er zurückschrecken, um sein Ziel zu erreichen, ob es ihm gefiel oder nicht. Und es mißfiel ihm, sie zu mißhandeln. Er wollte sie küssen und erregen und bumsen – das ja. Aber es widerstrebte ihm, sie zu verletzen, solange er's vermeiden konnte.

»Interessant, wie schnell du die Kontrolle verlierst, Cassidy! Man muß dich nur ein bißchen reizen ...«

Sie sah elend aus. »Ist das deiner Frau auch passiert?«

»Keine Ahnung«, entgegnete er tonlos. »Ich war nicht da.« Und dann verließ er das Zimmer. Leise schloß er die Tür hinter sich.

Eine Faust auf den Mund gepreßt, hielt Cass den Atem an und wartete. Sie hörte ihn nicht davongehen. Wie ein Vampir bewegte er sich – lautlos und verstohlen. Sie zählte bis zwanzig, dann lief sie zur Tür und versperrte sie. Als sie sich umdrehte, merkte sie, daß ihre Knie zitterten.

Schaudernd sank sie aufs Bett. Ihr Arm schmerzte. Noch nie im Leben hatte sie einen Menschen geschlagen. Nicht einmal in ihrer Kindheit, obwohl sie ständig von ihrem älteren Bruder Colin gehänselt worden war. Das ständige Geschrei, die Streitigkeiten und Prügeleien ihrer Eltern waren ihr verhaßt gewesen. Deshalb hatte sie sich immer vorgenommen, niemals die Beherrschung zu verlieren, niemanden zu schlagen, nie in Panik oder Wut zu geraten, ihre Verteidigungsbastionen aufrechtzuerhalten.

Aber Richard Tiernan durchbrach dieses Bastionen immer wieder – mit voller Absicht. Er wollte sehen, wozu er sie treiben konnte, wenn sie auch nicht wußte, warum. Vielleicht langweilte er sich so gräßlich, daß er seine Energien an ein Katz- und Mausspiel verschwendete – mit der einzigen verfügbaren Maus in diesem Apartment.

Aber wahrscheinlich wollte er einfach nur ihre Reaktion beobachten, wenn er sie wieder küßte, und herausfinden, wie weit sie ihm freiwillig folgen würde. Und sie, eine hirnlose Närrin, war bereit gewesen, alles für ihn zu tun. Was hätte sich ereignet, wären sie nicht gestört worden?

Sie hatte seine Erregung gespürt. Trotz seiner Absicht, mit ihr zu spielen, war er in seine eigene Falle getappt.

Nein, sie konnte nicht hierbleiben. Wie oft hatte sie das schon entschieden und sich dann wieder anders besonnen? Diesmal würde sie ihre Sachen nicht pakken, niemandem Bescheid geben, einfach nur ihre Handtasche nehmen und zur Wohnungstür hinausgehen. Später sollte Mabry ihr den Koffer nachschicken. Sean konnte auch ohne sie überleben. Was sie für ihn tat, konnte jede halbwegs tüchtige Sekretärin erledigen.

Als sie in den Spiegel schaute, um ihre äußere Erscheinung zu prüfen, stockte ihr Atem. Ihr Haar war eine zerzauste Gloriole aus feurigen Locken, der Mund feucht und geschwollen. In den Augen sah sie die Spuren ihrer unerwünschten Tränen. Die Jacke lag irgendwo in der Diele, die aufgeknöpfte Seidenbluse hing lose herab. Und der BH war noch naß von Richards Lippen.

Unwillkommene Erinnerungen beschleunigten ihren Herzschlag. Das hatte er gewußt und absichtlich solche Gefühle geweckt. Ihre Verlegenheit und Wut konnten die schlichte Biologie nicht ändern. Obwohl sie es nicht wollte, obwohl er eine einzige Katastrophe war, sehnte sie sich nach ihm.

Mit zitternden Händen zog sie die Bluse aus. Sie brauchte nur wenige Minuten, um den Rock und die

Unterkleidung in den Wäschekorb zu stopfen, in eine Khakihose, einen Baumwollpullover und ihre alten derben Schuhe zu schlüpfen. Da sie inkognito fliehen wollte, setzte sie eine große Sonnenbrille auf. Sie würde davonlaufen und erst stehenbleiben, wenn sie in Baltimore ankam, in der Sicherheit ihres früheren Lebens.

Als sie in den Flur trat, ließ sich niemand blicken. Aus der Ferne hörte sie Männerstimmen, leise und ruhig, Seans prägnanten pseudoirischen Akzent, der sich mit Richards tiefem, dunklem Timbre mischte. Wahrscheinlich saß auch Mark bei ihnen. Zum Teufel mit ihm! Zum Teufel mit allen Männern!

Beinahe hatte sie die Wohnungstür erreicht, doch da tauchte Mabry auf – bleich und verzweifelt und resigniert. »Verläßt du uns, Cassidy?«

»Ich muß wirklich nach Hause. Kannst du mir das verübeln?«

»Eigentlich nicht. Willst du sofort abreisen?«

»Das habe ich versucht. Bevor irgend jemand mich aufhalten würde.«

»Du kennst uns alle viel zu gut.«

Sekundenlang fürchtete Cassidy, ihre kühle, unerschütterliche Stiefmutter könnte zu weinen anfangen. Schimmerten Tränen in den blauen Augen?

Doch das hatte sie sich wahrscheinlich eingebildet, denn Mabry blinzelte nur und lächelte. »Wenn du unbedingt verschwinden willst, werde ich dich nicht zurückhalten. Aber bevor du in den Zug steigst, müssen wir reden. Nicht hier – diese Wohnung zerrt an meinen Nerven. Gehen wir irgendwohin, und trinken wir was.«

»Bloß kein Drink!« Sie erschauerte, als sie an den

irischen Whiskey dachte, dessen Geschmack sich mit Richard Tiernans Küssen vermischt hatte.

»Okay, dann bestellen wir eben Tee – guten, beruhigenden englischen Tee mit Buttergebäck und Erdbeermarmelade. Dabei können wir in Ruhe über alles sprechen.«

»Vermutlich über Sean? Du wirst mir doch kein Lügenmärchen auftischen und behaupten, er sei schwerkrank? Er ist stark wie ein Ochse.«

Mabrys vollkommene Lippen verzogen sich zu einem milden Lächeln. »Darling, er ist nicht nur krank. Er stirbt.«

Beim dritten Whiskey-Soda wurde Sean immer redseliger. Richard lehnte sich in seinem Sessel zurück, beobachtete ihn, und seine Gedanken wanderten zu Cassidy. Natürlich würde sie einen Fluchtversuch unternehmen. Das wußte er, und er fragte sich, ob er es wagen durfte, sie aufzuhalten. Und wenn sie entkam, sollte er ihr folgen?

Weder das eine noch das andere würde ihm gelingen. Sean mochte sich bereit erklären, ihm seine Tochter zu opfern. Aber Mabry stand auf Cassidys Seite. Gegen die beiden war er machtlos.

Und so konnte er nur hoffen, daß er Cass hinlänglich beeinflußt hatte, um ihre Flucht zu verhindern. So sehr sie sich auch nach Freiheit sehnte, die Stränge seines Spinnennetzes waren zu lang und zu klebrig und hielten sie fest. Vielleicht wollte ein Teil ihres Ichs davonlaufen, aber ein anderer war viel zu fasziniert von Richard Tiernans Persönlichkeit. Welches Bedürfnis würde die Oberhand gewinnen?

»Großer Gott, heute nacht wird mir Mabry die Haut abziehen«, prophezeite Sean fröhlich. »Und Sie hätten Bellinghams Gesicht sehen sollen, als wir euch zwei in der Diele ertappten. Ich dachte, die Augen würden ihm aus dem Kopf fallen. Nur gut, daß ich mich rechtzeitig bemerkbar machte, sonst hätte er womöglich einen Herzschlag erlitten, und Sie müßten sich einen anderen Anwalt suchen!«

»Darum haben Sie beschlossen, nach Hause zu gehen? Ich dachte, Sie würden eine Party besuchen.«

»Leider fühlte ich mich nicht besonders gut«, entgegnete Sean unbefangen. »Gestern abend habe ich wohl zuviel getrunken. Außerdem war ich neugierig und wollte herausfinden, was Sie mit Cassie vorhatten. Ich nahm an, ihr beide würdet längst im Bett liegen, als wir die Wohnung betraten. Und ich muß sagen, Sie haben mich bitter enttäuscht, mein Junge.«

»So?«

»Aber ich hätte wissen müssen, daß Sie solche Dinge in Ihrem eigenen Tempo abwickeln. Sie erinnern mich an meine Jugendzeit. Da gab's auch keine Frau, die mich zurückwies.«

Richard schaute Sean an und erwog seelenruhig, einen Mord zu begehen. »Nicht alle Männer sind gleich.«

»Scheiße! Eine Minute später hätten Sie ihr das Höschen ausgezogen, und sie ist das prüdeste kleine Ding, das ich kenne. Da gerät sie ganz nach ihrer Mutter. Aber heute? Begierig wäre sie über Sie hergefallen, ehe Sie gewußt hätten, wie Ihnen geschah.«

»Wir reden von Ihrer Tochter, nicht von irgendeiner Zweidollar-Hure.«

»Sind diese Damen immer noch so billig?« fragte Sean wehmütig und leerte sein Glas. »Das wußte ich gar nicht. Wollen Sie mir einreden, Sie würden das Mädchen respektieren? Mich müssen Sie nicht belügen, ich frage nicht nach Ihren Intentionen. Und Sie können mir wohl kaum versprechen, eine anständige Frau aus ihr zu machen, oder? Außerdem wären Sie alles andere als ein idealer Schwiegersohn.«

Ein paar Sekunden lang betrachtete Richard seine Hände. Lange, starke Finger. Mühelos könnte er das Leben aus dem alten Mann herausquetschen, und die Welt wäre ein besserer Ort. Was hatte er noch zu verlieren?

Plötzlich hob er entsetzt den Kopf. So einfach war das, so gefährlich einfach, solche Gedanken zu hegen. Und nur ein winziger Schritt von der Absicht zur Tat. Kein Wunder, daß so viele Verbrechen geschahen, daß man die Todesstrafe wieder eingeführt hatte ...

»Alles okay, Junge?« fragte Sean und stand schwankend auf. »Sie sehen so seltsam aus – als wäre Ihnen ein Geist begegnet.«

»Genau das ist geschehen«, erwiderte Richard und zwang sich zu einem Lächeln. »Es war Ihr Geist.«

Endlich war es ihm gelungen, den alten Mann aus der Fassung zu bringen. »Jesus Christus!« flüsterte Sean und taumelte rückwärts. »Was für einen unheimlichen Humor Sie haben, Tiernan! Ich hoffe nur, Sie wissen es.«

»O ja«, bestätigte Richard sanft und starrte wieder seine Hände an, seine mörderischen Hände.

»Nimm doch ein bißchen Gebäck, Darling«, bat Mabry.

Cassidy blickte auf ihren Teller hinab und seufzte hoffnungslos. »Irgendwie habe ich den Appetit verloren. Nach deiner melodramatischen Eröffnung und meinen Erlebnissen mit Richard Tiernan werde ich wahrscheinlich genug abnehmen, um sogar das Wohlwollen meines Vater zu erobern.«

Während sie grimmig ein Cola light-Glas festhielt, nippte Mabry an ihrem Lapsang Souchong. »Ich war nicht melodramatisch, Cassie. Glaub mir, ich habe jedes Wort ernst gemeint.«

»Das ist es ja, was mich stutzig macht – du lebst schon viel zu lange mit Sean zusammen, und deshalb neigst du zu Übertreibungen. Er ist stark und zäh wie ein Ochse ...«

»Nein, er stirbt. Und er hat keine Ahnung, daß ich's weiß. Vorerst sind die Schmerzen noch nicht so schlimm, und der Doktor meint, sie würden sich auch künftig in Grenzen halten. Aus diesem Grund trinkt Sean so viel – wenn er beschwipst ist, kann er auf Tabletten verzichten. Er hat Krebs, Cassie, und die Metastasen haben sich im ganzen Körper ausgebreitet.«

»Wie lange noch?« Das Glas in Cassies Hand fühlte sich feucht und eisig an. Und der rauchige Geruch von Mabrys Tee drehte ihr den Magen um.

»Nicht lange genug. Er will das Buch fertigstellen. Das muß er einfach schaffen, Cassie. Und er braucht deine Hilfe.«

»Warum muß das Buch fertig werden? Am Geld kann's nicht liegen – ich kenne meinen Vater gut genug. Trotz seiner angeblichen irischen Großzügigkeit war er immer ein Knauser.«

»Trotzdem zerrinnt ihm das Geld zwischen den Fingern. Und wenn du glaubst, er wäre so vernünftig gewesen, eine Lebensversicherung abzuschließen, irrst du dich. Er hat immer gesagt, er würde seine Zukunft dem Schicksal anvertrauen.«

»Jetzt siehst du ja, wie weit er damit gekommen ist.«

»Immerhin hat er mich«, tadelte Mabry sanft. »Und dich.«

»In der Tat – kostbare Schätze!« Mühsam bekämpfte Cassidy ihre Panik, ihr ungläubiges Entsetzen. »Und er hat Richard Tiernan. Also könnte er seinen Kopf noch einmal aus der Schlinge ziehen. Warum muß er das Buch beenden, wenn es nicht ums Geld geht?«

»Weil er als Legende sterben will. Ein so phantastisches Werk wie ›Galway Hell‹ wird er nie mehr zustande bringen, das weiß er, wenn er's auch nicht zugeben will. Ein paar seiner neueren Bücher ließen sich ganz gut verkaufen. Aber die beiden letzten brachten nicht einmal den Vorschuß ein. Wahrscheinlich hat er keine Angst vor dem Tod. Aber ich glaube, er fürchtet sein Talent zu verlieren, seinen guten Ruf ...«

»Den wird er verspielen, wenn er sich mit diesem Boulevard-Schund abgibt.«

Mabry schüttelte den Kopf. »Das siehst du falsch.«

»Und wie zum Teufel soll ich ihm helfen, dieses Buch zu schreiben, wenn ich nicht einmal weiß, worum es sich handelt?« fragte Cassidy erbost und frustriert.

»Um Richard Tiernan.«

»Mabry, ich kann nicht hierbleiben.« Cass holte tief

Atem. »Wenn dieser Mann auf meinen Nerven rumtrampelt ...«

»Glaubst du, er hat seine Familie ermordet? Und was noch wichtiger ist – traust du ihm zu, auch dich umzubringen?«

Seufzend schnitt Cassie eine Grimasse. »Wie absurd das klingt! Nein, das befürchte ich nicht. Es wäre zu offensichtlich. Irgendwas will er von mir, Mabry. Etwas Wichtiges. Und ich weiß nicht, was es ist. Das erschreckt mich.«

»Früher warst du nicht so phantasievoll.«

»Ich bin die Tochter meines Vaters, erinnerst du dich?« entgegnete Cassidy ironisch.

»Wenn du glaubst, daß er was von dir will – warum fragst du ihn nicht einfach?«

»Bildest du dir ein, er würde mir eine simple Antwort geben? O nein.«

»Kann ich irgendwas tun, um dich zurückzuhalten?«

»Nein«, erwiderte Cassie energisch. »Ich mußte lernen, für mich selber zu sorgen, sonst hätten meine Eltern mich aufgefressen. Für Sean würde ich alles tun, aber nicht auf Kosten meines eigenen Lebens. Wenn Richard Tiernan verschwunden ist, besuche ich euch wieder. Und in der Zwischenzeit muß ich mich um meine eigene Person kümmern. Ich bin eine Überlebenskünstlerin, und ich habe die Vergangenheit hinter mir gelassen. Um keinen Preis werde ich mein sicheres, komfortables Leben in Baltimore aufs Spiel setzen.«

Seufzend lehnte sich Mabry zurück. »Also gut. Ich begleite dich zum Bahnhof.«

Eine Zeitlang blieb Cass reglos sitzen. Was für eine mühelose Flucht ... Sie konnte davonlaufen und sich verstecken, Richard Tiernans Existenz vergessen. Da sie keine Boulevardpresse las und keinen Fernseher besaß, würde sie wahrscheinlich gar nichts von seiner Hinrichtung erfahren.

Seine *Hinrichtung*. Wie Säure brannte das Wort in ihrem Gehirn, in ihrem Herzen. Als sie den Kopf hob, schaute sie in Mabrys verständnisvolle blaue Augen. »Ich reise nicht ab«, sagte sie müde.

Lächelnd nickte ihre Stiefmutter. »Das weiß ich, Darling.«

9

Cassie fand keinen Schlaf, was sie nicht überraschte. Seit sie den Fehler gemacht hatte, nach New York zu kommen – ein schwerer Fehler, der ihr ganzes Leben verändert hatte –, konnte sie nicht schlafen. Allein schon die Anwesenheit eines verurteilten Mörders unter demselben Dach mußte jeden normalen Menschen beunruhigen. Und nach den Ereignissen dieses Tages war es ein Wunder, daß sie nicht in einer Ecke kauerte und wirres Zeug vor sich hin murmelte. Sie drehte sich auf die andere Seite und blinzelte die Kutschenuhr an, die nach Mabrys Ansicht zum Grabdekor dieses Schlafzimmers paßte. Zwei Uhr fünfundvierzig. Tiefe Stille erfüllte das Apartment. Sogar die Verkehrsgeräusche der Park Avenue drangen nur gedämpft durch die Samtvorhänge.

An Seans baldigen Tod wollte sie noch immer nicht glauben. Als sie mit ihrer Stiefmutter in die Wohnung zurückgekehrt war, hatte er in seinem Arbeitszimmer gedöst. Sie stand da, starrte ihn an, sah die Schatten seiner Krankheit und der Schmerzen um die Augen, das graue Haar, die Schwäche, die sein robuster Charakter bisher maskiert hatte. Und da hatte sie erkannt, daß Mabry die Wahrheit sagte. Er würde sterben.

Natürlich durfte sie nicht mit ihm darüber reden. Er hielt sein unheilbares Leiden für ein Geheimnis, und er verbarg es vor jenen Menschen, die ihn am meisten liebten. Nur der Himmel wußte, warum. Vielleicht brauchte er die Illusion, er wäre unzerstörbar und allmächtig.

Sie konnte ihn unmöglich verlassen und nicht einmal in ein Hotel ziehen, um Richard Tiernans bedrohlicher Nähe zu entrinnen. Das würde Sean nicht verstehen, ein gewaltiges Aufhebens machen, und Cassidy fühlte sich einem Streit nicht gewachsen. Sie wollte einfach nur bei ihrem Vater bleiben und alles für ihn tun, was in ihrer Macht stand.

Selbst wenn Richard ihr ein Messer an die Kehle hielte, würde sie Sean nicht verlassen. Sie hatte sich ein eigenes, sicheres Leben aufgebaut. Aber alle Instinkte, die ihrem Schutz dienten, traten in den Hintergrund, als sie an die Bedürfnisse ihres Vaters dachte. Sie hatte weder die Ehe ihrer Eltern retten noch Sean in den Mann verwandeln können, der ihr vorschwebte. Es würde ihr auch nicht gelingen, ihn am Leben zu erhalten, doch sie wollte ihm zumindest den Tod erleichtern – und inneren Frieden finden.

Das würde sie nicht schaffen, wenn Richard Tiernan sich dauernd an sie heranpirschte.

Sie schleppte sich aus dem Bett und schaltete die Lampe ein. In diesem schwachen Licht mochte sie nicht lesen. Ohne zu überlegen, was sie tat, zog sie ihre Unterwäsche an, ein überdimensionales T-Shirt, eine Jogginghose, ein Sweatshirt einen weiten Pullover. Ihr war zu heiß, und die vielschichtige Kleidung fügte ihren ohnehin schon voluminösen Proportionen noch zehn Pfund hinzu. Aber darum kümmerte sie sich nicht. Wenn sie überleben wollte, um ihrem Vater beizustehen, wenn er sie brauchte, mußte sie Richard Tiernan einiges erklären. Ob es albern war oder nicht, sie würde nicht länger warten.

Auf lautlosen nackten Füßen ging sie zum einstigen Schlafzimmer ihres Bruders am Ende des Flurs. Entschlossen beschleunigte sie ihre Schritte. Wenn sie jetzt zögerte, würde sie feige zurückschrecken. Und wenn sie Tiernan nicht sofort zur Rede stellte, würde sie sich niemals dazu aufraffen. Irgend etwas inmitten der Nacht reduzierte das Leben auf die wesentlichen Dinge. Und sie durfte nicht an kleinmütigen Bedenken scheitern.

Sie klopfte nicht an. Trotz oder vielleicht wegen des beträchtlichen Whiskeykonsums hatte Sean einen leichten Schlaf. Beim leisesten Geräusch würde er aus dem Bett steigen und ihr nachspionieren. Cass griff nach der Klinke. Sperrte Richard sich nachts ein? Aber die Tür ließ sich mühelos öffnen.

Was sie erwartete, wußte sie nicht. Seit ihrer Ankunft hatte sie das Zimmer ihres Bruders nicht betreten. In ihrer regen Phantasie waren Visionen von satanischen Utensilien oder Gefängnisdekor entstanden.

Im trüben Mondschein erschien ihr der Raum genauso wie beim letzten Mal. Southwestern-Stil. Beide schmalen Betten waren leer, eins ordentlich gemacht, das andere zerwühlt. Als sie sich im Halbdunkel umblickte, entdeckte sie ihn. Er stand am Fenster, eine Silhouette im silbrigen Licht, und die Schatten der Sprossen, die das Glas teilten, wirkten wie Gitterstäbe. Während er sie beobachtete, blieb sein Gesicht im Dunkel, und sie sah nur den Glanz seiner Augen. Sie schloß die Tür hinter sich. »Komm bloß nicht auf falsche Gedanken.«

Er rührte sich nicht. In ihrer warmen Kleidung glaubte sie zu ersticken. Aber er mußte frieren, denn er trug nur Jeans. Durch das offene Fenster wehte eine kalte nächtliche Brise herein, zerzauste sein Haar und tanzte zu ihr herüber, spielerisch und unschuldig.

»Das hatte ich nicht vor«, erwiderte er mit seiner ruhigen, tiefen Stimme. »Die Dinge entwickeln sich nur selten so, wie ich's erwarte – und noch seltener so, wie ich's mir wünsche.«

Auf diese Bemerkung ging sie nicht ein. »Mein Vater stirbt.«

»Ja, ich weiß es.«

»Wieso?«

»Er hat's mir gesagt.«

Einen grausameren Schlag hätte er ihr nicht versetzen können. Vermutlich kränkte er sie mit voller Absicht. »Ich glaube dir nicht.«

»Doch, natürlich. Es paßt zu deinem Vater. Der eigenen Familie verschweigt er seine Probleme, einem Fremden vertraut er sich an. Wäre es nicht seine letzte Chance, hätte ich mich geweigert, an seinem Buch mitzuarbeiten. Er kann sich's nicht leisten, da irgendwas zu vermasseln. Das war mir klar.« Leise stöhnte sie, und er ging durch die Schatten zu ihr. »Dachtest du im Ernst, er würde dir oder Mabry von seiner Krankheit erzählen? Sean ist nicht der Typ, der irgendwen um Hilfe bittet. Und an die weiblichen Mitglieder seiner Familie würde er sich niemals wenden – schon gar nicht an die Frau, die er am schmerzlichsten verletzt hat.«

»Nein, von meiner Mutter dürfte er keine Hilfe erhoffen.«

»Ich rede von dir, Cassidy. Wie bitter er dich enttäuscht hat, weiß er nur zu gut. Das nagt an seiner Seele, so wie der Krebs seinen Körper zerfrißt. Und er kann weder das eine noch das andere verhindern. Er ist so, wie er ist, und zu alt, um sich zu ändern.«

»Wie auch immer, ich werde ihn nicht verlassen.«

Im Dunkel sah sie ihn lächeln. »Bedrückt dich das? Du willst mir davonlaufen, aber es widerstrebt dir, deinen Vater im Stich zu lassen? Es stimmt, im Augenblick stellen wir eine Art Kopplungsgeschäft dar, und die Frage lautet – wer stirbt zuerst?«

»Wie lieb von dir, meine zarten Gefühle zu schonen!« fauchte sie.

»Oh, du bist hart im Nehmen, Cassidy. Jeder Narr kann das sehen. Was dein Vater dir auch zumutet, du akzeptierst es und überlebst. Sogar mein schlimmstes Benehmen erträgst du, und du hörst nicht zu kämpfen auf. Wenn dich jemand belügt, um dir Kummer zu ersparen, würdest du ihn vermutlich umbringen.« Er trat einen Schritt näher, in einen Mondstrahl. Nun sah sie sein Gesicht ganz deutlich. Über eine Wange zog sich ein Kratzer, und es drängte sie, ihn zu berühren.

»Was ist mit dir passiert?« flüsterte sie und ballte die Hände.

Behutsam ergriff er eine ihrer Fäuste und versuchte nicht, die Finger zu öffnen, streichelte sie nur sanft, um den scharfkantigen Ring herum. »Nur das Dessert, das ich verdient habe.«

Sie hatte die Ohrfeige vergessen, aber nicht deren Anlaß. Plötzlich pulsierte das Blut schneller durch ihre Adern, und sie schluckte nervös. »Du hast nicht gefragt, warum ich hier bin.«

»Weil ich's weiß«, entgegnete er, und ein Grinsen entblößte weiß schimmernde Zähne. »Du willst mich auffordern, dich in Ruhe zu lassen. Darum bittest du nicht, du befiehlst es mir. Ich soll meine Hände bei mir und meine Bemerkungen für mich behalten. Während du deinen Vater wie eine pflichtbewußte Tochter pflegst und deine unerwiderte Liebe zu Daddy vor deine Vernunft und Sicherheit stellst, darf ich dir nicht in die Quere kommen. Zum erstenmal in deinem Leben bist du Daddys braves Mädchen, und du glaubst tatsächlich, ich wäre damit einverstanden.«

Auf diese Weise wollte sie nicht mit ihm streiten, denn er besaß die Gabe, ihr das Wort im Mund herumzudrehen. »Aber du hast keine Wahl.«

Sein leises Gelächter jagte ihr einen Schauer über den Rücken. »Nun, es gibt immer mehrere Möglichkeiten.« Er hielt immer noch ihre Hand fest und streichelte sie. »Schließen wir ein Geschäft ab.«

»Nein.«

Doch ihr Protest wurde ignoriert. »Irgendwas, womit wir beide leben können. Jeder kriegt, was er will, wenn auch nicht alles. Ein Kompromiß.«

»Was ich will, kannst du mir nicht geben. Nicht einmal einen Teil davon.«

»Wirklich nicht? Das hängt davon ab, was wir meinen. Natürlich bin ich außerstande, deinen Vater vor dem Tod zu retten. Niemand würde das schaffen. Im Vollgefühl seiner Unsterblichkeit hat er den gesunden Menschenverstand viel zu lange mißachtet. Ich kann ihn auch nicht zwingen, dich zu lieben. Soweit es seine Egozentrik erlaubt, liebt er dich ohnehin – mehr als du ahnst.«

»Und was würdest du mir bieten?« Sie müßte ihm ihre Hand entziehen, doch die zärtliche Berührung wirkte zu hypnotisch.

»Den besten Sex deines unerfüllten Daseins«, erklärte er leichthin. »Aber das interessiert dich nicht, oder? Du bist so damit beschäftigt, dich vor allem Kummer zu schützen, daß du zu existieren aufgehört hast. Alle deine Energien verwendest du, um dir Qualen zu ersparen. Nun, zum Leben gehört auch der Schmerz. Und du mußt entscheiden, ob du leben willst oder nicht.«

Zu ihrer eigenen Verblüffung brachte sie ein dünnes Lächeln zustande. »Ausgerechnet du redest vom richtigen Leben – obwohl du den Tod wählst.«

»Wirst du mich jetzt fragen, ob ich meine Frau ermordet habe?«

»Nein. Du würdest ohnehin nicht antworten, und ich will's auch gar nicht wissen. Inzwischen habe ich die Gerichtsprotokolle zu Ende gelesen. Deine Verteidigung kam einem Schuldgeständnis nahe. Eigentlich hast du dich überhaupt nicht verteidigt. Warum läßt du dich überhaupt auf ein Berufungsverfahren ein? Den Unterlagen zufolge hast du dich vor dem Prozeß auch gar nicht bemüht, gegen Kaution freizukommen, und dein Schicksal mit geradezu unmenschlicher Passivität hingenommen. Ein Wunder, daß du noch nicht tot bist!«

»Hatte ich denn irgendwas, wofür es sich zu leben lohnte?«

»Ist es jetzt anders geworden?« konterte sie.

Er schaute auf seine und ihre Hände hinab. Dann begegnete er wieder Cassidys Blick. »Nein. Und das ist auch besser so, nicht wahr? Vermutlich werde ich ohnehin nicht mehr lange leben.«

»Was willst du von mir?«

»Deine Unschuld. Die blinde, fraglose Ergebenheit, die du deinem Vater entgegenbringst, die Bereitschaft, ihn so zu nehmen, wie er ist. Schau mich genauso an wie ihn, obwohl du das Schlimmste weißt. Vertraue mir, obwohl dir dein Verstand davon abrät. Ignoriere deine Vernunft, dein lebenslanges Bedürfnis, dich selbst zu schützen. Gib mir alles, deinen Körper und deine Seele.« Seine seidenweiche Stimme drohte sie in ein magisches Netz zu hüllen, das sie zu zerreißen suchte.

»Viel verlangst du nicht, was?« flüsterte sie.

»Alles.«

Offensichtlich war er verrückt. Warum hatte sie das

nicht schon früher erkannt? Ein Mann, der seine Familie abschlachtete und dann einfach weiterlebte, ein Mann, der sie erregen und hypnotisieren und gleichermaßen in den Wahnsinn treiben konnte ... Als sie ihn forschend betrachtete, spürte sie seine unwiderstehliche Anziehungskraft, seine Sehnsucht, und sie wußte, sie würde darin ertrinken – sogar bereitwillig. War Diana Scott Tiernan genauso freudig in den Tod gegangen?

Um den Bann zu brechen, schüttelte sie den Kopf. »Nein.« Es war eher ein Protest gegen die Wirkung, die er auf sie ausübte, als eine Weigerung.

»Natürlich würde ich mich auch mit schlichtem Sex begnügen.«

Da hob sie abrupt den Kopf, um seinen kühlen Blick zu erwidern. »Für dich ist alles nur ein Spiel, nicht wahr?« warf sie ihm vor und entzog ihm ihre Hand. »Der Mord muß die absolute Sensation gewesen sein, und jetzt ist das Leben unerträglich langweilig. Also brauchst du neue Reize und suchst Leute, die du verwirren und manipulieren kannst.«

»Hab' ich dich verwirrt, Cassidy? Und was verwirrt dich?«

Noch nie in ihrem Leben hatte sie einen solch Riesenzorn verspürt. »Oh, ich durchschaue deinen Bluff! Du sagst, du begnügst dich auch mit schlichtem Sex? Wenn ich mich jetzt ausziehe und hinlege, läßt du mich danach in Ruhe?«

»Ich soll dich in Ruhe lassen? Was verstehst du darunter?«

»Rühr mich nicht an, sprich nicht mit mir, fordere mich nicht heraus!«

Viel zu nahe stand er vor ihr, arrogant und betörend schön im Mondlicht. Jetzt spielte er wieder mit ihr, aus seinen eigenen verworrenen Beweggründen, und erwartete, sie würde erneut davonlaufen.

Wenn es ihr mißlang, sich gegen Richard zu behaupten und ihre Angst zu besiegen, würde sie nicht in diesem Apartment bleiben können, bei ihrem Vater. »Soll ich's drauf ankommen lassen? Wirst du mich tatsächlich in Ruhe lassen, nachdem ich mit dir geschlafen habe? Oder bluffst du nur?«

Zum Teufel mit seinem milden Lächeln, mit dem rätselhaften Dunkel seiner Augen ... »So sehr liebst du deinen Vater? Um seinetwillen würdest du dich sogar dem Teufel hingeben? Oder ist gerade das der springende Punkt? Du willst ein Opfer bringen. Einfach nur hier zu wohnen – das genügt dir nicht. Du mußt deine Liebe beweisen.«

»Mit all dem hast *du* angefangen. Gilt unser Abkommen oder nicht?«

Langsam ließ er seinen Blick über ihren Körper wandern. Sie wußte, wie sie aussah – wirres Haar, ein bleiches, zorniges Gesicht, ein großer Körper in formloser Kleidung. Wenn der Mann auch nur die Spur eines ästhetischen Empfindens besaß, würde er sie wegschicken. Darauf durfte sie zählen, denn Richard Tiernan konnte sie gar nicht begehren. Seine Frau war eine Märchenprinzessin gewesen. Warum sollte er sich für Sean O'Rourkes plumpe, reizlose Tochter interessieren?

»Und wie wollen wir das Geschäft abwickeln?« fragte er im Konversationston.

Entsetzt starrte sie ihn an. »Was meinst du?«

»Wie machen wir's? Im Missionarsstil? Liegst du lieber unten oder oben? Oder möchtest du an der Tür lehnen und die Beine um mich schlingen? Ich würde dich auch sehr gern von hinten nehmen. Dann müßtest du mich nicht anschauen und könntest so tun, als wäre ich jemand anderer.«

»Oh – ich – ich ...« Zum erstenmal in ihrem Leben fehlten ihr die Worte.

»Vorhin sagtest du, ich würde bluffen, Cassidy. Zu diesem Spiel gehören zwei. Willst du vorher befriedigt werden? Soll ich's mit dem Mund machen?«

Hinter ihrem Rücken tastete sie nach der Türklinke, bereit zur Flucht. Doch dann las sie den spöttischen Triumph in seinen Augen. Nein, sie würde ihn nicht gewinnen lassen. Zuviel hing vom Ausgang dieser Konfrontation ab. Und sie mußte gewinnen. Bei einer Niederlage würde sie einen zu hohen Preis zahlen. Sie straffte ihre Schultern und starrte ihn an. »Tu doch einfach, wozu du Lust hast!« zischte sie und zog sich den dicken Baumwollpullover über den Kopf.

»Aber ich nehme immer Rücksicht auf die Wünsche meiner Partnerin«, beteuerte er und fing den Pullover auf, den sie ihm ins Gesicht schleuderte. »Sind deine Brüste sehr empfindlich? Bist du irgendwie abartig veranlagt? Ich hätte nichts dagegen, dich zu fesseln. Dann könntest du dir einreden, ich würde dich vergewaltigen. Am besten nehmen wir ein paar Krawatten ...«

Ruckartig zog sie das Sweatshirt aus. »Glaub mir«, sagte sie honigsüß, »ich werde völlig passiv daliegen.«

Richard hatte sich noch immer nicht bewegt. Ein

paar Schritte entfernt, beobachtete er sie, ein schwaches, ironisches Lächeln auf dem überschatteten Gesicht. Was würde geschehen, wenn sie ihn noch einmal schlug? Der Gedanke erschien ihr ebenso widerwärtig wie verlockend.

»Willst du's wirklich?« fragte sie kühl, schob ihre Hände unter das weite T-Shirt und griff nach dem Gurtband ihrer Jogginghose.

Schweigend schaute er zu, wie sie aus der Hose schlüpfte. Dann zog sie das T-Shirt aus, so schnell wie möglich, ehe sie sich anders besinnen konnte. Auch ihre Unterwäsche wirkte kein bißchen verführerisch. Baumwolle, mit bescheidenen Spitzenborten. Aber sie hatte auch gar nicht beabsichtigt, diese Sachen irgend jemandem zu präsentieren. Nicht in absehbarer Zukunft. Und schon gar nicht Richard Tiernan.

Was tat sie da? Plötzlich traf sie die Erkenntnis wie ein Blitzschlag. Mitten in der Nacht stand sie im Zimmer eines verurteilten Mörders, in BH und Höschen, und forderte ihn zum Sex heraus. Hatte sie den Verstand verloren?

Aber Richard musterte sie nur mit diesem verdammten, belustigten Lächeln, und ihr Zorn verscheuchte alle Bedenken. Er trieb ein häßliches Spiel mit ihr, das sie nur gewinnen konnte, wenn sie's bis zum Ende durchstand. »Besinnst du dich anders?« konterte sie.

»Warum sollte ich?«

»Weil du mich nicht begehrst. Du hast keinen Grund, mich zu begehren. Aber du amüsierst dich, indem du die Menschen um dich herum wie Marionetten tanzen läßt. Und jetzt willst du sehen, wie weit du gehen kannst, bevor ich dir Grenzen setze. Stimmt das?«

Darüber schien er eine Zeitlang nachzudenken. »Teilweise. Ich will herausfinden, bis zu welchem Grad die Leute manipulierbar sind. Für mich ist es zwar nur ein schwacher Trost, aber ich nehme, was ich kriege.« Nun kam er auf sie zu, und sie mußte sich sehr beherrschen, um nicht zurückzuweichen. Tapfer hielt sie die Stellung, starrte ihn an und versuchte, ihre spärliche Bekleidung zu ignorieren. »Aber in einem Punkt irrst du dich, Cassidy. Das weißt du ebenso gut wie ich, obwohl du dir das Gegenteil einzureden versuchst. Du bist zu klug und zu intuitiv, um die Wahrheit nicht zu erkennen – selbst wenn du sie lieber leugnen würdest.«

»Was meinst du?« fragte sie vorsichtig. Wieder einmal stand er viel zu nahe vor ihr, nachdem sie gehofft hatte, er würde den Rückzug antreten – jetzt, wo sie ihm ihre Entschlossenheit bewies.

Ehe sie seine Absicht erraten konnte, nahm er ihre Hand und drückte sie gegen den Reißverschluß seiner Jeans, um ihr seine Erregung zu zeigen. »Inzwischen müßtest du gemerkt haben, wie sehr ich dich begehre, Cassidy. So wie du mich.«

»Nein ...«

Er ließ sie nicht los und rieb ihre Hand an seiner Erektion. »Riskier es, Cass«, flüsterte er. »Bedenk doch – du wirst nie wieder die Chance bekommen, mit einem Serienmörder zu bumsen. Sag dir, du würdest es für deinen lieben alten Dad tun. Oder noch besser – gesteh dir die Wahrheit ein.«

»Und was ist die Wahrheit?«

»Wir beide fühlen uns unwiderstehlich zueinander hingezogen. Irgendein dunkler, verborgener Teil deines Wesens braucht mich – und will mich besitzen. Alles von mir.«

Seine andere Hand glitt hinter ihren Nacken, zog sie an seinen Körper, während er ihre Finger immer noch an seine Jeans preßte. Heiß spürte sie seine nackte Brust an ihrer, und ein Kuß verschloß ihr den Mund – so überwältigend, daß sie weinen wollte. Dann preßte er sie gegen die Tür, so wie er es angedroht hatte, und sie fühlte seine harten Rippen, das rauhe Kraushaar seines Körpers, seine Muskeln und Sehnen, seine Hitze, seine wilde Leidenschaft. Schmerzhaft küßte er sie, mit fordernden Lippen und Zähnen, und seine Hand umklammerte ihren Nacken viel zu fest. Ihr schwindelte – vor Kälte und Qual, sagte sie sich und wußte, daß sie log.

Vor lauter Angst war ihr schwindlig. Wenn sie sich diesem Mann hingab, würde sie sterben. Er mußte sie gar nicht umbringen – sie würde einfach aufhören zu existieren, und dieser Gedanke jagte ihr panisches Entsetzen ein.

Mit aller Kraft stieß sie ihn von sich, und zu ihrer Verblüffung ließ er sie sofort los. »Hast du dich anders besonnen, Cassidy?« fragte er in täuschend freundlichem Ton und trat zurück.

Sekundenlang schloß sie die Augen – unfähig, seinen spöttischen Blick zu ertragen. Eben noch war er ein unmenschliches Monstrum gewesen, das sie geküßt und wütend begehrt hatte. Und jetzt stand er ruhig und gelassen da und verhöhnte sie. Sie fröstelte, dann hob sie die Lider. »Darf ich denn nein sagen?«

»Natürlich, die Entscheidung liegt bei dir. Das Vorrecht der Frau ...«

»Was für ein Gentleman du bist ...«

»Nun, ich versuche mich halbwegs manierlich zu benehmen.«

»Wenn ich jetzt in mein Zimmer gehe, was wirst du tun?«

Wieder schien er gründlich nachzudenken. »Ich lege mich wieder ins Bett. Bedauerlicherweise allein.«

»Und was wirst du morgen tun?«

»Was ich jeden Tag tue. Ich wandere in dieser Wohnung umher, lese Krimis und beantworte die gelegentlichen Fragen deines Vaters. Kein besonders interessantes Leben, aber allmählich gefällt mir die beschauliche Ruhe. An die muß ich mich ohnehin gewöhnen, früher oder später.«

»Aber – was wirst du mit mir machen?«

»Warum sollte ich irgendwas mit dir machen, Cassidy?«

»Wirst du mich in Ruhe lassen?«

Sein sanftes Lächeln hätte eine Klapperschlange umgarnen können. »In diesem Leben nicht.«

Sie fror, das sah er. Obwohl das Zittern ihres wundervollen, wohlgerundeten Körpers auch von kalter Angst herrühren könnte. Oder – noch wahrscheinlicher – von Zorn.

Und dieser Zorn entzückte ihn. Mochte er sich auch noch so intensiv bemühen, sie zu demoralisieren, zu verwirren, zu übertrumpfen – sie kämpfte wie eine

Tigerin, die ihre Jungen verteidigte. Jede Prüfung, der er sie unterzog, bestand sie mit Bravour. Und nun gestattete er sich ein erstes schwaches Gefühl – einen Hoffnungsschimmer.

Ja, sie war genau die Richtige. Sie allein konnte beharrlich kämpfen, wenn es um wichtige Dinge ging. Nun mußte er sie nur noch an sich binden, und das würde ihm nicht schwerfallen.

Wenn er sie aufs Bett geworfen hatte – woanders wollte sie gar nicht sein –, würde er zwischen ihren langen, himmlischen Beinen liegen und Emotionen in ihr wecken, die sie nie zuvor empfunden hatte. Immer wieder würde sie den Höhepunkt erreichen, bis sie nicht mehr denken und atmen konnte und nur noch tat, was er verlangte.

»Nun, wie lautet deine Antwort, süße Cassidy?« flüsterte er und trat wieder zu ihr. »Ja oder nein?« Ihr BH ließ sich vorn öffnen. Wie rücksichtsvoll von ihr ... Seine Fingerspitze berührte die Schließe. »Oder soll ich mich genauer ausdrücken? Jetzt? Oder später?«

Ein Schauer überlief ihren Körper, und unter dem BH spürte er die rasenden Schläge ihres Herzens. Plötzlich war es kein Spiel mehr. Sie stand da, bebend und wehrlos, und es drängte ihn, sie zu umarmen und zu trösten, ihr sanfte, beruhigende Worte zuzuflüstern, sie zu streicheln, bis sie nachgab und sich erwärmte, bis sie seine Wünsche bereitwillig erfüllte.

Doch in der kurzen Zeit, die ihm noch blieb, war kein Raum für Zärtlichkeit, für Mitleid und Sanftmut. Wenn er sich solche Empfindungen gestattete, nur für einen kurzen Moment, würde er alles gefährden.

In Cassidys Augen glänzten die unvergossenen Tränen ihrer Wut und tausend anderer Gefühle. Wahrscheinlich ahnte sie nichts davon. Sie würde sich selber hassen, wenn sie befürchten müßte, in seiner Gegenwart zu weinen.

Wie gern hätte er diese Tränen weggeküßt ... Und er wollte sogar, daß sie seinetwegen weinte. Diese Erkenntnis gab den Ausschlag. Er ließ seine Hand sinken und trat zurück, dankbar für die nächtlichen Schatten, die sein Gesicht verbargen, sein eigenes Zittern. Nein, er durfte sie nicht in die Arme nehmen. Nicht, bevor er sich unter Kontrolle hatte. Wenn er mit ihr schlief, solange sie verletzlich war, würden all die sorgfältig geschmiedeten Pläne scheitern. Und die grauenhaften Konsequenzen mochte er sich gar nicht erst ausmalen.

»Offensichtlich entscheidest du dich für einen späteren Zeitpunkt?« bemerkte er kühl.

»Was?« Ruckartig hob sie den Kopf.

»Geh wieder in dein Bett, Cassie«, erwiderte er in gelangweiltem Ton. »Das Spiel hat seinen Reiz verloren. Morgen können wir noch einmal anfangen. Es sei denn, du willst davonlaufen.«

»Das kann ich nicht.«

Er bemühte sich nicht, seinem Lächeln freundliche Züge zu verleihen. »Ja, ich weiß.« Dann hob er die verstreuten Kleidungsstücke auf und legte sie in ihre Arme. »Geh ins Bett, Cassie, und träum von mir.«

Höflich öffnete er ihr die Tür, ganz der untadelige Gentleman, und wartete, bis sie ihre einzige Chance zur Flucht nützte.

»Nur wenn ich's nicht verhindern kann«, würgte sie hervor und eilte an ihm vorbei.

»Das kannst du nicht«, flüsterte er, und sie warf die Tür hinter sich zu.

10

Cassidy war eine bessere Schauspielerin, als sie gedacht hatte. Seelenruhig konnte sie Seans Blick erwidern. Jetzt, wo sie die Wahrheit kannte, staunte sie, weil ihr all die offensichtlichen Anzeichen nicht aufgefallen waren – das fahle Gesicht, der fiebrige Glanz in den Augen, der ebenso von Beschwerden wie von Bosheit herrührte. Er bewegte sich unbeholfen, Alkohol oder Medikamente oder Schmerzen beeinträchtigten seine Motorik, oder vielleicht alle drei Ursachen zusammen. Wenn er sich in seine Arbeit vertiefte, beobachtete sie ihn und überlegte, wieviel Zeit ihm noch bleiben würde.

Es fiel ihr nicht schwer, Richard Tiernan auszuweichen. Da er ein Mann war, dem man nicht so leicht aus dem Weg gehen konnte, vermutete sie, er würde ihr den dringend benötigten Freiraum aus eigenem Antrieb gönnen. Bei jedem anderen hätte sie geglaubt, er wollte sie nicht in Verlegenheit bringen und ihr Zeit geben, damit sie sich an den Zustand ihres Vaters gewöhnte. Aber Richards Verhalten war wohl nur ein weiterer Schachzug in seinem psychologischen Spiel.

Was immer ihn auch motivieren mochte, sie genoß

die Atempause, die nicht allzulange dauern würde. Beinahe fühlte sie sich erleichtert, als sie zwei Tage später das Arbeitszimmer betrat, eine Tasse mit Bridgets schwarzem Kaffee in der Hand, und Richard antraf. Er saß im grünen Ledersessel, las ein Buch und hob nur die Brauen, um sie an die letzte Begegnung zu erinnern.

Doch sie mochte sich nicht mit seinen Manipulationen befassen, weil sie andere Probleme hatte. Sie starrte auf seine Lektüre – eine Mordgeschichte – und erschauerte.

»Wo ist dein Vater heute morgen?« fragte er, legte das Buch in den Schoß und ließ es am Reißverschluß seiner Jeans hinabgleiten – natürlich mit voller Absicht, um Cassidys Blick dorthin zu lenken.

»Mabry sagte, er habe eine unruhige Nacht hinter sich. Jetzt schläft er endlich.«

»Normalerweise läßt er sich von Bagatellen wie schlaflosen Nächten nicht beeindrucken.«

»Glaubst du, das wüßte ich nicht? Vielleicht ist er verkatert.«

»Wahrscheinlich.«

Sie ging zum Schreibtisch, wo ein Stapel beschriebener Blätter lag. Ansonsten verschloß Sean seine Papiere in einer Schublade, wenn er nicht daran arbeitete. Es mußte tatsächlich eine schlimme Nacht gewesen sein, wenn er das Manuskript den neugierigen Augen seiner Tochter auslieferte.

»Wirst du's lesen?«

Sie schaute auf. Offenbar war Richard nur mäßig interessiert. »Hast du's gelesen?«

»Zum Großteil. Es ist genauso geworden, wie er

sich's vorgestellt hat. Einfach brillant. Ein wunderbarer Schwanengesang. Für uns beide.«

»Hör auf!«

»Wenn man sich weigert, den Tatsachen ins Auge zu blicken, schafft man sie nicht aus der Welt, Cassidy.«

Sie starrte das Manuskript an. Es widerstrebte ihr, es zu berühren, diese Zeilen zu lesen, herauszufinden, was sie nicht wissen wollte. Aber ihre Augen folgten den ersten Sätzen.

Diana Scott Tiernan war der Traum aller Väter, eine zauberhafte Tochter, eine Märchenprinzessin von zarter, fast ätherischer Schönheit. Mit ihrem Lächeln konnte sie alle Herzen erobern, und ihr Charme wirkte ebenso natürlich wie überwältigend. Sie mußte nur ein Zimmer betreten, und alles darin erwachte zu neuem Leben. Als sie starb, zählte sie erst neunundzwanzig Jahre.

Erschrocken über den Zorn und die Eifersucht, die in ihr aufstiegen, schob sie das Manuskript beiseite. Noch nie hatte man eine Märchenprinzessin in ihr gesehen. Nichts an ihr war zart oder ätherisch. Ihrem Vater bereitete sie immer nur Enttäuschungen, und den Mann, der ihr gegenübersaß und sie beobachtete, amüsierte sie bestenfalls.

»Es gefällt dir nicht«, bemerkte er.

»So, wie Sean deine Frau beschreibt, muß sie – wundervoll gewesen sein.«

»Du hättest sie nicht gemocht.«

»Warum nicht?« Statt das Manuskript zu lesen, stritt sie lieber mit Richard. »Offensichtlich wurde sie von allen Leuten geliebt.«

»Bei ihrem Tod weinte der Himmel«, spottete er. »Nein, du hättest sie nicht gemocht. Ihr wärt zu gegensätzlich gewesen.«

»Das kann ich mir denken«, erwiderte sie ironisch. »Auf der einen Seite eine Märchenprinzessin, von ihrem Vater und ihrem Ehemann angebetet, auf der anderen ...«

»Auf der einen Seite«, fiel Richard ihr rüde ins Wort, und Cassidy sah ihn zum erstenmal richtig wütend, »eine aufgeblasene Neurotikerin, die immer nur an ihre eigenen Bedürfnisse und selbstsüchtigen, überspannten Wünsche denkt. Und auf der anderen Seite – du ...«

»Also hast du sie gehaßt«, wisperte sie.

»Abgrundtief«, erklärte er, ohne irgend etwas zu beschönigen. »Vor Gericht war das deutlich zu spüren, obwohl ich mein Bestes tat, um es zu verbergen. Dieser Haß führte zu meiner Verurteilung, neben all den übrigen Faktoren. Und dieser Haß veranlaßte den Richter, die Todesstrafe zu verhängen.«

»Hast du sie genug gehaßt, um sie zu töten?«

»Ja.« Die Antwort klang kategorisch und kompromißlos.

»Hast du sie getötet?«

»Lies das Buch.« Inzwischen war Richards Zorn verraucht, der Manipulant kehrte zurück.

»Ich glaube nicht alles, was ich lese.«

»Wie klug von dir! Du solltest auch nicht alles glauben, was die Leute erzählen.«

»Und auf der anderen Seite?«

Seine Augen funkelten belustigt. »Du willst wissen, was dich von Diana unterscheidet? Fischst du nach Komplimenten, Cassidy? Geh mit mir ins Bett, und ich flüstere dir alles ins Ohr, was du hören möchtest. Wenn's sein muß, gestehe ich dir sogar meine Liebe.«

Sie schaute ihn nur an und ließ sich nicht aus der Fassung bringen. Allmählich konnte sie viel besser mit ihm umgehen, und diese Erkenntnis ermutigte sie. »Was unterscheidet mich von Diana?«

»Nun, sie war aus Porzellan – zerbrechlich, mit einem versteckten Sprung, der sie letzten Endes zerstörte. Du gleichst eher einem Tongeschirr, stark und unverwüstlich.«

»Großer Gott!« rief sie angewidert. »Wie konntest du jemals ein Frauenheld werden, wenn du so redest?«

»Im Augenblick versuche ich nicht, dich zu verführen«, stieß er hervor. »Ich sage dir die Wahrheit, und ich hoffe, du weißt es zu schätzen.«

»Okay, ich bin aus Ton, sie war aus Porzellan. Was sonst noch?«

»Sie stand im Mittelpunkt des Universums, und die restliche Menschheit existierte nur, um sie zu vergöttern. Außerhalb der perfekten kleinen Welt, die sie mit Hilfe ihrer Bewunderer erschaffen hatte, konnte sie nicht leben.«

»Hat sie dich mit anderen Männern betrogen?«

Ein freudloses Lächeln verzerrte seine Lippen. »Nur einen einzigen Mann liebte sie mehr als mich – ihren Vater. Diese Gefühle erwiderte er voll und ganz.«

»Ein weiterer Unterschied ... Ich bin nur ein winziges Rädchen im grandiosen Getriebe meines Vaters.«

»Armes Ding!« höhnte Richard, und sie ärgerte sich, was er auch beabsichtigt hatte.

»Du sagst, sie sei neurotisch gewesen. Heißt das vielleicht, daß du mich für einen Ausbund an geistiger Normalität hältst?«

»Ja. Wenn du nicht in meiner Nähe bist.«

»Eins scheint mich mit Diana zu verbinden«, seufzte sie und lehnte sich zurück. »Unglückseligerweise haben wir dich alle beide kennengelernt.« Mittlerweile war ihr Kaffee kalt geworden, aber sie nahm trotzdem einen verspäteten Schluck, nur um sich irgendwie zu beschäftigen. »Hast du sie betrogen?«

»Nach Ansicht des Gerichts sogar mehrmals.«

»Und warst du der Neurotikerin untreu, die dich so innig liebte?« beharrte Cass.

»Ja.«

»Wie ich den Protokollen entnehme, ist eine deiner Gespielinnen spurlos verschwunden. Man nahm an, es müßten mehrere gewesen sein, aber das wurde aus dem Text gestrichen.«

»Ja.«

»Hast du alle Frauen ermordet, mit denen du ins Bett gegangen bist?«

»Nur wenn sie's verdient haben.« Richard griff wieder nach seinem Buch und ignorierte Cassidy.

»Ihr reist heute ab?« rief sie entsetzt.

»Darling, wir haben keine Wahl«, erklärte Mabry geduldig. »Dein Vater will unbedingt raus aus der City, und ich möchte nicht mit ihm streiten. Bei Chaz steigt eine Party – vielleicht die letzte, die Sean besuchen kann. Das darf ich ihm nicht vermasseln. Hättest du keine Lust, uns zu begleiten?«

»Ich hasse die Hamptons, ich hasse Chaz Berringer, ich hasse literarische Dinnerpartys«, zischte Cass und beobachtete, wie Mabry ungerührt und gnadenlos ihre Sachen packte.

»So erbittert, wie du Richard Tiernan haßt?«

»Den hasse ich nicht.«

Mabry hob ihre wohlgeformten Brauen. »Dann hast du deinen Haß sehr überzeugend gespielt. Ich war mir sicher, du würdest ihn verabscheuen.«

»Unsinn! Vor ein paar Tagen hast du uns doch in der Diele gesehen.«

»Da ich euch beide ziemlich gut kenne, kann ich mir vorstellen, wer die Schuld an dieser kleinen Szene trägt. Du hast immer den ungefährlichen, phantasielosen Typ vorgezogen. Zweifellos eine Reaktion auf deine Kindheit. Deshalb dachte ich, Mark Bellingham würde großartig zu dir passen.«

»Er ist verheiratet.«

»Geschieden. Oder fast. Wer hat dir erzählt, er sei verheiratet?«

»Richard. Wer sonst?«

»Interessant.« Mabry wickelte ein Seidenkleid in Seidenpapier. Aus allem machte sie ein Kunstwerk, ob sie einen Koffer packte, Kaffee kochte oder ihr Make-up auftrug.

»Also teilen wir die Ansicht, daß Richard nicht mein Typ ist. Ich mag ungefährliche, langweilige Männer.« Cassidys Stimme klang täuschend sanft. Wie scharfsinnig ihre Stiefmutter plötzlich geworden war ... Das mißfiel ihr. Natürlich, sie ging lieber mit Männern aus, die ihr nicht zu nahetraten, die sie sogar anödeten. Und das war gut so. Was geschah denn mit ihr, seit sie dieser Bedrohung in Gestalt Richard Tiernans ausgeliefert wurde? Ihr Gehirn und ihr Selbsterhaltungstrieb funktionierten nicht mehr.

»Wie steht's nun mit Richard und dir?« Mabry schaute sie neugierig an.

»Diese Zweisamkeit existiert nicht«, erwiderte Cass energisch. »Doch das bedeutet keineswegs, daß ich ihn hasse. Er tut mir leid. Immerhin hat er seine Frau und seine Kinder verloren und ist wegen Mordes verurteilt worden – ein Außenseiter der Gesellschaft.«

»Das scheint ihn kein bißchen zu stören. Vielleicht fühlt er sich sogar erleichtert, weil er die Gesellschaft losgeworden ist«, meinte Mabry ironisch. »Also tut er dir leid? Mutter Erde, die all die Unglücklichen und Beladenen an ihren hehren Busen drückt ... Aber du fürchtest, er könnte sich als Schlange entpuppen.«

»Glaubst du, er hat seine Familie getötet?«

Für einen atemlosen Moment trafen sich ihre Blikke. Mabry verfügte über eine untrügliche Menschenkenntnis, und Cassie gewann den Eindruck, ihre ganze Zukunft würde von der Ansicht ihrer Stiefmutter abhängen. Wenn Mabry von Richards Unschuld überzeugt war, würde sich die dunkle Wolke auflösen, die Cassies Kopf einhüllte, und sie durfte wieder Hoffnung schöpfen. Obwohl sie nicht zu überlegen wagte, was sie erhoffte ...

Leider war das Leben nicht so einfach. »Keine Ahnung, Darling. Ich wünschte, ich wüßte es.« Seufzend schloß Mabry den Koffer, dann wandte sie sich zu ihrer Stieftochter. Sie gehörte zu den wenigen Frauen, die Cassidy nicht überragte, wirkte aber wegen ihrer gertenschlanken Model-Proportionen kleiner. »Komm mit uns! Auch du brauchst Tapetenwechsel.«

»Fürchtest du, mir könnte etwas zustoßen, wenn ich hierbleibe?«

»Natürlich nicht.«

»Weißt du's nicht mehr? Angeblich hat Richard nicht nur Diana und seine Kinder ermordet, sondern auch noch zahllose andere Frauen. Nun, vielleicht hat er inzwischen die Nase voll«, fügte Cassie mit einem Anflug von schwarzem Humor hinzu.

»Was die übrigen Opfer betrifft, gibt's keine Beweise. Nur Gerüchte. Wenn ich glaubte, du wärst in Gefahr, hätte ich Sean niemals erlaubt, dich hierherzuholen.«

»Wirklich nicht? Für Sean tun wir beide doch alles. Vor allem in dieser Situation. Deshalb bleibe ich ihm zuliebe hier, während ihr beide in die Hamptons fahrt, und behalte Richard im Auge.«

»Warum hältst du das für nötig?«

»Weil er mich darum gebeten hat.«

»Zum Teufel mit Sean«, erwiderte Mabry müde. »Niemand muß auf Richard aufpassen. Und wenn er verschwindet, wäre das vielleicht am besten für uns alle.«

»Hat Sean nicht die Kaution bezahlt?«

»Geld spielt keine Rolle. Wahrscheinlich wird die Erbschaftsteuer ohnehin alles verschlingen.«

»Red nicht so!«

»Er wird sterben, Cass. Und vorher muß ich ihn von hier wegbringen. Er hat so hart gearbeitet. Deshalb braucht er eine Ruhepause. Er soll eine Woche im Strandhaus wohnen, fern von seiner Arbeit, fern von allen Ablenkungen. Cassie, ich – ich will ihn für mich haben. Ist das so schlimm?«

Nein, ich werde nicht weinen, beschloß Cassidy, obwohl ihr Herz zu brechen drohte. »Nein«, entgegnete sie leise. »Ein Grund mehr für mich, hierzubleiben. Mach dir keine Sorgen, Richard kann mir nichts anhaben. Er liebt die Herausforderung. Wenn ich mich weigere, ihn zu bekämpfen, wird er sich langweilen und mich in Ruhe lassen.«

Mabry verbarg ihre Skepsis nicht. »Also wäre es vergebliche Liebesmühe, wenn ich versuchen würde, dich umzustimmen?«

»Allerdings. Zumindest vorerst. New York City hat so viel zu bieten, und ich möchte noch einiges unternehmen. Wahrscheinlich werde ich kaum zu Hause sein. Und wie du weißt, geht Richard nur selten aus. Wir werden uns nicht einmal über den Weg laufen.«

»Sicher weißt du das besser, Cassidy.«

»Wenn's unangenehm wird, fahre ich mit dem ersten Zug zum Strandhaus hinaus. Das verspreche ich.«

Mabry schüttelte den Kopf. »Warum habe ich bloß das Gefühl, die Dinge würden außer Kontrolle geraten?«

»Weil die Männer in diesem Apartment mich mit aller Macht manipulieren wollen. Aber das lasse ich mir nicht mehr gefallen.«

Neuerdings schwärmte Richard für Gewitterstürme in der City. Er stand am offenen Fenster, während der Donner grollte und die Leute durch den strömenden Regen rannten. Plötzlich faszinierten ihn Naturgewalten, und er fragte sich, ob das mit den gewalttätigen Neigungen zusammenhing, die er in seiner eigenen Seele entdeckt hatte. Wenn er die zuckenden Blitze am grauen Himmel beobachtete, erhitzte sich sein Blut.

Sobald wie möglich mußte er sie loswerden. Glaubte Sean, er würde ihm eine Freude bereiten, wenn er Cassidy zurückließ? Der Mann verfiel schneller, als Richard vermutet hatte. Nun fragte er sich, ob das Buch überhaupt erscheinen würde. Doch das spielte keine Rolle. Inzwischen hatte er das Geld beiseite geschafft. Später sollte es ausbezahlt werden, in kleinen Summen, die man nicht zurückverfolgen konnte. Niemand würde es jemals finden – Mark hatte ihm geholfen, die Spuren zu verwischen.

Allmählich lief ihm die Zeit davon. Er mußte sich von Cassidy Roarke befreien und dann verschwinden. Nur bis er sichergehen konnte, daß alles in Ordnung war. Dann würde er zurückkehren, ein mustergültiger Gefangener, und mit stoischer Ruhe sein Schicksal erwarten.

Donnerschläge hallten durch das Apartment. Soweit er es feststellen konnte, war sie nicht daheim, trotz der späten Stunde. Vielleicht würde sie überhaupt nicht mehr kommen und sich lieber aus dem Staub machen, als die Wohnung mit einem Serienmörder zu teilen, der sie magnetisch anzog – so beharrlich sie sich auch dagegen wehrte.

Eigentlich sollte er einfach abreisen. Aber er traute ihr nicht. Sie würde Alarm schlagen, die Polizei rufen, und dann wäre die Hölle los. Nein, das durfte er nicht riskieren. Er mußte sich diskret und unbemerkt entfernen. Zuviel stand auf dem Spiel.

Als die Wohnungstür geöffnet wurde, lag er auf dem Bett und lauschte dem Gemurmel. Cassies Stimme, leise und kehlig, viel zu sexy. Und eine wohlbekannte Männerstimme. Verdammt, Mark Bellingham.

Diesen Zorn mußte er bezwingen. Besitzergreifende Leidenschaft war gefährlich, und er brauchte Mark ebenso dringend wie Cassidy. Aus denselben Gründen.

Ein ruhiger, vernünftiger Mann würde Alternativen erwägen. Und es wäre eine praktikable Möglichkeit, ihr einen Teil der Wahrheit zu erzählen. Dann könnte sie sich mit Mark verbünden und ihn unterstützen. Gemeinsam würden sie die perfekte Lösung finden.

Aber er war weder ruhig noch vernünftig. Die Ereignisse hatten ihn in einen gewissenlosen Asozialen verwandelt, und er akzeptierte diese Tatsache mit einer gewissen grimmigen Genugtuung. Niemandem und nichts durfte er trauen. Keiner edlen Entschlossenheit, keiner Freundschaft, keiner Gerechtigkeit. Nur mit dem, was ihm zur Verfügung stand, konnte er arbeiten. Und das einzige, was ihm verläßlich erschien, war seine Besessenheit.

Lautlos schlich er durch den Flur und wartete in der dunklen Küche, belauschte das heitere, unschuldige Gespräch. Aber dann begannen sie offensichtlich zu flirten, und am liebsten hätte er geschrien.

Was würde er tun, wenn Cassidy mit Mark in ihr gotisches Schlafzimmer ging? Daran wollte er nicht denken. Wahnsinn pulsierte durch seine Adern und jagte ihm Angst ein. Angst vor den Dingen, die er tun mochte, Angst vor seiner Fähigkeit, ihr weh zu tun. Inzwischen kannte er seine eigenen Grenzen nicht mehr.

Die Wohnungstür fiel ins Schloß. Wenn sie sich zum

Abschied geküßt hatten, dann so kurz, daß ihm das vorübergehende Schweigen nicht aufgefallen war. Die Kette wurde vorgelegt, Schlüssel drehten sich in den Schlössern. Und draußen donnerte es immer noch. Regen prasselte gegen das Küchenfenster, das zum Innenhof hinausging.

Bald würde sie hier hereinkommen. Das wußte er. Und er wartete, mitten in der Falle, die er ihr stellte.

Zunächst roch er sie. Ozon und feuchter Regen in ihrem Haar, jenes trügerische sinnliche Parfüm. Auf nackten Sohlen erschien sie in der Küchentür, eine verschwommene Silhouette, und er verspürte einen sonderbaren Schmerz – dort, wo sein Herz schlagen müßte. Er wollte es nicht tun. Doch er konnte nicht anders.

Ein greller Blitz erhellte die Küche für einen zeitlosen Augenblick, und sie starrten sich an. Wild zerzaust hing ihr das Haar ins Gesicht. Sie trug ein langes geblümtes Kleid, untrügliches Wissen und Sehnsucht verdunkelten ihre Augen.

Dann wurde die Küche wieder ins Dunkel getaucht, und er trat einen Schritt vor, wartete ab, ob sie flüchten würde. Doch das tat sie nicht, weil sie es nicht konnte. Er ging zu ihr, seine Hände glitten über ihre Schenkel und streiften das Kleid hoch, während er sie an sich zog.

Widerstandslos sank sie an seine Brust. In den nächtlichen Schatten wirkten ihre Augen riesengroß und verängstigt. Er streichelte ihre entblößten Hüften, ihr Busen preßte sich an seine Brust. Ihr Körper, feucht vom Regen und erhitzt, gehörte ihm.

Als er sich zu ihr neigte, um sie zu küssen, wandte

sie den Kopf ab. »Nicht«, wisperte sie, eine flehende Bitte, die ihm das Herz zerreißen müßte.

Aber er besaß kein Herz. »Ich kann's mir nicht leisten, dich zu schonen«, entgegnete er, umfaßte ihr Gesicht und küßte sie.

Wieder flammte ein Blitz auf, dann verdunkelte sich die Küche, und in diesem Augenblick schob er seine Daumen in Cassidys Höschen und zerrte es nach unten. Ihre Arme umschlangen seinen Nacken, und sie erwiderte den Kuß, während er den Reißverschluß seiner Jeans öffnete. Mühelos hob er Cassidy hoch, setzte sie auf die Küchentheke und drang in sie ein.

Sie war bereit für ihn, ihr Stöhnen klang heiser und verführerisch. Die Beine um seine Hüften geklammert, warf sie ihren Kopf in den Nacken, und er sah die Konturen ihres Halses, spürte die wirre Mähne ihrer Haare auf seinem Arm, und jenes Dunkel, sein ständiger Begleiter, erfüllte ihn. Auch sie sollte dieses Dunkel fühlen, die gnadenlose Hitze. Immer tiefer drang er in sie ein, genoß ihr wohliges Schaudern und wußte, daß er sie in Besitz nahm und zerstörte, so sicher wie die Vernichtung auch ihn erwartete, weil er es tat.

Ungeduldig zerriß er ihr Kleid. Ihre nackten Brüste mit den harten Knospen schmiegten sich an ihn, und er hörte, wie sie halb erstickt nach Atem rang, in wachsender Lust.

Er wußte, wie man das Entzücken hinauszögerte, wie er sie zur Schwelle der Erfüllung treiben konnte, um sich dann zurückzuziehen. Verzweifelt krallte sie die Finger in seinen Rücken. Jede Steigerung war intensiver als die letzte. Bald zitterte Cassidy vor Verlangen, sehnte sich unbändig nach jenem exquisiten kleinen Tod, für den sich das ultimative Opfer vielleicht lohnte.

Und dann konnte er sich nicht länger beherrschen, hob sie von der Theke, preßte sie an sich. Wie eine Waffe benutzte er sein Verlangen, hart und kraftvoll, und sie preßte ihr Gesicht an seine schweißnasse Schulter, um ihren Schrei zu begraben. Heftige Wellen erschütterten ihren ganzen Körper, und er hatte keine Wahl – er mußte ihr folgen, zu seinem eigenen kleinen Tod. Als er in ihr zu explodieren schien, strömten die Pulse des Lebens zwischen ihnen hin und her, endlos und verzehrend.

Nun vermochte er sie nicht länger festzuhalten. Er ließ sie an seinem Körper hinabgleiten, bis ihre Füße den Boden berührten, und es dauerte eine Weile, bis sie ihr Gleichgewicht wiederfand. Schwankend starrte sie in sein Gesicht, als würde sie ihn nicht erkennen.

Ihr Kleid war bis zur Taille aufgerissen, ihre schönen Brüste ragten hervor. Am liebsten hätte er sie wieder umarmt, die hohe Stirn unter dem wild zerzausten Haar geküßt, um die Qual aus ihren Augen zu verscheuchen, um sie zu trösten. Er wollte sie in sein Bett mitnehmen, noch einmal von vorn beginnen, diesmal langsamer, und sie mit seinen Lippen liebkosen – auf den Brüsten, zwischen ihren Schenkeln. Alles, was ihm in den Sinn kommen mochte, wollte er tun.

Statt dessen schloß er den Reißverschluß seiner Jeans, erwiderte ihren Blick und setzte ein ironisches Lächeln auf. »Nun, wie fühlt man sich, wenn man mit einem Mörder gebumst hat, Cassidy? War es die Mühe wert?«

Er erwartete, sie würde ihn schlagen, voller Zorn und Kummer. Doch er hätte es besser wissen müssen. Sie schaute ihn einfach nur an, die Augen groß und voller Trauer, den Mund noch geschwollen von seinen Küssen. »Bastard«, flüsterte sie, und seltsamerweise klang es fast gleichgültig. Dann wandte sie sich ab und ging davon.

Bald würde sie verschwinden. Weil er sich vergewissern mußte, ließ er seine Tür offen. Sie brauchte fast eine Stunde, um zu duschen, zu packen, die Wohnungstür hinter sich zuzuwerfen. Geistesabwesend fragte er sich, wie weit sie fliehen würde. Nach Maryland oder in die Sicherheit des Hauses am East Hampton-Strand?

Er hoffte, sie würde das letztere Ziel wählen. Wenn er zurückkam – falls er zurückkam, konnte er vielleicht noch irgend etwas retten. Dann wollte er sie so lieben, wie er es wünschte. Um sich vorzubereiten, hatte er sich zuviel Zeit genommen. Und Zeit war sein kostbarstes Gut. Nun, vermutlich flüchtete sie nach Baltimore, und Sean würde sie sofort zurückholen – sollte er lange genug am Leben bleiben.

Wenig später war er reisefertig. Nachdem Cassidy aus der Wohnung geflohen war, hatte er die paar Sachen gepackt, die er brauchte. Mark hatte ihm einen perfekten Reisepaß beschafft. Bei seiner Ankunft würde es ihm nicht schwerfallen, einen gewissen Richard Thompson zu mimen. Führerschein, Versicherungskarte, Kreditkarten – alles von erstklassiger Qualität.

Trotz seiner Bedenken hatte Mark gute Arbeit geleistet. Wenn Richard irgend jemandem trauen durfte, dann seinem Freund.

Aber er konnte niemandem trauen.

Am frühen Morgen erreichte er den JFK Airport. Die Passagiere gingen bereits an Bord der Maschine, und er schaffte es mit knapper Not. Doch er hatte nicht gewagt, ein Taxi zu nehmen. Taxifahrer konnten verhört werden.

Glücklicherweise dauerte es nicht lange, bis die Formalitäten erledigt waren, und er sank zufrieden auf seinen Platz in der Business-Class, geborgen in seiner neuen Identität. Jetzt hieß er Richard Thompson. Ein Versicherungsbeamter, unterwegs zu einem Kurzurlaub. Niemand würde ihn zweimal anschauen oder mit dem berüchtigten Richard Tiernan in Verbindung bringen. In den nächsten Tagen drohte ihm keine Gefahr.

Während die halbvolle Maschine über die Startbahn rollte, lehnte er sich zurück. Was mochte Cassidy gerade treiben? Grollte sie ihm? Hoffentlich. Sie war eine Kämpferin, viel widerstandsfähiger, als sie es selber ahnte. Das hatte sie von Sean geerbt.

Und genau deshalb brauchte er sie. Sicher würde sie den brutalen Sex auf der Küchentheke überleben. Was immer er ihr auch zumutete, sie würde es verkraften. Wenn er doch nur genug Zeit fände, um zu veranlassen, daß alles planmäßig lief ...

Er schloß die Augen, plötzlich erschöpft. Wann hatte er zuletzt geschlafen? Daran erinnerte er sich nicht. Das dröhnende Flugzeug und der weiche, bequeme Sitz genügten, um ihn einzulullen. Bevor er zu träumen begann, dachte er an Cassidy – an die Verzweiflung in ihren dunklen Augen, auf dem Höhepunkt der Lust.

11

Cassie kam nur bis zur Penn Station. Verwirrt, verstört, erschüttert. Sie kaufte eine Fahrkarte, stieg in den ersten Zug, der nach Süden fuhr, und wartete bis zum letzten Augenblick, ehe sie hinaussprang. Kurz bevor die Räder davonrollten. Was sie zu Richard Tiernan sagen würde, wußte sie nicht. Nur eins stand fest – sie konnte nicht weglaufen.

Aber es gab nichts zu sagen. Als sie ins Apartment zurückkehrte, brach der Tag an. Und Richard Tiernan war verschwunden.

Zuerst geriet sie in Panik, vermutete das Schlimmste, erinnerte sich an all die Geschichten und Halbwahrheiten, die sie gehört hatte. Doch dann schüttelte sie den Kopf. Er war nicht der wahnsinnige Triebtäter, den die Medien so genüßlich porträtierten. In der Küche ihres Vaters, von lauter Messern umgeben, hatte er ihr nichts zuleide getan – und sie gehen lassen.

Sie durchsuchte sein Zimmer, fand die meisten seiner Kleidungsstücke, sorgsam zusammengefaltet, mit fast militärischer Präzision. War er von Natur aus so penibel, oder hatte er das im Gefängnis gelernt? Nirgends entdeckte sie persönliche Sachen, nicht einmal zerknüllte Notizzettel im Papierkorb. Sie kniete verzweifelt auf dem makellos sauberen Teppich, den Kopf an das ordentlich gemachte Bett gelehnt.

Und da sah sie die winzige Plastikecke unter der Decke. Eine Kreditkarte, eine goldene, die dem Besitzer einen fast unbegrenzten finanziellen Spielraum gewährte. Sie gehörte einem Mann namens Richard Thompson. Cassie drehte sie um. Keine Unterschrift. Doch die war überflüssig. Von einer New Yorker Bank ausgestellt, mit allen Finessen moderner Computertechnik, zeigte sie das Foto Richard Tiernans.

Das hätte sie nicht überraschen dürfen. Immerhin war er zum Tod verurteilt – und hier hielt ihn nichts. Nicht einmal die Kaution. Dieses Geld gehörte Sean, bis zum letzten Penny. Und wenn Richard Tiernan floh, würde ihr Vater völlig mittellos sterben.

Nun hatte sie drei Möglichkeiten. Sie konnte die Polizei veranlassen, Richards Spur aufzunehmen, ehe er sich allzuweit entfernte, Mabry und Sean anrufen und warnen – oder dem Flüchtling auf eigene Faust folgen.

Mark Bellinghams Apartment lag zwanzig Häuserblocks weiter im Norden, und Cass zögerte nicht. Daß ihr Besuch ihn kein bißchen überraschen würde, hätte sie sich denken können. Ohne Fragen zu stellen, drückte er auf den Haustüröffner, ließ sie in die Wohnung und reichte ihr eine Tasse Kaffee. »Also ist er abgehauen, nicht wahr?«

Sie ignorierte den Kaffee. »Wissen Sie, wieviel Geld mein Vater für ihn hinterlegt hat?«

»Sicher wird er bald zurückkommen.«

»Wieso glauben Sie das? Was hat er hier zu verlieren?«

»Nichts.« Mark schloß die Tür hinter ihr. Offensichtlich kam er direkt aus der Dusche. Sein nasses blondes Haar stand zu Berge, ein Bademantel verhüllte seinen feuchten Körper. »Wenn er auch nicht ehrlich zu mir war – er wird zurückkommen, das weiß ich. In sechs Tagen. Ich wurde beauftragt, Ihren Vater vom Apartment fernzuhalten. Je weniger Leute von Richards Abwesenheit wissen, desto besser. Sie haben Sean doch nicht angerufen?«

»Erst mal wollte ich mit Ihnen reden.«

»Braves Mädchen«, murmelte er. »Kommen Sie, Cassidy, trinken Sie ein bißchen Kaffee. Gestern abend waren wir Freunde. Sie haben mir vertraut. Starren Sie mich nicht so an, als wäre ich ein Serienmörder.«

»Wie Richard.«

»Das hab' ich nicht gesagt.«

»Glauben Sie's? Natürlich nicht. Einem Serienmörder würden Sie nicht zur Flucht verhelfen. Das haben Sie doch getan, oder?«

»Wie kommen Sie darauf?« fragte er vorsichtig.

»Weichen Sie mir jetzt bloß nicht aus! Sie haben's ja praktisch schon zugegeben. Natürlich brauchte er Hilfe – irgend jemand mußte ihm die Kreditkarten beschaffen, die auf einen falschen Namen ausgestellt sind. Was haben Sie sonst noch für ihn getan?«

Er warf sich auf ein weißes Baumwollsofa und starrte sie mit durchdringenden Augen an. »Nein – die Frage lautet: Was haben Sie für ihn getan? An ihrem Hals sehe ich einen unverkennbaren Knutschfleck, und der war noch nicht da, als ich Sie gestern abend nach Hause brachte.«

Instinktiv berührte sie ihren Hals und ließ ihre

Hand wieder sinken. »Ich glaube, das geht Sie nichts an.«

»Nein, leider nicht«, gab er zu. »Ich hätte Sie noch einmal auf das drohende Unheil hinweisen müssen. Doch wie sollte ich wissen, daß sie meine Warnung mißachten würden? Eigentlich dachte ich, Sie wären zu vernünftig, um sich mit einem solchen Mann einzulassen. Richard ist gefährlich, viel gefährlicher, als Sie ahnen.«

»Warum helfen Sie ihm dann?«

»Weil er mein Freund ist«, erklärte Mark schlicht. »Außerdem kann er mir nichts anhaben. Die Frauen sind sein Problem. Wie ein gottverdammter unwiderstehlicher Magnet zieht er sie an, und sie legen ihm ihr Leben zu Füßen.«

»Bleibt ihnen nichts anderes übrig?«

Eine Zeitlang schwieg er, dann stieß er ärgerlich hervor: »Gehen Sie nach Hause, Cassie. In sechs Tagen kommt er zurück, und Sie können ihn dann fragen, wo er war. Vielleicht erzählt er's Ihnen. Mir steht es nicht zu, Richards Geheimnisse zu enthüllen.«

»Und wenn er nicht zurückkommt?«

»Dann wären wir wahrscheinlich alle besser dran.« Mark seufzte.

Cassidy holte tief Atem und versuchte, ihre wachsende Panik zu bekämpfen. »Beantworten Sie nur eine einzige Frage. Wo ist er?«

»Für Sie ist es wirklich viel vorteilhafter, wenn Sie das nicht wissen.«

»Wo ist er?« wiederholte sie.

Er stand auf, ging zu einem Glastisch und öffnete ein Diplomatenköfferchen. Zögernd nahm er einen

Aktenhefter heraus, den er ihr zuwarf. »Nehmen Sie das mit und lesen Sie's, ehe Sie beschließen, ihm nachzureisen.«

»Wie kann ich das, wenn ich nicht weiß, wo er steckt?«

»England. In einem Dorf namens Wychcombe, an der Küste von Devonshire. Ich würde Ihnen nicht empfehlen, ihm zu folgen.«

»Warum nicht?«

»Lesen Sie die Akte.«

Sie klammerte den Hefter an sich. »Danke, Mark.«

»Danken Sie mir nicht!« erwiderte er scharf. »Manchmal glaube ich, die Hinrichtung wäre noch viel zu barmherzig für ihn. Lassen Sie sich nicht von ihm benutzen und zerstören – wie so viele andere.«

»Er wird mich nicht benutzen.«

»Cass ...«, begann er und holte tief Luft. »Es ist schon zu spät, um ihn aufzuhalten.«

Vor drei Jahren war sie das letzte Mal in England gewesen. Im Herbst, nach monatelanger Planung, wochenlangem Kofferpacken, mit einem Stapel Reiseschecks und genug Beruhigungstabletten, so daß sie den siebenstündigen Flug nach Heathrow verschlafen hatte.

Diesmal nahm sie keine Tabletten und keine Reiseschecks mit, und sie wußte nicht, wo sie landen würde.

Durch ihre Schuld war er entkommen. Vielleicht hatte sie ihn in die Flucht geschlagen. Aber sollte sie das tatsächlich auf ihre Kappe nehmen? Bedrückt erinnerte sie sich an die Szene in der Küche ihres Vaters, erlebte in Gedanken immer wieder, was geschehen war. Hätte sie es verhindern, Richard und sich selbst zurückhalten können?

Ihre Überlegungen führten stets zu derselben Antwort – es war unvermeidlich gewesen, so heftig sie sich auch dagegen gewehrt hatte. Richard ließ keinen Zweifel daran. Und sie ignorierte die Gefahr, bis es zu spät war.

So wenig hatte Sean von ihr verlangt. Er brauchte Richard Tiernan, um das Buch zu vollenden – das einzige Bestreben, das ihn noch am Leben erhielt. Und sie hatte den Mann entwischen lassen.

Irgendwie gelang es ihr, um sieben Uhr abends in eine Maschine nach Heathrow zu steigen. Erst als sie auf ihrem Platz saß, zog sie den Aktenhefter hervor, öffnete ihn und klappte ihn beinahe wieder zu.

Nur Zeitungsausschnitte, Artikel aus der Regenbogenpresse, lauter Schund. Ein Farbfoto von einer blutbefleckten Diele mit Kreidekonturen rings um die Stelle, wo die Leiche gelegen hatte. Reißerische, grausige Schlagzeilen. Richard hatte nicht übertrieben – der *National Sunset* äußerte tatsächlich den Verdacht, der Mörder könnte seine Kinder gefressen haben.

Die Kinder ... Beim Anblick dieser Fotos krampfte sich ihr Herz zusammen. Was für hübsche, unschuldige Gesichter ... Die blonde Amy glich ihrer schönen Mutter, aber die hellblauen Augen verrieten eine innere Kraft, die Diana gefehlt hatte. Und Seth, der jüngere Bruder, mit dunklen Haaren und Augen, einem spitzbübischen Lächeln. Sie starrte das Bild an, und für einen flüchtigen, hoffnungslosen Moment sah sie Richard als naiven kleinen Jungen.

Und dann die anderen Anklagen. Mit drei vermißten Frauen wurde er in Verbindung gebracht. Die Artikel wiesen auf satanische Rituale und sexuelle Perversionen hin, auf Blut und Folter und Verstümmelungen. Als sie sich zwang, jedes einzelne Wort zu lesen, erfuhr sie, daß zwei Frauen wieder aufgetaucht waren. Beide versicherten, sie seien mit Richard Tiernan nur befreundet gewesen. Aber Sally Norton blieb verschwunden.

Nach den Fotos zu urteilen, bildete sie einen krassen Gegensatz zu Diana Scott Tiernan – klein und brünett, mit einem ironischen Lächeln und lachenden dunklen Augen, Richards perfektes Pendant. Seine Liaison mit ihr hatte er nie bestritten, und Cass mußte sich sehr beherrschen, um die Frau nicht zu hassen.

Nur Sally Norton wurde immer noch vermißt. Niemand wußte, wann sie verschwunden war. Bis jetzt hatte man keine Spuren gefunden. Doch die Staatsanwaltschaft besaß genug Beweismaterial, um Richard den Mord an seiner Frau anzulasten. Und so hatte man nach einer Weile aufgehört, Sallys verweste Leiche oder die sterblichen Überreste der Kinder zu suchen. Warum sollte man Steuergelder verschwenden?

Schaudernd schloß Cassidy den Aktenhefter und fühlte sich so elend, daß ihr nicht einmal bewußt wurde, wo sie saß – in einem verhaßten Flugzeug. Nun legte sie einige tausend Meilen zurück, um einem Mann zu folgen, der beschuldigt – nein, überführt worden war, das abscheulichste aller Verbrechen begangen zu haben. Würde sie so enden wie die Kinder und Sally Norton – ohne eine Spur ihrer Existenz zu hinterlassen?

Sollte sie bei der Ankunft in Heathrow umkehren und sofort zurückfliegen? Sie hatte keinen Grund, sich in Gefahr zu bringen.

Geistesabwesend berührte sie ihren Hals und strich über den Knutschfleck. Nein, sie wollte nicht kehrtmachen. Er würde sie nicht töten. Und sie mußte herausfinden, warum er mit dieser Reise sein Berufungsverfahren aufs Spiel setzte. Wenn er keine plausible Erklärung abgab, konnte sie immer noch die englische Polizei alarmieren. Sicher würde man nicht zögern, einen verurteilten Mörder in die Staaten auszuliefern.

Oder vielleicht doch. In England war die Todesstrafe abgeschafft worden. Vielleicht würde man ihn hierbehalten, um ihn zu schützen ...

Sie klappte die Lehne ihres Sitzes zurück und schloß die Augen. Unentwegt drehten sich ihre Gedanken im Kreis. Bevor sie ihn fand, konnte sie keine Pläne schmieden, keine Entscheidungen treffen. Erst einmal mußte er die Fragen beantworten, denen er bisher ausgewichen war. Aus seinem Mund, der sie so bezwingend geküßt hatte, wollte sie alles hören. Und was er ihr auch erzählen mochte, sie würde es glauben.

Leicht benommen vom Jetlag ging sie durch den Zoll. Als sie nach dem Zweck ihres Aufenthalts gefragt wurde, dauerte es einige Zeit, bis ihr eine plausible Erklärung einfiel. Eine passende Lüge. Weil sie selber nicht die leiseste Ahnung hatte, was sie in diesem Land unternehmen würde. Natürlich konnte sie der matronenhaften Beamtin nicht verraten, sie sei einem Mörder auf der Spur.

Zum erstenmal fuhr sie in England Auto, und es fiel ihr schwer, die komplizierte Landkarte zu studieren. Sie fühlte sich erschöpft, nervös und rastlos, doch das versuchte sie zu verdrängen.

Während sie von London nach Westen fuhr, brachte sie sich dreimal fast um, weil sie vergaß, auf der linken Straßenseite zu bleiben. Der graue Nieselregen besserte ihre Laune keineswegs, und die Umstellung von der gewohnten Automatik auf den gemieteten Vauxhall, dessen Gänge mit der Hand geschaltet werden mußten, warf einige Probleme auf. Aus dem Radio tönte nur todtraurige Orgelmusik.

Die Nacht verbrachte sie in einer Pension, wo sie die Toilette mit anderen Gästen teilen mußte, zuviel Cholesterin aß und zum Frühstück lausigen Kaffee trank. Am späten Nachmittag erreichte sie Devon, und ihre Stimmung verschlechterte sich noch, obwohl die Sonne zwischen den Wolken hervorkam. Sie wußte nicht, was am Ziel ihrer Reise auf sie wartete. Und sie bezweifelte, daß sie sich darüber freuen würde.

Wychcombe war ein winziges Dorf an der Westküste. Nachdem Cassidy den Vauxhall auf dem Marktplatz geparkt hatte, blieb sie eine Zeitlang hinter dem Steuer sitzen, am Ende ihrer Weisheit.

Wieso um Himmels willen hatte Richard Tiernan so viel riskiert, um dieses Kaff aufzusuchen? Und wie sollte sie ihn finden? Natürlich durfte sie sich nicht an die Polizei wenden, und das Postamt war etwas zu offiziell für ihren gegenwärtigen seelischen Zustand. Schließlich entschied sie sich für einen Kiosk, kaufte eine Cola light und einen Stapel geschmackloser Ansichtskarten, kämpfte mit den britischen Münzen, die sie in Heathrow eingewechselt hatte.

Und dann war alles erstaunlich einfach. Die Frau hinter der Theke redete gern, und jetzt, in den letzten Märztagen, ließ der Ansturm amerikanischer Touristen, der den Überblick erschwerte, noch auf sich warten.

Als Cassidy sich endlich loseisen konnte, kannte sie die Nationalität aller Gäste, die in den beiden Frühstückspensionen wohnten, und keiner war Amerikaner. Außerdem hatte sie erfahren, unten an der Bucht würde ein älterer Geschäftsmann leben, der vielleicht aus Amerika stammte, und ein kanadischer Professor sei der Besitzer einer Farm draußen bei Herring Cross. Dort war er soeben eingetroffen, um seinen alljährlichen Urlaub zu genießen. Seine verwitwete Schwester und ihre Kinder würden sich hinzugesellen.

Vor lauter Frust hätte Cass am liebsten geweint. Doch das wagte sie nicht. Wenn sie erst einmal zu heulen anfing, würde sie wegen jeder Kleinigkeit in Tränen ausbrechen. Solche Schwächen durfte sie sich nicht leisten. Ihr Vater hatte schluchzende Frauen stets verabscheut, und Richard dachte wahrscheinlich genauso.

Zum Teufel mit den beiden! Sie würde warten, bis sie ein ruhiges, verlassenes Plätzchen irgendwo in der englischen Landschaft fand, und sich dann so richtig ausweinen.

Als sie den Vauxhall startete, starb der Motor wie üblich ab. Dann setzte sich das elende Vehikel in Bewegung, und sie fuhr ziellos die Küste entlang. Die

Straße war schmal und kurvenreich, Heckenreihen versperrten die Sicht, und Cass brauste viel zu schnell dahin, als ein anderes Auto um eine Biegung schlitterte. In letzter Sekunde riß sie das Steuer herum, landete im Straßengraben, und angesichts dieser würdelosen Situation begann sie endlich zu schluchzen, den Kopf aufs Lenkrad gelegt.

Der andere Wagen hielt, eine Frau tauchte an Cassies Seitenfenster auf. »Tut mir schrecklich leid. Diese Kurve nehme ich immer viel zu schnell. Sind Sie verletzt?«

»Nein«, schnüffelte Cass und weigerte sich aufzublicken.

»Wahrscheinlich könnte ich Sie abschleppen – andererseits, ich sollte besser warten und mich vergewissern ...« Unsicher verstummte die Frau.

»Glauben Sie mir, es geht mir gut. Bitte, lassen Sie mich allein.«

»Aber ich fühle mich verantwortlich ...«

Offensichtlich war diese Frau keine Britin. Das merkte Cassidy erst jetzt. Sie hob den Kopf, wischte ihre Tränen weg und blinzelte. Im grellen Sonnenlicht sah sie nur eine Silhouette. »Sie sind Amerikanerin.«

»Genaugenommen bin ich Kanadierin«, erwiderte die Frau lachend. »Ich würde Sie gern zu einer Tasse Tee ins Farmhaus einladen, aber ich hab's eilig. Geht's Ihnen auch wirklich gut? Sie sind ein bißchen durcheinander, was? Ich hätte vorsichtiger fahren müssen ...«

Als die Sonne hinter einer Wolke verschwand, sah Cassidy endlich das Gesicht der Frau. Mühsam würgte sie hervor: »Ja, ich bin okay. Und ich will Sie nicht länger aufhalten.«

»Aber ich mache mir Sorgen ...«

Unverwandt schaute Cassidy in Sally Nortons Koboldgesicht. »Jetzt fühle ich mich viel besser«, versicherte sie.

Das stimmt nicht ganz, dachte sie und beobachtete, wie die Frau auf der schmalen Straße davonfuhr. Einerseits hatte sie Richard gefunden. Sie wußte, warum er nach England geflogen war. Und wen immer er getötet haben mochte, Sally Norton zählte nicht zu seinen Opfern.

Andererseits mißfiel ihr der Anlaß seiner Reise.

Die Herring Cross Farm war nicht schwer zu finden. Am Fuß eines Hangs, nicht weit vom Meer entfernt, stand ein hübsches englisches Cottage mit Strohdach und pittoresken Nebengebäuden. Wohl kaum der richtige Ort für einen Mörder und seine Komplizin, um sich stilvoll zurückzuziehen ... Cassidy parkte den Vauxhall in der Zufahrt und stieg aus. Irgendwo bellte ein Hund.

Ohne sich umzuschauen, ging sie durch den Vorgarten. Die Haustür stand offen, niemand ließ sich blicken. Was hatte sie erwartet? Sie durchquerte die Küche, wo sich schmutziges Geschirr stapelte, und spähte durchs Fenster in den hinteren Garten.

Da war er. Den Oberkörper im Sonnenschein entblößt, grub er das Erdreich um. Suchte er Leichen? Es dauerte eine Weile, bis sie sich erinnerte, woher die Kratzer auf seinen Schultern stammten. Von ihren Fingernägeln. Was mochte Sally Norton davon halten?

In der Ecke der vollgeräumten, gemütlichen alten

Küche stand ein Stuhl. Cassidy setzte sich, die Arme vor der Brust verschränkt, und wartete.

Als er hereinkam, entdeckte er sie nicht sofort. Leise pfiff er vor sich hin, was entnervend fröhlich klang und Sally wie ein Blitzschlag aus heiterem Himmel traf. Einen Narzissenstrauß im Arm, trat er ans Spülbecken.

Er stellte die Blumen in eine alte Vase, begann zu summen, griff nach dem Hemd, das über einem Stuhl hing. Und dann sah er sie im Schatten sitzen.

Sofort erlosch der heitere Glanz in seinem Blick. Sein Gesicht wurde ausdruckslos. Und er starrte sie an, als traute er seinen Augen nicht. Er zog das Hemd an – ein altes, verwaschenes Hemd, das sie nicht kannte. Wahrscheinlich hatte es hier auf ihn gewartet. Zusammen mit Sally Norton.

»Bist du allein?«

Die Frage verwirrte sie. »Ganz allein.« Ihre Stimme klang täuschend kühl.

»Weiß irgend jemand, daß du hier bist?«

»Mark. Aber er hat dich schon vorher gedeckt. Also wird er dich auch jetzt nicht verraten.«

»Warum sollte er mich decken?«

»Als du beschlossen hattest, mich zu ermorden. Daran hast du doch gedacht, nicht wahr? Vielleicht kannst du mich im Garten verscharren.«

»Du hast die rege Phantasie deines Vaters geerbt.« Nun hatte er die Situation wieder unter Kontrolle. Die Ironie, die sie so gut kannte, war zurückgekehrt. »Was machst du hier, Cassidy?«

»Ist das nicht offensichtlich? Ich werde dich zurückbringen.«

»Gegen meinen Willen? Das wird dir wohl kaum gelingen. Immerhin bin ich ein bißchen größer als du. Wenn du noch halbwegs bei Verstand bist, verschwindest du von hier. Flieg nach Amerika zurück und halt den Mund. In ein paar Tagen komme ich dir nach.«

»Und wenn ich den letzten Rest meines Verstandes verloren habe?«

Sekundenlang schloß er die Augen. »Was glaubst du, wie das alles zusammenhängt? Es würde mich interessieren, wie dein emsiges Gehirn funktioniert.«

Sie lehnte sich zurück und schaute ihn an – einen Fremden, einen gefährlichen Fremden. Doch sie hatte die Phase, wo sie noch vorsichtig gewesen war, längst überwunden. »Da gibt's verschiedene Möglichkeiten. Offensichtlich bist du kein Serienmörder.«

»Warum sagst du das?«

»Weil ich eins deiner Opfer getroffen habe, unten an der Straße.«

»Welches?«

Erbost sprang sie auf. »Mach dich nicht lustig über mich, Richard! Ich erlaube dir nicht, meinem Vater davonzulaufen. In diesem Stadium bedeutest du ihm einfach zuviel. Und ich werde nicht ...«

»Die Entscheidung liegt nicht bei dir«, unterbrach er sie kühl und knöpfte sein Hemd zu, scheinbar gelassen. »Deinem Vater bedeute ich gar nichts. Für ihn bin ich nur ein Mittel zum Zweck. Weißt du, warum er dir das Manuskript nicht zeigen wollte? Um dir die Wahrheit zu verheimlichen. Daß er meine Geschichte schreibt und schildert, wie ich Frauen umgebracht habe, die dumm genug waren, sich in mich zu verlieben.«

Auf dem Tisch lag ein Messer. Ein großes, scharf geschliffenes Fleischermesser. Das war ihr zuvor nicht aufgefallen. Jetzt sah sie es. »Du hast Sally Norton nicht getötet.«

»Die Frau, der du begegnet bist? Sie ist meine Komplizin.« Als er ihren wachsamen Blick bemerkte, ergriff er das Messer. »Kein besonders gutes Exemplar«, murmelte er und strich mit dem Daumen über die Klinge. »Zu stumpf für eine tiefe Schnittwunde. Aber eine ungeschliffene Schneide bereitet viel schlimmere Schmerzen. Wußtest du das, Cassidy?«

Wie erstarrt stand sie da. »Ja.«

Langsam drehte er das Messer um. »Ich sollte es schärfen«, meinte er träumerisch, »am Schleifstein hinter dem Haus. Vielleicht werde ich's tun. Jetzt gleich. Dann hättest du eine Chance, das Weite zu suchen, ehe ich dich zurückhalten und dir weh tun könnte. Du solltest deinen abenteuerlustigen kleinen Arsch nach New York zurückverfrachten und vergessen, daß du jemals hier warst.«

Gebannt betrachtete sie das Messer in seinen wohlgeformten, schmalen, bedrohlichen Händen. »Und was würdest du dann tun?«

»Oh, ich komme zurück, wie ich's versprochen habe.« Lässig schwenkte er das Messer umher. »Und ich halte immer mein Wort. Weißt du das nicht?«

»Lügst du niemals?«

»Doch, immer.« Er ging zu ihr, die schimmernde Waffe erhoben, und sie mußte ihren ganzen Mut zusammennehmen, um stehenzubleiben. Nein, er würde sie nicht erstechen, das wußte sie, obwohl er sein Bestes tat, um sie vom Gegenteil zu überzeugen.

»Du wirst mir nichts antun, Richard.«

Aufreizend ließ er den Messerrücken über ihre Wange gleiten. »Warum behauptest du das, Cassie? Glaubst du, es macht mir keinen Spaß, Frauen zu verletzen? Einmal habe ich dir schon weh getan, und das fand ich sehr amüsant.«

»Wenn du dich auch noch so sehr bemühst, du erschreckst mich nicht.«

»Unsinn, du bist halb verrückt vor Angst.« Er drehte die Schneide herum, so daß die nicht allzu scharf geschliffene Klinge Cassidys zarte Haut berührte.

»Aber du hast keinen Grund, mich zu töten.«

»Wahnsinnige Triebtäter brauchen kein Motiv – wir tun's einfach nur, um diesen kleinen Stimmen in unserem Kopf zu gehorchen«, erwiderte er, und seine Augen glitzerten. »Außerdem habe ich einen Grund. Du würdest überall herumerzählen, wo ich bin. Je weniger Leute dieses Versteck kennen, desto besser. Vielleicht würde sich sogar ein Mord lohnen, um dieses Geheimnis zu hüten.« Nun strich die Messerspitze an ihrem Hals hinab, eine stählerne Liebkosung.

Krampfhaft schluckte sie. »Du bist nicht verrückt.«

»Aber ich versuche doch, meinen Wahnsinn zu demonstrieren«, erwiderte er in unheimlich ruhigem Ton.

»Das weiß ich. Und ich frage mich, warum.«

In diesem Augenblick hörten sie, wie ein Wagen vor dem Haus hielt. Lachende Stimmen erklangen, Autotüren wurden zugeworfen. Sofort erlosch die ironische Bosheit in Richards Blick, und er sah bleich aus, fast krank. »Raus mit dir, Cassie!« drängte er. »Verdammt noch mal, du mußt verschwinden, bevor es zu spät ist.«

Flinke Schritte näherten sich. Wer würde in die Küche laufen? Cassidy wußte nicht, was sie erwartete. Welche Höllenhunde? Welche Dämonen?

Hastig ließ er das Messer auf den Tisch fallen und trat zurück. Seine Miene war unergründlich, als die Tür aufflog. Und dann warfen sich zwei kleine Gestalten in seine Arme.

»Daddy!« kreischten sie. Zuviel Lärm, wenn man bedachte, daß es nur zwei Kinder waren ... Amy und Seth bedeckten das Gesicht ihres Vaters mit Küssen, bestürmten ihn mit Fragen, mit Forderungen, mit ihrer Liebe.

Wie betäubt stand Cassidy da. Eine Hand berührte ihren Arm. Sally Norton schaute sie an, und ihre Augen verrieten nichts von ihren Gedanken. »Das hätte ich wissen müssen«, seufzte sie müde. »Noch eine Amerikanerin hier draußen – das konnte kein Zufall sein. Kommen Sie, lassen wir die drei ein bißchen allein. Immerhin haben sie sich über ein Jahr lang nicht gesehen.«

Zu schockiert, um zu zögern, folgte Cassidy ihr in einen Garten, in dem es soeben zu blühen begann. Sally drückte sie in einen Sessel, dann nahm sie ihr gegenüber Platz.

»Die beiden sind nicht tot«, flüsterte Cass.

»Nein, sogar quicklebendig. Und kerngesund. Wie Sie sehen, bin ich auch nicht tot.«

»Und Diana?«

»O ja, die ist gestorben«, antwortete Sally emotionslos. »Und falls es eine Gerechtigkeit gibt, schmort sie im tiefsten Höllenschlund.« Ihr plötzliches Lächeln erschreckte Cassidy beinahe. »Sie sind ganz anders, als ich dachte.«

»Als Sie dachten?« würgte Cass hervor.

»Andererseits – irgendwie erscheint es mir sinnvoll. Es überrascht mich nur, daß er Sie nicht mitbrachte, als er zu mir kam. Aber er sagte, Sie seien noch nicht bereit.«

»Bereit? Wofür?«

Sally Nortons Augen verengten sich. »Warum sind Sie eigentlich hier?« fragte sie besorgt.

Cassie schüttelte den Kopf, benommen vom Jetlag, von den unfaßbaren Ereignissen. Mit Richard Tiernans lebendigen, unversehrten Opfern konfrontiert, weigerte sich ihr Gehirn zu funktionieren.

»Das weiß ich nicht«, flüsterte sie, stand auf und verließ den Garten. Ohne einen Blick zurückzuwerfen, stieg sie in den verhaßten Mietwagen.

12

Also ist sie wieder einmal davongerannt, dachte Richard. Damit hatte er gerechnet. Cassidy besaß das unglückselige Talent, stets zur falschen Zeit am falschen Ort aufzutauchen.

Verdammt, warum war sie nicht mit Sean und Mabry zum Strandhaus gefahren, statt ins Apartment zurückzukehren, sobald er es verlassen hatte? Wieso zum Teufel war sie ihm hierhergefolgt, wo er doch nur fünf Tage brauchte, um mit seinen Geheimnissen allein zu bleiben? Und warum mußte sie verschwinden, nachdem sie ihn hier aufgestöbert und all seine Pläne gefährdet hatte?

Er konnte ihr nicht folgen, mußte hoffen, sie würde nicht durchdrehen und sich einfach nur verkriechen. Mochte sie auch widerstandsfähiger sein, als sie glaubte – sie kannte ihre Grenzen. Wahrscheinlich suchte sie irgendwo Zuflucht, um ihre Wunden zu lecken, zu überdenken, was sie beobachtet hatte, und einen Sinn darin zu erkennen.

Würde ihr das gelingen? Daran zweifelte er. Wie sollte sie die Beweggründe eines Mannes begreifen, der bereit war, wegen des Mordes an seiner Familie in den Tod zu gehen – obwohl er wußte, daß die Kinder noch lebten? Verborgen vor unerwünschten Blikken, vor sämtlichen Gefahren geschützt. In Sally Nortons verläßlichen Händen.

Ja, es ging ihnen in der Tat großartig. Nach der überschwenglichen Begrüßung war Seth ein bißchen hysterisch geworden und in Tränen ausgebrochen. Unsicher beobachtete Amy ihren Vater mit den blauen Augen, die sie von der Mutter geerbt hatte – aber ohne Dianas unheimlichen, gelassenen Blick. Als der Junge zusammenbrach, begann das Mädchen zu reden, hörte gar nicht mehr auf, schaute Richard vertrauensvoll an und schob ihre kleine Hand in seine.

Seit über einem Jahr hatte ihm niemand ein so rückhaltloses Vertrauen geschenkt. Das war eine unvermutete, schmerzliche Erfahrung, und sie erinnerte ihn an die Ereignisse, die zu dieser leidvollen, leeren Lebensphase geführt hatten. Und falls er überhaupt eine Chance erhalten sollte, alles zu vergessen, so machte Amy ihm nun klar, welche Verantwortung er trug.

Kurz nach elf lagen die beiden endlich im Bett und schliefen. Richard war allein mit Sally und bereit, seine Fragen zu stellen, nachdem er sich so lange geduldet hatte. Fürsorglich reichte sie ihm ein Glas Whiskey. »Du siehst aus, als könntest du's brauchen«, meinte sie. Dann warf sie sich aufs schäbige Sofa im Wohnzimmer.

Dieser Raum gefiel ihm, so wie immer. Nichts war verändert worden, seit er das Haus vor drei Jahren gekauft hatte, in der vergeblichen Hoffnung, Diana würde ihre Familie verlassen und mit ihm hierherziehen.

»O ja«, stimmte er zu, setzte sich neben Sally und ergriff ihre Hand. Sie sah schön und sanft aus, wie eh und je, und sie hatte mehr für ihn getan als sonst jemand.

Lächelnd entzog sie ihm ihre schmalen Finger. »Nicht, Richard. Das ist längst vorbei, und du weißt es ebenso gut wie ich.«

»Sally ...«

»Klar, du würdest mir stets zur Seite stehen und dir sogar einreden, daß du mich wieder liebst. Nicht nötig, Darling. Du schuldest mir nichts.«

»Doch. Mein Leben.«

»Und wenn du diesen Schlamassel nicht überlebst?«

»Immerhin bekomme ich, was mir am wichtigsten ist.«

»Für mich ist es genauso wichtig. Ich wünschte nur, die Dinge hätten eine andere Wende genommen. Vielleicht sollte ich ...«

»Daran darfst du nicht einmal denken«, unterbrach

er sie mit gepreßter Stimme. »Du hast schon genug geopfert.«

»Oh, ich würde noch mehr tun.«

»Das weiß ich. Falls es nötig wäre ... Nun, ich will mich bemühen, eine solche Situation zu vermeiden. Was hältst du von ihr?« fragte er beiläufig und trank einen Schluck Whiskey. Würde es ihm gelingen, Sally zu täuschen?

Doch sie kannte ihn zu gut. »Keine Bange, sie ist perfekt. Wieviel hast du ihr erzählt?«

»Nichts.«

»Nichts? Wußte sie nicht einmal über die Kinder Bescheid?«

»Über dich auch nicht. Du zählst zu meinen zahlreichen Opfern. In den Staaten gehen fast alle vermißten Frauen auf mein Konto.«

»Wie lächerlich!«

»Ich war oft verreist. Und Diana machte einige Andeutungen. Aber die anderen Verbrechen muß man mir gar nicht nachweisen. Der Mord an meiner Frau genügt, um mich ans Messer zu liefern, und die Boulevardpresse amüsiert sich königlich.«

»Bist du so sicher, daß du die Wahrheit nicht verraten kannst?«

»Völlig sicher.« Richard lehnte den Kopf an die schäbige Sofalehne und wünschte, er könnte Sally wieder begehren und lieben. Falls er sie jemals wirklich geliebt hatte. Aber er dachte nur noch an Cass, ihre traurigen Augen, ihren verlockenden Körper – nicht an die Frau, die alles aufgegeben hatte, um seiner Kinder willen. Verdammt, er brauchte nur einen einzigen kleinen Vorteil ...

Er hatte geglaubt, alles wäre geregelt, offizielle Hände oder mörderische Mithäftlinge würden ihn töten. Doch dann war Sallys Nachricht eingetroffen. Und plötzlich sah er sich gezwungen, in die Berufung zu gehen.

Hoffentlich würde das Verfahren nicht allzu viele Komplikationen heraufbeschwören. Sein eklatantes Desinteresse an seiner Verteidigung hatte die Dinge beschleunigt, unterstützt von seinem hochangesehenen Schwiegervater, dem so viele prominente Persönlichkeiten einen Gefallen schuldeten. Solange Richard sich nicht gewehrt hatte, war sein Schicksal besiegelt gewesen.

Es widerstrebte ihm, jahrelang vor Gericht zu stehen. So schnell wie möglich wollte er die Verhandlung hinter sich bringen, bestraft werden, ein Ende machen. Aber erst, wenn für alles gesorgt war.

»Was hast du ihr erzählt, Sally?«

»Sie stellte nur zwei Fragen. Ob es deine Kinder sind und ob ich Sally Norton bin. Beides bejahte ich, und dann ging sie.«

»Einfach so? Weißt du, wohin sie gefahren ist?«

»Willst du ihr folgen?«

»Vorerst nicht. Ich möchte so lange wie möglich mit Amy und Seth zusammensein.«

»Wird sie die Polizei verständigen? Traust du ihr?«

Darüber dachte er eine Weile nach, erinnerte sich an Cassidys seelenvolle grüne Augen, den weichen Mund, was er von ihr verlangen mußte, was er wollte. »Da bin ich mir noch nicht sicher«, gestand er. »Ich brauche noch etwas Zeit. Bedauerlicherweise ist sie hier aufgetaucht, ehe ich bereit war ...«

»Ich finde, du solltest ihr nachfahren.«

»Und die Kinder?«

»Natürlich freuen sie sich über das Wiedersehen, aber sie wissen, daß du sie bald verlassen mußt. Ich habe mit ihnen geredet. Und sie begnügen sich mit dem, was sie bekommen. Kinder sind sehr widerstandsfähig und genügsam.«

»Das sollte nicht nötig sein ...«

»Stimmt. Leider ist es zu spät, um irgendwas zu ändern.«

Er schnitt eine Grimasse. »Könnt ihr nicht hierbleiben?«

»Unmöglich. Oder willst du alles gefährden, wofür wir gearbeitet haben? Morgen nachmittag kehren wir nach Cornwall zurück. Besuch uns in ein oder zwei Tagen, falls du's riskieren kannst. Die beiden gehen zur Schule, sie brauchen ein normales Leben. Und nimm Cassidy mit, wenn du glaubst, sie wäre bereit.«

»Auf deine alten Tage wirst du richtig autoritär, Sally«, meinte er und lächelte leicht gequält.

»Wie wir alle, wenn's um wichtige Dinge geht. Fährst du ihr nach?«

»Offensichtlich habe ich keine Wahl.«

»Was wirst du tun, wenn du sie findest?« Ihre Stimme klang belegt, und er schaute in das Gesicht, das er einmal geliebt hatte.

»Je nachdem. Falls alles so klappt, wie ich's mir vorstelle, erzähle ich ihr einen kleinen Teil der Wahrheit.«

»Und wenn nicht?«

»Dann muß ich sie töten.«

Das Gehirn versagte ihr den Dienst. Kein Wunder. Erstens litt Cassidy am Jetlag, zweitens an den Folgen der schlimmsten vierundzwanzig Stunden ihres Lebens – unmittelbar vor ihrer überstürzten Reise nach England. In diesen vierundzwanzig Stunden hatte sie kaum geschlafen, einen allzu heftigen emotionalen und physischen Aufruhr ertragen müssen. Die Konfrontation mit Richard Tiernans quicklebendigen Mordopfern war ein zusätzlicher Schock gewesen, den sie unmöglich verkraften konnte. Also versuchte sie es gar nicht.

Viel zu schnell fuhr sie die gewundenen, schmalen Straßen entlang. Aber glücklicherweise herrschte in der Abenddämmerung kein Verkehr. Sie war zu müde und verzweifelt, um die Landkarte zu studieren. Und sie interessierte sich auch nicht dafür, kannte nur einen einzigen Gedanken – weg von Wychcombe, von Richard Tiernan und seinen unerklärlichen Lügen.

Auf einigen Umwegen steuerte sie London und Heathrow an, ihren Fluchtweg. Um allen Verwirrungen und Manipulationen zu entrinnen, würde sie noch einmal in ein verhaßtes Flugzeug steigen. Sollte sich Richard doch in England verstecken! Sean würde nicht mehr lange genug leben, um das Geld zu vermissen, das er für die Kaution gezahlt hatte. Und Richards Verschwinden würde den Verkauf des Buchs sogar fördern.

Sie kannte nicht einmal den Namen der kleinen Stadt, wo sie übernachtete, schaute kein einziges Mal auf die Uhr, schlief unruhig, von bösen Träumen geplagt.

Erst am nächsten Morgen, als sie London fast erreicht hatte, trat sie plötzlich auf die Bremse und wendete das Auto, unter Lebensgefahr. Ein geborenes Opfer, dachte sie, während sie nach Wychcombe zurückraste, eine Masochistin, eine Närrin, die es eigentlich besser wissen müßte. Seit sie erwachsen war, hütete sie sich vor schwierigen Beziehungen, vor Männern, die sich wie kleine Jungs benahmen, vor Leuten mit entnervenden Bedürfnissen und verborgenen Interessen.

Wieso um Himmels willen hatte sie sich ausgerechnet in Richard Tiernan verliebt?

Bei Einbruch der Dunkelheit traf sie in Wychcombe ein. Den ganzen Tag hatte sie im Vauxhall verbracht. Mittlerweile kam sie mit der linken Fahrspur, dem ungewohnten Blickwinkel im Rückspiegel und der Gangschaltung zurecht. Sie war bereit, Richard gegenüberzutreten – auch seiner Geliebten und den Kindern, wenn es sein mußte – und Erklärungen zu verlangen.

Im Dämmerlicht war die Herring Cross Farm schwerer zu finden. Die kurvenreichen, schmalen Straßen wirkten gespenstisch, das ferne Rauschen der Meereswellen, vermischt mit dem Wind, der durch keimende Zweige fegte, schien Cassidy zu warnen. Aber auf solche Warnungen hörte sie schon seit Wochen nicht mehr.

Sie bog in die Zufahrt, wo ein hinreißender, uralter Morris Minor kauerte. Im Haus brannte nur schwaches Licht. Sallys Limousine, die den Vauxhall von der Straße abgedrängt hatte, ließ sich nirgends blicken. Also mußte Cassidy die Möglichkeit akzeptieren, daß Richard allein war.

Nicht einmal das durfte sie beirren. Sie war es müde, davonzulaufen, sich wie ein Feigling zu verhalten. Eigentlich hatte sie geglaubt, in den letzten Jahren wäre sie tapferer und widerstandsfähiger geworden. Richard Tiernan belehrte sie eines Besseren. Doch sie würde ihre Niederlage nicht hinnehmen. Sie wollte und mußte Antworten hören. Um jeden Preis.

Die Tür war unverschlossen, und Cassidy betrat ein menschenleeres Wohnzimmer. Während sie sich umschaute, holte sie tief Atem, um ihre Nerven zu beruhigen. Ein hübsches Zimmer, etwas schäbig, aber gemütlich, mit Schonbezügen aus verblichenem Chintz, komfortablen alten Sesseln, zerkratzten Antiquitäten, einem rosa Teppich. Und überall Bücher. In einer Ecke stand die Vase mit den Narzissen. Konnte ein Mann, der Narzissen pflückte, gefährlich werden?

O ja. Das bewies er immer wieder. Plötzlich spürte sie, daß sie allein mit ihm war. In einer dunklen Nacht. Und niemand wußte, wo sie sich aufhielt. Sicher glaubte seine Komplizin, Cassidy wäre abgereist. Er konnte sie im Hintergarten verscharren, den Vauxhall irgendwo verstecken ...

Energisch schüttelte sie den Kopf und verdrängte die grausigen Gedanken. Er hatte weder Sally Norton noch seine Kinder oder sonst jemanden ermordet. Also würde er auch Cassidy Roarke am Leben lassen.

Sie drehte sich langsam um und sah ihn in der Tür stehen, schwarz gekleidet, das Gesicht im Schatten. »Oh, du bist zurückgekommen.« Seine Stimme klang rätselhaft, ihre Antwort irrelevant.

»Mit acht Jahren lief ich zum erstenmal von zu Hause weg«, erzählte sie und rührte sich nicht von der Stelle. »Aber ich kam nur bis zum Port Authority Bus Terminal. Dort schnappte mich ein Polizist und brachte mich heim. Meine Mutter gab ihm ein Trinkgeld und mir eine Ohrfeige, dann sperrte sie mich drei Tage lang in meinem Zimmer ein. Sobald sie mich herausließ, rannte ich wieder davon. Manchmal sah ich keine andere Möglichkeit.«

»Und du hast niemals zu fliehen aufgehört?«

»Doch. Ich dachte, ich hätte meine Angst überwunden und gelernt, allen Gefahren ins Auge zu blicken. Bis ich dich traf. Da fing ich wieder an davonzulaufen.«

»Bedrohe ich dich?«

»Natürlich. Das machst du absichtlich, aber ich weiß nicht, warum. Wirst du's mir jemals verraten?«

»Vielleicht.« Er ging zu ihr, und sie hoffte, irgend etwas Tröstliches in seinem Gesicht zu lesen. Aber sie sah nur Begierde. Und etwas, das sie erschreckte.

»Deine Kinder sind am Leben.«

»Ja«, bestätigte er.

»Und Sally Norton auch.«

»Offensichtlich. Sie sorgt für die beiden und beschützt sie.«

»Wovor?«

Ein kaltes Lächeln verzerrte seine Lippen. »Vor dem Unheil des modernen Zeitalters.«

»Richard, ich bin zurückgekommen, um herauszufinden, warum du nicht die Wahrheit sagst. Du läßt dich wegen eines Mordes verurteilen, den du nicht begangen hast ... Aus welchem Grund? Wieso verschweigst du, daß Sally Norton und deine Kinder noch leben?«

»Aber Diana ist gestorben. Und das genügte dem Richter, um das Todesurteil zu verkünden.«

»Warum wehrst du dich nicht?« Sie hörte den verzweifelten Klang ihrer eigenen Stimme, doch sie achtete nicht darauf. »Wenn du die Wahrheit erzählen würdest, bekämst du eine neue Chance. Dianas Eltern hätten die Kinder zu sich nehmen können. Statt dessen läßt du diese armen Leute im Glauben, ihre ganze Familie wäre ausgelöscht worden. Amy und Seth hätten ihre Großeltern getröstet ...«

Bestürzt verstummte sie, als er leichenblaß wurde. Die Augen von hellem Zorn erfüllt, legte er die Hände um ihren Hals, und ihr Leben schien nur noch an einem seidenen Faden zu hängen. Wie hypnotisiert stand sie da – unfähig, sich zu rühren, bereit zu sterben.

»Wie einfach ist es zu töten ...«, flüsterte er, und seine Daumen strichen langsam über ihre zarte Kehle. »Wußtest du das, Cassidy? Nur ein kurzer Druck, und dein Hals wäre gebrochen. Blitzschnell würdest du ersticken. Anfangs ist es nicht schlimm. Aber wenn jemand einen plötzlichen, gewaltsamen Tod erleidet, entleeren sich die Blase und der Darm. Diana stank, als ich sie fand.«

Sie versuchte, ein krampfhaftes Schlucken zu vermeiden. Unter seinen Daumen würde er ihre Angst spüren. »Du hast sie gefunden?« würgte sie hervor.

»Habe ich das nicht immer gesagt?« Er streichelte ihren Hals, und die schmalen Finger hielten nur kurz inne, als sie über den Knutschfleck glitten, der vor knapp achtundvierzig Stunden entstanden war.

»Warum würdest du mich töten?« flüsterte sie und zwang sich, seinen Blick tapfer zu erwidern.

In plötzlichem Entsetzen erkannte sie, daß er getrunken hatte. Seine Augen glitzerten, er sprach betont artikuliert, sein Atem roch nach Whiskey. Unglücklicherweise wußte sie, wozu betrunkene Menschen fähig waren, welche emotionalen und physischen Schmerzen sie einem bereiten konnten.

Richard Tiernan war zwar nicht betrunken, aber gefährlich. Und ein Glas Whiskey mochte genügen, um ihm die letzten Hemmungen zu nehmen.

»Warum ich dich töten würde?« murmelte er nachdenklich. »Vielleicht töte ich gern – vielleicht haben Sally und ich einen großartigen Plan, und ich fürchte, du könntest uns verraten. Um das zu verhindern, würde sich ein Mord lohnen.«

»Ja, das sind zwei Möglichkeiten.« Angespannt beobachtete sie ihn. »Aber die nehme ich nicht ernst.«

»Wie dumm von dir!« Sein Daumen drückte etwas fester auf ihren Kehlkopf. »Um mein Ziel zu erreichen, könnte ich dich töten.«

»Das wirst du nicht tun.«

»Warum nicht?«

Sie sah sein beängstigendes zynisches Lächeln, die Qual in den dunklen Augen, spürte das Zittern seiner Hände, die ihren Hals umschlossen. Und da wußte sie es. »Du hast deine Frau nicht getötet.« Die allerletzten Zweifel waren geschwunden, maßlose Freude und Erleichterung erfüllten ihr Herz. »Und du wirst auch mich nicht töten.«

Abrupt ließ er die Hände sinken, als hätte er sich verbrannt, und trat zurück. »Hör auf, Cassie.«

»Du hast sie nicht getötet. Und ich weiß nicht, warum du deine Verurteilung zugelassen und nicht versucht hast, den wahren Täter zu finden. Es sei denn, du kennst ihn und willst ihn schützen. Oder sie.«

»Hör auf! Deine romantischen Theorien interessieren mich nicht. Du weißt gar nichts.«

»Eins weiß ich – noch nie in deinem Leben hast du jemanden getötet. Und damit wirst du bestimmt auch jetzt nicht anfangen. Du bist unschuldig, Richard. Davon bin ich felsenfest überzeugt.«

Doch er unternahm noch einen letzten Versuch, sich gegen sie zu wehren. »Du bist ganz durcheinander. Laß mich doch in Ruhe ...«

»Natürlich bin ich durcheinander! Weil du mich in das alles reingezogen hast! Irgend etwas willst du von mir, und ich kann mir nicht vorstellen, was. Vertrauen? Ich vertraue dir. Meinen Glauben an deine Unschuld? Ich weiß, daß du unschuldig bist, Richard. Oder ist es Liebe? Die werde ich dir vielleicht schenken. Aber das ist es nicht, was du von mir willst.«

Er kehrte ihr den Rücken und trat an ein Sprossenfenster. Im Zimmer war es dunkel, nur eine einzige Lampe brannte. Abendliche Schatten krochen herein. Ohne sich umzudrehen, sagte er leise: »Du irrst dich.«

»Zweifellos in vielen Punkten.« Sie folgte ihm, fühlte sich unwiderstehlich zu ihm hingezogen, zu ihrem Schicksal, ihrer Verdammnis, ihrer Liebe. Als sie dicht hinter ihm stand, spürte sie seine Körperwärme, seine innere Anspannung. »Welchen Punkt meinst du?«

Nun wandte er sich zu ihr, und diesmal lag kein Tod in seinen Augen, sondern Leben. Überwältigend. Erschreckend. Vollkommen. »Ich will deine Liebe.«

Mühsam schluckte sie. »Und was gibst du mir dafür, Richard?«

»Bis der Tod uns scheidet?« schlug er vor und lächelte ironisch.

»Wirst du deine Verurteilung anfechten?«

»Nein«, erwiderte er unerbittlich.

»Hast du deine Frau getötet?«

»Ich dachte, du zweifelst nicht an meiner Unschuld«, spottete er.

»Natürlich nicht. Aber ich will es endlich aus deinem Mund hören. Hast du ein Messer genommen und deiner Frau ins Herz gestochen?«

»Nein.«

Sie glaubte ihm. »Diese Frage habe ich dir zum letzten Mal gestellt. Was willst du von mir?«

»Du sollst mich mehr lieben als sonst jemanden und alles für mich aufgeben – und mich sterben lassen.«

Mit großen Augen starrte sie ihn an. »Viel verlangst du nicht, was?«

»Die Ewigkeit. Und deine Seele.«

»Und warum soll ich alles aufgeben?«

»Weil du für meine Kinder sorgen mußt.«

Cassidy holte tief Atem. »Darauf läuft alles hinaus, nicht wahr? Irgendwie stehen deine Kinder im Mittelpunkt der Ereignisse. Und Sally?«

»Da sie an einer Nierenkrankheit leidet, muß sie sobald wie möglich behandelt werden. Das ist hier unmöglich. Sie lebt unter einem falschen Namen in England, ohne Krankenversicherung und Krankenberichte. Bisher genügten die Papiere, die Mark für Sally und die Kinder beschafft hat. Aber wenn sie eine so teure Behandlung wie eine Dialyse braucht, wird die Bürokratie etwas genauer hinschauen. Und das wäre gefährlich. Also muß sie in die Staaten zurückkehren. Und dann brauchen meine Kinder eine Betreuerin.«

»Mich.«

»Ja.«

»Habe ich die Prüfung bestanden? Darum ging es doch, oder? Du wolltest feststellen, ob ich stark und ergeben genug bin, um für deine Kinder zu sorgen. Und wenn ich's nicht gewesen wäre?«

»Dann müßte ich jemand anderen finden.«

Plötzlich fröstelte sie, von der kalten, häßlichen Realität bedrängt. »Bist du zufällig auf mich gestoßen? Hatte ich Rivalinnen?«

Aber er ignorierte ihren Sarkasmus. »Ich sah dein Foto.«

»Wo?«

»Auf Seans Schreibtisch.«

»Sei nicht absurd! Dort steht kein Foto von mir.«

»Bei deiner Ankunft hat er's versteckt. Aber es war da, als ich sein Arbeitszimmer zum erstenmal betrat. Ein Blick genügte, und ich wußte, daß du die Richtige bist.«

»Und wenn ich nein sage?«

»Das wirst du nicht tun.«

»Warum nicht?«

»Weil du mich liebst. Und du kannst gut mit Kindern umgehen. Sogar Sean gibt das zu. Du wirst es für mich tun – und für die beiden.«

»Wie sicher du meiner bist ... Und wenn ich es nicht mehr verkrafte, mit einer Lüge zu leben? Wenn ich entscheide, daß es dir nicht zusteht, das Schicksal anderer Menschen zu bestimmen? Wenn ich die Dinge in meine eigenen Hände nehme?«

»Dann werde ich dich töten.«

Sie glaubte ihm rückhaltlos. »Offenbar bist du nicht ganz normal.«

»Das weiß ich.« Sein Lächeln war nur ein geringer Trost. »Wirst du's tun? Willst du meine Kinder betreuen und lieben – und ihre Mutter sein? Läßt du mich widerstandslos sterben? Erfüllst du alle meine Wünsche? Gibst du mir alles? Wirst du's versprechen und Wort halten?«

Trotz ihres Grauens hielt sie seinem Blick stand. »Wieviel Zeit habe ich, um meinen Entschluß zu fassen?«

»Dreißig Sekunden.«

Jetzt vermochte sie nicht mehr, klar zu denken, die Konsequenz zu erwägen. »Ja«, sagte sie und berührte sein Gesicht, ehe sie sich anders besinnen konnte. »Ich liebe dich und tue alles, was du willst.«

Wie von selbst kamen die Worte über Cassidys Lippen, eine Offenbarung, ein Segen. Erstaunt hörte sie sich selber zu und erkannte, daß dies alles gut und richtig war. Wie lange sie ihn schon liebte, wußte sie nicht, und sie wollte es auch gar nicht herausfinden. Moralisch und emotional betrachtet, ergab es keinen Sinn. Und sie war immer so stolz auf ihren gesunden Menschenverstand gewesen. Der existierte nicht mehr, seit sie die Küche ihres Vaters betreten und in Richards leidvolle Augen geschaut hatte. Nur eins zählte – sie liebte ihn, und wenn sie vor lauter Liebe dem Wahnsinn verfiel, sollte es eben so sein.

Plötzlich ging eine Veränderung mit ihm vor, die ihr unfaßbar erschien. Die innere Anspannung wich aus seinem Körper, er sank vor ihr auf die Knie, schlang die Arme um ihre Taille, preßte zitternd das Gesicht auf ihren Bauch. Verwundert drückte sie seinen Kopf an sich, spürte seine heißen Tränen auf ihrer Haut, und ihr Herz drohte zu brechen.

Auch sie kniete nieder, umarmte ihn, eine Wange an seiner Schulter, hielt ihn fest wie eine Mutter, wie eine Liebhaberin. Jetzt bebte er noch heftiger. Es gab keinen wütenden, gefährlichen, dämonischen Liebhaber mehr. Dies war ein Mann in höchster Not, ihr Mann, und kein Opfer erschien ihr zu groß, wenn sie ihm helfen konnte.

Selbst wenn sie seinen Tod mit ansehen mußte, was schlimmer wäre, als selbst zu sterben. Er hatte sie darum gebeten, und sie würde seinen Wunsch erfüllen.

Als sie über Richards Gesicht strich, fühlte sie seine Tränen. Sie wollte ihn anschauen und beruhigen, aber es war zu dunkel im Zimmer, und sein Mund suchte ihren, blind. Ein Kind, das nach der Mutterbrust strebte. Zärtlich küßte sie ihn, die Finsternis erschauerte, sank herab wie eine Decke, die beide einhüllte.

In der Ferne rauschte das Meer. Der leise Ruf eines Nachtvogels sandte ein Echo in den Himmel und verklang, und Cassidy sank unter Richard zu Boden, klammerte sich an ihn, hielt ihn ganz fest, liebevoll und mütterlich. Alle Fragen waren verstummt, denn sie wußte, wo diese Nacht enden würde, daß sie ihm alles gegeben hatte, ihren Körper und ihre Seele.

Vielleicht würde sie morgen Zeit für ihre Reue finden. Oder nächstes Jahr. Oder in einem anderen Leben. Sie hatte sich diesem Mann geschenkt und ihm alles versprochen.

Und kein Weg führte zurück.

13

Der Boden unter ihrem Rücken war hart. Doch das störte Cassidy nicht. Das rauhe Holz erinnerte sie an die Realität, an den unvermeidlichen Schmerz, der zur Freude gehörte, und sie hieß ihn willkommen.

Im Schatten der Dämmerung sah sie Richards Gesicht nicht. Dafür dankte sie dem Himmel. In der Nacht waren sie sicher, vereint, Verteidigungsstrategien und Lügen verschwanden im barmherzigen Dunkel. Sie umklammerte seine Schultern und schloß die Augen. Unter dem losen schwarzen T-Shirt schien seine Haut zu brennen.

In seinem Kuß lag kein Zorn. Bereitwillig öffnete sie die Lippen, schmeckte seine Zunge, fühlte seine Hände an ihren Schenkeln, als er ihren Rock hochschob. Dann lag er zwischen ihren Beinen, und sie spürte seine Erektion unter dem Reißverschluß der Jeans, hob sich ihm entgegen, schlang die Finger in sein Haar.

Er berührte ihre Hände, richtete sich auf, kniete zwischen ihren Schenkeln und schaute sie an. »Zieh dich für mich aus, Cassie«, flüsterte er. »Und wenn du es diesmal tust, mußt du's ernst meinen.«

Viel zu gut kannte er sie, und das gehörte zu den Dingen, die ihr Angst einjagten. Aber er ignorierte ihre Wünsche. Sie wollte verführt und entkleidet werden, er wußte es ganz genau. Da er den Ruf eines raffinierten Liebhabers genoß, sollte er flink und geschickt alle Hindernisse von ihrem Körper streifen, so daß sie es kaum bemerkte. Statt dessen bat er sie, aktiv am Vorspiel teilzunehmen. Oft genug hatte er ihre Frage, was er von ihr verlangte, wahrheitsgemäß beantwortet. Alles.

Mit zitternden Händen öffnete sie die winzigen Knöpfe an ihrem Kleid. Er half ihr nicht, kniete nur vor ihr, eine große Silhouette im dunklen Wohnzimmer. Linkisch machte sie einen Knopf nach dem anderen auf, bis sie den hochgeschobenen Rock erreichte.

Geduldig wartete er. Als sie den letzten Knopf öffnete, spürte sie, wie seine Erregung an ihren Fingerspitzen pulsierte, und sie mußte sich sehr beherrschen, um ihre Hand nicht dort verweilen zu lassen. Sie zog das Oberteil des Kleides auseinander, die Nachtluft küßte ihre Haut und mischte sich mit der Leidenschaft in Richards Blick.

Ausnahmsweise trug sie keine praktische Unterwäsche aus weißer Baumwolle. Für diese unschuldige Reise hatte sie türkisblaue Spitze gewählt, und trotz der gesenkten Lider las sie Verblüffung in Richards Augen.

»Zieh alles aus!« befahl er, ohne sie zu berühren, obwohl sie sich nach Liebkosungen sehnte.

Der Verschluß des BHs befand sich an der Vorderseite, und es bedurfte mehrerer Versuche, das Häkchen zu lösen. Als es geöffnet war, klammerte sich der BH immer noch an die vollen Brüste. Sollte sie ihn beiseite schieben? Würde Richard sie zu üppig finden?

Während sie zögerte, neigte er sich herab, entfernte die BH-Körbchen, preßte seinen Mund auf eine Brust, und Cassidy drückte seinen Kopf stöhnend an sich, streichelte seine Wange, genoß den betörenden Kuß. Unter Richards Körper fühlte sie sich wundervoll erotisch. Als er auch an der anderen Brustwarze saugte und sie zu verschlingen schien, gab er ihr Kraft und drohte sie gleichzeitig auszulaugen.

Langsam ließ er seinen Mund über ihren Bauch wandern. Sie umfaßte das spitzenbesetzte Gurtband ihres Bikinihöschens, und er legte seine Hände auf ihre. Gemeinsam streiften sie den winzigen Slip nach unten.

Dann ergriff sie den Saum seines T-Shirts, aber er wehrte sie ab. »Noch nicht.« In der Dunkelheit klang seine Stimme leise und sinnlich. Er schob ihre Beine noch weiter auseinander. Sobald er ihre Hüften festhielt, wußte sie, was er tun würde. Sollte sie mädchenhaft protestieren, wenigstens zum Schein? Sie wollte ihm alles geben, nichts nehmen.

Aber sie schloß die Augen, legte sich zurück, und sein Mund fand sie. Die Fersen an den Holzboden gedrückt, die Hände geballt, biß sie sich in die Lippen, während sie die intimen Zärtlichkeiten seiner Zunge spürte.

Es erschien dunkel und beängstigend – etwas, das sie nie zuvor erlebt hatte. Und wenn ein kleiner, zorniger Teil ihrer Seele gegen Richards Macht und Finesse rebellierte, ihr Körper besiegte den Verstand. Er entführte sie zu einem Ort, den sie bisher nicht gekannt hatte, in helles, erschreckendes Licht. Sekundenlang leistete sie Widerstand und stemmte sich gegen seine Schultern.

Doch sie war seiner gnadenlosen Kraft nicht gewachsen. Hilflos begann sie zu stöhnen. Während sein Mund sie immer leidenschaftlicher liebkoste, streichelten seine Hände ihre Schenkel, um sie zu besänftigen, hielten sie fest, als der Wahnsinn eskalierte, bis sie krampfhaft zuckte, in einem endlosen stummen Schrei. Und so eroberte er ihre Seele.

Er hörte nicht auf. Offenbar erkannte er, daß sie es nicht mehr ertragen würde, und er beschloß, ihr das Gegenteil zu beweisen. Immer wieder schob er seine Zunge tief in sie hinein, bis sie ihn schluchzend anflehte, den Kopf hin und her warf, sich aufbäumte, mit beiden Fäusten auf seine Schultern trommelte.

Und dann war es zu spät. Sie war verloren und wußte es. Statt des stummen Schreis stieß sie schrille, unirdische Laute hervor, während Richard ihr raubte, was er wollte. Alles.

Warum sie weinte, wußte sie nicht – sie wußte nur, daß sein vollständig bekleideter Körper auf sie herabsank, daß er sie umarmte und küßte. Sein Mund schmeckte nach Liebe und Sex, nach Whiskey und nach ihr selbst.

Starke, beruhigende Arme umfingen sie. Nie hätte sie gedacht, sie würde jemals Trost bei ihm suchen. Sie schloß die Augen. Unaufhaltsam rollten Tränen über ihr Gesicht, und er küßte sie weg, küßte ihre

Mundwinkel, und nach einer Weile preßte sie ihre Lippen willig auf seine.

Behutsam grub er seine Zähne in ihre bebende Unterlippe, seine Zunge erforschte ihren Mund und spielte mit ihrer. Erst als ein Schauer durch ihren Körper rann, als sie Richards Kuß erwiderte, erhellte sich das Dunkel.

Er richtete sich auf, hockte auf seinen Fersen und zog Cassidy hoch. An ihren Schultern hing immer noch das Kleid. Dann nahm er sie in die Arme. Mühelos erhob er sich mit ihr, und sie taumelte ein wenig, auf schwachen Beinen. Er trug sie durch das finstere Haus, die Treppe hinauf. Ihr Körper – eben erst erwacht – vibrierte vor Panik und Begierde.

Durch das offene Fenster in der schrägen Decke des Schlafzimmers schien der Mond, eine kühle Brise wehte Narzissenduft herein. Frische weiße Laken bedeckten das schmale Bett. Vorsichtig legte er sie hin, streifte das Kleid von ihren Schultern und warf es beiseite. Nackt und fröstelnd, verletzlich und angstvoll lag sie da. Aber sie fürchtete sich nicht genug, um wieder wegzulaufen.

Im Dunkel sah sie seine Augen schimmern, doch den Ausdruck darin konnte sie nicht ergründen. Er zog das schwarze T-Shirt aus und ließ es fallen, öffnete den Reißverschluß seiner Jeans.

Dann schaute er Cassidy zögernd an. »Habe ich dich erschreckt?« In den beiläufigen Worten schwang eine Welt aus angespannten Nerven und geballten Emotionen mit.

Zu ihrer eigenen Verwunderung konnte sie mit ruhiger Stimme erwidern: »Hast du das versucht?«

Nachdenklich blieb er neben dem Bett stehen. »Das weiß ich nicht«, antwortete er ehrlich. »Vielleicht. Hatte ich Erfolg?«

Auch er verdiente die Wahrheit. »Mehr oder weniger.«

»Willst du weglaufen?«

»Mehr oder weniger.«

Berückend sanft strich er über ihr zerzaustes Haar. »Wirst du's tun?« flüsterte er.

»Nie wieder«, versprach Cassidy, drehte das Gesicht zu seiner Handfläche und küßte sie.

Richard betrachtete die Frau, die auf seinem Bett saß, die feurige Wolke ihrer Haare, die ihr bleiches Gesicht umrahmte, den Mund, geschwollen von seinen Küssen, die Augen voller Angst und Liebe. Vorhin hatte er sie zum Äußersten getrieben, um zu sehen, ob sie fliehen würde, ob sie verkraftete, was er ihr gab, ob sie besaß, was er brauchte. Und er war bereit gewesen, alles für diese Erkenntnis zu opfern.

Doch er hatte nicht bedacht, daß er auch sein eigenes schwaches Seelenleben opfern, daß seine Hingabe ihn aus jenem dunklen, leeren Ort zerren würde, wo er so lange gewesen war. Cassidy lehrte ihn, wieder etwas zu empfinden, obwohl er glaubte und hoffte, er hätte diese Fähigkeit für immer verloren. Unwiderstehlich zwang sie ihn, sie zu lieben – nicht um seiner Kinder oder seines gottverdammten Planes willen, sondern nur ihretwegen.

Er kniete neben ihr auf dem Bett, preßte das Gesicht in ihre duftende Halsbeuge, und sie hielt seinen

Kopf fest, tröstete ihn, wenn er auch keinen Trost verdiente, schenkte sich einem Mann, dem keine Geschenke gebührten.

Besänftigend streichelte sie ihn, als er vor innerer Qual erschauerte. Er kostete ihre heißen Tränen und wollte sie zum Lachen bringen, wollte sie in Sonnenschein und Freude sehen. Aber in seinem Leben waren nur Schatten und Sorgen übriggeblieben.

Von wildem Verlangen getrieben wagte er kaum, sie zu berühren, und beherrschte sich eisern. Bisher war er behutsam vorgegangen. Und in diesem Stadium durfte er sich keinen Fehler leisten. Sie gehörte ihm, würde kampflos seine Wünsche erfüllen. Nun brauchte er nur noch einen Augenblick ...

Sie schob ihre schmalen Finger in seine geöffnete Hose und umfaßte ihn. Sofort riß er sich los, sprang auf und trat ans mondhelle Fenster. »Laß mir noch etwas Zeit«, bat er heiser.

»Nein«, entgegnete sie schlicht. Er drehte sich um und starrte sie an – eine heidnische Göttin, einen lüsternen Engel mit wirrem rotem Haar, verführerischer weißer Haut und ruhiger Miene.

Entschlossen kämpfte er um Distanz, um den Schutz seiner kühlen Ironie. »Nein?« wiederholte er. »Ich dachte, für die nächsten fünfzehn Minuten hätte ich dich ausreichend befriedigt.«

Doch das funktionierte nicht. Sie stieg aus dem Bett und ging anmutig zu ihm, kein bißchen verlegen. »Oh, du kennst mich sehr gut«, sagte sie und glitt zwischen Mondstrahlen hindurch. Im silbernen Licht erschien sie ihm wie ein schönes Raubtier. Ganz anders als das kleine Mädchen, das ich geheiratet habe, erinnerte er sich mit voller Absicht, um die Glut seiner Leidenschaft zu zähmen.

Nicht einmal der Gedanke an seine tote Frau konnte ihn peinigen. Er wartete, während Cassidy auf ihn zukam, und zum erstenmal verstand er das Bedürfnis, die Flucht zu ergreifen.

Als sie vor ihm stehenblieb, roch er ihre Haut, ihr Parfüm, vermischt mit dem stärkeren Aroma frischer Narzissen, das in der Luft hing. Und der Duft ihrer Erregung drang ihm entgegen. »Aber du hast nicht bedacht, daß auch ich dich kennenlerne«, fuhr sie mit sanfter Stimme fort. »In den letzten Wochen hast du versucht, mich zu erschrecken. Und jetzt merke ich, daß ich dich ebenso erschrecke.«

Immerhin gelang ihm ein zynisches Lächeln, trotz seiner rasenden Herzschläge. »Willst du mich erstechen, Cassie?«

»Nein.« Wie eine Büßerin kniete sie vor ihm nieder. Das Haar bildete einen Schleier um ihre Schultern. Mit kühlen, behenden Fingern streifte sie seine Jeans nach unten. Seine kraftvolle Erektion bebte in Cassidys Händen, und auch sie zitterte ein wenig, so selbstsicher und zielstrebig sie ihre Absicht auch demonstrierte. »Ich werde dir etwas viel Schlimmeres antun«, fügte sie hinzu und öffnete die Lippen.

Um ihren Kopf wegzuziehen, packte er ihre Lokken. Aber statt dessen hielt er sie fest, obwohl sie gar nicht fliehen wollte.

Was sie da tat, mißfiel ihm. Sie sollte ihm gehören, eine gehorsame Sklavin. Doch er hatte seine Selbstkontrolle verloren, wurde genauso versklavt, wie er sie versklavt hatte, schob sich tiefer in ihren Mund hinein – unfähig, seine Begierde zu zügeln. Und er kannte nur mehr das Dunkel, diese warme, suchende feuchte Zunge.

Das war kein gesichtsloser Trost. Das war Cassie mit ihrem schönen Lächeln, ihren klugen Augen, mit der mitfühlenden Seele und dem Mutterinstinkt, mit der Kraft, gegen die ganze Welt zu kämpfen und zu siegen. Die Frau, die er brauchte, die er liebte ...

Ehe es zu spät war, versuchte er, sich loszureißen. Doch sie ließ ihn nicht gehen. Ihre Finger gruben sich in seine Hüften, ihr Mund war unerfahren, aber unerbittlich, und schenkte ihm das sinnlichste Glück seines Lebens. Und dann gab es keine Alternative mehr. Er drängte sich ihrer Zunge entgegen und schenkte ihr, was er noch keiner Frau gegeben hatte.

Ohne zu fragen, wußte er, daß sie es zum erstenmal tat. Und für einen anderen Mann würde sie es niemals tun. Bedenkenlos nahm sie alles, was er zu bieten hatte. Danach sank er neben ihr auf den Boden und nahm sie in die Arme.

Erhitzt und zitternd umschlang sie ihn, preßte das Gesicht auf seine Schulter. Sie hatte gewonnen, aber auch verloren. Jetzt gehörte er ihr, und das band sie nur noch fester an ihn. Er überlegte, ob ihr das bewußt war.

Als sie von ihm abrückte, ließ er sie los und hoffte, sein Widerstreben zu verbergen. Im Mondlicht schimmerte ihr Gesicht bleich und hell, mit geröteten Wangen. Die Wollust, an die sie nicht gewöhnt war, stand ihr gut.

»Da drüben ist das Bad.« Er stand auf, ergriff ihre Hand und zog sie hoch.

Nur gut, daß sie von plötzlicher Scheu befallen wurde ... Wenn sie nach unten schaute, würde sie beobachten, wie seine Erregung von neuem wuchs. Daran mußte er sich gewöhnen. Ihre Nähe entfachte ein unentwegtes Verlangen, das er nicht bekämpfen konnte.

»Danke«, erwiderte sie leise, mit einem absurden höflichen Lächeln, ging an ihm vorbei, und er bezähmte den Drang, sie anzufassen.

»Keine Ursache«, entgegnete er ironisch. Hinter ihr fiel die Tür ins Schloß. Würde sie sich übergeben? Das bezweifelte er.

Wie er bereits festgestellt hatte, trank sie nicht gern. Sie vertrug nicht viel Alkohol, und der Gedanke an die Dinge, die er mit ihr machen konnte, wenn sie beschwipst in seinem Bett lag, erschienen ihm sehr verlockend. Mit einiger Mühe schloß er seine Jeans und stieg die Treppe hinab, um sich einen Drink einzuschenken. Und um zu warten, bis sie den Mut aufbrachte, das Bad zu verlassen, wie eine Braut in den Flitterwochen.

Für einen flüchtigen, unangenehmen Augenblick dachte er an seine Hochzeitsnacht und zwang sich, in der Erinnerung herumzustochern wie in einer alten Wunde. Warum hatte er die offensichtlichen Zeichen nicht erkannt? Wie naiv konnte ein selbsternannter Zyniker sein?

Doch das war vor Jahren geschehen, als er noch an die Macht der Liebe geglaubt hatte, an unsterbliche Leidenschaft. Ein Mann, eine Frau, bis in alle Ewigkeit vereint. Genauso fest war er von der heiligen unerschütterlichen Unschuld der Kinder überzeugt gewesen.

An die ewige Liebe glaubte er nicht mehr. Aber an die Widerstandskraft der Kinder.

Die Dinge entwickelten sich nicht planmäßig. Und das mußte er wohl oder übel akzeptieren. Sie bedeutete ihm so unendlich viel, er brauchte sie so dringend. Während er versuchte, ihre Verteidigungsbastionen niederzureißen, schlich sie durch seine eigenen.

Doch das spielte keine Rolle. Ob es sein Vorhaben erleichterte oder erschwerte, letzten Endes würde es keinen Unterschied machen. Die Bande existierten, spinnwebdünn, aber unzerstörbar, und mit der Zeit würden sie sich noch festigen. Wenn er ins Gefängnis zurückkehrte, würde Cassie die Kinder betreuen. Sogar Seans baldiger Tod würde zu Richards Vorteil gereichen. Nachdem Cassies Vater gestorben war, würde es nichts mehr geben, was sie in die Staaten zurücklocken konnte.

Er trug zwei gefüllte Gläser nach oben und stellte sie auf den Nachttisch. Warum blieb Cassie so lange im Bad? Früher oder später würde sie herauskommen. Und er war bereit für sie.

Rasch befreite er sich von seinen Jeans, schleuderte sie in eine Ecke und streckte sich auf dem Bett aus. Er zog ein Laken über seine Hüften – nicht weil er in der kühlen Nachtluft fror, sondern aus Rücksicht auf Cassidys plötzliche Schüchternheit. Nachdenklich nippte er an seinem Whiskey-Soda und wartete auf Cassidy.

Sie wagte nicht, das Bad zu verlassen. So lange wie nur möglich hatte sie sich Zeit genommen, ihr Gesicht gewaschen, Richards Zahnbürste ausgeliehen.

Sollte sie duschen? Diesen Gedanken verwarf sie sofort wieder. Womöglich würde sich Richard zu ihr gesellen. Sie fürchtete sich. Diesmal nicht vor ihm. Zumindest nicht allzusehr. Aber die Wirkung, die er auf sie ausübte, erschreckte sie – das Fieber, das ihren Körper durchströmte und an Krankheit oder Wahnsinn grenzte.

Wie begierig dieses Feuer nach ihm verlangt hatte ... Ehe sie nicht einen Teil ihrer Selbstkontrolle zurückgewann, wollte sie ihm nicht gegenübertreten. Ein winziges Stück von Cassidy Roarke, das nicht mit Haut und Haaren Richard Tiernan gehörte, mußte sie sich bewahren.

Doch sie kämpfte auf verlorenem Posten. Das wußte sie. Im Spiegel über dem Waschbecken sah sie ihr Gesicht. Sie glich einer irischen Hexe, einer leidenschaftlichen, hoffnungslos und unvernünftig verliebten Frau. Und es war reine Zeit- und Energieverschwendung, dagegen anzukämpfen. Noch dazu, wo die Zeit so kostbar war.

Als sie die Schlafzimmertür öffnete, hatte sich der Raum verdunkelt. Der Mond war weitergezogen. Und Richard lag im Bett, erwartete sie, beobachtete sie. Glücklicherweise wurde sein Gesicht von Schatten verborgen. Also konnte er ihres auch nicht sehen.

In diesem Augenblick bedurfte es ihrer ganzen Selbstbeherrschung, nicht hinüberzulaufen und unter die Laken zu kriechen. Wenn seine Hände ihren Körper nicht berührten, fühlte sie sich plump und viel zu üppig. Seltsamerweise hatte er sie die Treppe heraufgetragen, ohne außer Atem zu geraten. Nun ja, er hatte gekeucht, aber nicht wegen ihres Gewichts.

Sie zwang sich, das Zimmer langsam zu durchqueren, möglichst lässig an Richards Seite unter das Laken zu schlüpfen. Natürlich klappte es nicht.

»Bist du immer noch nervös?« Es klang nicht wie eine Frage, eher wie eine Feststellung, und sie hörte belustigtes Staunen aus seiner Stimme heraus.

»Nein«, log sie und verwünschte ihren unsicheren Tonfall. Hinter ihrem Kopf türmten sich die Kissen hoch auf, und sie zerrte das Leintuch bis zu den Schultern hinauf. Wenn er mir ein bißchen Zeit läßt, werde ich mich beruhigen, sagte sie sich. Immerhin hatte sie mit Richard sexuelle Erfahrungen in mehreren Variationen gesammelt. Was sie von ihrem bisherigen – zugegebenermaßen ziemlich dürftigen – Sexualleben nicht behaupten konnte. Bei ihren kurzen, eher unbefriedigenden Affären war sie nie über die Grundposition hinausgekommen.

Da sie das überstanden hatte, hätte alles weitere ganz einfach sein müssen. Im Bett, er oben, so wie bei den seltenen Gelegenheiten, wo sie vergeblich versucht hatte, sich zu verlieben.

Wer's glaubt, wird selig, dachte sie in wehmütiger Ironie.

Er reichte ihr ein Glas, mit bernsteinfarbener Flüssigkeit und Eis gefüllt, das sie widerstrebend ergriff – eigentlich nur, weil ihr Mut eine Stärkung brauchte. Dann nahm sie einen großen Schluck und war hingerissen.

»Cola?« flüsterte sie verblüfft und entzückt. »Cola light? Und ich dachte, es wäre Whiskey.«

»Für dich nur das Beste, liebste Cassie«, erwiderte er lächelnd und stellte sein halbleeres Scotch-Glas neben das Bett. »Ich weiß doch, daß du keinen Alkohol magst.«

»Früher hat dich das nicht abgeschreckt. Willst du mich nicht betrunken machen?«

»O nein, du sollst hellwach bleiben und deine Gefühle bei vollem Bewußtsein genießen.«

Cassidy schluckte nervös. »Gib mir lieber was von deinem Whiskey.«

Zärtlich strich er über ihr Gesicht. Sie schaute ins unergründliche Dunkel seiner Augen und entdeckte ihr Spiegelbild. Und dann sah sie gar nichts mehr, weil sein Kopf das schwache Mondlicht verdeckte, als er sie küßte.

Seine Zunge suchte ihre, der Whiskey schmeckte scharf und kühl. Stöhnend glitt sie unter seinen Körper, das jungfräulich weiße Laken fiel zu Boden, und sie lagen nackt in der Nachtluft, im Duft der Frühlingsblumen.

Mit seinem ganzen Gewicht bedeckte er sie, von oben bis unten. Hingerissen vom verführerischen Spiel seiner Zunge, bemerkte sie kaum, daß er zwischen ihren Beinen lag.

Dann hob er den Kopf, drang schnell und tief in sie ein. Verwirrt hielt sie die Luft an und umklammerte seine Schultern. Aber sie war feucht und bereit für ihn. Sein Kopf sank in ihre Halsbeuge, und sein Atem ging schneller, während sie sich seiner Kraft anzupassen suchte, der unerwarteten plötzlichen Invasion.

Nach einer Weile richtete er sich auf, und sein Lächeln wirkte ebenso triumphierend wie sein besitzergreifender Körper. »Ich wollte dir keine Zeit geben, dich anders zu besinnen.«

»Und wenn ich's getan hätte?«

»Zu spät.« Er zog sich ein wenig zurück, um dann noch tiefer in sie einzudringen, und sie konnte einen Schmerzenslaut nicht unterdrücken. »Tu ich dir weh?«

»Nein.« Eine Lüge. »Nun ja, ein bißchen. Ich bin nicht gewöhnt, an ...«

»An Männer? Oder an mich?«

»Beides«, wisperte sie und wünschte, die Nacht würde ihr Gesicht völlig verbergen.

»Kämpf nicht dagegen an, Cassidy. Nicht gegen mich.« Zielstrebig und fordernd bewegte er sich, umfaßte mit starken Händen ihre Hüften.

Ist das ein weiterer Test, fragte sie sich. Eine Prüfung, die ich nicht bestehen werde? Was will er von mir? Spielt das wirklich eine Rolle?

Sie schlang ihre Arme um ihn, seine Haut war heiß und schweißnaß, und sie spürte die Anspannung in seinem muskulösen Körper. Zum erstenmal bemerkte sie die Wirkung, die sie auf ihn ausübte, und das verscheuchte ihre anfängliche Panik.

Die erste Welle durchflutete sie mit der Gewalt eines elektrischen Schocks. Das hatte sie nicht erwartet, und die heftigen Zuckungen schienen alles Leben aus ihr herauszusaugen. Sie konnte nicht atmen, und sie wollte es auch gar nicht, während ihr Körper eine eigene Existenz zu gewinnen schien – zitternd und begierig.

Vor ihnen Augen verschwammen Farben und blendendes Licht. Rückhaltlos überließ sie sich ihren Gefühlen und versuchte, Richard in ihre Ekstase hineinzuziehen.

Doch davon wollte er nichts wissen. Als die Erschütterung verebbte, löste er sich von ihr, und sie erwartete eine neue Verschmelzung.

Statt dessen richtete er sich auf. Bestürzt griff sie nach ihm. »Nein, verlaß mich nicht!«

Inzwischen war der Mond untergegangen, schwarze Schatten füllten das Zimmer. Und aus diesem Dunkel drang Richards Stimme. »Andersherum ...« Ehe sie wußte, wie ihr geschah, drehte er sie auf den Bauch und hob sie hoch, so daß sie vor ihm kniete.

Sie protestierte nicht. Über ihre Verlegenheit und Bedenken war sie längst hinaus. Zum erstenmal in ihrem Leben gab sie sich völlig hin. Er konnte mit ihr machen, was er wollte. Stöhnend vergrub sie ihr Gesicht im kühlen weißen Laken, spürte seine Hände auf ihren Schenkeln, und dann drang er von hinten in sie ein, tief und kraftvoll. Ihre Finger krallten sich ins Leintuch, und sie schluchzte vor Entzücken und Verzweiflung. Die Kapitulation war unwiderruflich.

Jetzt schenkte er ihr keine Zärtlichkeit, und sie sehnte sich auch gar nicht danach. Unter ihnen bebte das Bett, von wildem Rhythmus der Leidenschaft bewegt, und Cassidy schwelgte hemmungslos in ihrer Lust, paßte sich Richards Drängen an, fieberte der Erfüllung entgegen.

Er neigte sich über sie, hielt sie fest umschlungen. Eine Hand glitt zwischen ihre Beine, um sie am Kinn zu berühren, die anderen Finger schob er in ihren Mund, um auch auf diese Weise mit ihr zu verschmelzen.

Und es war genug, mehr als genug. Sie glaubte, in tausend Stücke zu zerspringen, als sich seine Zähne in ihre Schulter gruben, als er sie ganz und gar auszufüllen schien, mit allem, was er ihr bieten konnte. Leben und Tod – restlose, endgültige Hingabe. Geben und Nehmen ...

Nichts davon war wichtig, als Cassidy sich aufzulösen glaubte, in der Nacht, in seinen Armen, als sie auch noch den letzten Teil ihres Ichs verlor, im Rausch der Finsternis, im Puls des Lebens.

Und danach spürte sie wieder seine Zärtlichkeit. Sie lagen Seite an Seite, eng aneinandergeschmiegt, und sein Körper erwärmte und beruhigte sie. Irgendwann merkte sie, daß sie immer noch zitterte. Mit sanfter Stimme beteuerte er, wie glücklich sie ihn machte, streichelte sie und wiegte sie in den Schlaf.

Dagegen versuchte sie sich zu wehren. Die Zeit war zu kurz. Auf dieser Welt gab es nicht genug Zeit für sie und ihn. Doch sie konnte nicht widerstehen. Seine sinnlosen, törichten, wunderbaren, liebevollen Worte lullten sie ein. Und so schloß sie die Augen. Nur für einen Moment, nahm sie sich vor.

Aber sie schlief und träumte. Sie würden ihn töten und sie zwingen zuzuschauen. Schreiend streckte sie die Arme nach ihm aus ...

Als sie erwachte, lag sie auf seinem Körper, im Morgengrauen, und er war tief in sie eingedrungen. Sie öffnete die Augen, blinzelte ihn an, dann teilten sie einen überwältigenden, spontanen Orgasmus.

Während sie beobachtete, wie er die Lider zusammenkniff, wie sich sein Gesicht vor Lust verzerrte, wußte sie, daß er ihr gehörte. So wie sie ihm.

14

Helles Sonnenlicht schien ins Zimmer, als Cassidy erwachte. Von zerwühlten Laken umhüllt, lag sie allein im Bett, was sie nicht überraschte. Ein Teil der Matratze hing zum Boden hinab. Stöhnend richtete sie sich auf, körperlich und seelisch erschöpft. Aber sie lächelte.

Sie wickelte sich in ein Leintuch, ging zum offenen Fenster und beobachtete, wie Richard den Garten umgrub. Nicht einmal für einen kurzen Augenblick gestattete sie sich den Gedanken, er könnte ihr Grab schaufeln. In fröhlichem Gelb leuchteten die Narzissen. Aus einer der glockenförmigen Blüten kroch ein Wurm.

Niemals würde sie sich an englische Duschen gewöhnen. Erst verbrühte sie sich beinahe, dann stand sie unter einem eisigen Wasserstrahl. Nur mühsam konnte sie das Shampoo aus ihrem langen dichten Haar herausspülen. Als sie aus der Duschkabine stieg, zitterte sie wie Espenlaub. Ein Blick in den Spiegel nahm ihr den Atem.

Zweifellos stammten die roten Flecken auf ihren hellen Wangen von Richards Bartstoppeln. Ihre zarte Haut war dunkel verfärbt, an den Brüsten und Hüften, auch am Hals. Die Spuren leidenschaftlicher Küsse ... An einer Schulter entdeckte sie sogar den Abdruck seiner Zähne.

Sie sah zufrieden und lüstern aus. Und heiß geliebt. Eine Frau, die soeben aus dem Bett ihres Liebhabers gestiegen war und gleich wieder hineinsinken wollte. Ihre Lippen waren rot und geschwollen, die Augen verdunkelt, verschleiert von der Erinnerung an die Leidenschaft. Sie erkannte sich kaum wieder.

Im Schlafzimmer fand sie ihren Koffer und überlegte, ob Richard ihn für sie hierhergebracht hatte. Sie schlüpfte rasch in einen langen geblümten Rock und einen weiten Baumwollpullover. Dann ging sie auf bloßen Füßen zur Küche hinunter.

Er trank gerade Kaffee. Langsam wandte er sich zu ihr und ließ seine unergründlichen Augen über ihren Körper wandern. Sie wartete auf eine ironische Bemerkung.

Aber er stand schweigend auf, kam zu ihr und zog ihr den Pullover über den Kopf. Als er ihren Rock hochzerrte und ihren Slip nach unten streifte, hatte sie bereits seinen Hosengürtel geöffnet. Er setzte sie zwischen das Geschirr auf den großen Tisch, erregt und begierig, und noch ehe sie sich zurücklehnen konnte, drang er in sie ein.

Schnell, stumm, unausweichlich ... Cassidy nahm ihr Mißbehagen kaum war, als der kraftvolle Rhythmus sie immer weiter über den Tisch schob. Klirrend landete ein Teil des Geschirrs am Boden, doch sie achteten nicht darauf. Sie erreichte den Höhepunkt zuerst, und er folgte ihr sofort, vergrub keuchend das Gesicht zwischen ihren Brüsten.

Nach einer Weile bemerkte er nachdenklich: »Offensichtlich herrscht in Küchen eine ganz besondere Atmosphäre.« Sie stieß ihn von sich, und er trat zurück, schloß seine Jeans, reichte ihr eine Hand, um ihr vom Tisch zu helfen. »Kümmerst du dich um die Scherben?« bat er lässig.

Sie starrte auf die ausgestreckte Hand. Am liebsten hätte sie geschrien oder geweint.

Bereitwillig hatte sie sich hingegeben. Aber was das bedeutete, wurde ihr erst jetzt bewußt, während sie mit gespreizten Beinen auf dem Küchentisch lag, zitternd unter den Nachwirkungen des kurzen, intensiven Orgasmus. Ihre Verteidigungsbastionen existierten nicht mehr. Und diese Erkenntnis erschreckte sie zutiefst. Sie ignorierte Richards Hand, kletterte ungeschickt von der Tischplatte und fühlte sich wie eine Närrin. Doch sie konnte ihm nicht entrinnen. Er griff nach ihr, und das Unbehagen verflog – wie immer, wenn er sie berührte. »Irgendwie übst du eine demoralisierende Wirkung auf mich aus«, seufzte er.

Sekundenlang senkte sie die Lider und spürte, wie ihr das Blut in die Wangen stieg. Was für eine alberne Verlegenheit, nach allem, was sie in den letzten zwölf Stunden miteinander getrieben hatten ... »So wie du auf mich.«

Mit seinem zärtlichen Kuß hatte sie nicht gerechnet. Sie hob den Blick, schaute ihn an, verletzlich und ausgeliefert. »Guten Morgen«, flüsterte er.

Endlich fiel ihr die Situationskomik auf, und sie lächelte. »Darüber sind wir schon hinaus, was?«

»Wir können jederzeit zum Anfang zurückkehren.« Als er seinen Mund wieder auf ihren preßte, legte sie die Arme um seinen Hals und erwiderte den Kuß voller Hingabe, mit der ganzen unseligen Liebe, die ihr Herz erfüllte. »Jetzt besuchen wir die Kinder«, verkündete er. »Sally erwartet mich. Zweifellos wird sie kein bißchen staunen, wenn sie dich sieht. Sie war schon immer sehr scharfsinnig und einfühlsam.«

Zu ihrer eigenen Verblüffung empfand Cassidy heiße Eifersucht. Sie hatte sich nie für eifersüchtig und besitzergreifend gehalten. Offenbar war sie viel emotionaler veranlagt, als sie glaubte. »Hast du sie geliebt?«

»Nicht wirklich. Und sie war feinfühlig genug, um das zu erkennen.«

»Aber du hattest eine Affäre mit ihr. Während deiner Ehe?« Sie hoffte, er würde diese Frage verneinen.

Doch die Zeit der Lügen war vorbei. »Ja.«

»Und was hat deine Frau dazu gesagt?«

»Oh, sie war verrückt vor Zorn.« Es klang beiläufig – und unheimlich.

»Davon will ich nichts hören.« Cassidy wandte sich ab und füllte eine Tasse mit Kaffee.

»Dann frag mich nicht. In dreißig Minuten brechen wir auf. Die Fahrt dauert ein paar Stunden, und du sollst genug Zeit finden, um die Kinder kennenzulernen.«

»Und du?«

»Was ist mit mir?«

»Willst du nicht mit ihnen zusammensein? Allzulange kannst du nicht mehr hierbleiben. Man wird bald merken, daß du New York verlassen hast. Möchtest du diese paar Tage nicht mit deinen Kindern verbringen? Liebst du sie nicht?«

»Ich bin bereit, für sie zu sterben«, entgegnete er tonlos und ging hinaus, ehe sie ihr Wort zurücknehmen konnte.

Es war ein wunderschöner Frühlingstag. Als Cassidy sich umgezogen hatte und Richard beim Vauxhall traf, der vor dem Haus parkte, stand ihr Entschluß fest. Forschend schaute sie ihn an, aber seine Miene war undurchdringlich.

»Wie wär's mit einem Waffenstillstand?« schlug er vor und stellte einen Picknickkorb auf den Rücksitz.

»Ich wußte gar nicht, daß wir uns immer noch bekämpfen.«

»Das tun wir unentwegt, Darling. Auf dieser oder jener Ebene. Aber heute solltest du mir keine Fragen mehr stellen. Für die Wahrheit bist du noch nicht bereit, und ich hab's satt, dich zu belügen. Benehmen wir uns doch einfach wie ein ganz normales amerikanisches Ehepaar, das friedlich durch die englische Landschaft fährt. Keine Mordfälle, keine Lügen, keine Geheimnisse. Nur heute, okay?«

Sie ging zu ihm, schlang die Arme um seinen Hals und legte den Kopf an seine Schulter. Sanft und doch besitzergreifend hielt er sie fest. Unter ihrem Ohr hörte sie sein Herz pochen – und ihr eigenes, im leisen Kontrapunkt. »Ja«, versprach sie.

Gerade hatte die Lammungszeit begonnen. Während Richard den Mietwagen über schmale Straßen steuerte, kamen sie an mehreren Weiden vorbei und sahen die Herden mit ihren Jungen. Die Hecken waren noch fast kahl, aber überall blühten Narzissen.

Zunächst fuhren sie schweigend dahin, hörten BBC und den Wetterbericht auf walisisch, dann unterhielten sie sich freundschaftlich über die Kindheit, die Studienjahre, Lieblingsbücher und -filme. Keiner erwähnte die letzten beiden Jahre oder die Familie. Bequem zurückgelehnt, betrachtete Cassidy die Landschaft und wünschte, sie würden nie ans Ziel gelangen.

Am späten Vormittag erreichten sie Neatsfood. Sally und die Kinder bewohnten ein gemütliches Cottage am Dorfrand. Energisch verkniff sich Cassie die Frage, warum sie nicht in das Haus auf der Herring Cross Farm gezogen waren. Sie wollte ihre Neugier so lange wie möglich bezähmen. Was sie unbedingt wissen mußte, konnte sie auch herausfinden, indem sie Richard und seine verflossene Geliebte beobachtete.

Nachdem sie ihre unvernünftige Eifersucht bekämpft hatte, spürte sie die tiefe Zuneigung zwischen den beiden. Mehr war da nicht. Zumindest nicht auf Richards Seite. Er begrüßte seine alte Freundin mit einem flüchtigen Kuß, der trotzdem wie ein Messer in Cassies Herz stach. Mit seiner wilden Leidenschaft gab sie sich nicht zufrieden. Sie wünschte sich auch seine beiläufig verteilten Zärtlichkeiten.

Aufgeregt zerrten die Kinder ihren Vater ins Cottage und schwatzten so lebhaft durcheinander, daß Cassie verwirrt lächelte. Sie blieb neben dem Auto stehen und schaute ihnen nach, als sie im Haus verschwanden. Dann wandte sie sich zu Sally Norton und blickte in ihre wachsamen braunen Augen.

»Also sind Sie nicht abgereist.«

»Nein«, bestätigte Cassidy.

Eine Zeitlang musterten sich die beiden Frauen, dann erklärte Sally abrupt: »Ich möchte mit Ihnen reden. Kommen Sie.«

Keine Fragen, ermahnte sich Cassidy und nickte. Erst wenn du die Antworten verkraften kannst.

Sally führte sie durch das Haus, vorbei am Wohnzimmer, wo sich aufgeregtes kindliches Geplauder mit

Richards tiefer, ruhiger Stimme mischte. Offensichtlich ist er ein guter Vater, dachte Cassidy überrascht. Geduldig, liebevoll, interessiert. Warum hatte sie daran gezweifelt, wo er doch bereit war, für Amy und Seth zu sterben? Darüber wollte sie nicht nachdenken.

Nur die gelben Narzissen erhellten die Düsternis des kleinen Gartens. Cassidy warf einen letzten sehnsüchtigen Blick zum Cottage, bevor sie sich auf eine Bank setzte und abwartete, was Sally Norton ihr zu sagen hatte.

»Werden Sie ihn verraten?« begann Sally ohne Umschweife.

»Niemals.«

»Sicher haben Sie sich's vorgenommen. Aber er ist ein schwieriger Mann, und die Dinge sind nicht so, wie sie scheinen.«

»Das weiß ich.«

»Glauben Sie, daß Sie ihn sehr gut kennen?« Sallys Frage klang ein wenig bitter.

»O ja.«

»Und Sie lieben ihn, nicht wahr? Armes, dummes Mädchen ...«

Konnte Cassie widersprechen? »Wie soll ich ihm helfen? Geben Sie mir doch einen Rat!«

Sally schüttelte den Kopf. »Offenbar hatte er Sie in eine ausweglose Falle gelockt. So wie damals mich. Er gab niemals vor, mich zu lieben. Deshalb ist er so gefährlich. Er verspricht nichts und will Ihnen nichts geben. Also dürfen Sie sich nicht einmal mit dem Gedanken trösten, Sie hätten sich getäuscht. Sie müssen einfach akzeptieren, daß Sie freiwillig in Ihr Unglück gerannt sind und Ihre Augen absichtlich vor der Wahrheit verschlossen haben.«

»Und wie sieht die Wahrheit aus?«

»Er wird Sie niemals lieben. Dazu ist er wohl gar nicht fähig. Oh, er ist gut im Bett, was Sie sicher schon herausgefunden haben. Aber sein Herz wurde mit seiner verdammten Frau begraben. So wie sämtliche Leute in ihrer Umgebung hat er sie angebetet. Die süße, zauberhaft Diana, die kleine Prinzessin. Alle lagen ihr zu Füßen. Sogar ihre Kinder glaubten, sie wäre ein höheres Wesen, obwohl sie ihre Mutter nur selten sahen.«

»Was meinen Sie?«

»Wegen ihrer mangelnden seelischen Belastbarkeit ertrug sie Amy und Seth nicht. Richard kümmerte sich um die beiden mit Hilfe einer Kinderfrau. Und die kleine Diana schwelgte im Glanz ihrer Mutterschaft, ohne auch nur einen Finger zu rühren.«

»Und Sie, Sally?«

»Nun ja, ich sorge für die Kinder, und ich liebe sie, als wären sie mein eigenes Fleisch und Blut. Eigentlich will ich mich gar nicht von ihnen trennen. Ich habe Richard versichert, meine ärztliche Behandlung könne warten. Aber davon will er nichts hören.« Sally seufzte bedrückt. »Hätte ich doch bloß den Mund gehalten.«

»Warum haben Sie's ihm erzählt?«

»Hätte ich's ihm verschwiegen, wäre er wahrscheinlich schon hingerichtet worden. Er wehrte sich nicht gegen das Todesurteil. Und er dachte, er hätte alles mit Mark Bellingham und mir geregelt. Gleich als ich krank wurde, ging er in die Berufung und akzeptierte, daß da immer noch etwas ist, wofür es sich zu kämpfen lohnt.«

»Warum sagt er nicht die Wahrheit? Er ist unschuldig, das wissen wir beide.«

Sally Norton lächelte gequält. »Fragen Sie mich nicht. Ich weiß, was in jener Nacht geschehen ist. Das hat er mir erzählt. Wenn Sie die Wahrheit erfahren wollen, wenden Sie sich an ihn.«

Mühsam unterdrückte Cassidy ihre kalte Panik. »Er hat Diana nicht getötet«, beharrte sie und hörte, wie unsicher ihre Stimme klang.

Aber ihre Bemerkung wurde ignoriert. »Auf keinen Fall dürfen Sie ihr Wort brechen«, mahnte Sally eindringlich. »Wenn ich Amy und Seth Ihrer Obhut überlasse, müssen Sie Ihr Versprechen halten. Richard kann Sie nicht mehr dazu zwingen – ich schon. Sollten Sie irgendeine Dummheit machen und die Kinder gefährden, bringe ich Sie um. Glauben Sie mir?«

Daran zweifelte Cassidy keine Sekunde lang. »Niemals würde ich den Kindern etwas antun.«

Sally trat zurück, die Intensität in ihrem Blick erlosch. Plötzlich wirkte sie bleich und müde. »Gut, ich vertraue Ihnen. Ich habe ja auch weiß Gott keine Wahl.«

Als sie sich abwandte und zum Cottage gehen wollte, stellte Cassidy eine erstaunliche Frage. »Lieben Sie ihn?«

Sally blieb stehen, drehte sich aber nicht um. Die Schultern gestrafft, sah sie stark und zugleich zerbrechlich aus. »Einmal habe ich ihn geliebt. Bis zur Verzweiflung. Er weiß ganz genau, wie man solche Gefühle in einer Frau weckt.«

Auf diese Anspielung achtete Cassidy nicht. »Lieben Sie ihn immer noch?«

Da schaute Sally sie wieder an. In ihren Augen lagen Tod und Finsternis. »Nein – seit er mir erzählt hat, was in jener Nacht wirklich geschehen ist, nicht mehr.«

Wäre Richard noch nicht sicher gewesen, in welche Gefahr ihn Cassidy Roarke brachte – an jenem Tag wären alle Zweifel beseitigt worden. Unablässig mußte er an sie denken. Er erinnerte sich an den Geschmack ihrer Haut, den Duft ihres Halses, die Farbe ihrer Brustwarzen. Wie ein lüsterner Teenager mit konstanter Erektion ... Auf der Fahrt nach Neatsfood hatte er sich sehr beherrschen müssen, um nicht am Straßenrand zu halten, und sie auf seinen Schoß zu ziehen.

Er ließ sie absichtlich mit den Kindern allein, beobachtete aus der Ferne, wie die beiden sie einem Test unterzogen, der nur Fünf- und Siebenjährigen einfallen konnte. Zum Glück gerieten Amy und Seth nicht nach ihrer Mutter. Sie waren widerstandskräftig, temperamentvoll und stellten freimütig ihre Forderungen.

Schon nach kurzer Zeit eroberte sie Seths Herz. Er kletterte auf ihre Knie und schwatzte freundschaftlich. Sally würde es wahrscheinlich mißfallen, wie schnell sich die Kinder an ihre neue Betreuerin gewöhnten. Aber daran wollte Richard nicht denken.

Weder Sallys noch Cassidys Wohl oder sein eigenes durften ihn interessieren. Nur die Zukunft der Kinder war wichtig. Cassie hatte fast alle Prüfungen bestanden. Aber eine stand noch bevor, die schwierigste. Was sollte er tun, wenn sie versagte?

Inzwischen waren die Dinge zu weit vorangeschritten, und es gab kein Zurück mehr. Wenn sie ihn enttäuschte und verriet, hatte er keine Wahl.

Dann würde er wenigstens mit der Gewißheit in den Tod gehen, daß er genau das bekam, was er verdiente.

Seltsam – Sallys saubere, ordentliche Küche ließ ihn kalt. Obwohl ihn andere Küchen so erstaunlich inspirierten ... Er lehnte an der Theke, während sie Sandwiches zubereitete, beobachtete ihre anmutigen Bewegungen, ihre schlanke Figur. »Was hast du ihr gesagt?« fragte er beiläufig.

Sie gab nicht vor, die Frage falsch zu verstehen, und sie verschwendete auch keine Zeit mit Lügen. »Nun, ich habe sie vor dir gewarnt.«

»Das dachte ich mir. Du magst sie nicht, oder?«

»Oh, da irrst du dich. Zufällig mag ich sie sogar sehr gern. Und es bedrückt mich, was du von ihr verlangst.«

»Du warst bereit, mir dasselbe zu geben.«

»Aber ich liebe dich nicht.«

Weil er diese Illusion nicht zerstören wollte, schwieg er. Nur zu gut kannte er die Frauen, auch Sally. Wenn sie auch behauptete, die kurze Affäre sei in beiderseitigem Einverständnis beendet worden, begehrte sie ihn immer noch. Das wußte er. Und sie vergeudete ihre Energien immer noch mit einem Traum, der sich nicht erfüllen würde. Sicher würde ihn das bekümmern, wenn er irgendwelche Gefühle übrig hätte.

»Bisher hast du ihr die Wahrheit nicht erzählt?« fragte sie.

»Nein.«

»Wirst du's tun?«

»Wenn sich's nicht vermeiden läßt ...« Er trat ans Fenster. Mittlerweile hatte sich der schöne Frühlingstag verdunkelt, ein Gewitter braute sich zusammen. »Ich glaube, ich muß in die Staaten zurückfliegen.«

»Schon so bald?«

Vor zwei Jahren hatte er gelernt, seine Emotionen abzuschalten. Nun wurden sie zu neuem Leben erweckt, von der Nähe seiner Kinder und Cassidy Roarkes Leidenschaft. Davon durfte Sally nichts bemerken. »Je früher ich zurückkehre, desto eher kann ich Mark veranlassen, die letzten Arrangements zu treffen. Du mußt so bald wie möglich behandelt werden, das wissen wir beide. Du hast ohnehin zu lange gewartet.«

»Soll sie einfach verschwinden, so wie ich?«

»Falls sie sich dazu überreden läßt. Bald wird ihr Vater sterben. Dann will sie vermutlich nach New York reisen, aber wenn sie erkennt, was sie getan und welche Bande sie zerschnitten hat, wird es zu spät sein.«

»Oder du hoffst es.«

»Es wird zu spät sein«, beharrte er mit eisiger Stimme, um seine Angst zu verbergen.

»Nach meiner Behandlung kann ich zurückkommen ...«

»Nein. In den letzten Jahren mußten die Kinder zuviel verkraften. Jetzt brauchen sie eine gewisse Stabilität. Erst haben sie die Mutter verloren, dann den Vater ...«

»Von den Großeltern ganz zu schweigen.«

Eine Zeitlang schwieg er. »Sie bleiben bei Cassidy. Wenn alles planmäßig läuft, wird man annehmen, auch sie wäre eines meiner vielen Opfer.«

»Aber ich tauche wieder auf. Werden die Leute keine Fragen stellen?«

»Wahrscheinlich wird's niemand bemerken. Gerüchte sind viel interessanter als Tatsachen. Sollte dich jemand fragen, erzähl einfach, du wärst in einem indischen Ashram gewesen und hättest nicht gewußt, daß ich unter Mordanklage stand. Und dann mußt du behaupten, ich sei durchaus fähig, meine Frau und meine Kinder abzuschlachten.«

»Richard ...«

»Das ist das letzte, was du für mich tun kannst«, unterbrach er sie mit gepreßter Stimme. »Meine Kinder sind tot. Solange die Welt das glaubt, wird ihnen nichts zustoßen.«

»Aber ich kann nicht ...«

»So viel hast du schon für mich getan. Jetzt, im allerletzten Augenblick, darfst du mich nicht im Stich lassen.«

Sie sah ihn an, die dunkelbraunen Augen voller Liebe und Hoffnungslosigkeit. »Natürlich tu' ich's«, versprach sie.

Als sie am frühen Abend wegfuhren, weinten die Kinder. Weil ihm nichts anderes übrigblieb, belog er sie und erklärte, Daddy müsse arbeiten und würde im Sommer zurückkommen. Das war ein schwacher Trost. Im Sommer würde er sterben – und seine Kinder vorher nicht mehr sehen.

»Darf ich wiederkommen?« fragte Cassidy etwas unsicher. Ungeweinte Tränen glänzten in ihren grünen Augen. »Wenn's euer Vater nicht schafft, macht's euch was aus, wenn ich euch allein besuche?«

Die Antwort übertraf seine kühnsten Hoffnungen und half ihm, seine Selbstkontrolle zu wahren. Ja, für Amy und Seth war gesorgt. Er übergab sie den besten Händen.

Während der Rückreise nach Norden sagte er kein einziges Wort. Er fuhr zu schnell und wußte es, aber es war ihm egal. In seinen Adern pulsierte sinnloser Zorn, und er konnte sich nur abreagieren, indem er das Gaspedal von Cassidys Vauxhall durchtrat.

Sie saß neben ihm, die Augen geschlossen, das Gesicht ausdruckslos. Auf ihren bleichen Wangen sah er Tränenspuren, und dieser Anblick brachte ihn noch mehr in Wut. Er spürte, wie die Finsternis ihn wieder einhüllte, und das erschreckte ihn. So lange hatte er dagegen gekämpft. Jetzt, wo die Dinge endlich ins Lot kamen, durfte dieses Dunkel nichts zerstören. Eine letzte Lüge, und alles wäre in Ordnung.

Wenn er Cassidy doch trauen könnte – und der Macht, die er über sie ausübte, an der er so sorgfältig gearbeitet hatte ... Es war ein Angriff gewesen, von langer Hand geplant und fehlerfrei durchgeführt, und wie erwartet, hatte sie sich allen seinen Wünschen gefügt. Mit Haut und Haaren gehörte sie ihm, für immer, und falls er den fatalen Fehler beging, sich in seinem eigenen Netz zu verfangen, würde ihm nicht allzuviel Zeit bleiben, um darunter zu leiden. Und wenn die Liebe zu ihr seine Strafe verschärfte, verdiente er nichts Besseres.

Obwohl er immer schneller fuhr, schwieg sie. Seine Dämonen, die ihn zum Rand des Abgrunds stießen, zerrten auch Cassidy mit sich. Höher und höher kroch die Nadel des Tachometers, Regen peitschte gegen die Windschutzscheibe, die schmalen Straßen waren gefährlich glatt. Doch das kümmerte ihn nicht. Auf diese Weise würde er nicht sterben, nicht zusammen mit Cassidy, mochte ein wahnwitziger Teil seines Ichs das auch ersehnen. Im Tod mit ihr vereint, in einer verrückten Ewigkeit ...

Als er zu schnell um eine Kurve bog, verloren die Räder ihren Halt. Das Auto begann zu schleudern, schlitterte zu einer Klippe, und er schaute ganz ruhig zu. Würden sie hinabstürzen, ins aufgewühlte, wütende Meer? Er war dazu bereit.

Und dann, in letzter Sekunde riß er das Lenkrad herum. Die Scheinwerferstrahlen wirbelten durch das Dunkel, der Wagen rutschte über das nasse Pflaster und hielt am gegenüberliegenden Straßenrand, der Motor starb ab.

Langsam ließ Richard die Hände sinken, schloß die Augen, und in der Stille hörte er Cassidys schnelle, angstvolle Atemzüge, sogar ihre Herzschläge.

Er wollte ihr Herz unter seiner Hand spüren, ihre Haut ablecken, ihre Tränen kosten. Um ihrem Blick zu begegnen, hob er die Lider. Sie glich einer Frau, die sich nicht gegen den Tod gewehrt hätte. Mit großen Augen starrte sie ihn an, und der Vauxhall war viel zu klein.

Wortlos stolperte er in den Regen hinaus und zog sie mit sich. Sie taumelten einen schlammigen Hang hinab. Unerbittlich hielt er ihre Hand fest. Unter einer knorrigen Eibe brauchte er nur wenige Sekunden, um sie zu küssen, seine Hand zwischen ihre Schenkel zu schieben. Sie war bereit, würde alles tun, was er wünschte. Und sie würde nichts dafür verlangen. Nur seine Seele, die sie gestohlen hatte, als er unachtsam gewesen war.

Er wollte sie von sich stoßen. Doch er konnte es nicht. Weil er gefangen war, so wie sie. Ihre Brüste fühlten sich kühl und naß in seinem Mund an, während er sie in den Schlamm warf und ihre Kleider auseinanderriß. O ja, sie war zu allem bereit. Aber diesmal, im kalten Regen, mochte er perverserweise nichts überstürzen. Ganz langsam würde er die Lust steigern, um Cassidys allerletzte Verteidigungsbastionen niederzureißen. Und dann würde sie ihm endgültig gehören, mit Körper und Seele.

Ungeduldig wand sie sich unter ihm umher und versuchte ihn anzuspornen. Die Macht, die er auf sie ausübte, weckte seine Grausamkeit, das Gefühl, intensiv zu leben wie noch nie. Wieder glitten seine Finger zwischen ihre Beine, prüften die feuchte Hitze und bewegten sich aufreizend, so daß Cassie krampfhaft zuckte.

Begierig erwiderte sie seinen fordernden Kuß. Er schob ein Knie, mit Jeansstoff bekleidet, zwischen ihre Schenkel, rieb es an ihrem Körper, hörte ihr leises Stöhnen, spürte ihre Finger, die sich in seine Schulter krallten, während der Regen herabströmte.

Dann packte er ihre Hände und preßte sie in den Schlamm. Ohne den Hosenschlitz zu öffnen, rutschte er auf Cassie hin und her, genoß den Schmerz, den das rauhe Leinen seinem erigierten Glied bereitete.

Das erregte ihn genauso wie die Qualen, die er ihr zufügte. Inzwischen war sie jenseits aller klaren Gedanken. Feucht und schmutzig klebte das Haar an ihren Wangen. Und er zweifelte, ob es ihm gelingen würde, rechtzeitig die Jeans zu öffnen und den Akt zu beenden.

Jetzt weinte sie, schluchzte leise und hilflos, und er hatte Mitleid mit ihr. Mit sich selbst auch. Er richtete sich auf, öffnete den Reißverschluß, entblößte sich in der kühlen Nachtluft.

»Sag's mir!« flüsterte er, von einer neuen dunklen, grausamen Macht getrieben. »Fleh mich an!«

Statt zu antworten, stieß sie nur einen heiseren, halberstickten Laut hervor, als er in sie eindrang. Und da rang sich ein Schrei aus ihrer Kehle, der ihn bis zum Tag seiner Hinrichtung verfolgen würde. Ein Schrei voller Verzweiflung und atemlosen Glücks, während sich ihr Körper anspannte, erschüttert von den heißen Wellen des Höhepunkts.

Im selben Augenblick erreichte Richard den Gipfel und bedauerte es nicht, drückte Cassidy noch tiefer hinab in den Schlamm, und die Erfüllung erschien ihm wie der Bruch eines Damms, der den ganzen Tag seine Wut und Besessenheit gestaut hatte. Nur vage nahm er den endlosen Orgasmus wahr, der Cassidy erzittern ließ. Hungrig hielt sie ihn in ihrem Körper fest, und als er auf sie hinabsank, fühlte er immer noch die Zuckungen, die ihn liebkosten.

Nun konnte er noch einmal von vorn anfangen. Er war immer noch erregt, und er wollte die Lust auskosten, bis nichts mehr von ihnen beiden übrigblieb.

Und dann hörte er, wie sie ihre Tränen krampfhaft

hinunterschluckte. Erschrocken und schuldbewußt glitt er von ihr, hinab in den kalten Schlamm. »Cassie«, flüsterte er mit rauher Stimme. »Baby.«

Dieses Kosewort war ein weiterer Schock. Nie hätte er gedacht, er könnte so etwas über die Lippen bringen. Er nahm sie in die Arme, und sie schluchzte immer heftiger. Warum sie weinte, wußte er nicht. Weil er sie hier im Schlamm geliebt und verletzt hatte? Oder gab es einen anderen, viel schlimmeren Grund?

»Habe ich dir weh getan?« fragte er drängend und strich das Haar aus ihrem nassen Gesicht. Tränen quollen aus ihren zusammengekniffenen Augen, mischten sich mit Regentropfen und Schlamm. »Cassie, Baby, sag mir doch, was dich quält!«

Doch sie schluchzte einfach nur weiter. Diana hatte die Kunst des Weinens meisterlich beherrscht – und er hatte gelernt, Frauentränen zu hassen, die verschiedenen Manipulationen, die sie bargen.

Und er hatte auch gelernt, schluchzende Frauen zu ignorieren, dem Klagegeschrei zu lauschen und nichts zu empfinden. Aber nun lag die weinende Cassie in seinen Armen, und er ertrug es nicht.

»Cassie, Liebes!« Seine Stimme brach, die Macht seiner Selbstkontrolle löste sich in nichts auf. »Nicht ...« Er küßte die Tränenspuren, die schmutzige Stirn, das Kinn, die Nasenspitze. »Hör doch zu weinen auf, Baby. Nie wieder werde ich dir weh tun, das verspreche ich. Aber verlaß mich nicht. Diesmal darfst du nicht davonlaufen. Cassie, großer Gott, lauf nicht davon!«

Er merkte es kaum, als das Schluchzen verstummte. Die Arme fest um seinen Hals geschlungen, öffnete sie ihre Augen, die in Tränen schwammen. »Nein, ich laufe nicht davon, Richard, ich schwör' es dir.«

Und er war verrückt genug, ihr zu glauben.

15

Das Haus nannte sich Frühstückspension, glich aber eher einem amerikanischen Motel, ein langgestrecktes, niedriges, weißgetünchtes Gebäude hinter einem alten Wagenschuppen. Kunstvoll wurden die modernen Elemente von dunklem Holz und rauhem Verputz gemildert. Doch die Betten waren breit und neu, die Fernseher, die in jedem Zimmer standen, mit Fernbedienung ausgestattet, und Cassie konnte sogar problemlos duschen.

Und das mußte sie sofort tun. Schmutz klebte in ihrem Haar und an ihrer Haut. Ungeduldig, aber sanft hatte Richard sie in ihre Kleider eingewickelt und den glitschigen Hang hinaufgezogen, zum Auto. Es kam ihr so vor, als wären sie für mehrere Stunden im Schlamm versunken. Aber in der Zwischenzeit war wohl niemand vorbeigefahren, der den verlassenen Vauxhall bemerkt hätte. Oder niemand hatte sich die Mühe gemacht, nachzusehen.

Im Wagen lehnte sie sich zurück, senkte sie die Lider und ignorierte das nasse Erdreich, das die Sitzpolsterung tränkte. Als Richard hinter der Frühstückspension parkte, konnte sie sich kaum aufraffen und aussteigen. Erst unter der Dusche erwachten ihre Lebensgeister, und ihr Gehirn begann wieder zu funktionieren.

Beklemmende Erinnerungen stürmten auf sie ein. Vom lauwarmen Wasser weggespült, sah der Schlamm zu ihren nassen Füßen wie Blut aus. Sie fühlte sich elend. Die Augen geschlossen, lehnte sie an der Fiberglaswand, suchte die Reste ihres Stolzes und ihrer Selbstkontrolle und fand sie nicht.

Wie eine läufige Hündin hatte sie sich im Schlamm gewälzt, Richard um Erlösung angefleht und etwas getan, was ihr stets undenkbar erschienen war. Sie hatte ihren Körper und ihre Seele jemandem geschenkt, der nur Tod und Unglück heraufbeschwor, und sich hingegeben, ohne Fragen zu stellen.

Er sei unfähig, irgend jemanden zu lieben, hatte Sally Norton erklärt, die ihn nicht mehr liebte, seit sie wußte, was in jener Nacht geschehen war.

Nun eröffneten sich zwei Möglichkeiten. Cassie konnte ins Schlafzimmer gehen, aufs Bett sinken und Richards Wünsche erfüllen. Er würde ihr Herz nehmen, ihre Seele, ihren Geist, ihren ganzen Körper, immer wieder, bis sie völlig hilflos war.

Oder sie konnte ihn fragen, was sich in der Nacht ereignet hatte, in der seine Frau gestorben war.

Letzten Endes blieb ihr keine Wahl. Der Überlebensinstinkt, jahrelang genährt, gewann die Oberhand. Sie hatte ihre Kindheit überlebt, Sean und ihre Mutter, langweilige, gefühlskalte Liebhaber und falsche Entscheidungen, bis es ihr gelungen war, ihre eigene Welt aufzubauen, in der sie nicht mehr verletzt und mißbraucht werden konnte. Das würde sie jetzt nicht wegwerfen, nicht aus blinder, törichter Lust, die sie so gern Liebe nennen wollte.

Er saß in einer Ecke des kleinen Zimmers. Inzwischen hatte er woanders geduscht. Wenn sie auch nicht wußte, wo. Aber sie war froh, daß er sich nicht zu ihr gesellt hatte. Sein nasses Haar war glatt aus dem Gesicht gekämmt, und er trug Jeans und ein schwarzes T-Shirt. In dieser Kleidung wirkte er seltsamerweise britisch, so als versuchte er, sich zu tarnen.

Ein Glas Whiskey mit Eiswürfeln in der Hand, schaute er ausdruckslos zu ihr auf. Am liebsten hätte sie ihn geohrfeigt.

Während sie hastig in Jeans und einen alten Pullover schlüpfte, ließ er sie nicht aus den Augen. »Gehst du weg?« fragte er im Konversationston, als sie ihre Schuhe anzog.

Sein Gleichmut verwirrte sie. In ihrem eigenen Kummer versunken, hatte sie nicht gemerkt, daß er irgendwann in seine dunkle, ferne Welt zurückgekehrt war, in die kein Licht eindrang. Zu der er ihr den Zugang verwehrte. »Würdest du mich aufhalten?« konterte sie.

»Ah, du willst also weggehen.« Lässig lehnte er sich zurück. »Das hätte ich mir denken können. Du hast mir versprochen, niemals wegzulaufen, und im selben Augenblick deine Flucht geplant.«

»Würdest du mich gehen lassen?«

»Natürlich.« Er trank einen Schluck Whiskey und schien sich nur mäßig für sie zu interessieren. »Nur aus Neugier – wohin gehst du?«

»Vielleicht nirgendwohin.«

»Ich verstehe. Offenbar gibst du mir noch eine

Chance.« Dieser Gedanke amüsierte ihn sichtlich. Nun wirkte er fremd und eiskalt – wie der Manipulant, der im New Yorker Apartment mit ihr gespielt hatte. »Wie soll ich dich überreden, bei mir zu bleiben? Indem ich auf die Knie falle und dir meine unsterbliche Liebe schwöre? Treue bis zum Tod? In meinem Fall wäre das kein besonders eindrucksvoller Eid.«

»Hör auf!«

»Was willst du von mir?« fragte er und nippte wieder an seinem Glas. Da erkannte sie, daß er ein bißchen betrunken war und um so gefährlicher. Er wanderte auf einem sehr schmalen Grat. Nun bot sich die Gelegenheit, ihm einen Stoß zu versetzen.

»Die Wahrheit. Keine Lügen mehr, keine ausweichenden Antworten. Einfach nur die Wahrheit.«

»Die würde dir mißfallen.«

Ein Schauer rann über ihren Rücken. »Aber ich kann sie verkraften.«

»Daran zweifle ich.«

»Was ist an jenem Nachmittag geschehen?« Plötzlich überwältigte sie der Wunsch, alles zu erfahren. Sie kniete neben ihm nieder und legte flehend eine Hand auf seinen Arm. »Sag mir die Wahrheit, Richard!«

Langsam wandte er den Kopf zu ihr, die Augen voller Trauer. Und Cassie empfand beklemmende Angst.

»Sie wollte mich verlassen«, erklärte er schlicht, »und die Kinder mitnehmen. Das konnte ich ihr nicht erlauben.«

Unwillkürlich umklammerte sie seinen Arm noch fester, und die Furcht wuchs. »Erzähl mir alles, Richard.«

»Diana war schwanger. Meine schöne, zarte, zweifellos verrückte Frau hatte mich über ein Jahr lang nicht in ihr Bett gelassen. Aber nun war sie seit zwei Monaten schwanger, von dem Mann, den sie immer mehr geliebt hatte als mich. Sie wollte mit den Kindern zu ihm gehen, und das durfte ich nicht gestatten. An jenem Tag holte ich die beiden aus dem Kindergarten ab. Diana befaßte sich nur selten mit den banalen Aspekten ihrer Mutterschaft. Wahrscheinlich erwartete sie sogar, ich würde Amy und Seth vor ihrer Abreise heimbringen. Und ich wäre nicht überrascht gewesen, wenn sie mich aufgefordert hätte, sie alle dorthin zu fahren.«

»Wohin?«

»Zu ihrem Liebhaber. Leider hatte ich den Ernst der Lage nicht ganz begriffen. Es störte mich kein bißchen, daß sie sich von mir trennen wollte. Aber ich weigerte mich, ihr die Kinder zu überlassen. Also brachte ich die beiden zu Sally, die sie versteckte, und beschwor sie, erst wieder aufzutauchen, wenn ich ihr Bescheid geben würde. Einer der seltenen Fälle, wo mich mein Instinkt nicht trog ...«

Er trank wieder einen Schluck, schaute auf Cassidys Hand, die seinen Arm festhielt. »Dann fuhr ich nach Hause, und Diana erzählte mir von dem Baby. Von ihrer Schwangerschaft hatte ich nichts gewußt, auch nicht, daß sie mit einem anderen ins Bett gegangen war. Sie erklärte mir, ich könne das Sorgerecht für die Kinder nicht bekommen, sie würde beide mitnehmen und ich dürfe sie nie wiedersehen. Viel zu spät erkannte ich ihre Cleverness. Immer wieder hatten Amy und Seth im Krankenhaus gelegen, wegen gebrochener Schlüsselbeine oder Schädeldecken. Doch das waren keine Unfälle gewesen. Sie hatte die Kinder absichtlich verletzt, und sie wollte den Behörden einreden, dafür sei ich verantwortlich.«

Beinahe wurde ihr übel. Der Arm unter ihren Fingern fühlte sich an wie ein stählerner Strang, so stark, daß er kaum menschlich erschien. »Was geschah dann?«

»In ihrer maßlosen Selbstsicherheit forderte sie mich heraus. Ich solle doch versuchen, sie aufzuhalten.« Jetzt klang seine Stimme so seltsam, als stünde er unter Drogen. »Genau das tat ich. Kurz entschlossen ergriff ich ein Messer.«

Tiefe Stille erfüllte die Nacht. Aus weiter Ferne klangen Geräusche heran, Gelächter im Pub, Verkehrslärm, das sanfte Trommeln der Regentropfen auf den Fensterscheiben. »Du hast sie getötet?«

»Ich kniete neben ihr in der Diele und beobachtete, wie sie verblutete. Und das ging ganz schnell. Selbst wenn ich versucht hätte, Hilfe zu holen, wäre es wahrscheinlich zu spät gewesen. Aber ich versuchte es nicht. Ich kniete einfach nur neben ihr und ließ sie sterben.«

Im Regen begann ihr Gehirn wieder zu funktionieren, und sie wußte nicht, wie sie ins Freie geraten war. Irgendwie mußte sie aufgestanden und davongegangen sein, und er hatte sich nicht bemüht, sie zurückzuhalten. Hätte er es getan, dann wäre sie seiner Kraft und Entschlossenheit, seiner tödlichen Verführungskunst nicht gewachsen gewesen.

Es war schon spät. Aber die Leute im Pub lachten

immer noch. Fröhliche Stimmen hallten durch den Regen. Cassie lehnte an der Mauer, das Gesicht kalt und naß.

Keine Lügen mehr, keine Hoffnung. Ganz einfach. Er hatte sie ermahnt, keine Fragen zu stellen, wenn sie die Wahrheit nicht verkraften würde. Doch sie war wie eine Närrin vorgeprescht, eifrig bestrebt, ein Geheimnis zu enthüllen, irgendeine magische Formel aufzuspüren, die alles in Ordnung bringen würde.

Warum hatte er sie nicht belogen? Warum war er nicht bei jenem rätselhaften Schweigen geblieben, das ihm seit dem Mord an Diana so gute Dienste geleistet hatte?

Seufzend schloß sie die Augen, legte den Kopf an den rauhen Verputz und wollte ihre ganze Verzweiflung in die Nacht hinausschreien. Ihr Körper fühlte sich an, als wäre er mitten entzweigerissen worden. Könnte sie doch laufen, möglichst schnell, möglichst weit weg – oder in ihr Auto springen und davonfahren, dem kaltblütigen Mörder entrinnen, der seelenruhig im Zimmer saß, ihrem eigenen selbstzerstörerischen Wahn.

Ja, sie mußte fliehen, ehe sie den fatalen Fehler beging, zu ihm zurückzukehren.

Er war ihr nicht gefolgt. Er ließ sie gehen. Und nun blieb ihr nichts anderes übrig, als zu verschwinden. Solange sie noch eine Chance hatte.

Nachdem sie gegangen war, trank er das Whiskey-Glas leer. Die letzte Prüfung, und sie hatte schmählich versagt. Das hätte er wissen müssen. Wider Erwarten hatte er die perfekte Frau gefunden und dann alles verdorben. Es war ein unverzeihlicher Fehler gewesen, sich in sie zu verlieben.

Wie absurd! Beinahe hätte er gelacht. In dieser Lebensphase, wo er wegen der schwarzen, verworfenen Seele einer Frau dem Tod ins Auge blickte, gefährdete er seine Pläne durch die Liebe zu einer anderen.

Diana hatte er niemals geliebt. Das war ihm kurz nach der Hochzeit klargeworden. Ihre Schönheit und Zerbrechlichkeit faszinierten ihn, und er verfiel ihren seltsamen Obsessionen.

Aber er war nicht mehr verliebt gewesen, seit er in der dritten Schulklasse beschlossen hatte, sein Leben Marcy Connors mit den dicken blonden Zöpfchen und Sommersprossen zu weihen.

Darin lag sein Problem. Während der Pubertät hatte er begonnen, zierlichen kleinen Kindfrauen nachzujagen. Und Cassidy erinnerte ihn an Marcy, mit ihren schönen Kurven und ihrem warmen Herzen.

Welch ein Narr er war, welch ein verdammter Idiot – seine einzige Zukunftshoffnung zu zerstören, nur weil er seine Gefühle nicht vom Körper trennen konnte. Warum zum Teufel mußte es Cassidy Roarke sein?

Jetzt lief sie nach Hause zu Daddy, so schnell ihre langen, wohlgeformten Beine sie trugen. Natürlich würde sie ihm erzählen, was sie für die grausige Wahrheit hielt, und Sean würde sie irgendwohin schicken, um ihr den Mund zu stopfen. Cassidys Version von der Wahrheit wäre nicht spektakulär genug für einen Schriftsteller von Sean O'Rourkes Kaliber. Und die tatsächliche Wahrheit war noch schrecklicher.

Nein, Sean sollte sich an der Wahrheit erfreuen, die er sich wünschte. Daran würde Richard ihn nicht hindern. Aber er mußte Cassidy zurückhalten. Bevor sie der falschen Person etwas erzählte, dem falschen Mann traute. Um seine Kinder zu schützen, durfte er vor nichts zurückschrecken. Nicht einmal vor einem Mord.

Wäre er vernünftig gewesen, hätte er sie längst entkommen lassen. Niemand außer Sally und Mark wußten, daß sie in England war, und er hatte seine Spuren sorgsam verwischt. Man mochte Verdacht schöpfen, aber er konnte nur ein einziges Mal hingerichtet werden.

Natürlich mußte er ihr folgen. Aber er würde nicht überstürzt handeln. Warum sie davonlief, wußte er besser als sie selbst. Sie war in Panik geraten. Deshalb suchte sie irgendeinen Vorwand, um die Flucht zu ergreifen, und er beschaffte ihr einen. Die letzte Prüfung, die sie nicht bestanden hatte. Eigentlich dürfte ihn das nicht überraschen, und er müßte sich befreit fühlen.

Statt dessen quälte ihn ein dumpfer, zorniger Schmerz. Nun sah er sich gezwungen, andere Pläne zu schmieden. Wie sinnlos er die letzten Monate vertan hatte ...

Oder vielleicht nicht. Bevor sie ihm die Todesspritze verpaßten, würde er sich an diesen Tag erinnern, wo er Cassidy Roarke im Schlamm und im Regen geliebt hatte. Wo sie unersättlich gewesen war.

Und er würde lächelnd sterben.

16

Irgendwo über dem Nordatlantik hatte die 737 technische Probleme. Das interessierte Cassidy kein bißchen. Sie saß auf ihrem Fensterplatz, starrte in die geballten Wolken, spürte die heftigen Erschütterungen des Jets, und ihr brach nicht einmal der Schweiß aus.

Vermutlich würde sie sich nie wieder vor dem Fliegen fürchten – vor gar nichts. Das hatte sie überwunden. Nichts würde sie jemals wieder verletzen und demütigen oder ihr Angst einjagen können. Sie hatte ins Gesicht der Liebe geschaut und Tod und Verzweiflung, Elend und Verrat gesehen. Was sollte sie jetzt noch erschrecken?

Beinahe war sie enttäuscht, als die Maschine sicher auf dem JFK landete. Die anderen Passagiere jubelten und seufzten erleichtert. Aber Cassie öffnete einfach nur ihren Sicherheitsgurt und ging von Bord.

Beim Zoll gab es keine Schwierigkeiten. Sie reiste ohne Gepäck. Ebenso problemlos mietete sie ein Auto. Um sieben Uhr abends fuhr sie nach East Hampton, zu Seans Strandhaus, und ignorierte den dichten Verkehr. Im Radio lief eine Talkshow über Männer, die zu sehr liebten. Sekundenlang dachte sie an Diana, der Richard so ergeben gewesen war, daß er einen Mord begangen hatte. Dann schaltete sie den Apparat aus und ließ sich von der leise surrenden Klimaanlage berieseln.

Sean gab eine Party. Das hätte sie nicht überraschen dürfen, denn er war am glücklichsten, wenn er sich vor Zuschauern produzieren konnte. Und Mabry versorgte ihn nur zu gern mit Publikum. Cassidy parkte den Mietwagen drei Straßen weiter, hinter einem Jaguar, den sie in anderen Zeiten begehrlich angestarrt hätte. Während sie zum Cottage ging, wappnete sie sich gegen den Lärm und das helle Licht.

Ganz in seinem Element, hielt Sean hof, umringt von alten Freunden, neuen Bekannten, Bewunderern und dergleichen. Er entdeckte seine Tochter sofort, winkte ihr lässig zu und erzählte das Ende seiner Anekdote. Eine Zeitlang stand sie da und musterte ihn prüfend.

Wie lebhaft und robust er aussah ... Verdammt, er würde nicht sterben. Er hatte immer gewußt, daß er unbesiegbar war, und auch sie davon überzeugt. Jetzt mußte er sich einfach nur von Richard Tiernan erholen. So wie sie selbst.

Mabry erschien an ihrer Seite. »Also hast du dich anders besonnen, Darling. Das freut mich. Ein paarmal rief ich im Apartment an. Aber da meldete sich immer nur der Anrufbeantworter. Schließlich begann ich, mir Sorgen zu machen.«

»Oh, ich habe Freunde im Norden von New York besucht«, murmelte Cass. Mühelos kam ihr die Lüge über die Lippen. Sie hatte noch nicht entschieden, was sie Sean und Mabry erzählen und ob sie die beiden warnen sollte. Vielleicht würde sie gar nichts sagen.

Sie hoffte inständig, Richard würde in England bleiben und sich mit seinen Kindern irgendwo verstekken, wo man ihn nicht finden konnte, wo sie ihn nicht zu sehen brauchte, aber in Sicherheit wüßte. Wo er ein liebevoller Vater wäre. Es gab doch wirklich keinen Grund für ihn, in die Staaten zurückzukehren und sich dem bizarren Ritual einer Hinrichtung zu opfern.

Aber sie sah in keiner seiner Aktionen einen Sinn, inklusive der Verführung Cassidy Roarkes, die er so entschlossen und zielstrebig betrieben hatte.

Nie zuvor war sie verführt worden. Nur Richard Tiernan hatte es geschafft. Mental, emotional und physisch. Auf all diesen Ebenen hatte er sie vereinnahmt. Wie lange würde es dauern, bis sie wieder zu sich selbst fand?

Und warum hatte er nicht die Wahrheit gestanden? Er war wegen vorsätzlichen Mordes verurteilt worden. Hätte er erklärt, er habe erfahren, seine Frau sei von einem anderen Mann geschwängert worden, und in blinder Wut ein Messer ergriffen, wäre er mit einer milderen Strafe davongekommen.

Sie verstand einfach nicht, was ihn zu seinem Verhalten trieb, und sie konnte nur beten, er würde vernünftig sein und sich mit seinen Kindern verkriechen.

»Hast du in letzter Zeit mit Richard gesprochen?« fragte sie ihre Stiefmutter, wie beiläufig.

»Er ist nicht der Typ für telefonische Konversationen«, erwiderte Mabry ironisch. »Wahrscheinlich genießt er seine Einsamkeit.«

»Ja, das glaube ich auch.«

»Übrigens, ich habe eine kleine Überraschung für dich. Das heißt – jetzt ist sie gar nicht mehr so klein. Jedenfalls wirst du dich freuen.«

»Ich weiß nicht, ob ich in der richtigen Stimmung für Überraschungen bin«, entgegnete Cassidy langsam.

»Nun, du kennst Sean. Er liebt es, alles durcheinanderzubringen ... Warum bist du eigentlich doch noch hierhergekommen?« fragte Mabry und strich ihr perfekt frisiertes hellblondes Haar aus dem Gesicht. »Solche Parties sind dir doch ein Greuel.«

Bei der Abreise aus England war alles ganz einfach gewesen. Cassie hatte beabsichtigt, Sean aufzusuchen und ihm alles zu erzählen. Jetzt hegte sie gewisse Zweifel. »Ich habe mich um Sean gesorgt«, antwortete sie und lächelte schwach. »Außerdem dachte ich irrtümlich, vor der Hauptsaison wäre es hier etwas ruhiger.«

»Das hättest du besser wissen müssen. Dein Vater ist wild entschlossen, sein Leben bis zur Neige auszukosten.« Unausgesprochen hing das Wissen in der Luft, wie kurz dieses Leben sein würde. »Du kannst in deinem alten Zimmer schlafen, mußt es allerdings mit jemandem teilen, weil das Cottage aus allen Nähten platzt.«

»Wer ist denn hier?«

»Ach, die übliche Bande«, erklärte Mabry leichthin. »Nimm die unmöglichsten Hausgäste, die du dir nur vorstellen kannst, und multipliziere sie mit zehn. Dann hast du die Liste beisammen. Eine interessante Gesellschaft, besonders zur Cocktailstunde.« Anmutig wie eh und je, schlenderte sie davon, und Cassidy schaute ihr nach.

Sogar in ihren besten Zeiten fühlte sie sich angesichts der eleganten Stiefmutter plump und derangiert. Und jetzt, nach der langen Flugreise von einem monumentalen Jetlag geplagt, kam sie sich vor wie ein Tramp. Am liebsten wäre sie in ihrem Zimmer verschwunden, um zu duschen und friedlich zu schlafen. Aber Mabry hatte diese Hoffnung enttäuscht.

Wenn sie die Wahrheit über Richard verschweigen

würde, gab es keinen Grund, hierzubleiben. Keinen Grund, nicht nach Maryland zu fliehen. Sie würde ihn nie wiedersehen müssen, nie mehr seine kühlen, schönen, mörderischen Hände auf ihrer Haut spüren, nie mehr die tödliche Ekstase seiner Küsse ...

»Ein Penny für Ihre Gedanken.«

Als sie diese Stimme erkannte, wollte sie sich nicht umdrehen, traute ihren Ohren nicht. Aber sie hatte keine Wahl. Und so klebte sie ein nichtssagendes, höfliches Lächeln auf ihr Gesicht, ehe sie sich umwandte. »General Scott ...«

»Ihre Familie hat sich Sorgen um Sie gemacht und befürchtet, Sie könnten in Schwierigkeiten stecken.«

Mühsam zwang sie sich zur Ruhe. »Ich gerate nie in Schwierigkeiten. Also wirklich, es überrascht mich, Sie hier anzutreffen. Sozusagen im feindlichen Lager.«

»Oh, ich betrachte Ihren Vater nicht als Feind. Er wurde nur in die Irre geführt, und nicht einmal ich bin mir sicher. Wahrscheinlich möchten wir beide erreichen, daß Richard bekommt, was er verdient. Wenn auch aus unterschiedlichen Motiven ... Ihr Vater will mit seinem Buch ein Vermögen verdienen. Und ich strebe einfach nur nach Rache.«

Cassie schaute ihn an und versuchte, ihre Angst zu unterdrücken. In seiner Zivilkleidung, einem perfekt geschnittenen Anzug, wirkte er sehr imposant. Zweifellos würde dieser sonnengebräunte, athletische Mann mit dem entschlossenen Glanz in den blauen Augen niemals eine Niederlage akzeptieren. »Und wenn Ihre Rache nicht gerechtfertigt ist?« fragte sie und ignorierte, was sie wußte.

Bittere Enttäuschung verdüsterte seine Miene. »Hat

er Sie also auch umgarnt? O ja, er konnte den Frauen schon immer alles Mögliche einreden und sie veranlassen, genau das zu tun, was er wollte. Meine arme Diana war nur eins von vielen verletzlichen Mädchen. Was hat er Ihnen erzählt? Daß sie verwöhnt, neurotisch und untreu war?«

»Nun, er sagte, sie sei verrückt gewesen.«

Diese Worte fielen wie kristallisierte Säuretropfen in den Partylärm. Obwohl Amberson Scott mit keiner Wimper zuckte, schien er zu wachsen und Kräfte zu sammeln wie ein bedrohlicher Gewittersturm. »Wenn sie's war, dann hat er sie dazu getrieben.« Sanft berührte er Cassies Haar, eine väterliche, bewegende Geste. Wie schon so oft, sehnte sie sich nach dem Vater, von dem sie in all den Jahren vergeblich geträumt hatte. »Lassen Sie sich nicht auch noch verrückt machen, Cassidy. Er hat sehr viele kleine Mädchen vernichtet. Fallen Sie ihm nicht zum Opfer.«

»Amberson!« Eine bleiche, grauhaarige Frau trat an seine Seite. Dianas Mutter, dachte Cassie. Eine geisterhafte Erscheinung, der die zerbrechliche Schönheit der Verstorbenen und die Vitalität ihres Ehemanns fehlten.

»Oh, du hast Cassidy Roarke noch nicht kennengelernt, Essie. Die Tochter unseres Gastgebers. Cassidy, das ist Esther, meine Frau.«

Mit einiger Mühe brachte Cassie ein zweites höfliches Lächeln zustande, das nicht erwidert wurde. Mit leblosen grauen Augen schaute Essie Scott sie an und murmelte etwas kaum Verständliches.

Plötzlich wollte Cassie fliehen – vor der formidablen, erdrückenden, unnachgiebigen und doch seltsam anziehenden Präsenz des Generals und dem starren, toten Blick seiner Frau. »Nun muß ich endlich meinen Vater begrüßen. Wenn Sie mich entschuldigen würden ...«

»Aber natürlich, meine Liebe«, entgegnete er. »Wir sehen uns beim Frühstück.«

»Frühstück?« wiederholte sie und versuchte, ihr ungläubiges Entsetzen zu verbergen.

»Ihr Vater war so freundlich, uns fürs Wochenende einzuladen. Ebenso wie Mark Bellingham. Jetzt müßten wir nur noch Richard aus dem New Yorker Apartment locken, und wir wären wirklich eine merkwürdige Gesellschaft.« In seiner Stimme schwang kein Humor mit. »Er ist doch immer noch in New York, Cassidy?«

»Das nehme ich an. Wo sollte er sonst sein?«

Diesen Mann konnte man nicht so leicht belügen. »Ja, in der Tat – wo? Gehen Sie so bald wie möglich schlafen, liebes Mädchen. Sie sehen so aus, als würden Sie unter einem gewaltigen Jetlag leiden.«

Inzwischen hatte sie gelernt, ihre Reaktionen zu beherrschen und nichts zu verraten. »Wenn man von Connecticut hierherfährt, kriegt man kein Jetlag.«

»Hörte ich Sie vorhin nicht sagen, Sie hätten Freunde im Norden von New York besucht?«

»Oh, ich habe überall Freunde.«

»Daran zweifle ich nicht. Und Sie wissen sicher auch, wie Sie sich schützen müssen. Sie würden niemandem erlauben, Sie auszunutzen und zu verletzen. Nicht wahr, Cassidy?«

»Sonny!« zischte die bleiche Dame, die in Vergessenheit geraten war. Aber er beachtete sie nicht.

»Glauben Sie mir, General Scott, ich bin eine Überlebenskünstlerin«, sagte Cass. »Und ich kann sehr gut auf mich selber aufpassen.«

»Das freut mich. Oft genug stellt man fest, daß man ausgerechnet von der Person verraten wird, der man am ehesten trauen möchte. Denken Sie daran, Kindchen.«

Mit ihren einsfünfundsiebzig und hundertfünfunddreißig Pfund kam sie sich keineswegs kindlich vor. Aber der General besaß irgendeine Ausstrahlung, die ihr das Gefühl gab, sie wäre zerbrechlich, zierlich und sehr feminin. Ob ihr das gefiel, wußte sie nicht.

»Ja, ich werde dran denken«, versprach sie kühl und hoffte, nun würde sie ihm endlich entrinnen.

Aber er ergriff ihre Hand und streichelte sie. Besänftigend und väterlich. Trotzdem wollte sie sich losreißen und davonlaufen. »Wenn Sie mit mir reden wollen, ich bin hier«, sagte er so leise, daß seine Frau nichts hörte.

Verwirrt starrte sie ihn an. Er wirkte seltsam verführerisch, obwohl er sie nicht verführen wollte, das wußte sie. Vielleicht lag es an dem natürlichen Aphrodisiakum der Macht und des Charismas. Wie auch immer, sie fand ihn anziehend, obwohl es ihr auch den Magen umdrehte.

»Sie sind sehr freundlich, General«, erwiderte sie tonlos.

»Verraten Sie mir doch, wo er ist, meine Liebe«, drängte er.

Sie gab nicht vor, ihn mißzuverstehen. Nachdem ihm ein mörderisches Messer die geliebte Tochter geraubt hatte, glaubte er, auch seine Enkelkinder wären getötet worden. Kein Wunder, daß er sich rächen wollte und eine machtvolle Kampagne inszenierte, um Richard Tiernans Hinrichtung mit anzusehen.

Wenn er wüßte, daß seine Enkelkinder noch lebten, würde er seinen Rachefeldzug aufgeben? Irgendwie hatte er ihr Vertrauen gewonnen, und sie öffnete den Mund, um ihm die Wahrheit zu erzählen.

Aber dann war es zu spät. Ein menschlicher Wirbelwind stürmte zwischen Cassie und den General und warf sich in ihre Arme. »Francesca!« rief Cassidy und fing ihre Halbschwester auf, einerseits erschrokken, andererseits erfreut. »Wann bist du angekommen?«

»Vor ein paar Tagen. Ich wollte dich überraschen, doch ich konnte nicht länger warten.« Francesca O'Rourke war dreizehn Jahre alt und hatte von Sean ihren unwiderstehlichen Charme geerbt, von ihrer Mutter, Contessa Alba Finanieri O'Rourke da Rimini, die erstaunliche Schönheit. »Mabry sagte, Sean sei krank, und deshalb wollte ich ihn sehen. Außerdem will Mutter wieder heiraten, und du weißt ja, wie ekelhaft die Leute sind, wenn sie sich einbilden, sie wären verliebt.«

Brennende Röte stieg in Cassidys Wangen, was Francesca nicht sah. Aber der General, ein wachsamer Beobachter, bemerkte es ganz sicher. Und vermutlich erriet er auch den Grund ihrer Verlegenheit. »Ja, sehr ekelhaft«, bestätigte sie leichthin. »Was hältst du von Sean?«

»Oh, ich glaube, er ist okay. Natürlich ein bißchen müde. Aber er wird eben immer älter.«

»Er ist jünger als ich, mein liebes Mädchen«, mischte

sich der General in onkelhaftem Ton ein und lächelte nachsichtig.

Da wandte sich Francesca zu ihm, nahm seinen Arm und schaute in unschuldiger Bewunderung zu ihm auf. »Leider hat er keine Zeit für mich. Für niemanden von uns. Das kann Cassidy bestätigen. Also werde ich Sie adoptieren, Onkel Amberson. Wenigstens interessieren Sie sich für mich.«

Onkel Amberson – das klang sehr seltsam in Cassies Ohren. Aber der General strahlte ihre unwiderstehliche jüngere Schwester an. Essie Scott blieb im Hintergrund, bleich und diskret, mit unergründlicher Miene.

»Wahrscheinlich bist du meine Zimmergenossin.« Aus irgendeinem Grund wollte Cassidy Francescas Hand von Amberson Scotts Arm entfernen. »Gehen wir doch nach oben! Du kannst mir helfen, mich häuslich niederzulassen. Und ich will alles hören – über die Schule und deine Mutter.«

»Meine Mutter ist langweilig, die Schule ist langweilig, alles ist langweilig«, verkündete Francesca und grinste schelmisch. »Aber ich komme mit dir. Du mußt mir dein Liebesleben schildern.«

Wieder errötete Cassie, und der General beobachtete sie auch diesmal.

Läge es nicht am Jetlag, an meiner Erschöpfung und am Aufruhr der Gefühle, hätte ich die Situation besser unter Kontrolle, dachte sie. Am liebsten würde sie sich in ihrem Zimmer aufs Bett werfen und weinen. »Es gibt kein Liebesleben«, entgegnete sie kategorisch. »Bis jetzt ist mir der Richtige noch nicht über den Weg gelaufen.«

Anmutig ließ Francesca den Arm des Generals los und eilte auf ihren endlos langen Beinen davon, die an ein Fohlen erinnerten. Zu ihren weißen Baumwollshorts trug sie ein knappes Oberteil, das gebräunte Schultern entblößte und sich an ihre immer noch flache Brust schmiegte. Fröhlich erklärte sie: »Dann erzähle ich dir von *meinem* Liebesleben. Ciao!« rief sie ihrem Wahlonkel über die Schulter zu.

»Ciao, mein Kind«, murmelte er, und als Cassie ihrer Schwester folgte, spürte sie seinen Blick im Rükken.

»Also, was hast du mit Richard Tiernan erlebt?« Francesca konnte nicht einmal warten, bis sie die Zimmertür hinter sich geschlossen hatte.

Glücklicherweise kehrte Cass ihr den Rücken und konnte eine unbefangene Miene aufsetzen, ehe sie aufs Doppelbett sank. Als sie ihre Halbschwester anschaute, wußte sie, daß sie sogar die schärfsten Augen täuschen konnte. »Was soll ich mit ihm erlebt haben?«

»Ist er ein Monstrum? Das behauptet die Presse ebenso wie Onkel Amberson. Sean empfahl mir zu warten, bis sein Buch erscheint, und Mabry sagt, ich soll dich fragen.«

»Warum willst du's wissen?«

»Derzeit scheint er im Mittelpunkt unserer disharmonischen Familie zu stehen. Er war der Hauptgrund, warum Mutter mir verbieten wollte, hierherzukommen. Aber sie stand vor der Wahl, ob sie mich in die Arme eines Kindermörders schicken oder auf die ungestörte Zweisamkeit mit ihrem blutjungen Liebhaber verzichten sollte. Und du kannst dir denken, wofür sie sich entschieden hat.«

»Blutjunger Liebhaber?«

»Nun ja, Carlo ist Mitte Zwanzig, aber immer noch jung und hübsch genug, um ihr Sohn zu sein. Aber wir reden nicht über Mutter, sondern über Richard Tiernan. Hat er's getan?«

»Francesca!« protestierte Cass müde.

»Nun mach endlich den Mund auf! Du hast mich noch nie belogen, zumindest nicht, daß ich wüßte. Und du bist der einzige Mensch in meiner Familie, von dem ich die Wahrheit erwarten kann. Mabry hatte so einen komischen Ausdruck in den Augen, als sie von dir sprach. Und ich kenne sie lange genug, um zu wissen, was das bedeutet.«

»Francesca, du bist erst dreizehn!«

»In Italien reifen die Frauen viel früher«, entgegnete das Mädchen ernsthaft, warf sich neben Cassie aufs Bett und streckte die langen, schlanken Beine aus. »Also erzähl mir die Wahrheit, Cassidy. Hast du dich in einen Kindermörder verliebt? Das scheint Onkel Amberson zu glauben.«

»Er ist nicht dein Onkel«, fauchte Cass. »Und – nein, ich habe mich nicht in einen Kindermörder verliebt.«

»Dann will ich's anders formulieren. Hast du dich in Richard Tiernan verliebt?«

Für dieses Frage- und Antwortspiel bin ich zu müde und emotional viel zu gestreßt, dachte Cass und schaute in die dunklen, ausdrucksvollen Augen ihrer kleinen Schwester.

Es stimmte – sie hatte Francesca noch nie belogen, eine Bastion der Wahrheit in einer Familie voller Geheimnisse. Und sie durfte auch jetzt nicht damit anfangen. »Es wäre ein schwerer Fehler, ihn zu lieben«, antwortet sie vorsichtig.

Nachdenklich nickte Francesca. »Ist es nicht immer so? Soweit ich's feststellen kann, begeht man einen folgenschweren Fehler, wenn man sich verliebt. Du weißt ja, in welche Schwierigkeiten meine Mutter immer wieder gerät. Wußtest du eigentlich, daß Onkel Amberson befürchtet, Richard könnte dich töten?«

Cass biß sich auf ihre Lippen. »Nun, der General ist sehr verbittert.«

»Wer dürfte ihm das verübeln? Er hat seine Tochter und seine Enkelkinder verloren. Kein Wunder, daß er blutige Rache üben will. Wir Italiener verstehen so was.«

»Aber du bist eine halbe Amerikanerin«, betonte Cass ironisch.

»Nicht, wenn du Sean fragst. Nach seiner Ansicht bin ich eine halbe Irin und eine halbe Italienerin, eine sehr gefährliche Kombination.«

»Wenn ich an deine Pubertät denke, Francesca, zittere ich schon jetzt.«

»Das wird noch ein paar Jahre dauern, Gott sei Dank! Die da Riminis erblühen ziemlich spät. Also, was wirst du mit diesem Richard Tiernan machen?«

»Nichts.«

»Glaubst du, er hat's getan?«

Bedrückt dachte Cass an die traurigen dunklen Augen, die schmalen Finger, die das Whiskey-Glas umklammert hatten. Und in ihrer Phantasie hörte sie immer noch seine leise, sanfte, etwas heisere Stimme, die ihr erzählte, was sie nicht hören wollte. »Das weiß ich nicht«, erwiderte sie. Wenigstens das war die Wahrheit.

»Wie schrecklich das alles ist!« meinte Francesca. »Ich bemühe mich, Onkel Amberson aufzuheitern. Wenn er mit mir zusammen ist, lacht er sehr oft. Und er sagt, es käme ihm so vor, als hätte er wieder eine Tochter.«

Cassidy musterte ihre Schwester, die knabenhafte Gestalt, die Weisheit und Sorge in den frühreifen Augen. Plötzlich stieg eine neue, unerklärliche Angst in ihr auf.

Aber es gab wohl keinen Grund, etwas anderes zu fürchten als jene Ereignisse, die ihr Leben völlig durcheinandergebracht hatten. »Sean ist sehr krank«, bemerkte sie, um das Thema zu wechseln.

»Ja, ich weiß. Deshalb bestand ich auf dieser Reise. Sonst wäre ich lieber in Mailand geblieben. Dann hätte ich Mutter und Carlo nach Herzenslust ärgern können. Wenn ich sie beobachte, fällt es ihr schwer, junge Männer anzuschmachten.«

»Francesca, du bist ein Monster.«

»Ja, das behauptet Mutter immer wieder. Wird er sterben, Cass?« Die abrupte Frage gestattete keine andere Antwort außer der Wahrheit.

»Wahrscheinlich«, sagte Cass leise.

»Bald?«

»Ich nehme es an.«

Eine Zeitlang schwiegen sie, und als Francesca wieder den Kopf hob, glänzten Tränen in ihren dunklen Augen. »Aber er sieht so gut aus.«

»O ja, Darling, und dafür müssen wir dankbar sein.

Vielleicht irren sich die Ärzte. So was soll schon vorgekommen sein. Aber Mabry zweifelt daran.«

»Onkel Amberson behauptet, Richard Tiernan würde Daddy vorzeitig ins Grab bringen. Und Seans Tod wäre ein weiterer Mord, von diesem Mann verübt.«

»Nein!« protestierte Cass in scharfem Ton. »Ganz im Gegenteil, Richard erhält ihn am Leben, und er stärkt Seans Lebenswillen. Von diesem Buch ist er besessen, Francesca. Wenn er das nicht hätte – ich weiß nicht, in welchem Zustand er sich befände. Du kennst Sean – seine Arbeit und sein Ruhm stehen immer an erster Stelle.«

»Und seine Kinder hinken hinterher, im respektvollen Abstand von zehn Schritten«, ergänzte Francesca mit der ganzen Weisheit ihrer Jugend. »Aber das bedeutet keineswegs, daß wir ihn nicht lieben, oder?«

»Allerdings nicht«, stimmte Cass zu. »Auch er liebt uns, so gut er's kann.«

Francesca seufzte. »Hätte ich doch einen so netten Vater wie Onkel Amberson – jemanden, der sich liebevoll um mich kümmert, mein Wohlergehen an die erste Stelle setzt und jeden, der mir was antut, bis ans Ende der Welt verfolgt, um Rache zu nehmen ...«

»Sicher willst du nicht in eine Situation geraten, wo du auf Rache sinnen müßtest«, bemerkte Cass trokken und versuchte, das Gespräch in vernünftigere Bahnen zu lenken.

»Ach, ich weiß nicht ... Immerhin bin ich dreizehn und neige zu romantischen Tagträumen. Gar nicht zu reden von meiner halb irischen, halb italienischen Abstammung.«

»Nach meiner Ansicht bist du eine halbe Amerikanerin«, entgegnete Cass.

»Ich meine, ich möchte weder ermordet noch vergewaltigt werden. Aber es wäre doch aufregend, wenn mir ein großes Unrecht geschähe.«

»Wahrscheinlich würde dich die Liebe des Generals eher erdrücken, denn du warst schon immer bemerkenswert unabhängig.«

»So wie wir alle. Wenn ich erwachsen bin, gerate ich hoffentlich nach dir – nicht nach meiner Mutter.«

»Glaub mir, ich mache dieselben dummen Fehler wie deine Mutter.«

»Sicher nicht. Ständig sucht sie sich Männer aus, die ihre Eitelkeit befriedigen, die ihr das Gefühl geben, sie wäre jünger und hübscher.«

Cassie lächelte gequält. »Während ich mir gar keine Männer aussuche.«

»Oh, das bezweifle ich. Aber du triffst die falsche Wahl. Ich kann es gar nicht erwarten, Richard Tiernan endlich kennenzulernen.«

Plötzlich klopfte es, und die Tür flog auf, ehe Francesca sie öffnen konnte.

Mabry stand auf der Schwelle, Tränen rannen über ihr bleiches Gesicht. »Gerade ist euer Vater zusammengebrochen. Irgend jemand hat eine Ambulanz gerufen. Aber ich glaube – ich glaube, es ist zu spät.«

Richard lehnte sich in seinem Sitz zurück und schloß die Augen, während der Jet durch die Lüfte schwebte. Nun hatte er alles zu einem guten Ende gebracht, die Kinder umarmt, mit ihnen gespielt und sein gebrochenes Herz verborgen.

Als sie nach Cassie fragten, log er, verdammte sich selbst und die Frau, auf die seine Wahl gefallen war. Bei ihrem kurzen Besuch hatte sie Amys und Seths Zuneigung gewonnen, und es würde ihr gelingen, die beiden zu retten. Aber sie war davongelaufen und hatte die letzte Prüfung nicht bestanden.

Obwohl er es nicht dürfte, machte er ihr bittere Vorwürfe. In seinem Leben war kein Raum für Mitleid, für Gnade. Für seine Kinder würde er jeden opfern. Und letzten Endes hatte Cassidy selbst ihre Entscheidung getroffen.

Was mochte ihn in den Staaten erwarten? Hatte sie die Polizei alarmiert? Würde eine bewaffnete Eskorte am Flughafen bereitstehen?

Das bezweifelte er aus irgendwelchen Gründen. Vermutlich würde sie auch Sean verschweigen, was sie für die Wahrheit hielt. Natürlich ist sie zu ihm gelaufen, dachte Richard. Aber im Grunde gehört sie wohl eher mir als ihrem Vater. Sie wird ihr Bestes tun, um sich zu schützen – und mich trotzdem niemals verraten.

Und doch – er wurde bedroht. Solange hatte er sich im Dunkel verkrochen, sicher und unverwundbar. Aber Cassie war zu ihm vorgedrungen, und das hätte nicht geschehen dürfen.

Jetzt würde er sich auf die Dinge konzentrieren, die er erledigen mußte. Und wenn er sie wiedersah, falls überhaupt, würde er sich so unverletzlich fühlen wie zuvor.

Zum Teufel mit ihr. Und mit ihm selbst. Zum Teufel mit der ganzen, elenden dummen Menschheit, mit ihren armseligen Neurosen und Obsessionen! Irgendwie mußte er in diesem Durcheinander einen sicheren Hafen für seine Kinder finden.

Nur darauf kam es an. Zur Hölle mit Cassidy Roarke, mit ihren wachsamen Augen und weichen Lippen!

Er würde eine Frau finden, der er seine Kinder anvertrauen konnte, mit der er nicht bumsen wollte. Er würde ihr genug bezahlen – und dann ein schnelles Ende herbeiführen.

Vielleicht würde er Cassidy Roarke mitnehmen.

Er wußte nicht, ob er fähig wäre, soweit zu gehen. Hatte er sich nicht genug im gewissenlosen Wahnsinn verstrickt, um Mord und Selbstmord zu erwägen? Inzwischen war seine Menschlichkeit ebenso entschwunden wie die schwache Politur seiner Zivilisation. Nichts blieb zurück, nicht einmal sein Lebenswille.

Einzig und allein die Kinder zählten. So wie immer. Vorübergehend hatte Cassidy ihn abgelenkt. Aber er konnte sie vergessen, einem Mann wie Mark Bellingham überlassen.

Nachdem man ihn getötet hatte, würde er sie vielleicht in ihren Träumen heimsuchen. Und wenn sie mit einem Mann schlief, würden sie stets zu dritt im Bett liegen. Nie wieder konnte sie sich jemandem hingeben, ohne an Richard Tiernan zu denken.

Und das genügte ihm.

17

»Im Augenblick können wir nichts tun.« Mabrys Stimme klang kühl und leblos. So als würde *sie* im Sterben liegen.

»Was meinst du?« fragte Cassie.

»Dr. Ryman sagt, Sean sei jetzt stabilisiert. Vorerst. Sie können ihn nur beobachten und abwarten, was passieren wird. In den nächsten vierundzwanzig Stunden müßte sich alles entscheiden. Im Moment ist er zu schwach, um irgendwelche Untersuchungen zu ertragen. Aber wenn er Kräfte sammelt ...«

»Und wenn nicht?«

Mabry nahm kein Blatt vor den Mund. »Dann stirbt er.«

»Nein!« kreischte Francesca, und Cassie nahm sie in die Arme.

»Beruhige dich, Darling.« Zärtlich streichelte sie das zerzauste mitternachtsschwarze Haar. »Was nützt es denn, zu weinen und zu klagen? Wir müssen einfach auf das Beste hoffen.«

Plötzlich sah Francesca sehr jung aus, noch jünger als dreizehn. Tränen rannen über ihre blassen Wangen, und sie schüttelte den Kopf. »Daß er so krank ist, wußte ich gar nicht. Er sagte mir, er sei nur erkältet.«

»Weil er ein Lügner ist«, erklärte Cassidy. »Er wollte uns keine Sorgen machen.«

»O Cassie, er darf nicht sterben!« jammerte Francesca. »Laß es nicht zu!«

Diese Bitte traf Cassidy wie ein Schlag ins Gesicht. Sie war immer die Stärkste der bunt zusammengewürfelten Halbgeschwister gewesen und hatte versucht, die anderen vor den Launen des Schicksals zu schützen. Wie gern würde sie die Welt ändern, wenn sie es könnte ... Aber dies stand nicht in ihrer Macht, wie so viele Dinge. »Liebes, mir sind die Hände gebunden«, erwiderte sie sanft.

»Möchtet ihr ihn sehen?« fragte Mabry. »Wir dürfen stündlich zu ihm, jeweils für zehn Minuten. Francesca kann ihn zuerst besuchen, wenn sie will.«

»Nein!« schluchzte Francesca. »Wenn er stirbt, verzeihe ich ihm nie.«

»Liebes Mädchen ...« Dicht hinter ihr erklang General Scotts besänftigende Stimme. Cassie hatte gar nicht gemerkt, daß er ins Krankenhaus mitgekommen war. »Nun werde ich dich nach Hause bringen. Dies alles ist zuviel für ein so empfindsames Kind.«

Francesca befreite sich aus Cassies Armen, sank an die Brust des Generals und schluchzte herzzerreißend, während er sie streichelte und onkelhafte Phrasen in ihr Ohr flüsterte.

»Ja, das wäre wohl am besten«, stimmte Mabry müde zu. »Fahren Sie mit ihr nach East Hampton. Wahrscheinlich werden wir die ganze Nacht hier verbringen, und es würde mich ein wenig erleichtern, wenn ich wüßte, daß Francesca versorgt ist.«

»Keine Bange, ich werde mich um sie kümmern, als wäre sie meine eigene Tochter«, beteuerte Scott.

Cassidy rührte sich nicht und sagte kein Wort. Plötzlich wurde sie von einem seltsamen Schwindelgefühl befallen, und sie schwankte verwirrt. Zu wenig Schlaf, zu viele Gefühle, das Jetlag ... Sie betrachtete ihre kleine Schwester in den starken väterlichen Armen des Generals und versuchte, sich zusammenzureißen.

»Vertrauen Sie mir, Cassie«, bat er. »Ich werde gut auf das kleine Mädchen aufpassen. Sagen Sie's Richard, wenn Sie ihn sehen.«

»Warum sollte ihn das interessieren?« würgte sie hervor.

Er schenkte ihr ein nichtssagendes Lächeln, aber dann nahm sein Blick einen sonderbaren, erschreckend intensiven Ausdruck an. »Auf seine Weise ist er Kindern genauso zugetan wie ich, und er möchte sie beschützen.«

Bestürzt fühlte sie, wie ihr das Blut in die Wangen stieg, dunkel und verräterisch. Und sie konnte nichts anderes tun, als ihn anzustarren und zu hoffen, er würde das Wissen in ihren Augen nicht lesen.

Als er näher trat, roch sie Pfefferminz, Wolle und Geborgenheit. »Wo sind sie, Cassie?« Er war ein viel zu guter Beobachter.

»Keine Ahnung, wovon Sie reden ...«, log sie schuldbewußt.

»Wo sind sie?«

Er weiß es ... Reglos stand sie im Flur des Krankenhauses, schaute dem General nach, der ihre kleine Schwester davonführte, und versuchte, die neue Erkenntnis zu verkraften. Er vermutet schon seit einiger Zeit, daß seine Enkel noch leben, dachte sie. Und mein dummes Verhalten hat ihn endgültig überzeugt ...

Aber warum hatte er nichts unternommen, um sich Gewißheit zu verschaffen? Welches bizarre, komplexe Spiel trieben die beiden Männer, die um Dianas Kinder kämpften? Welches Geheimnis verband sich mit den beiden unschuldigen Geschöpfen, das sowohl den

Vater als auch den Großvater zu so aufwendigen, komplizierten Aktionen veranlaßte?

»Wenn du willst, kannst du ihn zuerst besuchen«, bot Mabry ihr an.

Mühsam verdrängte Cassie die beunruhigenden Gedanken und wandte sich zu ihrer Stiefmutter. »Möchtest du ihn nicht sehen?«

»Noch nicht. Vorhin war ich bei ihm, und er ...« Mabry erschauerte. »Überall ragen Schläuche und Drähte aus ihm heraus. Es kam mir so vor, als wäre er schon tot. Und er würde meine Anwesenheit gar nicht wahrnehmen.«

»Was wirst du tun?«

»Ich fahre nach New York zurück. Inzwischen werden sich Essie und Amberson im Cottage um Francesca kümmern. Jetzt muß ich erst mal nach Hause fahren und mich verkriechen.«

Nach Hause ... Cassidy erwähnte nicht, daß ihre Stiefmutter ein verlassenes Apartment vorfinden würde – daß Richard Tiernan verschwunden war.

Vielleicht würde Mabry es nicht einmal bemerken. »Wir fahren beide heim«, erklärte Cassie und legte ihr einen tröstlichen Arm um die Schultern. »Morgen früh kommen wir noch einmal hierher, um zu sehen, wie es Sean geht. Kampflos wird er nicht aufgeben. Wenn er stirbt, dann mit dramatischem Abgang.«

Mabry brachte ein heiseres Lachen zustande. »Da hast du recht. Sean könnte einer theatralischen Szene nicht widerstehen. Sicher wird er sich erholen. Morgen sitzt er wahrscheinlich im Bett, schreibt Autogramme und schmiedet Pläne für einen neuen Roman.«

»Zuerst muß er das Buch zu Ende bringen, an dem er gerade arbeitet.«

Mabry schaute ihre Stieftochter verwundert an. »Weißt du's nicht? Das hat er vor über einer Woche fertiggestellt. Kurz bevor wir nach East Hampton gefahren sind. Das Manuskript soll demnächst an den Verlag geschickt werden.«

»Nein – das hat er mir nicht erzählt«, erwiderte Cassie langsam.

»Ich glaube, er wollte dir das Buch vorenthalten. Wegen deiner widersprüchlichen Beziehung zu Richard.«

»Widersprüchlich? Wohl kaum. Meine Gefühle für Richard Tiernan sind eindeutig.«

»Und was für Gefühle sind das?« fragte Mabry neugierig.

»Verdammt noch mal, das geht dich nichts an«, entgegnete Cassie leichthin. »Suchen wir uns ein Taxi.«

»Willst du Sean heute nicht mehr sehen?«

»Lieber nicht. Sonst bringe ich ihn womöglich um. Das würde uns zwar eine Menge Arztkosten ersparen, aber wir müßten einen Anwalt bezahlen. Also lasse ich Sean besser in Ruhe.«

»Warum ärgerst du dich so über ihn, Cass? Du kennst ihn doch und hast immer gewußt, daß er die Leute manipuliert, um seine Ziele zu erreichen. Deshalb dürften dich die geheimen Pläne, die er für dich und Richard ausgeheckt hat, nicht überraschen.«

»Ja, ich hab's gewußt. Aber die unwiderlegbaren Beweise mißfallen mir.«

»Er hat dich immer sehr geliebt«, betonte Mabry, und Cass schaute sie durchdringend an.

»Nicht so, wie ich mir die Liebe eines Vaters vorstelle.«

»Vielleicht definierst du diese Liebe ein bißchen zu streng.«

Cassie schüttelte den Kopf. »Jedenfalls wird er's nicht wagen zu sterben, ehe ich ihm die Meinung gesagt habe. Gehen wir.«

Noch bevor der Tag anbrach, trafen sie in der Seventy-second Street ein. Cassie stieg aus dem Taxi und erinnerte sich an das letzte Mal, als sie hier angekommen war – ebenfalls im Morgengrauen. Um Richard zur Rede zu stellen und eine verlassene Wohnung zu betreten. Wenigstens mußte sie diesmal keine Begegnung mit ihrem bösen Geist befürchten.

Das Zentrum von New York City war ihr nie besonders ruhig erschienen, nicht einmal mitten in der Nacht. Aber während sie mit Mabry im Lift nach oben fuhr, erschien ihr das alte, noch vor dem Krieg erbaute Haus wie ein Grabgewölbe. Die Wohnung roch frisch gelüftet. Offenbar war Bridget vor kurzem hier gewesen, um sauberzumachen, was Cassies Gewissen erleichterte. Sie wußte nicht, in welchem Zustand sie das Apartment zurückgelassen hatte, als sie Richard nach England gefolgt war. Zwischen Bridget und ihr gab es keine Geheimnisse.

Bald lag Mabry in dem breiten Bett, das sie normalerweise mit Sean teilte, ein Glas Whiskey ohne Eiswürfel in der Hand. »Ich könnte tagelang schlafen«, murmelte sie, sank ins Kissen und schloß die Augen.

»Oh, du Glückspilz!« seufzte Cass. »Ich glaube, über

den Zustand schlichter Erschöpfung bin ich schon hinaus, und ich wünschte nur, es gäbe Pillen gegen Jetlag.«

Die Stille in der Wohnung vertiefte sich, dann hob Mabry die Lider, als Cassidy bereits gehofft hatte, sie wäre eingeschlummert. »Wieso leidest du unter Jetlag?« Eine ganz simple Frage, in ruhigem Ton gestellt.

Aber Cass starrte sie an, fand keine plausible Antwort, und sie mußte sich auch gar nicht den Kopf zerbrechen. Mabry stellte das Glas auf den Nachttisch, schloß wieder die Augen und schlief ein.

Minutenlang wagte Cass nicht, sich vom Fußende zu entfernen, weil sie befürchtete, das leiseste Geräusch könnte ihre Stiefmutter wecken und an unbeantwortete Fragen erinnern. Als sie sich endlich bewegte, schmerzten ihre steifen Muskeln. Auf Zehenspitzen schlich sie aus dem Zimmer, so müde, daß sie weinen wollte.

Sie schaute zum Ende des langen Flurs, wo Richards Zimmertür offenstand. Dahinter lag dichtes Dunkel. Irgendwann, vielleicht morgen, würde sie sich aufraffen, hineingehen und nachsehen, ob er irgend etwas Diskriminierendes zurückgelassen hatte. Ob es ihr gefiel oder nicht, nun war sie seine Fluchthelferin. Niemandem würde sie verraten, wo er steckte, und sie wollte auch verhindern, daß man Anhaltspunkte fand. Er sollte auch künftig in Sicherheit leben – weit weg von ihr.

Jetzt brauchte sie Schlaftabletten oder einen Whiskey oder warme Milch. Sie befand sich jenseits der Erschöpfung an einem dunklen, unheimlichen Ort, wo der Schlummer nur ein Hirngespinst war. Schließlich entschied sie sich für warme Milch, traf wie immer die ungefährlichste Wahl. Ein Trugschluß. Das merkte sie, sobald sie die Küche betrat.

Er saß am Tisch, vor sich einen Becher Milch. Daneben stand eine geöffnete Whiskeyflasche. »Ein Schuß Alkohol wird dir sicher guttun«, meinte er im Konversationston, als wäre ihre Beziehung von zurückhaltender Höflichkeit geprägt. Als hätte Cassidy niemals atemlos und stöhnend unter ihm gelegen.

Ohne eine Antwort abzuwarten, goß er irischen Whiskey in die warme Milch, dann eine größere Menge in sein eigenes, mit Eiswürfeln gefülltes Glas. Von hellem, würgendem Zorn erfaßt, wollte sie schreien und sich auf ihn stürzen, ihn schütteln, den Becher und das Glas an die Wand schleudern.

Das sah er ihr an. Er beobachtete sie, kühl und distanziert. Viel zu gut konnte er ihre Gefühle erraten, und sie riß sich mühsam zusammen. »Ich mag keinen Whiskey«, erwiderte sie und erschrak, weil ihre Stimme so emotionslos klang.

»Ja, ich weiß. Trink's trotzdem.« Er zog einen Stuhl unter dem Tisch hervor, wies einladend darauf, und sie sagte sich, daß sie in ihr Zimmer fliehen müßte.

Statt dessen rückte sie den Stuhl etwas weiter von ihm weg und setzte sich. Vor ihr stand der Milchbecher, der bernsteinfarbene Whiskey verdunkelte die weiße Flüssigkeit.

»Wird Sean seinen Anfall überleben?«

Frostig erwiderte sie seinen Blick. »Interessiert dich das?«

Er zuckte die Achseln. »Das hängt davon ab, ob er das Buch beendet hat.«

»Ja, es wurde noch vor seiner Reise nach East Hampton fertig.«

»Hast du's gewußt?«

»Nein. Warum findest du das Buch so wichtig? Es enthält nicht die Wahrheit, oder? Was in jener Nacht wirklich geschah, hast du meinem Vater verschwiegen – ebenso wie die Tatsache, daß die Kinder noch leben.«

»Sean schreibt doch immer erfundene Geschichten. Und ich habe ihm genug Material für eine phantasievolle Story geliefert. Sicher ist ein faszinierendes Buch draus geworden.« Er lehnte sich zurück und beobachtete sie. »Jedenfalls hat er mich fürstlich entlohnt.«

»Aber ich dachte, ein Krimineller dürfte nicht von Büchern über sein Verbrechen profitieren.«

Richard schenkte ihr ein dünnes, eiskaltes Lächeln. »Glücklicherweise ist Mark Bellingham ein besserer Anwalt, als du vielleicht glaubst. Das Geld geht nicht an mich. Es fließt in einen anonymen Fonds, den er zusammen mit Sally Norton und einer dritten, von ihm ausgewählten Person verwaltet.«

»Und es ist für die Kinder bestimmt?«

Darauf gab er keine Antwort.

»Darum geht's doch, nicht wahr? Alles hast du nur für die Kinder getan.« Sie griff nach dem Milchbecher, dann zog sie die Hand wieder zurück und war nicht erstaunt, als sie ihre Finger zittern sah. »Hast du deshalb deine Frau getötet?«

»Trink deine Milch, Cassie«, schlug er leise vor.

Noch einmal starrte sie in den Becher. Sie wußte zuviel – viel zuviel nach seinem Geschmack, hatte ihn verlassen, seine Pläne vereitelt. Und nun war er zurückgekommen, statt in England zu bleiben, weil er sie zum Schweigen bringen mußte.

Würde er sie vergiften? Er war bereits zum Tod verurteilt, eine Strafmilderung schien ihn nicht zu interessieren, und man konnte ihn nur einmal hinrichten. Wenn sie gestorben war, würde niemand die Wahrheit über die Kinder verraten. Als Anwalt war Mark an seine Schweigepflicht gebunden, und Sally riskierte ihre Gesundheit, sogar ihr Leben, um Amy und Seth zu schützen.

Also gab es nur eine einzige Schwachstelle – Cassidy Roarke. Den Kindern zuliebe hatte Richard bereits einen Mord begangen. Würde er vor einem zweiten ebensowenig zurückschrecken? »Was wird jetzt geschehen?« fragte sie.

»Je nachdem. Sean wird leben oder sterben. Wenn er am Leben bleibt, wirst du die perfekte Tochter spielen, deine Liebe beweisen und keine Zeit finden, an mich und die meinen zu denken. Vorerst hat sich Sallys Gesundheitszustand stabilisiert, und Mark sucht jemanden, der ihren Platz einnehmen kann. Eine vertrauenswürdige Person, die bereit ist, das Wohl meiner Kinder über alles andere zu stellen.«

Eigentlich dürfte sie sich nicht gekränkt fühlen. Aber er beherrschte die Kunst, sie zu manipulieren, einfach meisterhaft. Sogar diese scheinbar harmlosen Worte trafen ihr Herz wie Messerstiche.

»Und wenn Sean nicht mehr zu sich kommt? Wenn er stirbt?«

»Dann wärst du sehr gefährlich. Überwältigt von deiner Trauer und der Erkenntnis, wieviel du ihm noch sagen wolltest, wirst du wahrscheinlich den falschen Leuten die falschen Dinge erzählen. Das kann ich nicht zulassen.«

»Wie willst du mich daran hindern?«

»Ich bin mir noch nicht sicher. Trink deine Milch, Cassie.«

In ihrem Gehirn flimmerten alte Filme. Ein vergiftetes Getränk, aus der Hand eines Liebhabers entgegengenommen. Wenn sie den Becher versehentlich umstieß ... Oder wenn sie sich einfach weigerte, ihn zu leeren ... Würde er sie festhalten und ihr die Milch gewaltsam einflößen? Wohl kaum.

Sie griff nach dem Becher, und er beobachtete sie. Inzwischen war die Milch erkaltet, das würzige Aroma des irischen Whiskeys stieg ihr in die Nase. Roch sie noch etwas anderes? Etwas Tödliches? »Was hast du da hineingetan?« fragte sie, um Zeit zu gewinnen.

»Leider nur Magermilch. Was anderes habe ich nicht gefunden. Ein Schuß Whiskey. Und Mandelextrakt.«

»Mandelextrakt?« Gab es nicht ein Gift, das wie bittere Mandeln schmeckte? Etwas, das den sofortigen Tod herbeiführte ...

»Mandelextrakt«, bestätigte er. »Oh, und natürlich ein bißchen Rattengift, das Bridget hiergelassen hat. Ich hoffte, die Mandeln und der Whiskey würden den Geschmack übertünchen. Vielleicht hätte ich noch etwas Zucker hinzufügen sollen.«

»Freut mich, daß du das alles so amüsant findest«, entgegnete sie und schluckte nervös.

»Ich finde *dich* amüsant«, erklärte er, und seine Augen verdunkelten sich. »Besonders deine Definition von Liebe und Vertrauen, kurz bevor du weggelaufen bist. Trink die verdammte Milch, Cassie, und wart ab, ob du tot umfällst oder nicht.«

»Warum kostest du nicht davon?«

Entschieden schüttelte er den Kopf. »Auf keinen Fall. Selbstmord ist nicht mein Stil.«

Aufmerksam betrachtete sie seine dunklen, herausfordernden Augen, die bittere Grausamkeit seiner Lippen. Die schmalen Hände, die schwarze Seele. Dann trank sie die Milch.

Beinahe leerte sie den Becher, stellte ihn auf den Tisch zurück und hielt Richards Blick stand. »Wie lange wird's dauern, bis die Wirkung einsetzt?«

»Keine Ahnung. Du bist die erste Person, die ich vergifte. Normalerweise ersteche ich meine Opfer.«

»Das macht dir wirklich Spaß, was?« fragte sie und wartete auf ihre Magenkrämpfe. »Bestrafst du alle Leute, die verrückt genug sind, sich in dich zu verlieben?«

»Deine Liebe zu mir ist kein Verbrechen, Herzchen«, entgegnete er gelassen. »Und du kannst mir nicht einmal einreden, daß du mich liebst. Liebe besteht nicht aus grandiosem Sex, vorschnellen Schlüssen, der Bereitschaft, das Schlimmste zu glauben. Und wenn man jemanden wirklich liebt, läuft man nicht davon, sobald's brenzlig wird.« Er neigte sich zu ihr, nahe genug, um sie zu küssen, und sie roch den Whiskey in seinem Atem, spürte seinen Zorn. »Weißt du, welches Verbrechen ich dir vorwerfe? Du hast meine Liebe und mein Vertrauen erschlichen. Für ein paar verrückte Stunden dachte ich, es gäbe doch noch etwas, wofür es sich zu kämpfen lohnt.« Langsam streiften seine Lippen ihren Mund, herzzerreißend sanft. »Du hast das Verbrechen verübt, neue Hoffnungen in mir zu wecken und dann wieder zu rauben.«

Ohne sich zu rühren, saß sie am Tisch. Er war längst gegangen – sie hatte die Tür ins Schloß fallen hören. Aber sie blieb sitzen, bis die ersten Sonnenstrahlen in die Küche fielen. Die raffiniert gewürzte Milch schien in ihrem Magen zu gerinnen, und sie wollte aufspringen und sich über der Spüle ergeben. Doch das konnte sie sich nicht erlauben.

Schließlich legte sie den Kopf auf die Tischplatte, umklammerte den leeren Becher und schlief erstaunlicherweise ein.

Richard lehnte an der Tür, die Augen geschlossen, und bekämpfte seinen Zorn. Und er hatte gedacht, diese mörderische Wut wäre besiegt. Könnte er jemanden töten, den er zu lieben glaubte?

Hatte er nicht genau das getan? Seine moralische Verantwortung für die Kinder stellte ihn auf die falsche Seite des Gesetzes. Doch das bedrückte ihn nicht. Er erfand keine Ausreden, versuchte nicht, sich vor der Wahrheit zu verstecken, die er kannte. Statt dessen hatte er eine unwiderrufliche Entscheidung getroffen, und Diana war tot. Daran konnten weder Entschuldigungen noch Rechtfertigungen irgend etwas ändern.

Könnte er seine Seele doch von dem Zorn befreien, von der törichten, hartnäckigen Hoffnung, die Cassidy Roarke heraufbeschworen hatte ... Er war überzeugt gewesen, er würde nichts als Wut empfinden, wenn er sie wiedersah. Welch ein Irrtum!

Sie hatte ihn angeschaut und den Becher Milch und

ihn für fähig gehalten, sie zu ermorden. In jenem Augenblick wollte er sie tatsächlich töten. Aber er sah den Schmerz und die Panik in ihren silbergrünen Augen, spürte die Sehnsucht und Verzweiflung in ihrer Seele. Diese feige Närrin war davongelaufen, als er ihr Vertrauen so dringend gebraucht hatte. Trotz allem liebte sie ihn immer noch, das wußte er. Obwohl sie ihn als ruchlosen Verbrecher betrachtete.

Und das komplizierte sein Leben. Denn es fesselte ihn an Cassie. Er konnte sie nicht hassen, seine Gefühle nicht einfach abschalten, so wie er es vor Jahren gelernt hatte. Nun war er in ihrem Netz gefangen, und er sah nur eine einzige Möglichkeit, sich zu befreien.

Er wartete, bis die Sonne aufging. Dann kehrte er in die Küche zurück und glaubte, dort würde er niemanden antreffen. Bis er sie am Tisch sitzen sah, in tiefem Schlaf versunken.

Schon wieder ein Irrtum. Er erinnerte sich, wie sie reglos in seinen Armen gelegen hatte, die helle Haut voll goldener Sommersprossen. Verwundbar, sinnlich. Und er begehrte sie mit einer Leidenschaft, die alles andere auszulöschen drohte.

Es dauerte eine Weile, bis sein klarer Verstand die Oberhand gewann. Als er sie berührte, war er ganz ruhig. Sie erwachte nicht, während er sie hochhob und in die gotische Monstrosität ihres Schlafzimmers trug. Oder wenn er sie geweckt hatte, wollte sie's nicht zugeben. Vorsichtig legte er sie auf das ordentlich gemachte Bett. Sie griff nach ihm, murmelte etwas Unverständliches. Doch er löste ihre Hände von seinem Nacken und deckte sie sorgsam zu.

Sekundenlang schmollte sie, dann rollte sie sich seufzend zusammen, eine Handfläche unter der Wange, das flammendrote Haar auf dem Kissen ausgebreitet.

Ihr Körper vertraute ihm, auch wenn ihre Seele sich nicht dazu durchringen konnte. Eigentlich müßte ihn diese Erkenntnis trösten. Doch er suchte keinen Trost. Und keine Gerechtigkeit. Jetzt würden ihn nur noch Lügen schützen.

Er starrte sie an, prägte sich ihr Bild ein. Und er gestattete sich sogar, eine wirre Haarsträhne aus ihrem Gesicht zu streichen, ihre Schläfe sanft zu liebkosen. Danach würde er sie nie wieder anfassen. Lautlos schloß er die Tür hinter sich.

»Steh auf, Cassie!« Wie durch dichten Nebel hörte sie seine Stimme und bemühte sich vergeblich, die Augen zu öffnen. Das hatte sie während der letzten paar Stunden öfter versucht. Doch der Schlaf und die Erschöpfung waren mächtige Feinde. »Steh auf!« wiederholte er ungeduldig. »Mabry braucht dich.«

Endlich bewegte sie sich. Sie konnte sich nicht erinnern, wo sie war, in welchem Bundesstaat, in welchem Land. Richards kühle Stimme, das weiche Bett unter ihr ... Vielleicht hatte er sie doch nicht vergiftet. Oder sie war versehentlich am Leben geblieben. Nein, sie wollte die Augen nicht aufschlagen. Sollte Mabry doch selber sehen, wie sie zurechtkam.

»Cass, dein Vater stirbt. Wach auf!«

Da hob sie die Lider. Es war später Nachmittag, Regen prasselte gegen die Fensterscheiben, und sie lag in ihrem Bett im Park Avenue-Apartment. Wie sie hierhergeraten war, wußte sie nicht. Und das interessierte sie in diesem Augenblick auch gar nicht.

»Was hast du gesagt?« fragte sie schläfrig und abwehrend.

»Mabry will zur Klinik fahren. Seit einiger Zeit liegt Sean im Koma, und die Ärzte bezweifeln, daß er noch einmal zu sich kommen wird. Möchtest du sie begleiten?«

Ohne zu antworten, warf sie ihre Decke beiseite und stieg aus dem Bett. Der Boden schwankte unter ihr, und sie glaubte zu stürzen.

Aber Richards schmale, schöne, mörderische, unpersönliche Hände hielten sie fest, bis sie ihr Gleichgewicht wiederfand. Ein kleiner, verräterischer Teil ihres Ichs wollte an seine Brust sinken, Trost finden, mit seiner Hilfe neue Kraft schöpfen.

Doch er schob sie von sich. »Zuviel Rattengift, Cassie?«

»Nicht genug«, erwiderte sie und trat zurück.

Als sie die Eingangshalle erreichten, hatte bereits die Rush-hour begonnen. Draußen wartete ein Taxi, von Bill bestellt, und der Taxameter lief. Mabry war still und bleich und schien zu frösteln, und es dauerte eine Weile, bis Cassie erkannte, daß Richard sie nicht nur zum Wagen begleitete, sondern mitfuhr. Im beengten Fond preßte sich sein muskulöser Schenkel an ihren, sie spürte seine Körperwärme, seine Kraft.

Und seine Gegenwart erleichterte sie ein wenig. Ausnahmsweise wurde sie von ihren ruhigen, mütterlichen Instinkten im Stich gelassen. Umsichtig bahnte er ihnen einen Weg durch die labyrinthische Bürokratie des Krankenhauses, und sie ging ihm einfach nach, einen Arm um Mabrys plötzlich verwundbare Schultern gelegt.

Im Stockwerk angekommen, wo Sean lag, fielen ihr seltsame Blicke auf. Ärzte und Schwestern starrten sie an, ihre Stiefmutter, Richard Tiernan, den Mörder, und die Gesichter verrieten fasziniertes Grauen.

Zuerst betrat Mabry das Zimmer. Richard und Cass saßen sich in einem kleinen Warteraum gegenüber. Weil sie fürchtete, was sie sehen könnte, weigerte sie sich, ihn anzuschauen. Ihre Nerven, zum Zerreißen gespannt, würden endgültig versagen, wenn sie in seinen Augen kalte, mörderische Verachtung las.

Als Mabry zurückkam, rollten Tränen über ihr bleiches Gesicht. Cassie wollte sie umarmen.

Doch da tauchte Bridget aus dem Nichts auf, drückte Mabry an ihren üppigen Busen, sprach beruhigend auf sie ein und führte sie davon. »Geh jetzt zu ihm, Cass!« rief sie über die Schulter. »Ich kümmere mich um deine Stiefmutter.«

Unwillkürlich warf Cassidy eine kurzen, sorgenvollen Blick zu Richard hinüber. Sein Gesicht war völlig ausdruckslos. »Soll ich hineingehen?«

Das hatte sie nicht erwartet. »Möchtest du ihn sehen?«

»Eigentlich nicht.«

»Worauf wartest du dann?«

»Auf dich.« So einfach war das, so kompliziert. Sie fühlte sich völlig hilflos. Also nickte sie nur, dann folgte sie der Krankenschwester durch den langen, stillen Flur.

»Zehn Minuten«, wisperte die Frau und zog sie

durch die Tür. »Wahrscheinlich wird er Sie nicht erkennen. Aber man kann nie wissen.«

Leise schloß sich die Tür hinter ihr. Konstanter Lärm erfüllte den Raum, Maschinen piepsten, tickten, surrten, atmeten für Sean, pumpten Blut durch seine Adern, lebten für ihn.

Sie ging zum Bett, ruhig und gefaßt. »Aus allem mußt du ein Drama machen, nicht wahr? Warum hast du dich so verdammt theatralisch aufgeführt und bist bei deiner eigenen Party zusammengeklappt?«

Tief eingesunken im papierweißen Gesicht, zuckten die Lider der geschlossenen Augen nicht einmal. Er glich einem Skelett, als wäre das vibrierende Leben, das ihn stets durchströmt hatte, bereits aus ihm herausgeflossen.

Vorsichtig berührte Cassie die Hand, in der keine Schläuche steckten. »Noch bist du nicht fertig. Ich weiß nicht, warum du glaubst, du könntest einfach aufgeben, wo noch so viele Dinge unerledigt sind. Okay, das Buch ist beendet. Na und? Wenn ich dir nun sage, daß nur Lügen drinstehen? Würde dir das was ausmachen? Vermutlich nicht. Eine gute Story hat dich schon immer mehr interessiert als die Wahrheit. Außerdem wird diese besondere Geschichte ein Vermögen einbringen. Deshalb hast du sie geschrieben, nicht wahr? Damit Mabry versorgt ist.«

Nun beobachtete sie ein schwaches Zittern unter einem Augenlid, aber das stetige Dröhnen der Monitore änderte sich nicht. »Natürlich wolltest du auch ein Meisterwerk schaffen. Niemals würde ich den Fehler begehen, dir eine selbstlose Tat zuzutrauen«, fuhr sie ironisch fort. »Dann wärst du sicher beleidigt. Du willst diese Welt in Glanz und Gloria verlassen – und einen weiteren Pulitzerpreis einheimsen, selbst wenn er dir posthum verliehen wird. Oder noch besser – wie wär's mit einem Nobelpreis? Den könnte ich für dich abholen und eine rührende Rede über dich und Richard halten. Dann wird er auch nicht mehr leben. Glaubst du an die Hölle? Wenn ja, werdet ihr euch dort treffen.«

Zeigte sich eine schwache Reaktion in Seans Gesicht? Cassie umklammerte seine Hand, beugte sich tiefer hinab, so zornig wie nie zuvor in ihrem Leben. Warum sie weinte, wußte sie nicht – wahrscheinlich eine Folge ihres Jetlags.

»Wage es bloß nicht zu streben!« fauchte sie. »Du hast mir noch nicht gesagt, daß du mich liebst. Zum Teufel mit dir – und du hast mich nicht erklären lassen, wie sehr ich dich liebe.« Er rührte sich nicht. »Hör zu, du Hurensohn! Ich erlaube dir nicht zu sterben – ohne irgendeine gottverdammte Geste!«

Da öffneten sich seine Augen. Für ein paar Sekunden schaute er sie an. Ein Atemgerät bedeckte seinen Mund und die Nase, und er konnte kein Wort hervorbringen. Aber sie sah seinen sanften, verwirrten Blick, spürte den schwachen Druck seiner Finger. Dann senkten sich seine Lider wieder, die Hand unter ihrer erschlaffte.

Da ließ sie ihn los, wischte die Tränen von ihren Wangen und verließ das Zimmer – kerzengerade, die Schultern gestrafft. Inständig hoffte sie, niemandem zu begegnen, und betete, Richard wäre inzwischen verschwunden. Er stand allein in der Mitte des Warteraums und beobachtete sie. Auf der Schwelle hielt sie inne, verloren und orientierungslos. »Der Bastard«, wisperte sie. »Er ist tot.« Einen Herzschlag lang schaute er sie noch an, wie erstarrt. Dann eilte er zu ihr, nahm sie in die Arme, preßte ihr Gesicht an seine Schulter, hielt sie so fest, daß ihre Knochen schmerzten. Kein Wunder, daß sie schluchzte, dachte sie geistesabwesend. Sie klammerte sich nur so krampfhaft an ihn, weil sie wünschte, er würde sie loslassen. Und sie weinte nur, weil – weil ...

Doch das spielte keine Rolle mehr. Sie brauchte jeden Trost, den sie nur bekommen konnte. Und Richard Tiernans Trost war der einzige, den sie ersehnte.

18

Er brachte sie zum Apartment zurück. Auf der Fahrt schwieg sie – und er auch. Er wußte nicht, wann sie zum letzten Mal etwas gegessen hatte. Oder er selbst. Jetzt brauchten sie erst einmal eine Stärkung, ein bißchen Zeit für sich allein, ein paar Stunden Schlaf.

Nachdem er die Tür hinter sich versperrt hatte, küßte er Cassidy und drückte sie fest an sich. Sie wehrte sich nicht. Bereitwillig und vertrauensvoll ließ sie sich umarmen.

Was sie dazu bewog, mochte er nicht ergründen, sondern sie nur lieben, langsam und zärtlich, ihren ganzen Körper mit Küssen bedecken. In welcher Gefahr er dann schweben würde, überlegte er nicht. Diese Phase hatte er überwunden. Er dachte einzig und allein an Cassie, ihre Bedürfnisse, ihre Qual, ihre Trauer. Und er würde sie beruhigen und heilen. Selbst wenn er sich dabei selbst zerstörte.

Da er ihr eine Chance zur Flucht geben wollte, widerstand er dem Wunsch, sie auf die Arme zu nehmen, ergriff ihre Hand und zog sie durch den Flur zu seinem Zimmer. In ihrer viktorianischen Leichenhalle würde er sie gewiß nicht lieben. Sonnenlicht und Wärme konnte er nicht herbeizaubern. Aber sie sollte wenigstens in seinem Bett liegen, wo er so oft allein geschlafen und von ihr geträumt hatte.

Sie schloß die Tür hinter sich. Nur die Straßenbeleuchtung erhellte den Raum. Vereinzelte Regentropfen klatschten gegen die Fensterscheiben. Doch er achtete nicht darauf. Sie lehnte an der Tür, wartete und schaute ihn an, stumm und verletzlich.

Nach einer Weile begann er, die winzigen Knöpfe ihrer Jeansbluse zu öffnen. Vor der Fahrt zum Krankenhaus hatte sie sich umgekleidet und in der Eile auf einen BH verzichtet. Also gab es doch noch einen Gott im Himmel.

Er zerrte das Hemd aus den Jeans, zog den Reißverschluß auf, und sie hinderte ihn nicht daran. Mit großen Augen starrte sie ihn an, bleich und resigniert. Plötzlich konnte er nicht anders, fiel auf die Knie, schlang seine Arme um ihre Taille und preßte das Gesicht an ihren Bauch.

Ohne zu zögern, umfaßte sie seinen Kopf, und er spürte, wie Liebe und Verzweiflung in ihrem Körper pulsierten.

Die Kunst, eine Frau zu entkleiden, beherrschte er meisterhaft. Oft genug hatte er's getan und in der Teenager-Zeit Erfahrungen mit Jeanssachen gesammelt. Aber gerade jetzt, wo er sein Geschick beweisen wollte, zitterten seine Hände, und die Jeans, die eben noch lose an ihren Hüften gehangen hatten, schienen plötzlich festzukleben. Also mußte er daran reißen, was jeden Zweifel an seinen Absichten beseitigte. Cassie leistete keinen Widerstand und half ihm nicht, lehnte einfach an der Tür und ließ sich ausziehen.

Als sie endlich nackt vor ihm stand, bebte ihr erhitzter Körper. Richard schlüpfte aus seinen eigenen Sachen, hob Cassidy behutsam hoch und setzte sie aufs ungemachte Bett. In ihren schönen grünen Augen lagen weder Skepsis noch Kampfgeist. Nur stille Hingabe.

Da küßte er sie, kostete ihren Mund langsam und ausgiebig, wandte seine ganze Raffinesse an, um ihr Verlangen zu wecken. Seine Lippen streiften ihre Lider, die sich senkten, ihren Hals. Dann schob er eine Hand zwischen ihre Beine, und sie war feucht, weinte für ihn. Stöhnend bäumte sie sich auf. Ein heißer Kuß verschloß ihr den Mund, während ein schmaler Finger in sie eindrang und der Daumen sie zur Erfüllung trieb, die sie so dringend brauchte.

Er gab ihr keine Gelegenheit, ihn zu bekämpfen. Schon nach wenigen Sekunden erreichte sie den Höhepunkt, schrie und zuckte in seinen Armen, preßte das Gesicht an seine Schultern, als heiße Wellen ihren Körper durchfuhren.

Eigentlich wollte er Großmut zeigen und es dabei bewenden lassen, sie einfach nur lieben und beruhigen und dann davongehen. Doch das konnte er nicht. Er brauchte sie wie die Luft zum Atmen, und sobald er sie auf den Rücken legte, zog sie ihn begierig mit ihren Schenkeln in sich hinein, schlang die Beine um seine Hüften, saugte ihn aus und erneuerte, schenkte ihm das Leben, obwohl er den Tod herbeisehnte.

Von nächtlichen Schatten umgeben, verschmolzen sie miteinander. Nie zuvor hatte er so süße Gefühle genossen. Es war Liebe, nicht Sex. Und diese Erkenntnis erschütterte ihn tiefer als sein intensiver Höhepunkt.

Cassidy mußte die Stimmen zuerst gehört haben. Eben noch war ihr Körper weich, entspannt und anschmiegsam gewesen. Aber plötzlich versteifte sie sich, und Richard dachte zunächst, sie würde ihre Hingabe bereuen.

Bis er die Stimmen hörte, die sich seiner Tür näherten. Stimmen, die er nicht kannte.

Ein Mann, der leise sprach und kaum zu Wort kam. Während eine offenbar betrunkene Frau laut und schrill verkündete: »Wir nehmen Colins Zimmer. Sicher hat Mabry nichts dagegen, und in diesem viktorianischen Mausoleum möchte ich nicht einmal begraben sein. Also, ich weiß nicht, was in Mabry gefahren ist. Wie kann man sich nur so ein unheimliches Dekor aussuchen? Ihr Innenarchitekt muß übergeschnappt sein ... Mach dich nicht lächerlich!« fuhr sie nach einem gemurmelten Protest fort. »Colin ist in Afrika, und nur der Himmel weiß, wann der Junge erfahren wird, daß sein Vater endlich die gerechte Strafe erhalten hat. Außerdem würde Mabry uns sicher nicht in einem Hotel einquartieren. Glücklicherweise habe ich einen Schlüssel. Und Cassie ist sicher dankbar, wenn sie in dieser schweren Zeit von ihrer Mutter getröstet wird.«

Richard hob den Kopf und schaute in Cassidys entsetztes Gesicht. »Deine Mutter?« wisperte er, ohne seine Belustigung zu verbergen, die ihr jedoch entging.

Wie erstarrt lag sie unter ihm und bestätigte im halberstickten Flüsterton: »Meine Mutter.«

»Hast du die Tür nicht versperrt?«

»Nein.«

»Ich auch nicht. Und ich fürchte, ich habe auch keine Zeit, aufzustehen und das nachzuholen.« Er zog ein Laken über ihre beiden Körper. Unter seinem Gewicht konnte sie sich nicht rühren, das Gesicht rosig vor Liebe und Verlegenheit.

Als die Tür aufschwang, redete die verdammte Person immer noch. Dann entstand ein drückendes Schweigen. Richard interessierte sich nicht für die unwillkommenen Besucher und gönnte ihnen keinen Blick. Um so aufmerksamer beobachtete er die Bestürzung in Cassies Augen.

Leider dauerte die Stille nicht lange. »Großer Gott!« kreischte die Frau. »Cassidy Roarke, was zum Teufel machst du hier?«

Obwohl er es nicht wollte, glitt er von Cassies Körper herunter und hielt sie im schützenden Leintuch fest. Dann drehte er sich zu der Hexe um, die auf der Schwelle stand, in ihrem Designer-Kostüm und echten Perlen, die Wangen gerötet, mit glitzernden Augen. Ein bleicher Mann spähte über ihre Schulter.

»Was glauben Sie, was sie hier macht?« fragte Richard sanft und drückte Cassies Kopf an seine Brust.

»Also, das ist doch wirklich eine unpassende Aktivität – in diesen betrüblichen Tagen! Soeben ist ihr Vater gestorben!« klagte sie und schnüffelte überzeugend. »Und wer zum Teufel sind Sie?« Schwankend trat sie ins Zimmer.

Mit einer solchen Mutter und einem Vater wie Sean gestraft, hatte Cassie unweigerlich die Gewohnheit entwickeln müssen, sofort davonzulaufen, wenn sich eine Situation zuspitzte. Erstaunlich, daß sie lange genug durchgehalten und Richard die Chance gegeben hatte, ihre Verteidigungsbastionen zu durchbrechen ...

Er drehte sich auf den Rücken, starrte die Frau an und grinste spöttisch. »Nun, ich bin der Mann, der's gerade mit Ihrer Tochter getrieben hat.«

Cassie stöhnte nur und schwieg. Vermutlich hätte sie sich am liebsten unter dem Laken versteckt.

»Und wer ist das?«

Zu seiner Überraschung richtete Cassie sich auf. »Verschwinde, Alice! Dies ist wohl kaum der richtige Zeitpunkt, um euch miteinander bekannt zu machen. Und wenn du glaubst, Mabry würde dich gastfreundlich aufnehmen, bist du verrückt. In dieser Gegend gibt's genug anständige Hotels. Geh!«

Alice wandte sich ab, in majestätischem Zorn, der nur geringfügig von ihren unsicheren Schritten beeinträchtigt wurde. In der Tür blieb sie stehen, drehte sich um und musterte ihre Tochter anklagend. »Eigentlich hätte ich dir so was nicht zugetraut, Cassie. Ich dachte immer, dein Vater würde dir so viel bedeuten. Aber offensichtlich bin ich die einzige, die ihn jemals geliebt und verstanden hat. Kein Wunder, daß unsere Ehe gescheitert ist ... Wir waren zu jung – und einander viel zu ähnlich.«

»Unsinn, Alice!« seufzte Cassidy müde. »Sean hatte bereits eine Ehe hinter sich, und du warst dreiundzwanzig – alt genug, um's besser zu wissen.«

»Also wirklich, ich muß schon sagen ...«, Alice taumelte ein wenig, und ihr Begleiter stützte sie, » ... daß du mich bitter enttäuschst.« Erbost schlug sie nach der Hand, die sie festhielt. »Laß mich in Ruhe, Robert! Ich diskutiere mit meiner Tochter. Merkst du das denn nicht?«

»Das ist weder die richtige Zeit noch der rechte Ort«, murmelte er verlegen

»Genau, Alice«, stimmte Richard in täuschend mildem Ton zu. »Gehen Sie, oder ich steige aus dem Bett und werfe Sie aus dem Fenster.«

»Wie lächerlich! Sie würden es nicht wagen, mich anzurühren.« Entschlossen riß sie sich los, stürmte ins Zimmer zurück und versenkte ihre umfangreichen Hüften in einem Sessel.

»Eh – Alice«, begann der Mann, den sie Robert nannte, und blinzelte nervös. »Damit würde ich an deiner Stelle nicht rechnen.«

»Warum nicht?«

»Weil deine Tochter mit Richard Tiernan im Bett liegt. Du weißt doch – der Mörder, dieser Sensationsprozeß ... Sicher wird er nicht zögern, sich einer lästigen, alten Frau zu entledigen.« In seiner Stimme schwang eine gewisse boshafte Genugtuung mit.

Erschrocken sprang sie auf, dann machte sie ihrem Zorn mit einem heftigen Wortschwall Luft, während er sie durch den Flur zerrte. Ihr Geschrei hallte durch das Apartment, bis die Tür zufiel.

Richard betrachtete Cassies geschlossene Augen, ihr

blasses Gesicht, die zwei roten Flecken auf ihren Wangen. »Was für eine irre Mutter du hast ...«

»Wem sagst du das«, seufzte sie und schaute ihn an. »Ich frage mich immer wieder, wie ich zwischen Alice und Sean überleben konnte.«

Was hatte er erwartet? Einen neuen Tränenausbruch? Oder daß sie kreischend aus seinem Bett springen würde? Aber sie lag einfach nur da und musterte ihn forschend.

Zärtlich umfaßte er ihr Gesicht. »Bist du okay?« Etwas Besseres hatte er nicht zu bieten. Denn die Worte, die ihm auf der Seele brannten, durfte er nicht aussprechen. Zuviel stand auf dem Spiel, und sie waren beide zu verletzlich.

Cassie schenkte ihm ein sanftes, trauriges Lächeln und legte ihre Hände auf seine. Ehe sie antworten konnte, küßte er sie, und sie erwiderte den Kuß. »Schlaf jetzt!« flüsterte er an ihrem Mund und glaubte, sie würde ihm widersprechen.

Doch der Aufruhr ihrer Gefühle hatte sie erschöpft. Gehorsam schloß sie die Lider, und wenig später schlummerte sie in seinen Armen ein.

Sie hörte die Dusche rauschen, blieb reglos liegen, wollte das warme, weiche, tröstliche Bett nicht verlassen. Solange sie sich hier verkroch, konnte sie der Realität entrinnen.

Irgendwann hatte sie ihren Entschluß gefaßt. Sie wußte nicht genau, wann der letzte Zweifel geschwunden war. Vielleicht im Wartezimmer des Krankenhauses, bei jener liebevollen Umarmung. Oder als er gedroht hatte, ihre Mutter aus dem Fenster zu werfen. Oder sie wußte es schon seit langer Zeit, war aber nicht bereit gewesen, es sich einzugestehen.

Was er getan hatte, spielte keine Rolle mehr. Mittlerweile konnte sie nicht mehr zwischen falsch und richtig unterscheiden. Nur eins zählte – sie liebte ihn und mußte mit ihm zusammensein. Wenn das böse und sündhaft war, ließ sich eben nichts dran ändern. Ohne Zaudern würde sie den Preis bezahlen. Womöglich für den Rest ihres Lebens. Das kümmerte sie nicht. Sie wollte die kurze Zeit genießen, die das Schicksal ihnen gewährte, und nicht mehr gegen ihre Gefühle kämpfen – auch nicht gegen Richard.

Offenbar war sie wieder eingeschlafen. Als sie erwachte, saß er auf dem Bett, in Jeans und einem schwarzen T-Shirt, mit distanzierter, wachsamer Miene. »Glaubst du, deine Mutter wird zurückkommen?«

Cassie runzelte nachdenklich die Stirn. »Wahrscheinlich nicht. Sie ist ein Feigling, und so, wie ich Robert kenne, redet er ihr sicher ein, du würdest sie umbringen. Übrigens, diese Frau kann sogar in den gutmütigsten Leuten Mordgelüste wecken.«

»Und zu dieser Kategorie gehöre ich nicht, was?«

Noch ein Test. Aber diesmal ging sie nicht darauf ein und wechselte das Thema. »Hat Mabry sich gemeldet?«

»Vor etwa fünfzehn Minuten rief sie an. Da hast du noch tief und fest geschlafen. Sie muß den ganzen Papierkram erledigen. Danach kommt sie zurück. Sie wollte wissen, wie du dich fühlst.«

»O Richard, ich hätte sie nicht im Stich lassen dürfen«, klagte Cassie schuldbewußt.

»In deinem elenden Zustand wärst du ihr keine Hilfe gewesen. Um Himmels willen, denk doch ausnahmsweise mal an dich selbst, nicht immer nur an andere! Mabry ist eine erwachsene Frau und kann sehr gut auf sich selber aufpassen.«

»Trotzdem – ich hätte bei ihr bleiben müssen«, beharrte sie.

»Nein. Bei mir.«

Da er schlicht und einfach die Wahrheit sagte, widersprach sie nicht. »Für Sean war es sicher grauenhaft, so zu sterben. Im Krankenhaus! Statt in Glanz und Gloria abzutreten, so dramatisch wie möglich ...«

»Wir bekommen nicht immer, was wir wollen, und das Leben ist nicht besonders fair.«

»Da erzählst du mir nichts Neues«, erwiderte sie und lächelte schwach. »Jetzt sollte ich zur Klinik fahren und Mabry nach Hause holen. Sie braucht etwas Ruhe. Und wenn dieser verdammte Papierkram nicht warten kann, kümmere ich mich drum.«

»Soll ich dich begleiten?«

Sie erinnerte sich an die vorsichtigen, angstvollen Blicke des Klinikpersonals. Und sie dachte an ihr Bedürfnis, sich in tiefer Trauer zu vergraben, die schlimmen Dinge allein zu überstehen. »Ja«, flüsterte sie.

Auf seine Reaktion war sie nicht vorbereitet. Er hatte sich abgeschirmt, auf ihre Ablehnung gewartet, ihre Flucht. »Ja?« wiederholte er.

»Ich brauche dich.«

Diese Worte hatte sie schon oft gehört, aber noch nie zu irgendeinem Menschen gesagt. Und die Wirkung war erstaunlich. Zum erstenmal las sie Verwundbarkeit in seinen sonst so unergründlichen Augen. Dann nahm er sie in die Arme, drückte sie schweigend an sich. Sie spürte seine Anspannung, die mühsam bezwungene Kraft in seinen Muskeln, die unseligen namenlosen Emotionen, die ihn durchströmten.

Abrupt ließ er sie los, sprang auf und ging zur Tür. »Du mußt dich nicht beeilen«, murmelte er, ohne sich umzudrehen. »In der Küche findest du einen kleinen Imbiß.«

Unter der Dusche entwickelte sie sich wieder zu einem halbwegs menschlichen Wesen, und sie bezweifelte nicht, daß eine Mahlzeit ihr die restliche Energie geben würde, die sie so dringend benötigte. Sie ging in die Küche, wo sie Richard nicht antraf. Aber auf dem Tisch standen eine dampfende Suppentasse, eine gekühlte Dose Cola light und ein Teller mit Croissants. Wenn sie auch keinen Appetit verspürte – der Mann hatte eindeutig seine guten Seiten.

Als sie sich setzte, um auf ihn zu warten, erschien Mabry in der Tür. »Hallo, Darling.«

»O Mabry ...« Cassies Stimme brach, schwankend stand sie auf.

»Keine Tränen, meine Liebe! Das würde Sean hassen.« Plötzlich wirkte Mabry um Jahrzehnte älter, aber ihre Augen waren klar und trocken. »Bei der Totenwache können wir natürlich ein angemessenes Getue machen. Aber jetzt würde dein Vater einen eleganteren Stil vorziehen.«

»Ich hab's ohnehin schon aufgegeben, sein Wohlgefallen zu erregen. Die Tochter, die er sich gewünscht hat, konnte ich niemals sein.«

»Was für ein Quatsch!« protestierte Mabry temperamentvoll und schüttelte sie. »Du warst genau die Tochter, die er wollte. Und das wußte er auch, obwohl er's nie aussprach.« Sie trat ans Fenster, stützte sich aufs Sims und starrte in den dunklen Nachmittag hinaus.

»Hast du schon mit Francesca geredet? Wie geht's ihr? Ist Colin verständigt worden?«

»Nur der Himmel weiß, wo dein Halbbruder steckt. Ich habe deine Mutter und deinen Stiefvater gebeten, ihn aufzuspüren. Dann sind sie wenigstens beschäftigt.« Seufzend strich Mabry ihr hellblondes Haar aus dem Gesicht. »Francesca weiß Bescheid, scheint sich aber zu weigern, den Tatsachen ins Auge zu blicken. Übrigens, Amberson erbot sich, das Mädchen nach Vermont mitzunehmen, in sein Sommerhaus. Und ich sagte, das sei wahrscheinlich am besten.«

Wieder dieses sonderbare Unbehagen ... »Bist du sicher, daß das eine gute Idee ist? Sollte die Familie nicht zusammenbleiben?«

»Ich vertraue dem General. Immerhin hat er schon eine Tochter großgezogen, und ich glaube, er sieht in Francesca eine Art Ersatz. Er wird sie gut betreuen, und wir haben eine Sorge weniger.«

»Aber ich möchte mit ihr sprechen.«

»Wirklich, Cass, ich weiß nicht, warum du dich aufregst. Leider kenne ich seine Telefonnummer nicht. Er gab sie mir zwar, aber ich war so durcheinander, daß ich vergaß, sie aufzuschreiben. Also müssen wir warten, bis er sich meldet.«

Langsam und bedächtig ergriff Cassie ein Croissant und versuchte, ihre unerklärliche Panik zu unterdrükken. »Mabry, sie ist erst dreizehn, wenn sie auch etwas älter wirkt. Im Grunde ist sie noch ein Kind.«

»Um so besser ist sie beim General und seiner Frau aufgehoben. Wir beide hatten niemals Kinder. Und du willst sie doch nicht mit Richard zusammenbringen?«

Ohne Umschweife stellte Mabry diese schockierende Frage, und Cassie reagierte instinktiv und unerwartet. »Oh, ich würde ihm Francesca jederzeit anvertrauen.«

»Offenbar hat die Liebe dich blind gemacht, Cass«, entgegnete Mabry und lächelte gequält. »Nie hätte ich gedacht, daß ich das einmal erleben würde. Oder ist es Lust?«

»Mabry ...«, begann Cassie bestürzt.

»Verzeih mir«, bat ihre Stiefmutter zerknirscht. »Alice war so freundlich, mir mitzuteilen, wo sie dich antraf, als sie hier hereinstürmte. Natürlich bin ich etwas nervös, aber das hätte ich nicht sagen dürfen. Ich nehme an, du hast beschlossen, Richard nicht mehr für einen Mörder zu halten, und darüber freue ich mich.«

»Oh, das habe ich nicht gesagt. Ich verlasse mich nur auf meine Instinkte. Und die versichern mir, er wäre unfähig, einem unschuldigen Kind etwas anzutun.«

»Hast du das Recht, ein Menschenleben zu gefährden, nur aufgrund deiner Instinkte?«

»Eine solche Entscheidung kann ich nicht fällen.«

»Dann beenden wir das Thema«, erwiderte Mabry müde, »und Francesca soll bleiben, wo sie ist.«

»Wer soll wo bleiben?« Richard kam in die Küche, und Cassie spürte die vertraue Wärme in ihrem Herzen, obwohl er sie ausdruckslos ansah und nicht zu ihr ging.

»Cassies Schwester«, erklärte Mabry auf dem Weg zur Tür. Dort drehte sie sich um, um ihn kühl und würdevoll zu mustern. Ein warnender Unterton schwang in ihrer Stimme mit. »Nun hat sich Ihr Wunsch erfüllt, Richard. Cassidy liebt Sie, ist geradezu besessen von Ihnen und bereit, alles zu glauben und zu tun, was Sie wollen. Sicher wäre Sean stolz auf Sie.«

»Wovon redest du?« rief Cass.

»Hast du's noch immer nicht begriffen? Du warst das Jungfrauenopfer deines Vaters. Als Richard dein Foto auf Seans Schreibtisch sah, verkündete er, du müßtest in den Deal einbezogen werden. Er würde ihm genug Material für das Buch liefern, wenn er dafür dich bekäme.«

»Mach dich nicht lächerlich!« fauchte Cass. »So etwas hätte Sean nie getan. Ich war nicht sein Eigentum. Also konnte er mich auch nicht verschachern.«

»Du bist doch hier, oder? Und du warst in Richards Bett. Sean versprach ihm, dich in dieses Apartment zu locken. Um alles weitere sollte Richard sich selber kümmern. Nach Seans Meinung hast du eine Abwechslung gebraucht, einen kleinen Thrill. Sei nicht naiv, Cass! Du wußtest doch, daß da irgendwas vorging.«

Leicht benommen schüttelte Cassidy den Kopf. »Dachte Sean, es würde meinen Horizont erweitern, wenn ich mit einem Mörder bumse?«

Mabry zuckte die Achseln. »O Cassie, du kanntest ihn doch. Jetzt mußt du nicht mehr mitmachen. Das

Buch ist fertig – ein Meisterwerk. Und nachdem Sean das Zeitliche gesegnet hat, brauchst du nicht mehr nach seiner Pfeife zu tanzen. Wie auch immer – ich fand, es wäre höchste Zeit, dir endlich die Wahrheit zu erzählen.« Anmutig verließ sie die Küche.

Mit leeren Augen starrte Cassie auf ihre Mahlzeit. Die Suppe war kalt geworden, die Cola light warm, das Croissant zerkrümelt.

»Die Wahrheit«, wiederholte sie leise. »Wie viele Wahrheiten gibt es?« fragte sie, hob den Kopf und erwiderte Richards undurchdringlichen Blick. »Du hast weder deine Kinder noch Sally Norton getötet. Aber deine Frau. Und du hast mich verführt, damit ich für Amy und Seth sorge. Dann sagtest du, ich hätte deine Liebe gewonnen. Du hast eine Vereinbarung mit meinem Vater getroffen. Erstaunlich, daß ihr nicht auch noch gewettet habt! Wie lange würde es dauern, bis ich dich unter meine Röcke lasse oder über dich herfalle? Wie lange ...«

»Cassie!« Seine emotionslose Stimme bildete einen schroffen Kontrast zu ihrer schrillen, fast hysterischen Anklage.

»Eigentlich hätte ich's wissen müssen«, fuhr sie nachdenklich fort. »Und ich dürfte mir nicht so verdammt leid tun. Mein Vater hat mir nie was vorgemacht, und du hast gewiß nicht versucht, den Anschein zu erwecken, du wärst ein Ritter in schimmernder Rüstung, zu Unrecht eines grausigen Verbrechens beschuldigt. Im Gegenteil, du hast mich sogar ermutigt, das Schlimmste von dir zu glauben. Warum, Richard? Wieso verteidigst du dich nicht? Sag mir doch, ich würde mich irren – ich sei nicht nur ein Mittel zum Zweck, eine Ersatzmutter für deine Kinder, eine willige Bettgenossin! Bestreite doch, daß mein Vater bereit war, mein Herz und meinen Körper zu verkaufen, sogar mein Leben, nur um sein Ego zu befriedigen und ein gottverdammtes Buch zu schreiben!«

»Meine Antwort würde keine Rolle spielen. Du mußt selbst entscheiden, was du glauben willst.«

»Und wenn ich dich für einen miesen Manipulanten halte, für einen herzlosen Bastard? Was würdest du erwidern?«

»Daß du wahrscheinlich recht hast.«

»Um deine Pläne zu verwirklichen und die Zukunft deiner Kinder zu sichern, schreckst du nicht einmal vor einem Mord zurück. Gewiß, ein edles Motiv. Hast du deshalb deine Frau umgebracht? Weil sie eine schlechte Mutter war?«

Schweigend lehnte er am Küchenschrank und beobachtete sie.

»Oder war es einfach nur Eifersucht. Sie erwartete das Kind eines anderen Mannes, und das konntest du nicht ertragen. Hast du schon immer unter diesen pathologischen Besitzansprüchen gelitten? Eher nimmst du ein Todesurteil wegen Mordes an deinen Kindern hin, als die beiden dem General und seiner Frau zu überlassen. Offenbar gehört das zu der Rache, die du an der untreuen Diana übst. Ihre Kinder von den Großeltern fernzuhalten – das setzt deiner Kampagne eine schäbige Krone auf!«

Sekundenlang verengten sich seine Augen, dann schaute er sie wieder ausdruckslos an. »Glaub, was du willst, Cassie.«

»Wie gut du's verstehst, die Leute für deine Zwekke einzuspannen! Besonders mich! Ich weiß, wozu du fähig bist, kenne deine Lügen in- und auswendig. Und trotzdem suche ich nach Entschuldigungen, nach Beweggründen, die alles rechtfertigen würden – sogar einen Mord. Aber ich kann mir einfach nicht vorstellen, was dahinterstecken mag.«

Mit zwei langen Schritten war er bei ihr, packte sie bei den Schultern, und sie las düstere Verzweiflung in seinen Augen. »Kannst du das nicht?« fragte er mit gepreßter Stimme. »Wenn du's herausfindest, komm zu mir. Falls es dann noch nicht zu spät ist.«

»Wie kann ich denn kämpfen, wenn du's nicht tust? Wie soll ich einen Sinn in deinem Verhalten entdekken, wenn du dem Tod so verbissen hinterherläufst, wie Sean ihm entrinnen wollte?«

»Nun, das ist dein Problem.« Er wandte sich zur Tür, und es fiel ihm sichtlich schwer, sich zu beherrschen. Als er sie wieder anschaute, wirkte sein Gesicht kühl und höflich. »Übrigens, worüber hast du mit Mabry gesprochen?«

Cassie blinzelte verwirrt. »Was meinst du?«

»Soviel ich weiß, habt ihr über Francesca geredet. Deine jüngere Schwester, nicht wahr?«

»Ja. Und bilde dir bloß nicht ein, sie würde an meine Stelle treten. Du kannst sie nicht verführen und zwingen, deine Kinder zu betreuen.«

»Warum nicht?«

»Weil sie erst dreizehn ist. Außerdem verbringt sie gerade ein paar Tage in Vermont – sicher und geborgen. Und wenn sie Glück hat, wird sie dir nie begegnen.«

Bei diesen Worten wurde er leichenblaß. »In Vermont?« wiederholte er heiser.

»Dein Schwiegervater kümmert sich um Francesca, und er mag sie gern.«

»O nein! Allmächtiger Gott!« Wie vom Blitz getroffen, taumelte er aus der Küche.

Und Cassie starrte ihm entsetzt nach. All ihre Instinkte gerieten in Aufruhr.

19

Also hat der alte Mann gesiegt, dachte Richard. Das hätte er wissen müssen. Wie sollte man die Verkörperung des abgrundtief Bösen – in Gestalt von General Amberson Scott – jemals besiegen? Er war ein erfahrener Feldherr, beantwortete jede Attacke mit einem vernichtenden Gegenangriff, und nun holte er zum letzten entscheidenden Schlag aus.

Um Amy und Seth zu schützen, würde Richard seine Seele verkaufen, töten, zerstören, korrumpieren. Aber er durfte kein anderes unschuldiges Kind opfern.

Und das wußte Scott. Ein Wunder, daß er seine Trumpfkarte erst jetzt ausspielte ... Andererseits wären solche Aktivitäten zu einem früheren Zeitpunkt überflüssig gewesen. Richard hatte geplant, sich möglichst schnell und ohne großes Aufhebens hinrichten zu lassen, um die Rachsucht seines Schwiegervaters zu befriedigen, um allen Problemen ein Ende zu bereiten.

Doch jetzt wurde ihm ein Strich durch die Rechnung

gemacht, und das verdankte er Cassie. Irgendwie mußte sie sich verplappert und die Kinder erwähnt haben. Zum Teufel mit ihr! Nun steuerte der General ein neues Ziel an, einen neuen Lebensinhalt, abgesehen von seiner Rache.

Auch auf Richard wartete eine neue Aufgabe. Als einziger kannte er die Wahrheit. Wenn er sie in alle Welt hinausposaunte, würde man ihm nicht glauben. Die wenigen Einzelheiten, die er Mark anvertraut hatte, waren mit Skepsis aufgenommen worden.

Er hatte keine Wahl, er mußte Cassies Schwester folgen. Zweifellos rechnete Amberson damit. Die entscheidende, tödliche Konfrontation, wobei der alte Soldat den Vorsitz beim Jüngsten Gericht führen wollte ... Aber Richard würde ihn in den Tod mitnehmen. Die letzten Verteidigungsmauern waren gefallen, er war kein kühler, gefährlicher Automat mehr, der gnadenlos den Rest seines Daseins durchquerte und das Schicksal manipulierte. Noch lebte er, wild und entschlossen.

Entsetzt starrte Mabry ihn an, als er in ihr Schlafzimmer stürmte, und zog den Bademantel enger um ihren zu dünnen Körper. »Haben Sie ein Auto?« fragte er.

»Wie, bitte?«

Er packte ihre mageren Arme und schüttelte sie. »Verdammt, haben Sie ein Auto hier in der City? Wenn ich eins miete, würde ich zuviel Zeit verschwenden.«

»Zeit verschwenden? Um Himmels willen, was ist denn los, Richard? Wozu brauchen Sie einen Wagen?«

»Ich muß zum General fahren. Wann haben Sie zuletzt von ihm gehört?«

»Was soll das? Amberson und seine Frau sind mit meiner Stieftochter nach Vermont gefahren, nur für ein paar Tage – damit ihr die Aufregung um Seans tödliche Krankheit erspart wird ...«

»Und wann sind sie abgereist?« Er schüttelte sie wieder, machte seiner ganzen Wut und Panik Luft.

»Heute morgen ... Großer Gott, Richard ...«

»Laß sie los.« Cassies Stimme klang unnatürlich ruhig, und er wandte sich erbost zu ihr.

»Du hast es ihm erzählt, du dumme Gans! Irgendwas muß dir rausgerutscht sein. Jetzt hat er deine Schwester in seiner Gewalt, und nur der Allmächtige weiß, was geschehen wird, wenn ich nicht rechtzeitig eingreife.«

»Wovon – reden Sie?« stammelte Mabry und befreite sich aus seinem schmerzhaften Griff. »Warum sollte der General ihr was antun? Er hat sie doch so gern.«

Plötzlich wurde ihm übel, und er schwankte ein wenig. »Er würde ihr was antun, um *mich* zu treffen.«

»Aber – das verstehe ich nicht ...«

»Sie müssen's auch gar nicht verstehen. Sagen Sie mir einfach nur, wo ich Ihr verdammtes Auto finde.«

»Ecke Seventy-fifth und Lexington«, antwortete Cassie statt ihrer Stiefmutter, ging zu einer hohen Kommode aus Kiefernholz und nahm den Wagenschlüssel. »Ein grauer BMW ...«

Ehe sie weitersprechen konnte, riß er ihr den Schlüssel aus der Hand und rannte aus dem Zimmer.

»So warte doch!« rief sie ihm nach, dann hörte er ihre schnellen Schritte hinter sich. »Ich komme mit!«

An der Wohnungstür blieb er stehen, lange genug, um sie zu mustern. Sie sah blaß und verängstigt aus, und er empfand nicht das geringste Mitleid. »Wenn deiner Schwester was passiert, ist das einzig und allein *deine* Schuld.«

Sie zuckte zusammen, als hätte er sie geschlagen. »Jedenfalls komme ich mit«, beharrte sie und ergriff seinen Arm.

»Den Teufel wirst du!« Er hielt nicht einmal inne, um seine Möglichkeiten zu überdenken. Immerhin war Cassidy eine starke, entschlossene Frau, die ihn unterstützen konnte, und er würde bald am Ende seiner Kräfte anlangen. Trotzdem versetzte er ihr einen Fausthieb, der sie zu Boden warf und ihr den Atem aus den Lungen preßte und sekundenlang die Besinnung nahm. Als sie taumelnd aufstand, war Richard längst verschwunden.

Er hatte gesehen, wie anmutig sie zusammengebrochen war, die Verblüffung in ihren Augen gelesen und schmerzliches Bedauern verspürt.

Trotzdem warf er die Tür hinter sich zu, ehe ein verdammtes, zu neuem Leben erwachtes Gewissen ihn wieder attackieren konnte. Für moralische Bedenken fehlte ihm die Zeit. Nun mußte er nach Vermont fahren, so schnell es Mabry O'Rourkes Wagen gestattete, seine Pläne schmieden, und unterwegs brauchte er keine Cassie, die ihn nur ablenken würde.

Auf der Straße stieg er ins nächstbeste Taxi, obwohl er den Standort des BMW zu Fuß wahrscheinlich eher erreicht hätte. Hastig stopfte er ein paar Zwanzigdollarscheine in die schmutzige Faust des Chauffeurs, erklärte ihm, er würde selber fahren, und duldete keinen Widerspruch.

Als er den BMW um die letzte Kurve der Parkgarage lenkte und die Scheinwerferstrahlen in die Nacht stachen, schien sein Adrenalin zu explodieren. Nichts würde ihn aufhalten. Auch nicht die hochgewachsene weibliche Gestalt mit dem roten Lockenkopf.

Sie sah ihn, blieb wie festgewurzelt stehen, und er zögerte nicht. In diesem letzten Jahr hatte er oft genug Katz und Maus gespielt, war ein Meister in dieser Kunst geworden, und Cassie Roarke würde ihn gewiß nicht übertrumpfen. Er gab Gas und raste direkt auf sie zu

Daß er sie entdeckt hatte, bezweifelte sie nicht. Die Scheinwerfer tauchten sie in grelles Licht, und sie wich nicht von der Stelle. Nachdem sie in vollem Tempo zur Parkgarage gerannt war, mußte sie immer noch nach Luft ringen. Beinahe hätte sie ihn verpaßt.

Nachdem sie zu Boden geworfen worden und mühsam aufgestanden war, dauerte es einige Sekunden, bis sie klar denken konnte. Ohne zu überlegen, wie brutal er sie behandelt hatte, folgte sie ihm. Während er den Lift benutzte, lief sie die Treppe hinab. Auf der Straße angekommen, sah sie ihn in einem Taxi hinter der nächsten Ecke verschwinden und sprintete los.

Nun hörte sie den Motor dröhnen, grelles Scheinwerferlicht schien sie zu durchbohren. Würde er sie töten? Er hatte so ausgesehen, als wäre er dazu fähig. Wenn er glaubte, sie brächte seine Kinder in Gefahr, würde er vor nichts zurückschrecken. Inzwischen kannte sie ihn gut genug, um das zu wissen.

Aber sie schloß die Augen, holte tief Atem und blieb stehen.

Der Motor heulte, die Reifen quietschten, ein gewaltiger Luftzug raste ihr entgegen. Wie der Fahrtwind einer Lokomotive. Sie kniff die Augen noch fester zusammen und wappnete sich. Kreischend stoppte der BMW an ihrer Seite, so dicht, daß der Türgriff ihre Jeans streifte. Das Fenster surrte herab. »Steig ein!« drang Richards Stimme aus dem dunklen Innern des Wagens, und Cassie gehorchte.

Kaum hatte sie sich angegurtet, raste er auch schon in den Verkehrsstrom und schlitterte um Haaresbreite an einem Laster vorbei. Diese Fahrt durch die City wäre ein Horrortrip gewesen, hätte Cass auch nur einen Gedanken an Angstgefühle verschwendet. Doch sie saß einfach da, klammerte sich am Ledersitz fest und überließ Richard die Initiative.

Erst als sie die George Washington Bridge überquert hatten und nach Norden fuhren, begann sie zu sprechen. Seine schmalen Finger umschlossen den Lederbezug des Lenkrads, im Licht des Armaturenbretts wirkte sein verzerrtes Gesicht beängstigend. »Vermutlich bist du nicht in der Stimmung, um auf einen guten Rat zu hören.«

»Da hast du völlig recht«, bestätigte er.

»Aber wenn die Polizisten einen gewissen Richard Tiernan wegen Geschwindigkeitsüberschreitung anhalten, erlauben sie ihm sicher nicht, weiterzufahren. Darfst du den Staat New York überhaupt verlassen?«

»Nein«, erwiderte er und drosselte das Tempo fast unmerklich.

»Was wird der General meiner Schwester antun?« zwang sie sich zu fragen und bekam keine Antwort. »Verdammt, ich muß es wissen! Das ist mein gutes Recht. Als er sich erbot, Francesca mitzunehmen, protestierte ich nicht, obwohl ich so ein komisches Gefühl hatte ...«

»Oh – ein komisches Gefühl«, wiederholte er in seltsamem Ton. »Hat er irgendwas gesagt, um dieses komische Gefühl heraufzubeschwören?«

Erinnerungen kehrten zurück, begleitet von Gewissensqualen. In ihrer Erschöpfung und Trauer, geschwächt vom Jetlag, benommen von erotischen Gelüsten, hatte sie die rätselhaften Worte und subtilen Drohungen des Generals vergessen. »Er bat mich, dir auszurichten, er würde gut auf das kleine Mädchen aufpassen.«

»Tatsächlich?« erwiderte er ausdruckslos. »Und das kam dir nicht etwas merkwürdig vor? Obwohl ich Francesca nie begegnet bin?«

»Doch. Ich fragte ihn dann, und er erklärte, du seist genauso wie er darauf bedacht, Kinder zu schützen.«

»Zur Hölle mit ihm!« murmelte Richard.

»Und dann wollte er wissen, wo sie sind«, fügte sie verzweifelt hinzu.

»Ah!« Er umklammerten das Lenkrad noch fester, und sie stellte sich vor, diese kraftvollen Hände würden ihr die Kehle zudrücken. »Was hast du geantwortet?«

»Nichts.«

»Natürlich – nichts!« stieß er hervor. »Aber du bist zusammengezuckt und errötet und hast schuldbewußt zu Boden gestarrt, nicht wahr?«

»Ja«, gab sie zu.

Nun entstand ein langes Schweigen. »Wenn ich bedenke, daß ich dein Erröten einmal charmant gefunden habe ...«

»Ich habe ihm nicht erzählt, daß sie noch leben«, verteidigte sie sich.

»Nun, das war auch gar nicht nötig. Der General ist sehr clever, und dein Gesicht verriet ihm alles, was er herausfinden wollte. Deshalb hält er Francesca als Geisel fest. Mein Tod genügt ihm nicht, er möchte auch meine Kinder in seine Obhut nehmen.«

»Hat er sie ermordet?«

Sekundenlang schaute er sie an, und seine belustigte Miene erschien ihr makaber. »Suchst du immer noch einen Sündenbock, Cassie? Ich dachte, du wüßtest, wer Diana umgebracht hat, und deine Version vom Hergang der Ereignisse wäre lückenlos, mitsamt allen Beweggründen, Schuldzuweisungen und des berechtigten Urteils.«

»Was ist in jener Nacht geschehen?«

»Ich habe dir alles erzählt.«

»O nein. Ich vermute eher, dein Schuldgeständnis gehörte zu der großen Prüfung, der ich unterzogen wurde – und die ich nicht bestand. Die Fahrt nach Vermont ist lang. Warum erzählst du mir nicht, was wirklich passiert ist?«

»Glaub mir, das willst du gar nicht wissen.«

»Verdammt, erzähl's mir! Es gibt keinen Grund, irgendwas zu verschweigen«, beschwor sie ihn. »Um Himmels willen, sag mir alles!«

Sie spürte sein Zögern. Am liebsten hätte sie ihn geschlagen. »Du willst es nicht wissen«, wiederholte er.

»Aber du hast keine Wahl mehr. Gut, du sollst die Wahrheit erfahren. Mal sehen, ob du dann nachts noch schlafen kannst.«

Das Haus war still, als er heimkam. Trügerisch still, von außen betrachtet. Drinnen tobten wilde Stürme und Wutanfälle, vermischt mit Phasen dumpfer Verzweiflung, von Drogen herbeigeführt.

Reglos stand Diana da und wartete auf ihn. Wie das Glitzern in ihren wahnwitzigen blauen Augen verriet, hatte sie an diesem Tag ihre Pillen noch nicht genommen. Er wußte nicht, was schlimmer war – wenn sie die Pillen schluckte oder wenn sie's vergaß. Immer wieder versuchte er ihr eine Therapie einzureden. Einmal hatte er sie sogar veranlaßt, neun Monate lang nur schwache Beruhigungsmittel zu schlucken. Bis ihr Vater aus dem Nahen Osten zurückgekehrt war und sie zu einem neuen Arzt geschickt hatte. Und da war sie wieder einmal verschwunden.

Dem Himmel sei Dank für seine Instinkte ... Er hatte die Kinder zu Sally gebracht und sie gebeten, für die beiden zu sorgen, bis sie von ihm hörte. Inzwischen war er an Dianas Verhalten gewöhnt, an die Steigerung der Emotionen, die schließlich in zerstörerischer Tobsucht explodierten. Auf Sally durfte er sich verlassen. Nur ihm würde sie die Kinder übergeben, niemand anderem.

»Wo sind sie?« fragte Diana mit ihrer klaren, kindlichen Stimme, die gespenstisch klang, wenn man bedachte, daß sie einer Sechsundzwanzigjährigen gehörte. Ein Schleier trübte ihre schönen blauen Augen.

»Sorg dich nicht, sie sind gut versorgt«, versicherte er beruhigend.

Doch sie hörte nicht zu. Dieser Punkt war bereits überschritten. »Sie kommen mit mir«, erwiderte sie. Graziös stieg sie die Treppe herab und lächelte kokett, in Rosa gekleidet, mit Rüschen und Schleifen. Zu mädchenhaft für ihr Alter. Ein Kleid, das ihr Vater gekauft hatte.

»Wohin gehst du, Diana?« fragte er in ruhigem Ton, obwohl er die Antwort kannte.

»Zu meinem Vater. Er ist der einzige, der mich wirklich liebt. So war es schon immer. Die Leute verstehen uns nicht – dieses enge Band zwischen uns ...«

»Aber *ich* verstehe es.« Und er begann tatsächlich klarzusehen. Endlich.

»Ich habe ihm versprochen, die Kinder mitzubringen«, fuhr Diana mit ihrer hohen Kinderstimme fort. Halb und halb erwartete er, sie würde ein Ringellöckchen um einen Finger schlingen und umherhüpfen.

»Nein.«

Sofort erlosch ihr vertrauensvolles Lächeln, ihr Gesicht wurde blaß vor Zorn. »Das sind meine Kinder!« kreischte sie. »Sie kommen mit mir!«

»Nein.«

Plötzlich trat ein tückischer Ausdruck in ihre Augen, ihre Stimme sank zu einem sanften Murmeln herab. »Bei dir werden sie gewiß nicht bleiben. Mein Vater ist sehr mächtig, ein Nationalheld, überall beliebt. Und er hat Freunde. Richter, Anwälte. Übrigens, du wirst ohnehin schon verdächtigt.«

»Was wirft man mir vor?«

»Seths gebrochenes Schlüsselbein«, erwiderte sie

honigsüß. »Man bezweifelt, daß er einen Unfall erlitten hat. Und ich erwähnte so nebenbei, du seist zu allem fähig, wenn du in Wut gerätst.«

»Was hast du gesagt?« Empört ballte er die Hände.

»Dazu kommt noch Amys gebrochener Arm, die blauen Flecken, die der Lehrer gesehen hat ... Wahrscheinlich wird man gegen dich ermitteln. Die Polizeibeamten waren sich nicht ganz sicher, ob sie mir glauben sollten. Aber ich konnte sie überzeugen.«

Sekundenlang schloß er die Augen, überwältigt von Entsetzen und Schuldgefühlen. Warum hatte er das alles so lange geschehen lassen, statt die Kinder zu schützen? Unglücklicherweise war ihm nicht bewußt geworden, wie gefährlich Diana sein konnte.

»Warum hast du die beiden verletzt?« fragte er vorsichtig, voller Angst, er würde die Selbstkontrolle verlieren und seine Frau töten.

Ihr unschuldiger Schmollmund jagte ihm einen Schauer über den Rücken. »Weil sie so garstig zu mir sind. Sie haben's verdient.« Anmutig schlenderte sie an ihm vorbei und schloß die Haustür. »Niemals tun sie das, worum ich sie bitte. Sie lieben mich nicht. Nur dich. Und du liebst sie auch. Viel mehr als mich!«

Mit letzter Kraft bezähmte er seine Wut. Er hatte nicht gewußt, wie man sich fühlte, wenn man jemanden mit bloßen Händen töten und ihm das Herz aus dem Leib reißen wollte. Jetzt wußte er es. »Warum willst du sie dann mitnehmen?«

»Oh, mein Vater möchte sie unbedingt haben.«

Ein Schuß ins Blaue, abgefeuert von einer dunklen, grausigen Ahnung ... »Was ist los, Diana? Bist du zu alt für ihn?«

»Ja«, bestätigte sie schlicht. Als sie sich umdrehte, sah er zum erstenmal das Messer. Ein großes Fleischermesser. Erst vor kurzem war es scharf geschliffen worden.

»Diana«, sagte er leise und vorsichtig.

»O Richard, du solltest mich beschützen, mich über alles lieben und von ihm fernhalten! Aber das hast du nicht getan. Du hältst mich gar nicht für eine kleine Prinzessin. Und du bist meiner müde. Du sagst, ich sei verwöhnt und launisch. Für die Kinder interessierst du dich viel mehr. Das ist unfair. Kein Wunder, daß ich wieder zu Daddy gelaufen bin!«

»Ja, es ist unfair«, stimmte er mit gepreßter Stimme zu.

»Versuchst du, mich zurückzuhalten?« gurrte sie. »Mein Vater will die Kinder haben, und ich bringe sie zu ihm. Weil ich eine pflichtbewußte Tochter bin. Und ich war immer so ein braves Kind. Seit meinem fünften Geburtstag, als er zum erstenmal in mein Zimmer kam. O ja, ich war sein kleiner Soldat, und ich wartete auf ihn, wenn er nach Hause kam. Ein tapferer, starker Soldat. Kein einziges Mal habe ich geweint. Wenn es auch noch so weh tat.«

Beinahe hätte er sich übergeben. Fassungslos starrte er seine Frau an, die Märchenprinzessin, die im Bett so kalt und passiv unter ihm gelegen und ihm seit über einem Jahr nicht mehr gestattet hatte, sie zu berühren.

»Ihm zuliebe hätte ich alles getan«, fuhr sie fort, »was immer er wollte.« Liebevoll betrachtete sie das Messer. »Aber er mag nur Kinder. Deshalb bin ich schwanger. Weil Amy und Seth früher oder später zu alt für ihn werden. Und dieses Kind wird was ganz Besonderes sein. Es gehört nur Daddy und mir.«

»O Gott!« stöhnte Richard, als ihm das ganze Ausmaß des Grauen zu Bewußtsein kam. »Diana, Engelchen, du brauchst Hilfe ...«

»Nenn mich nicht so!« schrie sie. »Ich bin kein Engelchen. Sag doch, Richard, macht's dich krank? Zu wissen, daß du dich nicht mit meinem Vater messen kannst? Aber das wußtest du schon immer. Nur eins hast du nicht begriffen. Daß du's im Bett auch nicht kannst.« Auf ihren schöngeschwungenen Lippen glänzte Speichel, in den Augen funkelte unverhohlener Irrsinn. Und immer noch Tücke. »Willst du versuchen, mich aufzuhalten, Richard?« Sie trat näher, das Messer erhoben. »Das wird dir nichts nützen. Glaub mir, ich kann die Leute großartig zum Narren halten. Mittlerweile müßtest du das wissen. Mein Vater nimmt uns in seine Obhut und bringt dich wegen Kindesmißhandlung vor Gericht. Vielleicht wird man dich nicht verurteilten. Aber das Stigma haftet an dir. Für immer. Du wirst Amy und Seth nie wiedersehen.«

»Ehe ich das zulasse, treffen wir uns in der Hölle!«

Da lächelte sie strahlend, und plötzlich wußte er, was sie wollte. »Wirklich, Richard? Tu's doch!« Herausfordernd hielt sie ihm das Messer hin, den Griff zu ihm gewandt.

Er sprang vor, um ihr die Waffe zu entreißen. Aber sie umklammert die Schneide, und er sah Blut zwischen ihren Fingern hervorquellen. Ihre Lippen verzerrten sich zu einem wahnsinnigen Grinsen.

»O Richard, alles wird auf einen Kampf hinweisen. Ich packte das Messer, um mich zu wehren. Weil du mich in heller Wut erstechen wolltest, um dich zu rächen – nachdem ich dich betrogen hatte. Man wird dich ins Gefängnis stecken, Richard, für viele Jahre. Vielleicht wirst du sogar hingerichtet. Und mein Vater wird die Kinder behalten.«

Mit aller Kraft riß er am Messergriff, aber sie hielt die Klinge eisern fest, ohne das Blut zu beachten. Plötzlich wurde der makabre Kampf unterbrochen, und sie schaute zu ihm auf, mit schönen, vertrauensvollen Augen. »Was willst du von mir, Richard?«

»Du mußt dir helfen lassen«, erklärte er verzweifelt und bekämpfte den Haß in seinem Herzen.

Entschieden schüttelte sie den Kopf. »O nein, das willst du nicht. Du möchtest mich sterben sehen.«

Weil sie die Wahrheit sagte, wich er erschrocken zurück und zog wieder an dem Messer. Aber sie umklammerte den Stahl immer noch, taumelte vorwärts und landete in Richards Armen. Als die Klinge ihre Brust durchbohrte, Knochen und Fleisch, spürte er ein heftiges Zittern, das ihren ganzen Körper erfaßte.

Lächelnd legte sie die Arme um seinen Hals. »Danke, Richard«, flüsterte sie und glitt langsam zu Boden.

Tief steckte das Messer in ihrer Brust, dunkles Blut sprudelte hervor. Ihre Lider flatterten und schlossen sich. Entsetzt sank er auf die Knie, berührte den Puls an Dianas Hals, der schnell verebbte. Sie lag im Sterben.

Atemlos starrte er sie an, die Hände blutbefleckt. Er sollte aufstehen, zum Telefon laufen, die Nummer 911 wählen. Noch gab es eine Chance, eine winzige

Chance, Dianas Leben zu retten. Und deshalb mußte er aufspringen, sein Bestes tun.

Doch er rührte sich nicht. Er kniete einfach nur neben ihr und beobachtete, wie ihr Blut eine große dunkle Pfütze bildete. Und während er sie sterben sah, dachte er an die Kinder, die er in ein sicheres Versteck gebracht hatte. Behutsam ergriff er Dianas schlaffe Hand, und ehe ihr Herz stillstand, sah er ein geisterhaftes Lächeln.

Und so fand ihn die Polizei. Immer noch auf den Knien, an der Seite seiner toten Frau. Auf der Mordwaffe fand man seine Fingerabdrücke. Doch das spielte keine Rolle. In seinen *Gedanken* hatte er sie getötet. Das Maß der Schuld zu ergründen, wäre nur Zeitverschwendung gewesen. Nur eins zählte – seine Kinder waren in Sicherheit. Und in der dunklen Verwirrung seines Schocks sah er nur ein einziges Ziel – er mußte verhindern, daß General Scott die beiden jemals in seine schmutzigen Hände bekam. Deshalb mußten sie für tot gelten.

Richard zog sich an einen finsteren, geschützten Ort zurück, wo nichts in die verschütteten Tiefen seiner Seele dringen konnte. Während der nächsten Monate fragte er sich manchmal, ob er die richtige Entscheidung getroffen hatte. Wäre es besser gewesen, den vorsätzlichen Mord an seiner unschuldigen Frau und seinen Kindern zu gestehen?

Aus sicherer Distanz beobachtete er den General und amüsierte sich fast über die eifrigen Bemühungen des alten Mannes, die Wahrheit herauszufinden, den Schwiegersohn zu befreien. Bis Scott glaubte, Richard müßte Diana und die Kinder tatsächlich ermordet haben. Bis es keine andere Erklärung gab. Und zweifellos erriet der General auch, warum es geschehen war. Bei seiner Zeugenaussage erläuterte er das überaus plausibel – der Inbegriff des Kriegshelden, der trauernde Vater, von seinem geliebten Schwiegersohn so schmählich verraten. Wie jeder wußte, hatte Diana geplant, ihren Mann zu verlassen, um mit ihren mißhandelten Kindern ins Elternhaus zu ziehen. Kein Wunder, daß Richard schließlich durchgedreht war und seine Familie lieber niedergemetzelt hatte, als sie gehen zu lassen.

Mochte es klug gewesen sein oder nicht – Richard legte niemals ein Geständnis ab, hütete seine Geheimnisse und tauchte aus jenem dunklen Ort nur auf, um zwei Menschen zu vertrauen – Sally Norton und Mark Bellingham. Mit vereinten Kräften gelang es den beiden, die Kinder außer Landes zu schaffen. Ob sie an seine Unschuld glaubten, kümmerte ihn nicht. Zumindest waren sie bereit, ihm zu helfen. Alles hätte ein gutes Ende gefunden, wäre Sally nicht erkrankt.

Plötzlich konnte er sein Schicksal nicht mehr akzeptieren. Er sah nur einen einzigen Ausweg, und so beauftragte er Mark, die wiederholten Hilfsangebote des Schriftstellers Sean O'Rourke anzunehmen. Mit allem war Richard einverstanden – wenn sich nur jemand fand, der für die Kinder sorgen würde. Um das zu erreichen, wollte er alles tun – selbst wenn er ein kompliziertes Lügennetz für einen skeptischen O'Rourke spinnen oder sogar die Wahrheit erzählen mußte.

Aber er war verrückt – so verrückt wie Diana am

Ende ihres Lebens. Die blutige Konfrontation in der Diele hatte ihn in einen Psychopathen verwandelt. Er mußte doch wahnsinnig sein, wenn er glaubte, er könnte mit dem Schicksal paktieren, ein Foto im Silberrahmen betrachten und sich einbilden, dies wäre die Lösung des Problems.

Und das Schicksal lachte natürlich zuletzt. Statt ihn zu retten, entpuppte sich die Frau auf dem Foto als Katastrophe – nachdem er alles so sorgsam geplant hatte. Sie gefährdete seine Kinder, sie gefährdete ihre eigene Schwester.

Jetzt gab es nur noch einen einzigen Weg. Er hatte keine Wahl, und er würde dem General endlich gegenübertreten. Obwohl diese Konfrontation in der Hölle stattfinden mußte ...

Doch das schwarze Eis, das ihn seit Dianas Tod gepanzert hatte, war zerbrochen und abgefallen. Und Richard stand da, verwundet und blutend, bereit zum Kampf.

Leise surrte der gediegene Motor des BMW. Cass saß auf dem Beifahrersitz, die Augen geschlossen. Lose lagen ihre Hände im Schoß. Sie spürte die Tränen, die über ihre Wangen rannen, glaubte aber, Richard würde es nicht bemerken. Oder es wäre ihm egal. Er hatte in Gedanken einen anderen Ort aufgesucht, erinnerte sich, erlebte noch einmal, was er im Hintergrund seines Bewußtseins verschließen wollte.

Er mochte keine Trostworte hören, keine Beteuerung, er habe richtig gehandelt, keine Rechtfertigung. Wie er sich verhalten hatte, beurteilte er selbst, er allein bestimmte die Strafe.

Natürlich – Cass hatte seinen sorgsam geschmiedeten Plan vereitelt – diesen dummen, edlen, unmöglichen Plan. Und dafür war sie jetzt dankbar, aus einem ganz bestimmten Grund. Oder aus drei Gründen: Seth, Amy und Francesca.

Vorerst konnte Richards Kindern nichts zustoßen. Aber da der General wußte, daß sie noch lebten, würde er sie zweifellos aufspüren. Um sie zu finden, würde dieses böse alte Ungeheuer alles tun, was in seiner Macht stand.

Wie Richard vorgehen würde, wenn er die Scotts fand, wußte Cass nur zu gut. Und sie würde ihm zuvorkommen, wenn sich herausstellte, daß ihre Schwester zwischen die schmutzigen Finger des alten Mannes geraten war.

Sie schaute zu Richard hinüber. In Gedanken immer noch woanders, starrte er auf die dunkle Bundesautobahn, die nach Norden führte, die schmalen Hände scheinbar lässig am Lenkrad. Doch seine Ruhe trog. Noch war er kein Mörder, trotz seiner Schuldgefühle.

Aber innerhalb der nächsten vierundzwanzig Stunden würde er einen Mord begehen.

20

Inmitten dichter Nebelschwaden überquerten sie die Grenze von Vermont. Und als sie White River Junction erreichten, prasselte Eisregen gegen die Windschutzscheibe. Richard sah keinen Grund, das Tempo zu drosseln, aber das beunruhigte Cass nicht. In ihrem Leben hatte die Angst keinen Raum mehr. Sie vertraute Richard rückhaltlos.

Vielleicht sorgte er sich weder um ihre noch um seine eigene Sicherheit. Aber er würde ihre Schwester niemals dem General ausliefern. Also fuhr er, so schnell er es wagen konnte. Darauf verließ sie sich.

Bei Montpelier beugte er sich wortlos vor und schaltete das Radio ein. Der lokale Wetterbericht war keineswegs ermutigend. Im ganzen Nordosten hatte ein Frühlingssturm getobt, mit Schnee und gefrierendem Regen. Auf die Rückkehr des Frühlings mußte man noch achtundvierzig Stunden warten. Und in der Zwischenzeit würde das Unwetter über Vermont hereinbrechen.

»Scheiße«, murmelte Richard, während sie von der Autobahn abbogen – das erste Wort seit seinem Geständnis. Er parkte vor einem McDonald's. Sanft glitt der BMW zur Bordkante und hielt. »Wie's mit dir ist, weiß ich nicht. Aber ich brauche eine Tasse Kaffee und muß auf die Toilette.«

Das klang verwirrend normal, und Cassie brachte ein dünnes Lächeln zustande. »Okay, ich auch.« Sie wollte Fragen stellen, besann sich aber eines Besseren und folgte ihm in die helle, von Lärm erfüllte Atmosphäre.

Als sie aus der Damentoilette auftauchte, war er nirgends zu sehen, und sie geriet in Panik. Hatte er sie in einer verschneiten Nacht verlassen? Doch dann schaute sie zum Parkplatz. Er saß schon wieder im Auto.

Rasch kaufte sie einen großen Becher Kaffee und

ein Blätterteiggebäck. Dann rannte sie hinaus, voller Angst, er könnte ohne sie weiterfahren. »Ich dachte, du hättest mich im Stich gelassen.« Vorsichtig löste sie den Plastikdeckel vom Becher und trank einen Schluck. Der Kaffee war heiß und stark und himmlisch.

»Da war ich nahe dran.«

»Und warum hast du's nicht getan?«

»Aus demselben Grund, der mich bewog, dich mitzunehmen. Deine Schwester wird dich vielleicht brauchen.«

Mehr durfte sie nicht erwarten, und mehr verdiente sie auch nicht. »Manchmal kann ich mich recht nützlich machen«, erwiderte sie kühl, »und sogar für Kinder sorgen, wenn man mir erklärt, in welcher Gefahr sie schweben. Außerdem weiß ich, wie man verurteilte Mörder einfängt.«

Er warf ihr einen gleichmütigen Blick zu. »Zweifellos.«

Heißer Kaffee tropfte auf ihre Jeans und verbrühte sie beinahe. »Hast du zufällig eine Ahnung, wohin wir fahren müssen?«

»Ja.«

Cass schloß die Augen und zählte stumm bis zehn. »Wärst du so freundlich, mich zu informieren?«

Nun entstand ein längeres Schweigen. Am liebsten hätte sie geschrien. »Die Scotts besitzen ein Sommerhaus in der Nähe von Smuggler's Notch. Und ich bin mir sicher, daß sie dort sind.«

»Warum?«

»Weil er Mabry gesagt hat, er würde deine Schwester nach Vermont bringen. Und er möchte mich veranlassen, ihm nachzufahren. Das ist doch offensichtlich.«

Sie ignorierte seinen Ärger. »Wieso ist das offensichtlich? Was will er von dir?«

»Nun, ich soll ihm endlich eine Chance geben, Rache zu üben. Ich habe seine Tochter getötet, erinnerst du dich? Seine kostbare Märchenprinzessin.«

»Nein, du bist unschuldig!« rief sie, dumm genug, um zu protestieren. »Es war ein Unfall, sie erstach sich selber, und du ...«

»Halt den Mund!« herrschte er sie an. »Verdammt noch mal, ich brauche deine Erklärungen und Rechtfertigungen nicht. Sie ist tot, ich weiß nicht, ob sie das Messer mit Absicht oder versehentlich in ihre Brust gestoßen hat, und ich hätte sie nicht retten können. Aber eine Tatsache bleibt bestehen – ich hab's nicht einmal versucht. Und es gibt keine logischen Argumente, die das ändern würden.« Wütend schlug er mit der Faust aufs Lenkrad. »Zum Teufel, und ich habe mir vorgenommen, ich würde mich nicht mehr von dir herausfordern lassen!«

»Das hab' ich doch gar nicht getan.«

»Nachdem ich einige Wochen lang mit dir zusammen war, erscheint mir die Todesstrafe wie eine Erlösung.«

»Aber ich werde ihnen nicht erlauben, dich hinzurichten.«

Sein Gelächter wirkte so kalt wie die neblige Schneenacht. »Versuch sie doch dran zu hindern. Wart mal ab, ob sie dir glauben werden. Vielleicht ist die Sache bis dahin nicht mehr ganz so eindeutig. Scott sitzt da oben in seiner Mini-Festung beim Smuggler's Notch, und wenn ich dort ankomme, stirbt einer von uns. Entweder bin ich tot oder ein Mörder. Eins steht jedenfalls fest – keine dieser beiden Möglichkeiten wird der Staatsanwaltschaft gefallen.«

»So oder so, ich erlaube ihnen nicht, dich zu töten«, beharrte sie.

Nach einem kurzen Schweigen fragte er: »Cass, merkst du's nicht, wenn du auf verlorenem Posten stehst?«

»Ich glaube immer noch an die Menschen. Und an dich.«

»Dann möge der Allmächtige dir helfen.«

Inzwischen hatte er jedes Zeitgefühl verloren. Cassie schlief neben ihm auf dem Beifahrersitz, während er bei Stowe in die Bergstraße bog und das erste grünliche Tageslicht die Finsternis durchdrang. Die ganze Nacht hatte er am Steuer gesessen.

Er schaute zu ihr hinüber. Unter ihren geschlossenen Augen lagen dunkle Schatten, zerzaustes rotes Haar umrahmte ihr blasses Gesicht, und ihre Kleidung paßte nicht zum Wetter. Die Jeans und der Pullover konnten sie nicht vor der beißenden Kälte des Frühlingssturms schützen, die Turnschuhe würden nach wenigen Schritten durchweicht sein, wenn sie zum Haus hinaufging.

Warum zum Teufel hatte er sie mitgenommen? In allerletzter Sekunde war er auf die Bremse gestiegen. Und es wäre so leicht gewesen, einfach davonzufahren, in die New York City-Nacht, und Cassie stehenzulassen. Unversehrt.

Aber er hatte sie mitgenommen. Offenbar war er

ein Masochist, der sich unentwegt mit ihrer Gegenwart quälte. Sogar jetzt, wo sein Adrenalin vibrierte und seine Nerven flatterten, wo er ihr immer noch grollte, wollte er den BMW am verschneiten Straßenrand stoppen und sie umarmen, ihre Lider küssen, die empfindsame Stelle hinter dem Ohr, den Puls in ihrem Hals. Und er wollte sie lieben, nicht nur in diesem Moment, sondern immer.

Immer – das gab es für ihn nicht. Es war eine Lüge gewesen, als er erklärt hatte, Scott *oder* er selbst würden sterben. Natürlich konnte er die letzte Entscheidung weder dem Zufall noch der Staatsanwaltschaft überlassen. Am Ende dieses Tages würden sie beide nicht mehr leben.

Leise stöhnte sie im Schlaf, als hätte sie seine Gedanken gelesen und wollte protestieren. So gut kannte sie ihn – und andererseits überhaupt nicht.

Eins wußte er jedenfalls – seine Instinkte hatten ihn nicht getrogen. Sie war genau die Richtige. Ohne Zögern würde sie nach England fliegen, um Amy und Seth zu betreuen. Mark würde alles arrangieren, die nötigen Papiere beschaffen. Und nur wenn Scott tot war, drohte den Kindern kein Unheil mehr. Deshalb gab es keine Alternative.

Er hätte es viel früher tun müssen, statt die beiden so lange dieser Gefahr auszusetzen. Aber eine schlichte Tatsache ließ sich nun mal nicht aus der Welt schaffen – er war kein Mörder. Und der dunkle, grausige Ort, wo er nach Dianas Tod versunken war, hatte ihm keine Aktivitäten gestattet. Er war in jener Finsternis geblieben, einzig und allein bestrebt, die Kinder zu schützen – ohne zu erkennen, daß sie nach einer schlichten Gewalttat für immer gerettet wären.

Jetzt wußte er es. Und seine Befreiung aus dem Dunkel verdankte er Cassie. Sie hatte ihn gelehrt, wieder zu atmen, Schmerz zu empfinden, zu hassen – und zu lieben.

Doch das würde er ihr nicht verraten. Während der langen nächtlichen Fahrt hatte er dies alles gründlich und emotionslos erwogen. Ursprünglich hatte es zu seinem Plan gehört, Cassie zu belügen, von seiner Liebe zu überzeugen, damit sie sich seelisch und körperlich an ihn gebunden fühlte, auch nach seinem Tod.

Doch dann war ein Problem aufgetaucht – er liebte sie tatsächlich. Das sollte sie nie erfahren. Er durfte sie nicht an einen Toten ketten. Auch ohne diese emotionale Erpressung würde sie seinen Kindern ihre ganze Zuneigung schenken und die beiden gut umsorgen. Und wenn sie es nicht wußte, würde die Wunde in ihrem Herzen schneller heilen.

Sie bewegte sich wieder und runzelte die Stirn. Wie gern würde er sie im Juli oder August sehen, mit dunkleren Sommersprossen auf der Nase, wenn ihr wohlgerundeter Körper, dessen sie sich schämte, in einem Badeanzug steckte und von der Sonne geküßt wurde ...

Darauf mußte er verzichten. Niemals würde er sie auf einer Wiese voller Gänseblümchen lieben. Für Cassidy Roarke und Richard Tiernan gab es nur Schlamm und Regen und Dunkelheit. Nebel und Schnee und ewige Nacht. Blumenwiesen waren für andere Leute bestimmt. Für Cassie und einen anderen Mann. Nicht für ihn.

Krampfhaft umklammerten seine Hände das Lenkrad, und er fuhr viel zu schnell. Schließlich zwang er sich zu einem langsameren Tempo. Früher oder später mußte er sie gehen lassen ...

»Verdammt!«

Sie richtete sich auf, blinzelte ihn schläfrig und verwirrt an. Weiter oben an der Straße standen Motels und Skihütten. Sekundenlang fühlte er sich versucht, anzuhalten, mit ihr in eins dieser Häuser zu gehen und alles zu gestehen. Nur ein oder zwei Stunden. War er so verworfen, daß er nicht einmal dieses kleine bißchen Trost verdiente?

»Stimmt was nicht, Richard?«

»Die Straße ist gesperrt.«

»Was meinst du?«

»Die Straße übers Notch ist gesperrt. Im Winter kann man sie fast nie benutzen, aber um diese Jahreszeit müßte sie befahrbar sein. Wahrscheinlich wurde sie wegen des Schneesturms geschlossen.«

»Und was machen wir jetzt?«

»Wir fahren das Notch hinauf, ohne Winterreifen«, erwiderte er und wartete auf ihren Protest, der nicht erfolgte.

»Okay«, sagte sie und lehnte sich wieder zurück.

Viel zu abrupt riß er das Lenkrad herum, das Auto schlitterte zum Straßenrand und rutschte ein paar Meter durch den Schnee, ehe es stehenblieb. Im Morgengrauen schaute sie ihn an, ruhig und gefaßt. Er wollte sie schütteln und anschreien, aus dieser Gelassenheit reißen und ...

Doch da sah er den blauen Fleck auf der rechten Seite ihres Kinns. Das hatte er völlig vergessen. Unglücklich betrachtete er das Zeichen seiner Brutalität. Nie zuvor hatte er eine Frau mißhandelt, nicht einmal Diana, obwohl er in seiner Ehe so oft bis zum Äußersten getrieben worden war.

»Warum starrst du mich so an?« Unwillkürlich berührte er die verfärbte Stelle, und Cassie zuckte zusammen. »Oh«, flüsterte sie und wandte das Gesicht ab. »Daran habe ich gar nicht mehr gedacht.«

Um sich selber zu bestrafen, fragte er: »Bist du an solche Fausthiebe gewöhnt?«

»Seit meiner Kindheit nicht mehr«, antwortete sie, ohne ihn anzusehen.

»Wurdest du geschlagen? Oder hat man dir nur ein bißchen den Hintern versohlt?«

»Ich wurde geschlagen.«

»Von wem? War's Sean?« Wieder dieser dunkle Zorn – gegen die Person, die ein wehrloses kleines Mädchen geprügelt hatte. Und gegen sich selbst.

»Wer eben gerade am meisten getrunken hatte. Aber du kannst dich nicht mit übermäßigem Alkoholkonsum herausreden.«

»Nein, das kann ich nicht.«

Zu seiner Verblüffung lächelte sie. »Genau. Worauf warten wir?«

»Ich könnte dich in ein Motel bringen. Dort könntest du bleiben, bis ...«

»Nein. Und bilde dir bloß nicht ein, du könntest mich noch mal niederschlagen. Ich komme mit dir, daran wirst du mich nicht hindern. Ich bin dein Albatros«, fügte sie mit grimmigem Humor hinzu, »deine Klette, dein schlimmster Alptraum.«

»Allerdings«, bestätigte er und starrte in ihr bleiches,

herausforderndes Gesicht, in ihre kummervollen Augen. »Sogar in der Hölle werde ich von dir träumen.«

»Klar, dafür will ich sorgen.«

Die Sperre am Fuß der Notch-Straße war nicht besonders stabil – nur zwei Sägeböcke mit Blinklichtern. Erleichtert trat Richard auf die Bremse. Ehe er aussteigen konnte, sprang Cassie hinaus, stapfte durch den Schneematsch und zerrte eins der Hindernisse beiseite. Er fuhr ein Stück weiter, hielt an, um auf sie zu warten, und blinzelte in den Himmel, der sich allmählich erhellte.

Was nun herabfiel, war ein Gemisch aus Schnee und Regen – naß, aber nicht eisig, und das körnige Zeug unter den Reifen bot ihnen wenigstens eine gewisse Bodenhaftung. Cassidy stieg wieder ein. Langsam und vorsichtig fuhr er die gewundene Straße hinauf, bemühte sich aber, möglichst wenig Zeit zu verlieren.

Immerhin kamen sie weiter, als er erwartet hatte. Die Räder drehten durch, der BMW wurde mehrfach seitwärts geschleudert, während er mit den Haarnadelkurven kämpfte. Schließlich verwandelte sich der Matsch in Eis, und das Auto landete im Straßengraben. Seufzend schaltete Richard den Motor aus und wandte sich zu Cassie. »Für dieses Wetter und das unwegsame Terrain bist du nicht richtig angezogen«, bemerkte er in ruhigem Ton.

»Aber du auch nicht.« Sie war bereits ausgestiegen, wild entschlossen, und glich einer irischen Walküre, einer kampflustigen Amazone. Diese Kraft würde sie brauchen, um zu überstehen, was auf dem Gipfel des Berges lauerte.

Auch Richard stieg aus. Er trug Nikes, die sich keineswegs für Klettertouren auf vereistem Terrain eigneten. Nun, damit mußte er sich abfinden. Schon nach wenigen Sekunden hatte der Schneeregen Cassies Haar und ihren Pullover durchtränkt. Sie blinzelte, und er wollte ihre Lider küssen. »Gehen wir«, schlug er lässig vor und stapfte die Straße hinauf.

Klaglos trottete sie hinter ihm her. Inzwischen mußten sich ihre Füße in kalte Eisklumpen verwandelt haben. Das wußte er, weil sich seine eigenen genauso anfühlten. Nur mühsam konnte sie mit ihm Schritt halten, aber er verlangsamte sein Tempo nicht. Das durfte er nicht wagen. Mittlerweile war viel zuviel Zeit verstrichen.

Beinahe hätte er den Weg zu General Scotts Haus nicht gefunden. Vor Jahren war er hier hinaufgestiegen, kurz nach der Hochzeit, als er mit Diana ihre Familie besucht hatte. Schon damals war die Orientierung schwierig gewesen, und sie hatten sich mehrmals verirrt. Jetzt sah der Pfad ganz anders aus als an jenem Sommertag, unter Schnee und Eis verborgen. Aber Richards Instinkte funktionierten.

Immer wieder rutschten sie auf eisbedeckten Steinen aus. Er hörte Cassie stolpern. Doch er hielt nicht inne, um ihr zu helfen, weil er sich auf die Dinge konzentrieren mußte, die ihn erwarteten.

Ihr atemloser Ruf drang zu ihm. »Was glaubst du, was er Francesca antun wird?«

»Das willst du gar nicht wissen«, entgegnete er grimmig.

»Aber ich muß es wissen!« keuchte sie. »Wenn ich's schaffen soll, diesen gottverdammten Berg hinaufzusteigen, muß ich einen guten Grund haben.«

»Wie alt ist sie?«

»Dreizehn. Sie ist ein frühreifes Mädchen, sehr italienisch, sehr liebevoll ...« Ihre Stimme brach.

Trotzdem ging er weiter. Dann siegte sein Mitleid. Sie brauchte Angst und Zorn, um durchzuhalten, und Hoffnung. »Wahrscheinlich hat er sie noch nicht angerührt.« Wenn das bloß keine Lüge war ... »Ich glaube, er wird sich bis zu meiner Ankunft gedulden.«

»Und seine Frau? Wie kann sie untätig zusehen ...?«

»Er wird sie mit Drogen betäuben. Seit ich sie kenne, ist sie süchtig, und Amberson sorgt regelmäßig für Nachschub. Früher wußte ich nicht, warum. Wenn wir Glück haben, setzt er auch deine Schwester außer Gefecht. Vielleicht muß sie nie erfahren, was mit ihr geschieht.«

»Was wird geschehen?«

Da blieb er stehen und drehte sich um. Je höher sie hinaufstiegen, desto kleiner und kümmerlicher wurden die Nadelbäume. Doch sie spendeten noch immer genug Schatten, so daß er Cassies Miene kaum sehen konnte. Es war auch gar nicht nötig. In seinem Herzen wußte er, wie sie ihn anschaute. »Das muß ich dir nicht sagen. Du weißt es.«

»Richard, du darfst nicht ...«

»Ich habe keine Wahl«, unterbrach er sie und spürte ihre Verzweiflung wie ein Echo in seinen eigenen Adern.

»O Richard, ich liebe dich.«

»Daran zweifle ich nicht«, erwiderte er und stieg weiter bergauf.

Noch nie in ihrem Leben hatte sie sich so elend gefühlt. Ihre frierenden Füße, nicht mehr gefühllos, wurden von stechenden Schmerzen gepeinigt. Wie flüssige Luft kroch die Kälte in ihre Knochen, bleischwer hing der nasse Pullover über den Eiskristallen, die an den Jeans klebten. Auf den glitschigen Felsen fand sie kaum einen Halt, und wenn sie ein paar Schritte geschafft hatte, rutschte sie mindestens einen wieder zurück.

Richard stieg vor ihr hinauf, groß und unnachgiebig, unberührt von irdischen Sorgen. Haßte sie ihn, obwohl sie ihm so beharrlich folgte, ihre Gedanken und Ängste abschaltete, einfach nur durchhielt, attakkiert von den Eisnadeln des Schneeregens, die sich in ihren Baumwollpullover bohrten und ihre Arme zu lähmen drohten?

Als ihr Knöchel umknickte, spürte sie es kaum. Sie sank zu Boden, versuchte sich irgendwo festzuhalten, glitt über das Eis bergab und prallte gegen eine stämmige Kiefer.

Eine Zeitlang blieb sie liegen und rang nach Atem. Richard war nicht stehengeblieben, ging gnadenlos weiter. Fluchend rappelte sie sich auf – nur um wieder zusammenzubrechen, von brennenden Schmerzwellen durchströmt und unfähig, ein Stöhnen zu unterdrücken. An den Baumstamm gelehnt, zog sie behutsam den verletzten Fuß unter ihrem Schenkel hervor und sah Richard den Abhang herabklettern. Seufzend legte sie den Kopf in den Nacken und schaute zu ihm auf. »Jetzt hab ich's vermasselt.«

»Glaubst du, der Knöchel ist gebrochen?«

»Keine Ahnung. Irgendwas hat geknackt. Jedenfalls

kann ich nicht auftreten. Zumindest vorerst nicht. Geh nur weiter.«

Er starrte sie an, und sie erwartete, er würde protestieren – wenigstens zum Schein. Nicht einmal das war ihr vergönnt. »Okay. Der Weg ist gut markiert. Wenn Francesca dich nicht holt, wird die Polizei das leere Auto im Straßengraben entdecken und einen Suchtrupp losschicken. Bald werden sie dich finden. Sag ihnen, sie sollen sich mal im Haus des Generals umsehen. Vermutlich wurden sie beauftragt, ihn in Ruhe zu lassen. Das verdankt er seinem weitreichenden Einfluß. Also mußt du irgendeine Story erfinden. Daß dein Freund Hilfe braucht.«

»Du kommst nicht hierher zurück?«

Da kniete er im Regen neben ihr nieder, und sie wußte nicht, was sie erwartete. Gewiß nicht die zärtliche Hand, die den blauen Fleck an ihrem Kinn berührte, den sanften Kuß auf ihren Lidern, ihren Wangen und Lippen. Ein Segenswunsch. Ein Versprechen.

Ein Abschied.

Sie schaute ihm nach, bis er zwischen den Bäumen verschwand, lauschte dem Geräusch seiner Schritte, die wenig später vom prasselnden Schneeregen verschluckt wurden. Zitternd und unglücklich saß sie da, spürte immer noch seinen warmen Mund. Sie vertraute ihm, er würde Francesca retten, die ruchlosen Pläne des Generals vereiteln und ...

Und er würde sterben. In plötzlichem Entsetzen griff sie an ihre Kehle, als ihr die Wahrheit endlich bewußt wurde. Nein, er würde niemals zurückkommen, er wollte nicht überleben. Er würde General Scott töten, die Gefahr, die seinen Kindern drohte, endgültig bannen. Auch er suchte den Tod, um seine Sünden zu büßen – ein Verbrechen, das kein Gericht der Welt ahnden würde.

Mit aller Kraft schrie sie seinen Namen. Doch die Elemente übertönten ihre Stimme. Nein, sie konnte es nicht zulassen. Sie war eine Kämpferin, eine Überlebenskünstlerin. Und jetzt hing ihr Überleben von Richard ab. Ihr Leben, alle Hoffnungen auf ein künftiges Glück.

Und so kroch sie ihm nach, schleppte den verletzten Knöchel hinter sich her, ihre Finger rutschten durch den Matsch, Zweige zerkratzten ihr Gesicht. Nun war sie so unnachgiebig und entschlossen wie er. Nichts würde sie aufhalten.

Endlich erreichte sie eine Felsenkante, hinter der das Terrain etwas sanfter anstieg. Wie lange sie bergauf geklettert war, wußte sie nicht. Die Zeit spielte keine Rolle mehr. Hier herrschte keine Wildnis, sondern eine gewisse Ordnung – militärische Ordnung. Sie schien sich ihrem Ziel zu nähern.

Wieder rutschte sie aus, landete auf dem Bauch im vereisten Schlamm, lag keuchend da und versuchte, Atem zu schöpfen. Sie lauschte den Geräuschen des Waldes, den Regentropfen, die von den Bäumen herabfielen. Ein fernes, leises Summen. Und beängstigende Schritte, die sich plötzlich näherten.

Sie hob den Kopf, wollte sich im Unterholz verkriechen. Doch es war zu spät. Der General stand vor ihr, im untadeligen militärischen Arbeitsanzug, einen Gehstock in der Hand. Leicht belustigt schaute er sie an, ein Lächeln erhellte das freundliche Gesicht.

»Wirklich, Cassidy, ich bin tief beeindruckt. Nun

beobachte ich Sie schon eine ganze Weile. Sie hätten einen verdammt guten Soldaten abgegeben. Die meisten jungen Rekruten fangen zu wimmern an, sobald es brenzlig wird. Und wenn sich einer den Knöchel verstaucht, läuft er schreiend zu seiner Mama zurück. Aber Sie klettern unbeirrt weiter.«

»Dafür gibt es gute Gründe.«

»Oh, gewiß«, bestätigte er liebenswürdig. »Nun fragen Sie sich sicher, warum ich wußte, wo Sie sind. Dieses Haus ist eine Festung. Aber ich brauche keine Privatarmee, die sich in mein persönliches Leben einmischt. Das Sicherheitssystem ist das beste von der Welt. Wer bis auf eine Meile an diesen Ort herankommt, wird sofort entdeckt. Und deshalb möchte ich wissen, wo Richard steckt.«

Neue Hoffnung erwärmte sie, gab ihr Kraft, und sie richtete sich auf. »Hier jedenfalls nicht.«

»Seien Sie nicht absurd! Ohne ihn hätten Sie meine Festung nie gefunden. Ich habe was gegen verlogene Leute, Cassidy. Die muß ich bestrafen.«

»Wo ist Francesca?«

»In Sicherheit.«

»In Sicherheit?« wiederholte sie. »In Ihrer Gewalt?«

»Ah«, murmelte General Scott, »also hat Richard Ihnen die Wahrheit erzählt. Oder was er für die Wahrheit hält. Hat er Ihnen eingeredet, ich sei der Mörder meines kleinen Mädchens? Er konnte einfach nicht begreifen, was uns beide miteinander verband. Von Anfang an war er eifersüchtig. Diana und ich lachten oft über ihn, über sein Bemühen, sie umzukrempeln und nach seinen Wünschen zu formen. Oh, sie wußte sehr gut, wer sie war.«

»Als Tochter eines Monstrums hatte sie keine Chance.«

Seine Miene änderte sich nicht. »Niemand versteht das«, erwiderte er leichthin. »Und ich erwarte es auch nicht. Kommen Sie mit mir, Cassidy.« Er bückte sich, zog sie auf die Beine und legte einen Arm um ihre Taille. »Nun bringe ich Sie ins Haus. Dort warten wir auf Richard.«

Verzweifelt wollte sie ihn wegstoßen und sich befreien. Doch er besaß fast übernatürliche Kräfte. Halb trug er sie den sanft ansteigenden Hang hinauf, halb schleifte er sie, ohne den Schneematsch und ihre verbissene Gegenwehr zu beachten.

Das Haus war ein schönes, weitläufiges Gebilde aus Holz und Glas. »Hier sehen Sie meinen kleinen Adlerhorst«, verkündete der General, kein bißchen außer Atem, als sie den Rasen vor der Veranda überquerten.

»Aber ich sehe keine furchterregenden Sicherheitsvorkehrungen«, fauchte Cassie.

»Oh, ich habe alles, was ich brauche – Kameras, die mir verraten, wer hierherkommt, und ein erstklassiges Heckenschützengewehr. In meiner Jugend war ich ein hervorragender Schütze, und ich habe meine Fähigkeiten stets trainiert. Sobald Richard vor einer meiner Überraschungskameras auftaucht, bin ich bereit.«

»Werden Sie ihn töten?«

»Möglicherweise.« Jetzt keuchte er doch ein wenig, was Cassidy allerdings nur mit geringer Genugtuung erfüllte. Er öffnete die gläserne Schiebetür und schob sie hindurch. Kraftlos brach sie auf dem blütenweißen Teppichboden zusammen und hinterließ einen

Schmutzfleck. »Zuerst will ich seine Antworten hören«, fügte Scott hinzu.

Eine Zeitlang schwieg sie und lauschte. »Wo ist Francesca? Und Ihre Frau?«

»Beide schlafen tief und fest«, erwiderte er, schlüpfte aus seiner Arbeitsjacke und ging zur Bar. »Glücklicherweise hat mir die Pharmazie schon immer gute Dienste geleistet. Darf ich Ihnen einen Gemüsedrink servieren? Der wird Sie stärken.«

»Habe ich das nötig?«

»Eigentlich nicht«, gestand er in entschuldigendem Ton.

»Also werden Sie mich umbringen.«

»Nun, ich fürchte, das läßt sich nicht vermeiden. Auch Ihre Schwester muß dran glauben. In der Army lernt man unangenehme Aufgaben pflichtbewußt zu erfüllen, statt über Dinge zu jammern, die man nicht ändern kann. Das wäre reine Zeitverschwendung.« Sorgsam füllte er zwei Gläser mit einer grüngelben Mixtur und brachte ihr eins. Zum erstenmal in ihrem Leben sehnte sie sich nach Whiskey.

»Warum?«

»Weil Richard endgültig als das Monster entlarvt werden muß, das er ist. Ich fürchte das Buch Ihres Vaters und das Berufungsverfahren. Solange Richard das Urteil nicht anfocht, war ich zufrieden. Aber ich kenne das Justizsystem dieses Landes. Trotz meiner intensiven Bemühungen könnte er den Rest seines Lebens an einem Ort verbringen, der viel komfortabler wäre als Militärkasernen. Und das kann ich nicht zulassen. Er muß für seine Tat bestraft werden. Wenn er schon nicht für den Mord an Diana stirbt, dann für Ihren und Francescas Tod.«

»Sie wollen ihm also das Verbrechen in die Schuhe schieben?«

»Natürlich. Wenn ich ihn erschieße, brauche ich doch einen plausiblen Grund, oder? Ich werde erklären, er habe Sie als Geisel genommen, hierhergeschleppt und dann erschossen, ebenso wie Francesca. Deshalb mußte ich ihn töten – wie den tollwütigen Hund, der er ist.« Lächelnd reichte er ihr das Glas. »Trinken Sie, dann werden Sie sich besser fühlen.«

Wütend schlug sie ihm den Drink aus der Hand, der grüne Schleim ergoß sich auf den weißen Teppich. »Ich verabscheue Drogen.«

»Oh, ein perfekter kleiner Soldat«, murmelte der General. »Offenbar bevorzugen Sie die harte Tour. Sie wissen, wo meine Enkelkinder sind. Sagen Sie's mir!«

Cassie machte sich nicht die Mühe zu leugnen. »An einem Ort, wo Sie die beiden niemals finden werden.«

»Machen Sie sich nicht lächerlich! Ich finde alles, was mich interessiert. Hätte ich früher erfahren, daß Amy und Seth noch leben, wären sie längst bei mir. Innerhalb weniger Stunden hätte ich sie in meine Obhut gebracht. Aber Richard war sehr clever. Das traute ich ihm nicht zu, denn ich nahm an, er hätte herausgefunden, daß Diana ein Kind von mir erwartete, und den Verstand verloren. Andererseits – Verrückte können manchmal sehr gerissen sein.«

»Dafür sind Sie ein erstklassiges Beispiel.«

Mißbilligend schüttelte er den Kopf. »Kindchen, ich bin nicht verrückt. Ich tue nur, was getan werden muß. So einfach ist das.«

»So einfach«, wiederholte sie.

»Möchten Sie sich ein bißchen frisch machen und Ihre Schwester sehen?«

»Ich dachte, Sie würden uns töten.«

»Wenn Sie tot sind, bevor Richard auftaucht, gewinne ich gewisse Vorteile bei unseren Verhandlungen. Und ich muß ihn zwingen, in allen Einzelheiten zu schildern, was in jener Nacht geschehen ist.« Nun zeigte sich ein kleiner Riß in der Fassade des Generals, wodurch seine väterliche Gelassenheit noch schrecklicher wirkte.

»Ja, ich will Francesca sehen.«

»Damit habe ich gerechnet.« Fürsorglich half er ihr auf die Beine und gab ihr seinen Gehstock. »Hier, das wird Ihnen helfen. Übrigens, dieser Stock gehörte dem grandiosen General Dwight D. Eisenhower, und ich habe ihn stets in Ehren gehalten.«

Cassie schaute ihm ins Gesicht, ihre Finger krallten sich um den Griff des Stocks. Doch sie hatte nicht die Kraft, um ihn als Waffe zu benutzen. Noch nicht. Aber sie würde es tun. »Bringen Sie mich zu Francesca.«

»Mit dem größten Vergnügen.«

Cassie stürzte, verstauchte sich den Knöchel und nahm Richard eine Last von der Seele. Niemals hätte sie den Hang bewältigt, der fast senkrecht anstieg, und weil er sie gut genug kannte, wußte er, daß sie auf keinen Fall freiwillig zurückgeblieben wäre. Er hätte es kaum ertragen, sie noch einmal niederzuschlagen – wann immer er sich an jene Szene erinnerte, wurde ihm übel. Aber im Ernstfall hätte er es getan.

Wenn man Ambersons verdammten Videokameras

ausweichen wollte, mußte man über die Felsenwand zum Haus hinaufklettern. Hier existierte kein Alarmsystem, weil nur Selbstmörder diesen Weg wählten. Oder Wahnsinnige.

Mittlerweile überlegte Richard nicht mehr, ob er verrückt oder bei klarem Verstand war. Seltsamerweise hatte ihm seine Rückkehr von jenem dunklen Ort vor Augen geführt, wie nahe er an die Grenze von Irrsinn und Vernunft herangekommen war, doch das spielte schon längst keine Rolle mehr. Er wußte, was er tun mußte. Er würde es tun und den Preis dafür bezahlen. Vor den Konsequenzen seiner Aktivitäten war er noch nie zurückgeschreckt.

Nicht zum erstenmal erklomm er eine Steilwand, aber früher war er richtig ausgerüstet und das Gestein nicht mit Eis überzogen gewesen.

Sekundenlang fragte er sich, was geschehen würde, wenn er abstürzte. Dann verwarf er diesen Gedanken. Er würde nicht hinunterfallen. Das durfte er nicht. Er mußte Amberson Scott mit bloßen Händen töten, dem Mann Höllenqualen bereiten und sich dann selber umbringen.

21

»Oh, Sie Bastard«, flüsterte Cassidy.

Die Lider geschlossen, lag Francesca auf dem Bett, so unnatürlich still, als wäre sie bereits tot. Sie trug ein rosa Rüschenkleid, das die langen, schlanken Beine und keimenden Brüste entblößte. Bei diesem Anblick umklammerte Cassie den Griff des Gehstocks noch fester.

»Ich habe sie nicht angerührt«, beteuerte Scott, »und gut auf sie aufgepaßt, während sie umgezogen wurde. Welch ein hübsches Mädchen Ihre Schwester ist! Und so unschuldig ... Hat ihre Pubertät schon begonnen?«

Nur mühsam bezwang sie den Wunsch, sich auf ihn zu stürzen. »Ja«, log sie.

»Jammerschade! Ich mag die Mädchen am liebsten, wenn sie noch ganz rein sind – unbesudelt vom Blut der Weiblichkeit. Aber in Francescas Fall mache ich vielleicht eine Ausnahme. Wie bei Diana. Schauen Sie nicht so unglücklich drein, Cassidy! Sie wird gar nichts merken, denn ich habe ihr genug von Essies Pillen gegeben, um zu verhindern, daß sie vorzeitig zu sich kommt. Sobald ich mit ihr fertig bin, wird eine einzige Kugel in die Schläfe alles weitere erledigen. Schnell und schmerzlos. Ich bin nicht grausam.«

Mit schmalen Augen starrte sie ihn an. »Und ich dachte, Sie mögen nur Ihre eigenen Kinder.«

»Unsinn!« erwiderte er kichernd. »Ich bin Soldat. Was glauben Sie, wo ich meine Vorliebe für Kinder entwickelt habe? In Kampfgebieten findet man Verwundete aller Altersgruppen, mehr oder weniger unschuldig. Meiner Tochter wandte ich mich nur zu, weil ich in die sogenannte Zivilisation zurückgekehrt war. Und weil sie es wollte.«

»Davon möchte ich nichts hören.«

»Sie war damals fünf Jahre alt«, fuhr er unbeirrt fort. »Oh – das Bad finden Sie da drüben.«

Gerade noch rechtzeitig erreichte sie die Toilette und

übergab sich. Ihr Magen war leer, die trockenen Würgekrämpfe erschütterten ihren ganzen Körper. Danach brach sie auf dem kühlen Fliesenboden zusammen und fühlte sich zu elend, um klar zu denken.

Scott kam zu ihr und schaltete ein blendendes Neonlicht ein. »Hätten Sie doch den Gemüsesaft getrunken, Cassie!« tadelte er sanft. »Compazine tut dem Magen gut.«

»Gehen Sie weg!« stöhnte sie.

»Gewiß, meine Liebe. Ich wollte Ihnen nur noch versichern, wie sehr ich den Tod Ihres Vaters bedaure. Mein herzliches Beileid ... Vermutlich ist er gestern gestorben. Wir waren Feinde, aber wir hatten einiges gemeinsam, zum Beispiel die Liebe unserer Töchter.« Lautlos schloß sich die Tür hinter ihm.

Es dauerte lange, bis Cassie sich bewegen konnte. Schwerfällig stand sie auf und lehnte sich ans Waschbecken. Ihre Augen waren trocken. Jetzt konnte sie keine Tränen für Sean vergießen. Für niemanden. Sie ergriff ein schneeweißes Handtuch und wischte den Schlamm aus ihrem Gesicht. Dann blickte sie in den Spiegel.

Wie der Tod sah sie aus. Ein passender Vergleich. Sie hinkte zur Badewanne, setzte sich auf den Rand und zog die nassen, schmutzigen Turnschuhe aus. Behutsam streifte sie den Socken von ihrem verletzten Fuß, den ein stechender Schmerz durchfuhr. Der Knöchel war geschwollen und violett verfärbt – vielleicht sogar gebrochen. Doch das kümmerte sie nicht. Wenn es sein mußte, würde sie den Berghang hinabsteigen und Francesca auf den Schultern tragen.

Immer noch durchnäßt und frierend, aber nicht

mehr ganz so schmutzig, verließ sie das Badezimmer und kehrte zum Bett zurück. Da lag Francesca, reglos wie zuvor, das Kinn erschlafft. Die bezaubernde jugendliche Vitalität war verflogen.

»O Baby!« flüsterte Cassie und strich ihr über die Stirn. »Ich werde ihm nicht erlauben, dir was anzutun. Das verspreche ich. Ich bringe dich von hier weg.«

Plötzlich zuckten Francescas Lider, ihre Lippen bewegten sich schwach. »Ich bin okay«, wisperte sie fast unhörbar, so daß Cassie ihren Ohren kaum traute. Für ein paar Sekunden öffneten sich die Augen ihrer Schwester, ein winziger Funke des alten Feuers blitzte darin, dann schlossen sie sich wieder. »Als er nicht herschaute, versuchte ich, das meiste von diesem grünen Zeug auszuspucken. Sei bloß vorsichtig, Cassie! Er hat überall Kameras.«

»Francesca ...«

»Pst!« flüsterte das Mädchen schläfrig. »Hol Hilfe. Bis jetzt hat er mich in Ruhe gelassen. Ich bin okay. Zum Glück habe ich nicht allzu viele Drogen geschluckt. Hol Hilfe ...« Und dann verlor sie wieder die Besinnung.

»Wo bist du, Sonny?« Aus dem Wohnzimmer drang eine schwache, sanfte Stimme herüber.

Cassie stand auf, drückte die Hand ihrer Schwester und humpelte in den Nebenraum – von neuer Hoffnung erfüllt, die bei Esther Scotts Anblick sofort erlosch.

In einem schmutzigen Morgenmantel taumelte die Frau des Generals umher, das graue Haar wild zerzaust, die Augen blicklos. Immer wieder fuhr ihre Zunge über die Lippen. »Sonny?« rief sie klagend.

»Mrs. Scott!« Cassie hinkte zu ihr, und Essie blinzelte verwirrt.

»Wer sind Sie, meine Liebe? Keins von den Dienstmädchen. Hier haben wir kein Personal, oder?«

»Nein, ich bin kein Dienstmädchen.«

»Und Sie sind auch nicht meine Tochter. Meine Tochter ist tot.«

»Ich bin nicht Ihre Tochter, Mrs. Scott.«

»Und Sie sind auch keine von Sonnys kleinen Freundinnen. Dafür wären Sie viel zu alt.« Seufzend wankte Essie Scott zur Bar, wo ein Krug mit dem mörderischen grünen Gebräu stand. »Was machen Sie hier?«

»Mrs. Scott, wir brauchen Ihre Hilfe. Ihrem Mann geht's nicht gut ...«

»Unsinn!« fiel Essie ihr ins Wort und füllte ein Glas mit Gemüsesaft. »Mit Sonny ist alles in Ordnung. Er ist ein Nationalheld. Aber ich fühle mich nicht wohl. Ich brauche meine Medizin. Natürlich beschützt er mich, und er weiß, was mir zu schaffen macht. Dauernd stelle ich mir alles mögliche vor. Schreckliche Dinge ... Oh, mein Sonny würde niemals was Schlimmes tun. Er ist ein Kriegsheld.«

»Mrs. Scott ...«

»Nein, ich will Ihnen nicht zuhören!« erklärte Essie energisch. »Jetzt weiß ich, wer Sie sind. Sonny hat mich vor Ihnen gewarnt und erklärt, Sie seien eine Feindin und würden versuchen, mich zu verwirren und mir Lügen zu erzählen.«

»Das sind keine Lügen. Glauben Sie mir, Ihr Mann ist ein Monster. Er vergewaltigt Kinder. Auch Ihre Tochter hat er vergewaltigt, Mrs. Scott. Und er wird immer neue Verbrechen begehen, wenn Sie mir nicht helfen.«

»Nein! So dürfen Sie nicht reden! Gehen Sie weg!« kreischte Essie hysterisch. »Verschwinden Sie!«

»Komm nur, meine Liebe!« Der General erschien im Wohnzimmer, diesmal in makelloser Uniform. »Reg dich nicht auf. Das sind nur Lügen. Leg dich hin und nimm deine Medizin. Du weißt doch ganz genau, was geschieht, wenn du deine Medizin vergißt.«

Vertrauensvoll blickte sie zu ihm auf, mit verschleierten Augen. »Das sind lauter Lügen, nicht wahr, Sonny?«

»Natürlich, Liebste.« Er tätschelte ihre Hand, dann führte er sie fürsorglich davon. Auf der Schwelle blieb er stehen. »Falls Sie sich wundern, Cassidy, Richard kann nicht unbemerkt ins Haus schleichen. Außer den Kameras habe ich auch die Wärmesensoren eingeschaltet. Sobald er sich dem Haus nähert, löst er einen Alarm aus. Also werde ich sofort wissen, wenn er hier ist.«

»Wie beruhigend!« entgegnete sie bissig.

Amberson Scott lächelte nur. Während er seine Frau aus dem Wohnzimmer führte, redete er besänftigend auf sie ein. Die Tür fiel hinter den beiden ins Schloß, und Cassie hinkte zu ihrer Schwester zurück.

Offenbar hatte Francesca mehr Drogen geschluckt, als sie glaubte. Cassie schüttelte sie und schlug sie auf die Wangen – ohne Erfolg. Ein paarmal blinzelte ihre Schwester, dann schwanden ihr wieder die Sinne.

»Verdammt, wach auf, Baby!« drängte Cass. »Wir müssen von hier verschwinden! Schnell! Bevor er zurückkommt!« Aber Francesca rührte sich nicht.

Plötzlich erstarrte Cassie. Ein lautloser Schatten näherte sich, schlich von hinten heran. Und sie wußte, daß es zu spät war. Hände packten ihre Schultern, zerrten sie vom Bett weg. Als sie schreien wollte, wurde sie an einen großen, muskulösen Körper gepreßt. Ihr Angreifer hielt ihr den Mund zu und erstickte den Schrei.

In der Ferne hörte sie die energischen Schritte des Generals. Der andere Mann zerrte sie ins dunkle Badezimmer, schloß die Tür, und seine Stimme zischte in ihr Ohr. »Um Himmels willen, was treibst du hier?« fragte Richard.

Vergeblich versuchte sie sich loszureißen. Er drückte sie an die Fliesenwand, und sie konnte sich nicht wehren. Dann drehte er den Duschhahn auf. Wasserrauschen und Hitze erfüllten den kleinen Raum. In wilder Panik kämpfte Cassie gegen Richard und konnte kaum atmen, weil er seine Hand gnadenlos auf ihre Lippen preßte. Erst als es an der Tür klopfte, hielt sie inne.

»Duschen Sie, meine Liebe?« rief der General.

Zögernd ließ Richard ihren Mund los, und es dauerte eine Weile, bis ihr die Stimme wieder gehorchte. Aber sie brachte ein überzeugendes »Ja« zustande.

»Eine gute Idee! Wahrscheinlich sind Sie bis auf die Knochen durchfroren, und wer weiß, wie lange es dauern wird, bis Richard erkennt, daß er sich nicht unbemerkt heranpirschen kann. Er muß wohl oder übel schnurstracks hereinkommen, in aller Offenheit. Und während wir warten, sollen Sie sich nicht unbehaglich fühlen, meine Liebe. Im Schrank finden Sie ein paar Kleider von Diana. Ich brachte es einfach nicht übers Herz, sie wegzuwerfen.«

Zitternd lehnte Cassie den Kopf an die Fliesen, immer noch von Richard festgehalten. »Die werden mir nicht passen ...«

»Oh, doch!« widersprach der General fröhlich. »Mir passen sie ja auch.«

Als sie sich zu befreien suchte, preßte Richard wieder eine Hand auf ihren Mund. Sie kämpften in der dampfenden Finsternis, bis er sie mit aller Kraft an die Wand drückte. »Laß den Unsinn!« flüsterte er und wartete eine Weile. Nach einer halben Ewigkeit nahm er die Hand von ihren Lippen.

»Laß mich gehen! Er wird Francesca was antun ...«

»O nein. Im Augenblick fasziniert ihn das Katz- und Mausspiel, das er mit mir treibt, und es begeistert ihn so sehr, daß er sie vorerst nicht schänden wird. Ambersons Interessen sind ganz einfach. In erster Linie liebt er die Jagd. Seine sexuellen Perversionen stehen an zweiter Stelle.«

»Aber du kannst nicht sicher sein ...«

»Nein.« Richard nahm kein Blatt vor den Mund. »Aber wir können vorläufig nichts tun. Im Gegensatz zu Scott bin ich unbewaffnet. Irgendwie müssen wir ihn ablenken. So, wie ich ihn kenne, sitzt er jetzt im Wohnzimmer, ein Schießeisen auf den Knien, und erwartet mich. Wenn er auch nicht weiß, daß ich die Steilwand hinaufgeklettert bin, um den Kameras und Wärmesensoren auszuweichen – er ist klug genug, um das nicht auszuschließen. Jedenfalls wartet er auf mich, zu allem bereit. Wir dürfen ihn nicht unterschätzen, denn er ist ein formidabler Gegner.«

»Was sollen wir tun?« wisperte sie. »Wie können wir ihn überwältigen?«

»Da bin ich mir nicht sicher. Immerhin weiß ich, daß wir nur einen Versuch haben. Bring deine Schwester hinaus, während ich ihn attackiere. Das ist unsere einzige Chance.«

»Nein, er wird dich töten ...«

»Wahrscheinlich, aber ich werde ihn zur gleichen Zeit erledigen.«

»Du darfst nicht sterben ...«, wisperte sie, und die Verzweiflung in ihrer Stimme beschleunigte seinen Herzschlag. Mit beiden Händen umfaßte er ihr Gesicht und küßte sie, zärtlich und voller Sehnsucht, mit dem Versprechen einer Liebe, die nur ein schöner Traum war.

Und dieser Kuß schenkte ihr mehr als ein halbes Dutzend sexueller Begegnungen – Richard gab ihr seine Seele, die sie bereitwillig und dankbar annahm. Auch wenn er es nicht aussprach, sie wußte, daß er sie liebte.

Erschrocken zuckte sie zusammen, als es an der Tür klopfte. »Sind Sie immer noch da drin, meine Liebe?« rief der General. »Jetzt haben Sie wohl lange genug geduscht. Wir wollen doch keine Energie verschwenden, oder? Kommen Sie endlich heraus!«

Richard drehte die Dusche ab. »Ja, gleich!« antwortete Cassie und hörte, wie ihre Stimme bebte.

»Alle Türen dieses Hauses kann ich versperren, Cassidy. Sie sind zwar nicht mein Typ, doch das würde mich nicht abhalten ...« Abrupt verstummte er, als ein schwaches Flüstern erklang.

»Sonny? Wo bist du, Sonny?«

Statt zu fluchen, erwiderte er geduldig: »Ich komme schon, Essie! Leider haben Sie meine Frau aufgeregt, Cassie, und dafür muß ich Sie bestrafen.« Schnelle Schritte entfernten sich.

»Raus mit dir, jetzt!« Richard riß die Tür auf, und das trübe Licht des stürmischen Tages strömte ins Bad. Reglos lag Francesca auf dem Bett.

»Ich kann sie nicht hierlassen.«

»Das mußt du auch gar nicht.« Er lief zum Bett, zog Francesca hoch, so daß sie schwankend dasaß, und schlug ihr zweimal ins Gesicht. Langsam öffnete sie die Augen und blinzelte ihn empört an.

»Dafür entwickelst du ein gewisses Talent«, fauchte Cassie, und er wandte sich zu ihr.

»Wahrscheinlich werde ich keine Gelegenheit mehr finden, mich an Frauen zu vergreifen«, erwiderte er und wandte sich zur Tür. »Bring sie raus!«

»Komm, Baby«, drängte Cassie, humpelte zum Bett und legte einen Arm um Francescas Schultern. »Wir müssen verschwinden, bevor der General zurückkommt.«

»Ja«, murmelte Francesca fügsam und stand auf. Die beiden stolperten zur gläsernen Schiebetür, und Cassie öffnete sie. Dann drehte sie sich um, aber Richard war bereits verschwunden. Ohne ein gottverdammtes Wort.

Inzwischen hatte sich der Eisregen zu einem Schneetreiben verdichtet, das den Rasen und die hölzerne Veranda mit einer weißen Decke überzog. Doch das bemerkten sie nicht, als sie zum Wald wankten, zum steilen, gefahrvollen Weg, der den Felsenhang hinabführte. Plötzlich fühlte Cassie einen brennenden Schmerz in der Schulter, eine Faust schien sie von Francesca wegzustoßen, und sie stürzte, den Gehstock immer noch in der Hand. Einen Sekundenbruchteil später hörte sie den Knall, spürte warmes, feuchtes Blut. Offenbar war sie von einer Kugel getroffen worden.

»Ich kann Ihnen nicht gestatten, sich einzumischen!« schrie der General und eilte zu den beiden Schwestern. Schwankend kniete Francesca im Schnee, und Cassie griff nach ihr, um sie festzuhalten und zu beschützen, als Scott wieder feuerte. Der geschwächte Körper des Mädchens zuckte, fiel seitwärts, rollte den sanft abfallenden Rasen hinab, zur vereisten Felsenkante.

Schreiend kroch Cassie hinterher, aber Francesca bewegte sich zu schnell. Ihre Hände suchten einen Halt, tasteten ins Leere, lautlos glitt sie über den Klippenrand, wirbelte durch die Luft und verschwand.

Die Stille war ohrenbetäubend. Mühsam kam Cassie auf die Beine, ignorierte das warme Blut, das aus ihrer Schulter quoll, den Schmerz, den verstauchten Knöchel. Den Gehstock erhoben, hinkte sie zum General. »Sie haben meine Schwester getötet!«

»Daran ist Richard schuld«, erwiderte er seelenruhig. »An allem ist er schuld – er allein. Hätte er uns in Ruhe gelassen, wäre alles in Ordnung gewesen. Aber nun haben sich die Dinge leider zugespitzt. Ich kann nicht warten, bis er auftaucht. So sehr ich es auch bedaure, Sie müssen schon jetzt sterben, meine Liebe. Sie wissen, daß ich Sie bewundere, sogar sehr.« Langsam kam er auf sie zu, einen tödlichen kleinen Revolver in der treffsicheren Hand. »O ja, ich bewundere Ihre treue Liebe zu Sean, die blinde Loyalität, die Sie

Richard entgegenbringen. Und Ihre Widerstandskraft. Wie ich schon sagte, Sie wären ein verdammt guter Soldat geworden. Schade, daß Sie nicht meine Tochter sind ...«

»Haben Sie's vergessen? Ich bin nicht Ihr Typ!« Angespannt wartete sie, während er näher kam.

»Wer weiß, was geschehen wäre, wenn ich Sie gezeugt hätte?« Allmählich geriet er in ihre Reichweite. Nur noch wenige Schritte trennten ihn von der gefährlichen Klippe, über die Francesca gestürzt war. »Doch es wäre unmöglich gewesen. Ein Schwächling wie Essie hätte niemals eine Amazone von Ihrem Kaliber geboren, Cassidy. Das Beste, was sie mir bieten konnte, war Diana. Gewiß, ein schönes Mädchen – aber meiner unwürdig. In all den Jahren habe ich mich nach Söhnen gesehnt.«

Als sie an ihm vorbeiblickte, stockte ihr Atem. Und dann wurde sie von einer unheimlichen inneren Ruhe erfüllt. Richard hatte seine Waffe gefunden. Eine menschliche Waffe. Er stand auf der schneebedeckten Veranda, neben Essie Scott, die kraftlos taumelte, dem Einfluß der starken Drogen ausgeliefert.

»Hätte das einen Unterschied gemacht?« fragte Cassie mit lauter, schriller Stimme, die bis zur Veranda drang. »Hätten Sie Ihre Söhne auch geschändet, so wie Ihre Tochter?«

»Zweifellos«, bestätigte er gelassen. »Übrigens, dieser Revolver hat eine etwas größere Reichweite als der Gehstock, und ich beabsichtige nicht, noch näher zu kommen. Tut mir leid, meine Liebe.« Entschlossen hob er die Waffe.

Cassie schleuderte ihm instinktiv den Stock entgegen, mit aller Kraft. Dann warf sie sich zu Boden, während die Waffe explodierte, und rollte davon. In der Ferne hörte sie einen hohen Klageruf, der abrupt verstummte. Sie hielt inne, richtete sich auf und sah, wie Richard und Scott verbissen miteinander rangen. Keuchend taumelten sie durch den Schnee und näherten sich dem Klippenrand. Essie Scott ließ sich nirgends blicken.

Vergeblich versuchte Cassie aufzustehen. Überall war Blut, ihr Blut, und sie hatte ihre letzten Kraftreserven verbraucht. Und so lag sie hilflos im Schnee. Von kaltem Entsetzen erfaßt, beobachtete sie die Kämpfer.

Weder im Kino noch im Fernsehen hatte sie so etwas gesehen. Dies war wütende, wilde, mörderische Gewalt. Trotz der jugendlichen Muskeln, über die Richard verfügte, war der General ein ebenbürtiger Gegner. Auf seiner Seite standen Erfahrung und Grausamkeit. Ineinander verkeilt, stürzten sie in den Schnee und rollten zum Felsenrand. Cassie hielt den Atem an, und sie konnte sich noch immer nicht rühren.

Sofort kam der General wieder auf die Beine. Blut färbte den Schnee. Mit einer zitternden Hand tastete Scott nach dem Griff des Küchenmessers, das in seiner Brust steckte. Mit einem Ruck zog er es heraus, neues Blut quoll aus der Wunde, doch er schien es nicht zu bemerken. Zielstrebig ging er zu seinem Schwiegersohn. »Hättest du doch begriffen, daß du nicht gewinnen kannst, Richard! Nun werde ich dein Herz herausschneiden, bevor ich deine Leiche in den

Abgrund werfe. Wenn man dich jemals findet, wird man glauben, die Wölfe hätten dich zerfleischt.«

Er neigte sich hinab, das Messer gezückt. Doch dann fuhr er zusammen, riß verblüfft die Augen auf, stolperte zum Felsenrand.

Als er in die Tiefe stürzte, war die Hälfte seines Kopfs davongeflogen. Ein Gewehr in der Hand, mit flatterndem grauem Haar, stand Essie Scott im Schnee. »Er hat gelogen«, sagte sie schlicht. »Ja, er hat gelogen.« Und dann wandte sie sich ab und kehrte ins Haus zurück. In der Ferne, im tödlichen Schweigen glaubte Cassie, einen leisen Gesang zu hören.

Und dann drang ein schwacher Ruf zu ihr. »Hilf mir, Cassie!«

»O Francesca!« Mühsam erhob sie sich, aber Richard war bereits aufgesprungen und kletterte den Hang hinab.

Als sie sich zum Klippenrand schleppte, war er bereits bei ihrer Schwester angekommen. Blut befleckte das rosa Rüschenkleid, aber sie lebte, von einer kleinen Baumgruppe aufgefangen. Und Richard war bei ihr ...

Erleichtert sank Cassie in den Schnee. Jetzt ist alles gut, dachte sie, bevor sie von eisiger Schwärze eingehüllt wurde und kapitulierte. Zum letzten Mal rannte sie davon.

22

»Cassie, du mußt mal mit deiner Stiefmutter reden!« verkündete Alice. »Offensichtlich hat sie den Verstand verloren. Warum sie dieser gräßlichen Contessa erlaubt, hier rumzuhängen, ist mir wirklich ein Rätsel. Inzwischen ist Francesca okay. Sie hat sich viel schneller erholt als du, und die beiden könnten längst nach Venedig oder Neapel zurückfliegen, oder wo immer sie herkommen. Und Seans Nachlaß ist bereits geordnet. Für das Mädchen wird alles in einem Trustfonds festgelegt.«

»So soll's ja auch sein«, erwiderte Cass müde. »Alba war Seans vierte Ehefrau, also hat sie das gleiche Recht, sich hier aufzuhalten wie du. Warum regst du dich eigentlich über Mabry auf?«

»Weil ich in der Bibliothek saß und lesen wollte, und da machte sie Feuer im Kamin. Trotz der Gluthitze! Natürlich führt sie sich nur so auf, um mich in die Flucht zu schlagen. Das dulde ich nicht! Sie kann mich nicht von hier vertreiben ...«

»Doch. Das ist *ihr* Apartment. Glaubst du nicht, du solltest allmählich nach Florida zurückkehren? Sicher fühlt sich Robert sehr einsam ohne dich.«

»Oh, der kann für sich selber sorgen«, schnaufte Alice verächtlich. Es war kurz nach Mittag, und sie hatte eben erst zu trinken angefangen.

»Gewiß, aber ich sorge mich wegen deiner Freundinnen.«

»Was meinst du?«

»All diese attraktiven, steinreichen Witwen, die einen unbeaufsichtigten Ehemann unwiderstehlich finden. Wahrscheinlich kümmern sie sich liebevoll um ihn.«

Wie vom Donner gerührt, saß Alice da, und Cassie fragte sich, warum ihr dieses Argument nicht schon früher eingefallen war. Zweifellos, weil es ihr an den nötigen Energien mangelte. Damit hätte sie die Familie schon vor einigen Tagen von Alices lästiger Gegenwart befreien können, und in die Wohnung wäre segensreicher Friede eingekehrt.

»Ich muß sofort abreisen«, erklärte ihre Mutter abrupt. »Mittlerweile geht's dir großartig, obwohl du dich wie eine viktorianische Heroine gebärdest. Nur dir zuliebe bin ich so lange hiergeblieben. Aber ehrlich, Cassie, jetzt mußt du dich endlich zusammenreißen. Du hast wirklich keinen Grund, Trübsal zu blasen. Wenn ich's auch ungeheuerlich finde, daß Richard Tiernans Urteil aufgehoben wurde – zumindest *du* solltest dich drüber freuen. Man sollte meinen, es wäre mein gutes Recht, die Hintergründe zu erfahren. Aber niemand scheint mir zu trauen.«

»Unsinn! Du warst es doch, die mir von seiner Freilassung erzählt hat.« Seufzend sank Cassie in ihre Kissen zurück. »Du sagtest, man habe neues Beweismaterial gefunden und sei zu der Überzeugung gelangt, Diana Scotts Tod wäre auf einen Unfall zurückzuführen.«

»Davon glaube ich kein Wort. Und ich möchte wissen, warum Tiernan so unglücklich dreinschaute, als man ihn laufenließ. Und wo steckt er jetzt? Sicher weißt du's!« Anklagend starrte Alice ihre Tochter an.

»Nun, das spielt wohl keine Rolle«, murmelte Cass.

»Sollte man meinen ...«, entgegnete Alice ironisch.

»Ich packe jetzt meine Sachen. Erklär deiner kostbaren Stiefmutter, sie kann das Feuer ausmachen. Ich räume das Feld!«

Langsam stieg Cassie aus dem Bett und schlüpfte in einen Morgenmantel. Vor fünf Wochen war sie zusammen mit Francesca in einem Hubschrauber von General Scotts Sommerhaus nach New York gebracht worden. Sie hatte Seans Begräbnis ebenso wie Richards Verhandlung versäumt und ihn nur ein einziges Mal gesehen, seit er den Berghang heraufgeklettert war, ihre verletzte Schwester auf den Armen. Nach seinem Freispruch war er verschwunden.

Man hatte den ganzen schmutzigen Fall vertuscht, so gut es ging. Sicher hätte Sean in heller Empörung aufgeschrien. Er war nie ein diskreter Typ gewesen. Und seiner Publicity hätte er sogar die Zukunft zweier unschuldiger Kinder geopfert.

Die Anklage gegen Richard war fallengelassen worden. Trotz ihres geschwächten, von Drogen betäubten Gehirns hatte Esther Scott erstaunlich klare Aussagen gemacht. Und so war Jerome Fabiani nichts anderes übriggeblieben, als zu kapitulieren. Natürlich verhinderte er, daß die Presse häßliche Einzelheiten erfuhr und einen aufstrebenden Bezirksstaatsanwalt anprangerte, der maßgeblich an der Verurteilung eines Unschuldigen beteiligt gewesen war.

Allerdings gaben sich die Medien nicht mit den vagen Informationen zufrieden, und Fabiani ließ verlauten, man würde neues Beweismaterial auswerten. Aber soviel Cassie wußte, hatte man die Sache stillschweigend ad acta gelegt. Diana Scott war infolge eines Unfalls gestorben, und niemand wollte weitere Nachforschungen anstellen.

Nachdem Richard untergetaucht war, beschäftigen sich die Boulevardblätter mit einem neuen Mord. Die Tragödie von General Amberson Scotts verfrühtem Tod nahm drei diskrete Spalten in der *New York Times* ein. Und diese geheiligten Seiten wurden niemals mit der Information besudelt, seine Witwe sei in eine geschlossene Anstalt eingewiesen worden.

Cassie hinkte durch den Flur. Seltsamerweise verursachte der verstauchte Knöchel schlimmere Beschwerden als die Schußwunde. Entweder war der General ein ausgezeichneter oder ein miserabler Schütze gewesen. Die Kugel hatte das Fleisch des Oberarms glatt durchbohrt. Nur eine unschöne Narbe blieb zurück. Francesca war noch glimpflicher davongekommen, denn das Geschoß hatte ihren Schädel nur gestreift, und die mit wenigen Stichen genähte Wunde bereitete nur noch Kopfschmerzen.

In der Bibliothek traf sie Mabry an. Drückende Hitze erfüllte den Raum. Aber im Gegensatz zu Alice machte sich Cassie keine Illusionen über den Grund des hellen Kaminfeuers. Sie schloß die Tür hinter sich, sank in ihren geliebten grünen Ledersessel und beobachtete, wie ihre Stiefmutter die Flammen mit Manuskriptseiten fütterte. »Willst du das wirklich tun?«

»Ja«, antwortete Mabry, ohne sich umzudrehen. Ihr seidiges blondes Haar glänzte im Feuerschein, und sie sah unglaublich jung aus. Nur ihre Seele war gealtert.

»Hast du's gelesen? War's gut?«

»Das Beste, was er seit Jahren geschrieben hat. Einfach brillant. Richard erzählte ihm genug Tatsachen, und Sean reimte sich den Rest zusammen. Und er lud den General nach East Hampton ein, obwohl Francesca im Haus war – obwohl er wußte, was er seiner eigenen Tochter antat.« Mabry erschauerte, dann lächelte sie gequält. »Aber niemand hat je behauptet, dein Vater würde auch nur einen Funken Anstand besitzen.«

»Nicht mal einen winzigen Funken«, stimmte Cassie ironisch zu. »Warum vernichtest du das Manuskript? Immerhin könnte es ein Vermögen einbringen.«

»Ich brauche das Geld nicht. Und du willst es nicht, oder?«

»Nein. Und Sean ist mit ›Gallway Hell‹ unsterblich geworden. Deshalb hat er *dieses* literarische Vermächtnis nicht nötig.« Sekundenlang schloß Cassie die Augen und lehnte sich zurück. »Alice reist ab.«

»Dem Himmel sei Dank! Also geschehen doch noch Zeichen und Wunder. Bald werden uns auch Alba und Francesca verlassen.«

»So? Das tut mir leid.«

»Francesca muß in ihr eigenes Leben zurückkehren. So robust sie auch ist – seit der Begegnung mit diesem Monster wird sie von Alpträumen geplagt. Sie braucht ihre gewohnte Umgebung. Nur zu Hause kann sie genesen.«

»O Gott – er hat sie doch nicht angerührt? Der widerliche alte Lüstling ...«

»Nun, sie sagt, er sei ihr nicht zu nahegetreten. Vielleicht ist sie noch nicht bereit, das alles zu verarbeiten. Und ich traue Alba nicht zu, das Kind zu einem Psychiater zu schicken.«

»Ich traue Alba überhaupt nicht, aber meiner Schwester. Nach meiner Ansicht hat sie den gesunden Menschenverstand und Selbsterhaltungstrieb unserer Familie geerbt.«

»Nicht zur Gänze ...«, erwiderte Mabry langsam. »Würdest du die beiden begleiten?«

»Willst du mich auch loswerden? Ich kann jederzeit nach Maryland zurückfliegen. Dort wartet ein Job auf mich, falls er mich noch interessiert. Du mußt es nur sagen.«

»Heute abend fliegen sie nach Mailand. Mit Zwischenstopp in London.«

»So schnell kann ich mich nicht zu einer Europareise entschließen, Mabry.«

»Das hast du schon mal getan.«

»Ich dachte, du würdest mich gern hierbehalten.«

»Vor allem liegt mir dein Glück am Herzen. Und du kannst nur glücklich werden, wenn du zu ihm zurückkehrst.«

»Er hat *mich* verlassen. Nicht ich ihn. Er kam ins Krankenhaus, küßte mich auf die Wange und verabschiedete sich.«

»Und was hast du gesagt?«

»Was konnte ich denn sagen? Er braucht mich nicht mehr. Sollte ich ihn anflehen, bei mir zu bleiben? Das wäre unmöglich gewesen. Über seinem Kopf wird immer die dunkle Wolke der Vergangenheit hängen. Für ihn ist es am besten, in England unterzutauchen, in einer abgeschiedenen ländlichen Gegend, weit entfernt vom Blickpunkt der Öffentlichkeit. Und seine

Kinder müssen endlich ein normales, stabiles Leben führen. Das kann er ihnen bieten – aber nur, wenn er nicht hierherkommt.«

»Also geh zu ihm.«

»Es war *seine* Entscheidung. Auf mich legt er keinen Wert.«

Als Mabry die letzten hundert Manuskriptseiten in den Kamin warf, loderten die Flammen hoch empor und versprühten Funken. Eine Leichenverbrennung, dachte Cassidy. Seufzend hockte sich ihre Stiefmutter auf die Fersen und beobachtete das Feuer.

»Er hat dich geliebt.«

Cassie runzelte nachdenklich die Stirn. »Ja, das weiß ich.«

»Du solltest mit Francesca und Alba fliegen. Wenn das Flugzeug in England landet, mußt du nicht von Bord gehen. Jedenfalls wirst du dann wissen, was du tun mußt. Für manche Dinge lohnt es sich zu kämpfen, Darling. Das Leben ist so verdammt kurz.«

»Aber – ich kann nicht ...«

»Warum nicht?«

»Weil *er* mir ein Zeichen geben muß. Irgendeins. Keine Ahnung, was ... Ich will ihm nicht nachlaufen und vor ihm niederknien. So viel habe ich für ihn getan – und nichts bekommen. Jetzt ist er an der Reihe. Aber im Augenblick hat er keine Zeit für mich, weil er ein normales Familienleben aufbauen muß. Vielleicht in ein paar Monaten. In einigen Jahren. Oder niemals.«

»Wirst du einfach herumsitzen und in deinem Selbstmitleid versinken?« Mabry drehte sich um und hob die Brauen.

»An meinem Erbe bin ich schuldlos«, entgegnete Cassidy leichthin. »Meine Mutter ist das personifizierte Selbstmitleid.«

»Cassie ...«

»Bitte, Mabry hör auf – ich brauche noch etwas Zeit ...« Cassies Stimme drohte zu brechen.

Da wurden die schönen, strengen Züge ihrer Stiefmutter etwas weicher. »Die hast du, Darling. Aber was soll ich mit dem Ticket machen, das ich für dich gekauft habe?«

Cassidy zwang sich zu einem Lächeln. »Wann warst du zuletzt in Italien?«

Erst zum drittenmal seit der Entlassung aus der Klinik verließ sie das Apartment. Alba, an Luxusreisen gewöhnt, mietete eine Limousine mit Chauffeur, und sie fuhren stilvoll zum JFK. Während Francesca und Cassie ein paar Dosen Cola light aus dem winzigen Kühlschrank nahmen, leerten Mabry und Alba eine Flasche Moët in Rekordzeit.

Cassie stand hinter der Zollsperre und winkte ihnen nach, ein starres Lächeln auf den Lippen. Dann drängte sie sich durch die Menschenmassen in der Abflughalle. Ja, sie brauchte Zeit – ganz dringend. Zeit allein im Apartment, Zeit für eine Trauerorgie. Zeit, um zu weinen und zu schreien, mit beiden Fäusten gegen die Wand zu trommeln. Zeit, um zu verkraften, daß sie Richard Tiernan vermutlich nie wiedersehen würde.

Nun boten sich zwei Möglichkeiten. Sie konnte versuchen, das Ende ihrer Liebe als Tatsache zu betrachten. Oder sie konnte sich in den tröstlichen Kokon eines Hoffnungsschimmers hüllen. Was ihr größeren Kummer bereiten würde, wußte sie nicht.

Der Chauffeur erwartete sie, und der Cola light-Vorrat war auf magische Weise aufgefüllt worden. Müde sank sie in die weiche Lederpolsterung. Während der langen Fahrt von Long Island in die City ließ sie sich von der surrenden Klimaanlage einlullen. So lange war sie nicht mehr allein gewesen.

Sollte sie ins Apartment gehen und irgendwas essen, das sie im Kühlschrank fand? Etwas Beruhigendes, wie Makkaroni mit Käse, aufgebackene Brötchen oder Pizza, mit ein paar Litern Cola light hinuntergespült. Danach Eis mit Waffeln, vielleicht sogar ein Glas warme Milch ...

Hastig verdrängte sie diesen Gedanken und preßte eine Hand auf den Mund, um ein schmerzliches Stöhnen zu unterdrücken. Sie würde in eine menschenleere Wohnung zurückkehren, in heilsame Stille, mußte keine Fragen beantworten, nicht lächeln, wenn sie's nicht wollte. Und sie würde lernen, wieder zu leben – falls sie es schaffte.

»Freut mich, Sie wieder wohlauf zu sehen, Miss Cassidy!« rief Bill, der Portier, als die Limousine vor dem Haus hielt. »Rufen Sie einfach an, wenn Sie Hilfe brauchen.«

Sie erinnerte sich an das letzte Mal, als er ihr dieses Angebot gemacht hatte. Damals war sie von Richard Tiernan erwartet worden, und Bill hatte sich um sie gesorgt.

Aber heute abend würde sie niemanden im Apartment antreffen. »Danke, Bill«, erwiderte sie, und die Lifttüren schlossen sich.

Gewissenhaft sperrte sie die Wohnungstür hinter sich zu und schlüpfte aus den Schuhen. Ihr Knöchel tat immer noch weh, und sie ging langsam zur Küche, anmutig schwang der lange Rock um ihre Beine. In den letzten fünf Wochen hatte sie abgenommen. Sicher wäre Sean stolz auf sie.

Im Flur blieb sie stehen und schloß die Augen. Sean. Warum hatte sie so lange gewartet, um sich mit ihm auszusöhnen – bis nach seinem Tod? Warum war sie unfähig gewesen, Frieden mit ihm zu schließen, solange er noch gelebt hatte? Als sie irgend etwas hätten retten können?

Aber zu einer friedlichen Existenz war Sean O'Rourke nicht fähig gewesen. Und jetzt, wo er im Grab lag, brachte er die Gefühle immer noch in Aufruhr. Wäre er unglücklich, wenn er wüßte, daß sein brillantes Manuskript niemals das Licht der Öffentlichkeit erblicken würde? Nein, wahrscheinlich würde er Mabrys dramatische Geste billigen.

Sie wanderte in die Küche, öffnete den Kühlschrank, begutachtete ohne Begeisterung den Gourmet-Inhalt. Plötzlich erstarrte sie, dann drehte sie sich zögernd um. Richard Tiernan stand schweigend im Halbdunkel und beobachtete sie, wartete auf sie.

In diesem Augenblick fürchtete sie ihn mehr denn je. Es war ihre letzte Chance. Jetzt gab es keine Ausreden mehr, keine Fluchtwege.

»Warum bist du hier?« flüsterte sie. Die Kälte des offenen Kühlschranks half ihr nicht, der kühle Luftzug ließ ihr Kleid flattern. Vergeblich bemühte sie sich, ihre Tränen hinunterzuschlucken. Sie rechnete mit Ausflüchten, mit neuen Manipulationen, und sie wußte nicht, wie sie sich schützen, wie sie ihn um die Erfüllung aller Wünsche bitten sollte.

»Deinetwegen«, antwortete er schlicht.

Und das genügte.

Band 12826

Bart Davies

Alptraum der Lüste

Ein Mann auf der Suche nach dem Mörder seines besten Freundes

Der erfolgreiche Drehbuchautor Jack Murphy wird tot auf dem Boden seines leeren Swimmingpools aufgefunden. Die Polizei vermutet Selbstmord, doch Phil Liebowitz, Jacks Freund und Co-Autor, glaubt nicht daran. Er durchforstet Jacks Computer und findet eine an ihn gerichtete Nachricht, die er jedoch ohne Codewort nicht entschlüsseln kann. Phil forscht weiter und erfährt von Jacks heimlichen Kontakten zur Sadomaso-Szene. Doch da gibt es jemanden, der Phils Nachforschungen um jeden Preis unterbinden will und selbst vor Mord nicht zurückschrecken würde...